Aquel chico folk

Amy Jean

Aquel chico folk

TITANIA

Argentina • Chile • Colombia • España
Estados Unidos • México • Perú • Uruguay

1.ª edición Septiembre 2022

Copyright © 2022 *by* Amy Jean
All Rights Reserved
© 2022 *by* Ediciones Urano, S.A.U.
Plaza de los Reyes Magos, 8, piso 1.º C y D – 28007 Madrid
www.titania.org
atencion@titania.org

ISBN: 978-84-17421-79-3
E-ISBN: 978-84-19251-72-5
Depósito legal: B-13.132-2022

Fotocomposición: Ediciones Urano, S.A.U.

Impreso por Romanyà Valls, S.A. – Verdaguer, 1 – 08786 Capellades (Barcelona)

Impreso en España – *Printed in Spain*

Para todos aquellos que alguna vez han estado rotos
y se han hecho fuertes abrazando sus pedazos.

Y para Ryan; fuiste la luz
que se coló entre las grietas.

Porque tú crees que el tiempo cura y
que las paredes tapan, y no es verdad,
no es verdad. ¡Cuando las cosas llegan
a los centros, no hay quien las arranque!

Bodas de sangre
FEDERICO GARCÍA LORCA

Prólogo

Jake

Aquella chica pelirroja se me metió dentro de la piel después de oír su voz atemorizada entonando los versos de *Space Oddity*. O quizá fue mucho antes, cuando la observé arrastrarse por ese muro de piedra para terminar cayendo al suelo desanimada. Lo único cierto es que la tengo en la sangre, como el alcohol que se queda en mi organismo después de una noche de excesos. Recordarla me marea. Estoy mareado a todas horas. Es como si nadara aturdido y desorientado dentro del océano naranja que es su pelo. Y nunca la llego a alcanzar.

En mis sueños, los últimos tres meses no han ocurrido, y los viernes por la noche siempre la encuentro tumbada en mi sofá con un libro entre sus manos y el volumen de la televisión al mínimo. Atravieso el salón después de pasar el día en el estudio y la abrazo para hacerle saber que esta semana también la he echado de menos. Luego, acaricio la piel de su cuello con mis labios.

En mis pesadillas, revivo el momento exacto en el que rompí su corazón y caminé hasta la puerta pisando cada pedazo. Ahora ella no está. Se ha ido lejos. Y sé que no va a volver.

1

Odio ir de compras, pero mi madre aún no se ha enterado

Una de mis peores pesadillas se está materializando delante de mis narices: mi madre sujeta tres jerséis en una mano y dos vestidos cortos de lentejuelas en la otra. Y los sudores fríos empiezan a aflorar en mi frente. Esta mañana me ha sacado de la cama y me ha arrastrado a un enorme y lujoso centro comercial. Y, por si os lo estáis preguntando, temo más por esos vestidos que por las prendas de lana. ¿En qué momento me voy a poner yo eso? ¿De camino a la librería? ¿Durante mi jornada de *running* matutino?

—Gracias, mamá. Pero creo que esos vestiditos brillantes son innecesarios —le digo intentando no parecer borde.

Últimamente tengo mucha más paciencia con ella. He aprendido a contar hasta diez antes de soltarle el primer comentario que se me cruce por la mente. Bueno, a contar hasta cincuenta en realidad.

—¿Innecesarios? —pregunta, dolida—. Taylor me ha chivado que el viernes vais a una fiesta.

Taylor, mi querida mejor amiga, es una traidora de manual.

—No es ninguna fiesta. Solo voy a acompañarla al encuentro de apertura de su universidad —la contradigo.

Para ser sincera del todo, puede que haya cambiado la palabra *fiesta* por *encuentro*... Solo se trata de una mentira piadosa.

—¿Es que vais a ir juntas a la universidad? —pregunta con los ojos abiertos y los labios fruncidos.

Mi madre está deseosa por saber qué voy a hacer con mi vida este año. Desde que salí de Camden Hall hace siete días, no he hecho más que leer, ver la televisión y visitar a Taylor. He vagueado, y mucho. Que la palabra *universidad* haya salido a la palestra es algo que me da más pavor que las lentejuelas que adornan esos vestidos.

—Aún no he decidido si quiero ir a la universidad —comento.

—Pues no te queda mucho tiempo, Al. —«Gracias de nuevo, mamá».

—Desde luego, lo que sí tengo claro es que no voy a estudiar derecho —sonrío con la boca abierta, retándola.

—No es que me ilusione que sigas mi legado, cariño. Pero ser abogada tiene muchas salidas y te asegura un buen sueldo —dice convencida. Esa es su manera de presionarme.

—Creo que te ilusionaría, y bastante, que tu hija siguiera tu legado y heredara tu bufete. Pero eso es algo que no va a pasar. Lo sabes desde que, digamos, salí de tu interior. —Le señalo con el dedo el bajo vientre.

—También estaba segura de que nunca te ibas a pintar las uñas y míra- te... —La asesino con la mirada y ella entrecierra los ojos porque ha pasado algo por alto—. ¿Por qué estás hablando de heredar? ¿Eh? —Ahora está ate- rrorizada. Sé que mi madre le tiene un miedo atroz a la muerte—. ¡Aún no me voy a morir!

Después de su reproche, abandona el tema de conversación y agita con violencia todas las prendas a escasos centímetros de mi cara.

—¡Pruébatelo todo!

Y como hoy no estoy por la labor de contrariar a una general, camino hacia el cubículo que está al final de la tienda.

Justo en el momento en el que consigo cerrarme el botón del primer minivestido, suena mi móvil. Es Taylor:

Taylor: Espero que no te achantes el viernes. Te necesito y has estado todo el verano desaparecida, así que me lo debes.

Yo: Creía que no me ibas a tener en cuenta haber estado ingresada en una clínica de rehabilitación.

Taylor: A veces la vida te sorprende.

Yo: Eres una traidora.

Miro al espejo por primera vez para echarme una foto con el vestido y enviársela a mi Judas particular con el texto incrustado de: «Mi madre me ha secuestrado». Mi amiga contesta al segundo:

Taylor: Estás buenísima. Ahora entiendo a Jake Harris.

Leer su nombre provoca que me estremezca y piense en él por quinta vez en esta mañana... ¿O quizá han sido más? Sin embargo, el pensamiento se esfuma como una pompa que explota cuando el brillo que me devuelve el espejo llama mi atención. Entonces me observo de verdad. Es un vestido que me llega muy por encima de las rodillas y realza mis piernas. Es negro, de manga larga y ajustado. Y está repleto de lentejuelas. La parte delantera, cerrada hasta el cuello, me convence. Doy media vuelta sobre mí misma y me topo con el verdadero encanto de la prenda. Mi espalda está completamente descubierta y la tela solo llega hasta la parte alta de mi trasero. Es provocativo y, por alguna extraña razón, me encanta. Con él puesto, el color naranja de mi pelo resalta aún más.

Cuando salgo, mi madre me está esperando al lado de la caja. Al llegar a su lado, le tiendo un par de jerséis abrigados que voy a necesitar para el invierno de Londres y el vestido... Ella alza la cabeza y hace un amago de abrir la boca, pero se lo piensa mejor y solo me dedica una sonrisa cómplice.

—Me lo llevo y no digas nada —le advierto.

—Ya te debe de quedar bien el ves...

—Chsss.

Nos colocamos en la fila para pagar y recupero del bolsillo trasero de mis vaqueros la gorra que Tommy me prestó la semana pasada al salir del cine. La película francesa que fuimos a ver me emocionó hasta límites insospechados. Nada me hacía presagiar lo que pasaría minutos más tarde cuando salimos a la calle. Allí, apretujados, nos estaban esperando varios paparazis con sus móviles y sus cámaras con flashes. Menos mal que mi amigo actuó rápido y llamó al primer taxi que pasó por la calle, porque yo parecía sumergida en una dimensión desconocida. Un rato después, en la puerta de mi casa, Tommy me regaló la gorra que llevaba puesta alegando que, a partir de ahora, «la iba a necesitar». Y, desde entonces, no me he separado de ella.

—¿Por qué no te quitas esa gorra? Pareces una yanqui. —La voz de mi madre me devuelve a la realidad.

—Lo dice la que parece una Barbie cuarentona.

Sueno hiriente, lo sé. Nada lo justifica, pero tengo un nudo en el estómago desde que fui consciente del impacto que tuvieron las fotos con Jake en el partido del Arsenal.

—Alessa, lo mejor que puedes hacer es tratarlo con naturalidad. Toda esa gente, todos esos mensajes, no son reales —mi madre intenta apaciguarme—. No puedes darle el poder de que rijan tu vida.

—¿Que no son reales? —Subo la voz—. A mí me parece que sí lo son. O al menos las consecuencias de todas esas barbaridades que siguen diciendo sobre mí. Ya no puedo tener vida en las redes porque, supuestamente, soy una persona popular. Una persona de diecinueve años, sin redes. O lo que es lo mismo, sin existir. Me persiguen en la calle. Están al acecho del próximo movimiento de la nueva novia —y joven, inexperta, fea e insignificante— del mismísimo Jake Harris.

—Cariño, sabes que él no tiene la culpa, ¿verdad? —Mi madre se percata al instante del rencor que he acumulado en estos días.

—¿Entonces quién la tiene? —pregunto.

—Supongo que nadie. Son cosas que pasan... Y desde luego la manera de afrontarlo no es encerrándote en casa.

—¡¿Y tú qué sabrás?! Además, no me encierro. ¡El viernes voy a una fiesta! —grito.

La dependienta que está afincada detrás de la caja pega un respingo por el susto. Luego nos señala con cara de pocos amigos porque es nuestro turno. Y yo solo presiono la visera de la gorra hacia abajo.

2

El cohete que me devuelve
a la realidad

Me es imposible conciliar el sueño. Llevo más de una hora dando vueltas en la cama, con los ojos abiertos e irritados y valorando la opción de robar un Orfidal de la mesita de noche de mi madre. Mi mente no para de dar vueltas a la manera en la que he alejado a Jake Harris. Todo se vino abajo después de la maravillosa barbacoa en la que Tommy, Taylor y mi madre conocieron a este ente famoso que ahora formaba parte de mi vida. Durante todo el almuerzo estuve avergonzada con cualquier tema de conversación y con las miradas cómplices que mi compañero nocturno me dedicaba cada cierto tiempo. Aun así, nada era tan intenso porque mis ganas de comer carne y comida de verdad nada más salir de Camden Hall ocupaban toda mi atención. Después le pregunté a Jake si le apetecía que le enseñara la casa, por educación, y también porque tenía muchas ganas de besarlo. Él aceptó con su sonrisa socarrona particular, por supuesto, y llegamos a mi habitación a duras penas y con el corazón acelerado.

Esa misma noche, cuando me metí en la cama, recuperé mi móvil olvidado en un cajón y lo activé después de todo el verano. La ansiedad que tanto trabajo me había costado controlar dentro de Camden Hall apareció en forma de miles y miles de notificaciones en mis redes sociales. La garganta se me secó y las manos empezaron a temblarme. Era el momento de enfrentarme a todo eso de lo que me había estado protegiendo. Me topé también con miles de menciones cuando, muerta de miedo, busqué #AlessaStewart en Twitter. Aún conservo en el móvil las capturas de los comentarios más hirientes que se colaron dentro de mi interior para hibernar en mi subconsciente:

«¿Alguien puede desmentir que Jake Harris está saliendo con Pipi Calzaslargas?».

«Definitivamente, Jake Harris está muy perjudicado».

«Jake, déjame decirte algo: Hay muchas chicas bonitas esperándote. Y sin pecas».

«¡¡Qué suerte tienen las feas!!».

«Que vuelva con Charlotte, por favor».

«Que no cunda el pánico, seguro que es su hermana. O su prima. Jake Harris no puede estar liándose con eso».

También había innumerables memes retuiteados por miles de usuarios. Y debo admitir que muchos de ellos me hacían gracia, hasta que recordaba que de quien se reían era de mí. Algunas de esas imágenes representaban a Jake en la portada de una revista y, en la foto de al lado, un paquete de Doritos. O una foto mía en el palco del Arsenal con los ojos muy abiertos y, en la foto de al lado, un gato de ojos saltones y gesto malhumorado disfrazado con una peluca naranja. Hasta había una foto trucada de Jake abrazando a una zanahoria gigante...

Tengo que reconocer que me reí, y mucho, con la foto del gato, a pesar de que era el felino más feo que había visto en mi vida. Pero, sin duda, el comentario que más me perjudicó rezaba así: «La conoció en rehabilitación. Debe de ser una drogadicta. O una suicida». ¿Qué ser humano puede soltar eso a los cuatro vientos y no sentir ningún tipo de remordimiento? La persona que había dicho aquello se escondía detrás de un avatar, pero no estaba muy lejos de la realidad. ¿Acaso no era yo una suicida en potencia? Lloré de impotencia. Me tapé la cabeza con la almohada deseando que todo fuera un mal sueño, pero era real porque el dolor estaba ahí y se extendía por todo mi cuerpo. Quemaba. Necesitaba encontrar un culpable de todo aquello. Y en aquel momento ese culpable era Jake Harris. Al cabo de unas horas, me había calmado, pero me sentía cansada y frustrada. Anoté en el móvil el número que me había dado Jake esa misma tarde y le mandé un único mensaje.

Yo: Jake, soy Alessa. Lo de hoy ha estado bien, pero creo que es mejor que no estemos en la vida del otro. De repente tengo 150.000 seguidores en Instagram y no es algo que me ilusione. Es más, voy a desactivarme la cuenta ahora mismo.

Y eso hice. Me esfumé de todos los portales en los que me habían encontrado. Tenía miles de mensajes privados en Instagram y la mayoría de ellos eran amenazas. O me olvidaba de Jake o no me iban a dejar en paz. Otros mensajes eran de gente que me saludaba, esperando que yo le diera conversación como por arte de magia. Como si nos conociéramos de siempre. Como si ver mi cara en todas esas fotografías significara que compartían un pasado conmigo. Por suerte, mi cuenta de Twitter seguía siendo anónima. Cosa que resultó aún peor porque podía continuar leyendo todo lo que tenían que decir de una chica indefensa de diecinueve años que no había elegido ser amiga de Jake Harris.

Después del mensaje, él me llamó una y otra vez. Insistió hasta que comprendió que no iba a contestar. Me mandó un mensaje que tampoco me molesté en responder.

Jake: Por favor, no te asustes. ¿Podemos hablar?

Los siguientes días también había recibido mensajes suyos; se preocupaba por mí, pero yo estaba decidida. Quería evitar más comentarios hirientes a toda costa y el único modo de asegurarme de ello era apartándolo de mi lado. Así de simple. Como si eso me resultara tan fácil...

Ahora, sufriendo un insomnio frustrante después de un día de compras agotador, compruebo si han subido a las redes algún contenido nuevo en el *hashtag* #AlessaStewart. Y, por suerte, hoy no me han visto. Aunque han vuelto a surgir los mismos comentarios de siempre y el debate absurdo de opinar sobre algo que desconocen. Algunas fanáticas de Jake me odian porque he sido la causa de su ruptura con Charlotte Rey, mientras que otras fanáticas de Jake me quieren porque soy «una chica más normal» que Charlotte Rey. Toda mi vida he considerado que la palabra *normal* era un insulto.

Y mirad ahora, los que me defienden la utilizan en sus alegatos. Y ellos tampoco tienen ni idea.

Como no hay novedades en el horizonte, al menos no tan hirientes, la angustia generalizada de estos siete días se desmorona poco a poco en la penumbra de mi cuarto. Y el desvelo de esta madrugada me hace pensar en Jake. En el último recuerdo que guardo de él en esta misma habitación. Sus manos reclamándome, su respiración entrecortada humedeciendo mi oreja y su dedo introduciéndose dentro de mí. Navegamos en el mar de deseo que eran nuestros ojos mientras nos dábamos placer. Él me tapó la boca cuando me corrí en su mano. Yo le cubrí la suya con la mía y nos besamos como si hubiéramos estado un año sin tocarnos. Sin sentirnos. Ahora miro hacia la pared y nos veo ahí apoyados, presos de una pasión descontrolada y dueños de nuestra propia liberación. Quién diría que, solo horas después de aquello, decidiría alejarme de Jake al comprobar el impacto que tenía nuestra relación (o lo que fuese) en el ojo público.

Ante esos recuerdos subidos de tono, el calor no tarda en ascender por la garganta. Me incorporo en la cama y alcanzo el móvil de la mesita. De nuevo caigo en la tentación oscura y masoquista de estos días, y busco en mi galería de fotos las capturas de algunos horribles *tweets*. Entonces comprendo, por primera vez desde que lo aparté de mi lado, que necesito a Jake. Que lo echo de menos. Que solo he pensado en una parte de este embrollo, que soy yo misma. Pero ¿cómo estará él?

Abro su conversación repleta de mensajes sin contestar y, en un impulso, le escribo.

Yo: ¿Estás despierto?

Medio segundo después, me contesta. Y menos mal que lo hace tan rápido, porque no sé qué hubiera pasado si me hubiese leído y hubiese pasado de mí tal como he hecho yo estos días.

Jake: Sí.

Yo: Voy a escuchar a The Clash.

Jake: Buena elección.

Está seco, lo noto. Pero también me está hablando. Es más de lo que merezco. Comienzo a escribir cuando me llega el siguiente mensaje:

Jake: Ojalá estuviera ahí contigo.

Me derrito por dentro y me vuelvo a tumbar hundiéndome en el colchón. Ahora el calor se ha trasladado a la parte baja del vientre y lo reconozco como una punzada de deseo.

Yo: Ojalá :(

Jake: ¿Te llamo?

Yo: No es buena idea. Mi madre está en la habitación de al lado y tiene el sueño ligero.

La realidad es que sé que mi madre se habrá pimplado su Martini nocturno correspondiente y en estos momentos dormirá como una cría de oveja, pero tengo miedo de escuchar a Jake esta noche. Quizá mañana sea yo quien lo llame.

Jake: Vale.

Yo: Ahora va a sonar *Straight to Hell*.

Jake: Voy a ponerla yo también.

Me adentro en mi librería de música y pulso la canción. Los primeros acordes me llegan a través de los cascos y empiezo a tatarear esa melodía que no hace mucho tiempo escuchaba sin parar. Fue mi padre quien me la descubrió.

El siguiente mensaje de Jake me distrae de mis recuerdos:

Jake: Alessa, hazme un favor y no vuelvas a mirar lo que dicen de ti. Al principio yo también lo hacía cada vez que sacaba una nueva canción y la criticaban. Pero no sirve de nada. De verdad. Habla conmigo cuando te sientas tentada.

Yo: Es imposible no hacerlo, pero vale.

Estoy ocultando una parte de la verdad. Quizá sí hable con él sobre ello, aunque lo más seguro es que mañana mismo me dé otra vuelta por mi propio *hashtag*. Pero esta noche, no. Esta madrugada somos la música, Jake y yo. Otra vez. Intento olvidar todo el drama y centrarme en imaginármelo tumbado en su cama, mirando al techo y con su móvil en la mano esperando mi próximo mensaje.

3

Siempre fue la literatura

Cada vez que algo se vuelve oscuro y logra trastocar mi paz, me refugio en un libro. No sé cuál fue el primero, pero muchos de ellos los relaciono con determinados momentos de mi vida. La primera vez que sentí una desconexión irreparable con mis compañeros de clase, a los catorce años, estaba leyendo *El principito*. El verano que me achicharré la piel en las costas españolas, pasaba las hojas salpicadas por motas de arena seca de un ejemplar heredado de *Grandes Esperanzas*. Recuerdo que subrayé muchos pasajes de esa narración eterna y que, después de que mamá descubriera mi hazaña a lápiz, me aseguró que jamás me volvería a prestar un libro. Y cumplió su promesa.

El primer libro que compré con mi propio dinero fue *Cumbres Borrascosas* y lo devoré mientras mi amistad con Tommy crecía en nuestras habitaciones solitarias durante los fines de semana. Una de esas noches lejanas, llovía sin tregua sobre Londres. Un aguacero que repiqueteaba en el techo y que presuponía que el mundo podía acabar en cualquier momento. Esa madrugada en vela me empapé de la historia de Catherine y Heathcliff, al igual que mi tejado se encharcaba de agua con el paso de las horas, y supe que ese amor maldito se quedaría para siempre en mi corazón, así como los páramos solitarios de aquellos escenarios.

Cuando se fue papá, quedé atrapada en la red del *Guardián entre el Centeno*. Me encontré reflejada en la apatía de Holden Caulfield, al igual que la mayoría de adolescentes de todo el mundo. Porque ser adolescente es precisamente eso: ser un incomprendido y regodearte en tu propia miseria y victimismo.

Después de aquello, inundaron mis estanterías muchos autores heridos que hablaban de su propia experiencia tras un álter ego. Era el realismo sucio. Y esa literatura directa, minimalista y punzante me envolvía en una burbuja en la que no tenía cabida ningún átomo de mi propia realidad. Fue así como llegué a Bukowski y a su odio generalizado. A su misantropía.

En cierto sentido, todos aquellos libros con los que me evadí también me educaron. Para mí, esos personajes tenían más autoridad que mis propios padres. Los que, por cierto, no se soportaban ni se ponían de acuerdo en nada. Aún recuerdo la sensación de calma que experimentaba cada vez que la casa se quedaba en silencio y yo abría el siguiente libro. Una nueva historia con la que olvidaría la mía propia.

Precisamente es en la literatura, entendido como algo abstracto, en lo que pienso al abrir los ojos. Mi primer pensamiento del día. Quizá porque anoche leí un poco antes de dormir, porque no concibo mi vida sin un libro o porque una idea me está naciendo desde dentro... Esa idea es que (quizá) podría pasarme los próximos años aprendiendo Literatura. Matricularme en alguna universidad, no por el hecho de ir a la universidad y los miles de significados sociales que eso conlleva, sino porque deseo saber más. Quiero descubrir más historias, conocer más autores. Quiero seguir poniendo tiritas en forma de hojas encuadernadas y maquetadas con mimo para las futuras heridas que la vida me depare.

Hoy ha amanecido nublado, así que la habitación está cubierta por una luz gris que no salpica de sombras las paredes. La urgencia tira de mí como una goma elástica y me levanto para sentarme al escritorio, delante de mi portátil. Recuerdo que Annie me dijo que un día lo sabría sin más. Tommy también lo mencionó alguna que otra vez. Y cuando por fin escribo en el buscador: «Programa de Literatura Inglesa en Reino Unido», sé que estaban en lo cierto. Supongo que, para mí, siempre fue la literatura.

4

Y caigo rendida ante
sus ojos tristes

Recorro el pasillo hasta llegar a la puerta entreabierta que ilumina con una franja amarilla el parqué. Después, llamo con dos toques leves antes de adentrarme en el despacho de mi madre. Aquí siempre huele a roble macizo, por los muebles, por los sillones, por los marcos de los cuadros. Todo está conformado por este tipo de madera en color oscuro y, muy a mi pesar, tengo que admitir que resulta acogedor. Ella, rodeada de papeles dispersos por el gran escritorio, sube la mirada tras sus gafas sin montura. Tiene el moño desarreglado, sinónimo de que lleva aquí todo el día. Apenas atisbo a ver la mesa debajo de todos esos informes, anotaciones y libros.

—¿Aún no has terminado? —pregunto en voz baja.

A mi madre no le gusta que la molesten cuando trabaja. Es una de las lecciones que aprendí durante el proceso de divorcio. Entiendo que para ella el trabajo es como para mí la literatura. Es probable que incluso sea más.

—Aún no —contesta. Entonces alza los brazos y resopla emitiendo un gemido de dolor.

—¿Quieres que haga la cena? —Sus ojos se abren y me hacen sonreír al ver el aumento de su tamaño natural producido por la lente.

—No me digas que también has aprendido a cocinar... —comenta.

—En realidad, no.

Ella sonríe y apila un montón de papeles.

—Podrías pedir unas *pizzas*. De esas que te encantaban.

Juro que, de repente, y como por arte de magia, el olor de ese condenado trozo de masa con queso pulula por el aire.

—Vale —intento no sonar emocionada, pero lo estoy. A veces la felicidad puede llevar nombre de comida—. Voy a llamar.

Asiente y doy media vuelta para encaminarme a la cocina.

—Al, espera. —Mi madre sube el tono y me detengo antes de salir—. Es probable que en unas semanas tenga que viajar a Chicago para un caso importante. Pero no sé si... Después de lo tuyo... No sé si es buena idea que te deje sola.

El miedo de mi madre es comprensible, pero me decepciona un poco su desconfianza.

—Mamá, no tienes de qué preocuparte. En serio. Estoy bien. Estoy mejor. Fue un malentendido —digo esperando que me crea.

—Es igual lo que fuera, no quiero dejarte sola. Has estado todo el verano encerrada. —Ahora su compasión es más que evidente. Y yo odio la compasión.

Frunzo el ceño.

—No estaba tan mal, mamá. Créeme —aseguro, y el calor se me sube a los mofletes cuando recuerdo algunas de mis noches con Jake.

—¿Es una posibilidad que viajes conmigo? —pregunta, tanteando el terreno.

Ya estamos. No. No es una posibilidad. Pero ahora parece que nado sobre un mar de condescendencia. Y por eso contesto:

—Ya lo veremos.

Ahora sí que salgo, pero su voz me detiene de nuevo. ¿Qué quiere ahora?

—Alessa, espera. —Mi madre se ha quitado las gafas y se ha estirado en el sillón. Me mira muy atenta—. ¿Cuándo vas a llamar a tu padre? —Y ahí está la pregunta que ha querido hacerme desde que he entrado por esa puerta. Lo de las *pizzas* y el viaje a Chicago han sido los medios para conseguir llegar al fin.

—¿Ahora quieres que lo llame? —Mi pregunta es un ataque y mi madre lo toma como tal.

—Nunca he dicho lo contrario, Al. Solo...

—¿Solo qué, mamá? —gruño—. Además, sí lo has dicho. También dijiste que se olvidó de nosotras. De hecho, hubo una temporada que era lo único que balbuceabas. Bueno, pues lo estoy empezando a aceptar. ¿Te parece bien?

Observo cómo la pena deambula por sus labios fruncidos. Otra vez la compasión. E intento pensar en que hay muchas personas sin padre o en peores circunstancias que yo, pero es un consejo que nunca funciona. ¿Acaso yo estoy en el interior de los demás? Estoy en el mío. El ser humano es egoísta por naturaleza. Cuanto antes lo vayamos asumiendo, mejor.

—Creo que deberías intentarlo una vez más. Me llamó en tu cumpleaños —confiesa.

—Ahora resulta que te tiene más embaucada a ti que a mí. ¿Y qué fue lo que te dijo? —Percibo un hilo de esperanza abriéndose paso entre toda mi aversión.

—Quería hablar contigo para pedirte perdón. Te quiere, es tu padre.

¿Que me quiere? ¿Es eso lo que acabo de escuchar? He aprendido a controlar mi ira interna más oscura porque, si no fuera así, ahora mismo daría una patada a la escultura del loro de roble macizo que mamá tiene al lado de la puerta. Me lo cargaría y no tendría ningún remordimiento por ello. Pero no lo hago. Lo que sí hago es dedicarle una mirada desafiante a mi progenitora y cerrar la puerta con un movimiento brusco. Pero nada de portazos. Ya no. No merecen la pena.

Mucho rato después, entro en mi habitación. He hecho las paces con mi madre como Dios manda: viendo una de esas películas de serie B en las que lo mejor que puedes hacer es reírte del bochornoso guion. No nos ha quedado más remedio que compartir muchas carcajadas y se me ha olvidado por completo que ha asegurado que mi padre me quiere.

Saco el móvil del bolsillo y, sin pensarlo demasiado, marco el número de Jake. Es tarde, pero las ganas de oír su voz son como agujas que se clavan desde dentro. Deambulo por la habitación de un lado para otro y, en el segundo tono, Jake contesta.

—Ey —me saluda.

—Ey —lo saludo. Y casi me tiembla la voz.

—¿Ha pasado algo?

—No, qué va. Te dije que te iba a llamar.

—Sí, pero han pasado un par de días.

Cierto. Aquí las horas transcurren rápido y los últimos días me he dedicado a investigar sobre estudios, universidades y Reino Unido en general. De todos modos, Jake y yo sí que nos hemos mandado mensajes a través del chat. Muchos. De hecho, puede que ya se haya convertido en la conversación más larga que he tenido en ese trasto. Incluso nos hemos mandado fotos. Yo, desde el cine privado de mi casa. Él, desde el estudio con la cabeza apoyada en el mástil de su guitarra.

—Tenía ganas de hablar contigo —admito.

Escucho el roce de las sábanas, como si se estuviera arrastrando por la cama.

—¿Estabas durmiendo?

—No... Me sigue costando dormir —explica—. Y ahora mismo, estoy más despierto que nunca.

—¿Por qué?

—Porque llevo tiempo queriendo escucharte. Últimamente parece que la famosa eres tú —se burla poniendo una voz aguda.

Y entonces el silencio se hace a través de la línea y se expande por encima de los segundos. Escucho nuestras respiraciones desacompasadas. ¿Que yo parezco la famosa? Creo que lo soy. Muy a mi pesar y por su culpa.

—Perdona. Solo era un comentario sin importancia.

—No pasa nada. Ojalá Twitter no estuviera inundado de nuestras fotos. Salgo fatal, ese día no dormí una mierda. Por los nervios, supongo.

—A mí me gustan esas fotos.

Sé que es cierto. Jake me envió una de esas instantáneas robadas en las que salimos mirándonos y riéndonos con la boca muy abierta y los ojos muy pequeños. Tal vez esa es la única fotografía pasable para mí.

—¿Estás mejor? ¿Menos asustada? ¿Menos preocupada? —Su interés por mi estado siempre se encuentra en alerta roja.

—Sí —digo mientras me tumbo en la cama—. Ni ayer ni hoy he entrado en internet. Y una se siente mejor, con más paz en el cuerpo. Deberíamos volver a lo de antes. A los mensajes de texto pequeños y los incómodos botones con letras y números.

Ríe.

—Pero no podríamos mandarnos fotos, ni vernos cuando quisiéramos.

De pronto, una videollamada interrumpe nuestra conversación telefónica. Dudo unos segundos ante el botón rojo y el verde en la pantalla, pero finalmente la acepto. Las ganas de verlo me asaltan y el cuerpo se me tensa. Cuando su imagen se materializa en la pantalla, está tan guapo y es tal la impresión que termino poniéndome colorada. Menos mal que desde esta cámara no se nota el rubor.

—¿Por qué te sonrojas? —pregunta con su sonrisa torcida adornando todo el cuadro rectangular del teléfono.

Y ahora no puedo hablar. Va a ser que la cámara tiene más calidad de la que suponía. Lo único que puedo hacer es devolverle una sonrisa de labios temblorosos.

—¿Qué tal tu día? —Necesito cambiar de tema.

—Bien. Hemos pasado toda la tarde en el estudio —me cuenta—, y luego hemos venido al piso a tomar algo.

Una punzada de celos me recorre la espina dorsal y me pone los vellos de punta. Así que no puedo evitar preguntar:

—¿Quiénes? —Mi jodida impulsividad de nuevo.

Observo cómo la satisfacción se posa en sus labios contenidos en una pequeña sonrisa, el muy cabrón. Se coloca bien la almohada bajo la cabeza y demora aún más su respuesta. Estoy a punto de morderme la lengua con los dientes, por los nervios, pero su voz me llega antes y me detengo.

—Los chicos y yo —declara, mostrando toda su dentadura.

De pronto, me posee una sensación intensa y extraña que ha surgido de toda la tensión contenida que se ha instaurado en esta llamada. La sensación de que Jake Harris es mi novio y de que nos comportamos como si fuéramos dos adolescentes que se tienen tantas ganas que apenas pueden mantener una conversación coherente. Deseo tocarlo, estar en esa cama con él. La verdad cae sobre mí como un jarro de agua templada que me tranquiliza. Pero mi antigua yo, la que, sin duda, todavía forma parte de mí, se resiste al compromiso.

—¿Alessa? —Me he evadido de la conversación y Jake me ha pillado—. No pasa nada porque te pongas celosa.

—No estaba celosa —protesto.

—¿No? —Otra vez esos hermosos ojos grises a los que el vídeo no les hace ninguna justicia.

—Déjalo ya —Hablo entre dientes y sueno graciosa.

Él se ríe y la cámara se tambalea en sus manos.

—Si me hubieras dicho que has pasado todo el día con Tommy, también me habría puesto un poco celoso —bromea.

Le hago una peineta. Él se acerca más el móvil a la cara y sus labios gruesos se quedan muy cerca de mis dedos sobre el cristal de la pantalla del móvil.

—Quiero verte —susurra.

Se me acelera el corazón en un desenfrenado latido que me recuerda a nuestras madrugadas en Camden Hall.

—Vivimos lejos y no tengo coche.

—Yo sí tengo coche y, si me lo permitieras, podría salir ahora mismo para allá. —Suena a chiste, pero creo que habla muy en serio.

—Sabes que no puedes.

—¿Quedamos mañana? Es viernes.

Estoy a punto de decirle que sí, pero entonces recuerdo la fiesta de la universidad con Taylor.

—He quedado con Taylor. —Frunzo el entrecejo—. Tiene una especie de reunión con los estudiantes de su universidad y me ha pedido que la acompañe.

—Podemos vernos después. Estaré con los chicos, podemos quedar cuando termines —ofrece.

Pero mi mente ya se ha desviado por la tajante. ¿Si ya había quedado con los chicos por qué me ha dicho de salir? En un instante, la idea de salir con Jake Harris me inunda la cabeza de paparazis desquiciados y más fotos de gatos horrorosos con pelucas naranjas.

—No creo que Taylor quiera. Está ilusionada y me obligará a quedarme allí toda la noche, aunque yo sufra por dentro.

Sonrío. Él también.

—Puedo ir a esa fiesta de intelectuales.

Abro mucho los ojos y compartimos un incómodo silencio que le molesta. Creo que Jake tiene las mismas ganas de tocarme como yo de acariciar su piel.

—Te reconocerían, Jake. —Él sube los hombros—. No te dejarían en paz.

Se lo piensa.

—Te aterra que te vean conmigo, ¿no?

—Un poco, para qué te voy a mentir. ¿Sabes todos los mensajes humillantes de desconocidos que he tenido que soportar?

Necesito que lo entienda. Lo que he pasado estos días no es moco de pavo. Para nada. De repente, su imagen contrariada me recuerda al día que lo vi por primera vez. Y caigo rendida ante sus ojos tristes. Siempre lo hago. Esa es mi mayor debilidad.

—Podemos quedar otro día —sugiero, esperando que el Jake de hace un momento vuelva.

—No más tarde que el sábado.

Sonríe porque ha conseguido lo que quería. Me aparto el pelo para despejarme el cuello y aliviarlo del calor. Porque estoy en llamas. Y necesito que el sábado llegue ya.

5

El esnobismo no es lo mío.
Tampoco este vestido de lentejuelas

La Alessa que se refleja en el espejo de cuerpo entero es, sin duda, una Alessa arrepentida. Se puede observar en la mueca que le baja los pómulos y le arruga los labios. El vestido de lentejuelas ya no le parece confortable ni recatado por la parte de arriba. Ahora se ahoga y quisiera tener el cuello descubierto. Y de las piernas, mejor no hablar. Solo ve piernas. Dos piernas blancas, delgadas y largas. El largo del vestido apenas le cae por debajo de los glúteos.

Me escaneo una vez más con la mirada y entro en pánico. Dentro de media hora he quedado con Taylor en la puerta de la casa de una fraternidad y aún no me he peinado ni maquillado. Es más, es muy probable (en un noventa por ciento de probabilidad quizá) que me quede en casa, me meta en la cama y me ponga a leer. Pero la reprimenda que me caería por parte de Taylor aparece como un videojuego de terror ante mi mente, así que finalmente elijo agarrar el neceser, apartar la mirada de la parte baja de mi cuerpo y centrarme en hacerme un *eyeliner* discreto.

Quince minutos después, atravieso la puerta de mi casa sin despedirme de mi madre. He optado por mandarle un mensaje informativo y evitar su mirada de sorpresa contenida y su posterior alegría. Y de que me recriminara que llevase puesto el único abrigo de paño negro que tengo en el armario. Uno que me regaló ella misma por Navidad cuando tenía dieciséis años. Las mangas me quedan cortas y apenas puedo cerrarme el botón sin quedarme embutida en la prenda. Al menos calzo mis Vans negras para ocasiones especiales. Son iguales que las de diario; lo que las diferencia es que estas son altas y están menos desgastadas. Aun así, es un placer combinar zapatillas con un diminuto vestido que a la hora de enfundármelo me ha parecido demasiado pretencioso. Taylor va a flipar cuando vea que no ando como un pollo con los tacones de plataforma que me prestó. Debo decir en mi defensa que, para ser alguien que jamás se calza unos buenos tacones, parezco un pollo y no un pato. Mi zancada es torpe, sí, pero no desastrosa. Mi madre siempre me ha dicho que, con un poco de práctica, caminaría igual que ella al pasearse por los juzgados con los tacones de aguja más caros del mercado.

Cuando salgo del taxi la veo a lo lejos, con la cabeza hundida en la pantalla del móvil y apoyada en la reja de metal que resguarda una enorme casa de piedra al fondo. Camino hacia ella y el arrepentimiento me retuerce el interior. La verdad es que llevo así desde que me puse el vestido y me miré al espejo. Taylor levanta la cabeza, entrecierra los ojos por su miopía y oigo su alarido antes de llegar a su lado.

—¡¿Dónde están mis tacones?! —chilla colocándose las manos en sus delgadas caderas.

—¿No te parece que el vestido ya es demasiado corto? —Me coloco frente a mi amiga y observo lo bien maquillada que está. Sus labios rojos destacan más que nunca—. Yo también me alegro de verte.

—Nunca te esfuerzas y te ves preciosa —me dice—. Tu madre ha elegido muy bien el vestido, como siempre. Te hace unas piernas espectaculares.

Arrugo el ceño y la señalo con el dedo.

—Para tu información, lo he elegido yo. Y que sepas que la antigua Alessa, la de antes de pasar el verano en aquella casa rural donde se recuperaba, no había venido esta noche. Así que, como mínimo, dame las gracias.

Mi amiga me abraza fuerte y me pasa la mano por el hombro. Luego, me arrastra hasta la entrada de la verja donde ya se ha consagrado un grupo de jóvenes que están llamando a un interfono.

—¿Por qué no te has recogido el pelo como te dije? —La asesino con la mirada—. Lo vamos a pasar bien, ya verás. —Sus ojos brillan bajo un párpado cargado con una purpurina más discreta que la que utilizaba Annie, que era a todo color.

Entonces, su recuerdo me atraviesa. ¿Qué estará haciendo ahora Annie? ¿Se encontrará bien? Me descubro adentrándome en esa casa desconocida del norte de Londres pensando en mi amiga, que aún continúa internada en Candem Hall. La echo de menos. Seguro que a ella sí que le hubiera gustado este tipo de plan, y Taylor la hubiera acogido con los brazos abiertos. Porque, en cierto sentido, comparten la misma energía desbordante.

El encuentro entre universitarios novatos es exactamente lo que me temía. Al entrar por la puerta, todo el pijerío de Londres me estampa en la cara como el primer golpe de un palo en una piñata. El olor a colonia cara se entremezcla con el olor a cerveza y el murmullo inunda una gran sala atestada de gente joven en mocasines. Taylor me lleva agarrada de la mano y me conduce hasta el fondo de la sala, donde se alza un gran ventanal de cristal con vistas a un césped con piscina. Antes de llegar, mi amiga levanta la mano a modo de saludo y, al segundo siguiente, me encuentro delante de un par de chicas muy altas, muy rubias y muy parecidas que me miran con curiosidad.

—Alessa, te presento a Dina y Laure. Son hermanas y también van a la Queen Mary. Este año empiezan el segundo curso. —Taylor le da un par de besos a cada una.

—Hola —saludo con timidez y alzando una mano.

La Queen Mary es una de las mejores universidades de Leyes de todo Londres. Taylor va a estudiar allí, es uno de sus sueños. Lleva siendo uno de sus sueños desde que la conozco. Mi madre también estudió allí, así que este verano han quedado un par de veces para hablar de la dinámica del centro, a pesar de que hace ya bastante tiempo que mi madre se licenció. Pero a Taylor le encanta este tipo de formalidades tontas que no sirven para nada.

Echo un vistazo rápido a la gente que me rodea y demasiado pronto comprendo que tampoco encajo allí, en el mundo universitario, en esa etapa joven e intelectual que, según dicen, siempre es la mejor de una vida. En el instituto a menudo pensaba que, cuando fuese a la universidad, encontraría a algún igual con el que tendría cosas en común más allá de llevar pitillos vaqueros ajustados. En esa época me sentía como si perteneciese a una especie rara dentro del universo de *Star Wars*. Sin embargo, aquí estoy ahora, en una fiesta universitaria, rodeada de gente con la que tampoco tengo nada en común, más allá del lujo que compartirán nuestros padres. Porque estoy segura de que en la universidad existe gente más humilde, con recursos más escasos, pero desde luego esas personas no son las que pululan por este salón.

—¿Tú también entras en primero? —pregunta una de las hermanas, la más baja de las dos.

—No, qué va —contesto. Y como noto en su mirada que espera por mi parte una respuesta más elaborada, añado—: Voy a estudiar Literatura.

—¿Qué? —la voz aguda de mi amiga me sobresalta como si se tratase del pitido de un entrenador.

—¿No te lo he dicho? —Observo cómo el enfado explosiona bajo su pequeño cuerpo.

—¡Claro que no! —me reprocha—. ¡¿Vas a ir a la universidad?!

—Creo que sí.

—¿Crees que sí? —Ahora me mira con los ojos muy abiertos—. Voy por una cerveza y ahora seguimos con esta conversación para la que no estoy preparada.

Imagina cómo de preparada estoy yo si Taylor aún no está lista, que siempre ha estado más que predispuesta para todo en esta vida.

—¿Puedo hacerte una pregunta un poco invasiva? —La misma hermana de antes vuelve a la carga. Se nota que quiere hacer una nueva amiga, aunque no vaya a su misma universidad.

«Claro que no puedes», pienso. Pero ahora tengo que ser más complaciente, más amable, menos susceptible. «Desde aquí, te doy las gracias por todo lo aprendido, Norma».

—Claro. —Y mi sonrisa se ensancha en un gesto forzado.

—¿Con qué producto te lavas el pelo? Te brilla una barbaridad. —¡Madre mía con la Queen Mary, los mocasines y las rubias legales!

—Me lo lavo con vinagre. Todos los días.

—¿De verdad? —pregunta con fascinación.

Luego le da un delicado trago a su bebida transparente.

—De verdad.

Creo que necesito tomar el aire más de lo que necesito volver a mi casa.

—Ahora vuelvo —anuncio.

¿Por qué he tenido que salir de mi habitación? «Podría ser peor», me animo. Ahora mismo podría estar llevando tacones, pero no es el caso. Calzo unas bonitas y desarregladas zapatillas que me guían hasta el jardín de la casa, donde hace un frío que pela y donde un par de jóvenes se pasean de un lado para otro con el móvil pegado a la oreja. Y sí, estos dos también llevan mocasines.

¿En qué universo alternativo podría yo encajar en un ambiente tan impostado? Me adentro un poco más en el jardín para perder de vista las ventanas y la fiesta compuesta de corros de gente que conversa sin cesar. Me siento en la hierba y el frío asciende por mis piernas desnudas. Me abrazo a ellas y alzo la cabeza hacia el cielo. Por fin un lugar conocido. Las estrellas. Me sumerjo entonces en mis pensamientos y en lo perdida que estoy ahora mismo. En lo solas que se sienten las madrugadas estando lejos de Jake.

El cielo se ha oscurecido hasta adquirir el tono negro del infinito. Las estrellas brillan ahora con una fuerza cegadora y la temperatura ha descendido varios grados. Me froto las piernas con los brazos para intentar crear calor con la fricción y, con el movimiento, mi melena envuelve mis rodillas como una manta. En ese momento, el móvil vibra sobre la hierba devolviéndome a la realidad de esta casa desconocida y a la música que me llega de fondo desde el salón. ¿Cuánto tiempo ha pasado? Agarro el teléfono y me topo con un mensaje de Jake que me ofrece la hora exacta: 00:16.

Jake: ¿Sigues en la fiesta? Podríamos vernos después...

Sonrío. No estoy acostumbrada a que alguien esté tan pendiente de mí.

Yo: No te tenía por alguien impaciente, Jake. Sigo aquí, pero es un rollo. Confío en que dentro de cinco minutos esté montada en un taxi con destino a mi cama.

Jake: Me gusta ese destino. ¿Puedo decirle a Stone que lo marque en el GPS?

Yo: Deja de abusar de tu chófer. Dale hoy la noche libre.

Jake: Le doy la noche libre si mueves ese bonito trasero y vienes hasta aquí.

Estoy a punto de preguntarle «¿Dónde estás?» y plantarme ante él para pegarme a sus labios como una lapa a su roca, pero supongo que el miedo se aviva de nuevo y solo contesto:

Yo: Tú y yo, mañana.

Jake me envía un icono con una sonrisa pequeña. Muy parecida a la suya cuando algo le gusta y no quiere dar muestra de ello.

Yo: Voy a llamar al taxi.

Me levanto y camino apresurada hacia el interior de la casa, que me acoge con la calidez que desprende un aire viciado de conversaciones, música y alcohol. Parece que la estancia está más atiborrada que antes, con más grupos entre los que no distingo ningún camino hacia la salida. Se respira un aire de esnobismo que me provoca arcadas. Definitivamente, la gente que sigue las modas me da ganas de vomitar. Esa gente, que elige ser de un modo u otro, que elige vestir unas prendas u otras solo porque se consideran más distinguidas, me hace querer no pertenecer a esta especie. Os lo juro. Y a mi alrededor, solo diviso jóvenes esnobs que beben en copas de cristal caras, fingen ser educados y escuchan *jazz* por el simple hecho de que siempre será un género complejo y difícil, y no porque disfruten de su constante improvisación. En realidad, hay pocas personas que se deleiten con el *jazz*. Pero reconocerlo es otro asunto. Porque si lo reconoces, quedas fuera de toda distinción.

Apuesto mi cuello a que la mayoría quiere llegar a ser abogado por el estatus que supone y no por vocación propia. Sé que puedo sonar dura, teniendo en cuenta que ni siquiera he cruzado una palabra con ellos, pero las entrañas de toda esta gente (enterradas bajo miles de prendas caras y una frágil piel de persona acomodada) se podrían observar desde una nave espacial. Y en estos momentos, estoy compartiendo un salón con ellos. Si la vida universitaria trata de intentar ser un esnob, estoy al margen. Jamás voy a actuar de una manera concreta o a comprarme algo con el fin de impresionar a alguien. Mis zapatillas están fuera de todo el elitismo que me rodea.

Incluso mi vestido de lentejuelas. Aquí resplandecen el satén y las camisetas de seda para las chicas. Los mocasines y los polos de Ralph Lauren para los chicos.

Busco a Taylor entre la gente, pero no identifico su cabello dorado entre todas las cabelleras de ese mismo color que se extienden por toda la sala. Cuando intento dirigirme hacia donde estaba antes, me empujan y me deslizo hasta el barullo del centro. Y entonces logro verla a duras penas, salpicada por los brazos y las espaldas de la masa. Sin perderla de vista, me muevo en su dirección abriéndome paso entre la multitud. Me resulta extraño que Taylor no esté enfrascada en una de sus conversaciones con ninguno de sus futuros compañeros. Por el contrario, tiene la cabeza sumergida en la pantalla de su móvil y escribe con dedos expertos mensajes a Dios sabe quién. Aún está concentrada en su tarea cuando me pego a ella y le agarro de la muñeca.

—¿Dónde demonios estabas? —pregunta alzando la cabeza y clavándome sus rabiosos ojos.

—Fuera —le respondo.

Ella vuelve a su móvil y lo entiendo como la oportunidad de oro para comentarle que me largo de aquí. Y mucho que he durado.

—Taylor... Creo que... —titubeo, y sé que se va a enfadar—. Voy a irme a casa, no encajo aquí. No creo que pueda sociabilizarme con esta especie, la verdad.

Por fin soy capaz de decirlo en voz alta. Y, para mi sorpresa, Taylor suelta una carcajada y vuelve a su móvil. Otra vez. Al cabo de unos segundos en los que yo he perdido la mirada en un chico de rizos dorados que muestra una sonrisa de dientes perfectos, Taylor me toma de la mano y comienza a andar hasta la salida.

—Yo también me voy. Si sigo escuchando más *jazz*, me va a dar una embolia. Yo tampoco tengo nada que ver con estos pijos. He intentado relacionarme, pero solo me han hablado de libros preparatorios que se han leído en verano y que, evidentemente, yo ni siquiera sabía que existían. Lo único destacable que he hecho este verano es tirarme a Tommy.

—¡Puaj! ¿Por qué he tenido que escuchar eso de nuevo? —digo con la cara teñida de asco.

Me detengo y ella se gira para ver qué va mal. Cuando me observa, sonríe con la cabeza ladeada y tira de mí. Dejamos atrás al último grupito y nos encaminamos hacia el gran portón.

—Bueno, este verano también he conocido a Jake Harris. Seguro que nadie de aquí lo conoce.

Pongo los ojos en blanco y me suelto del agarre de mi mejor amiga.

Cuando Taylor le comunica al taxista la dirección de nuestro próximo destino, me echo a temblar. Literalmente. Quizá sea por el frío, pero va a ser que no...

—¿Adónde vamos? Creía que nos volvíamos a casa. —¡Quiero meterme en mi cama calentita!

—Tú flipas en colores, amiga —dice mientras saca un espejo pequeño de su bolso—. Vamos a un lugar donde se baila de verdad.

—¡¿Qué?!

—Lo que oyes. Esta es nuestra noche. Estás guapísima, estoy guapísima. Déjame disfrutar de tu amistad mientras movemos el esqueleto.

Su cara de duendecillo siempre ha sido una de mis perdiciones, y ella lo sabe. Así que sonríe con todos sus dientes y achica los ojos. Acto seguido, abre su barra de labios roja y se retoca con maestría observándose en el espejo.

—Jamás voy a volver a decir «sí» a alguno de tus planes. Lo sabes, ¿no? —comento con irritación.

—Sé que volverías a aceptar, así que cállate y píntate los labios. No sé si te van a dejar entrar con esas zapatillas.

—¿De verdad? —Ahora se me ilumina el rostro, lleno de esperanza.

—En realidad, no. Tengo un contacto muy bueno. No hay ninguna posibilidad de que nos dejen fuera.

Me encojo en mi asiento y me agarro al cinturón de seguridad mientras observo por la ventana el halo naranja que desprenden las farolas. Algo importante que he aprendido en Camden Hall es a no pelear cuando sé que algo está perdido de antemano. Así que asimilo que esta noche voy a bailar con Taylor, y mucho. Tampoco está tan mal, ¿no? He estado demasiado tiempo sin ella.

6

Definición de
«estar hechizada por alguien»

Al pararme frente a la fachada de ladrillo adornada con un llamativo neón azul en el que se puede leer «Gini's», me invade la sensación de que el nombre del garito me suena. Estoy bastante segura de que nunca he estado aquí, pero hay algo en esa palabra que me recuerda a un momento concreto. Me quedo embobada mirando el neón, intentando recordar y cegándome con la luz eléctrica que desprende.

—¡Vamos, Alex! —grita Taylor desde la puerta.

Voy hacia ella sin despegar los ojos del letrero hasta que me veo obligada a cortar el contacto cuando atravieso la puerta. Tal como mi amiga me ha asegurado, no hemos tenido ningún problema al entrar. Ni siquiera me ha parado el portero, que se ha limitado a apartarse con gesto amable para cederme el paso.

Nos adentramos en un oscuro pasillo solo iluminado por algunas bombillas de aire *vintage* que sobresalen de la pared. La luz que emiten es de un tono dorado que impregna de confianza el extenso corredor. El estruendo musical es lo primero que me atraviesa el cuerpo, haciendo que mi sangre bombee detrás de las venas. El corazón me retumba en el pecho con sus latidos al ritmo de la canción. Está sonando un curioso remix de *Heart Of Glass* de Blondie que invita a mover el cuerpo. Segundos después, accedemos a un lugar que parece sacado de otra década. La estancia conserva la esencia de un auténtico *pub* inglés, con la única y gran diferencia de que es *enorme*. La gente abarrota los sofás chéster marrones y los sillones de cuero que se expanden a lo largo de la sala. A un lado se alzan varias mesas altas con todos los taburetes a su alrededor ocupados. Y me quedo impresionada al observar la barra al fondo, con miles de bebidas a sus espaldas sostenidas sobre el mostrador iluminado de detrás.

La música no está tan alta como para reventarte el tímpano, como ocurre en otros muchos lugares, y la gente es de lo más variada. Por eso me da tan buena espina. Desde que he entrado, he visto a jóvenes con camisas leñadoras y a chicas con los labios pintados de negro. También a gente vivaz y atractiva (que perfectamente podrían ser modelos) y a chicos despreocupados por su aspecto que calzan zapatillas similares a las mías. Tengo la sensación de que aquí cabemos todos; no hay exclusión perpetrada por zapatos de piel y camisas de seda. Pero sí que hay algo que me resulta chocante. A un espacio como este vienes a disfrutar con tus amigos mientras conversas y te emborrachas, no a bailar propiamente dicho.

—Me encanta este sitio —le confieso al oído a mi amiga—. Ha sido muy bueno lo de decirme que íbamos a bailar toda la noche. La verdad es que prefiero emborracharme.

Sonrío ampliamente mientras hago un buen repaso con la mirada buscando algún sitio donde sentar nuestro trasero. A cada rato que pasa me siento más en sintonía con el lugar. Sin embargo, cuando choco con la mirada de mi amiga, comprendo que me he columpiado bastante.

—Cariño, no era ningún farol —replica.

Y sin más, me toma de la mano y me empuja hasta un lateral en el que no había reparado. Allí se extiende de lado a lado una barandilla de metal donde la gente está asomada como si se tratase del balcón de su casa. «¿Qué hay allí abajo?», me pregunto. Nos hacemos hueco entre dos chicas que se están haciendo un *selfie* y, para mi sorpresa, descubro la mayor pista de baile que he visto en toda mi vida. Luces de todos los colores se van turnando sobre la marea de bailarines improvisados que la inundan. Desde este anfiteatro, la música sí resulta atronadora. No me imagino cómo tiene que sonar ahí abajo. La gente lo está dando todo, bailando al son de canciones ochenteras y con sus copas apuntando hacia el techo. Y eso provoca que mi cuerpo se contagie de la melodía, de la libertad. Incluso consigue que me sienta bien conmigo misma dentro de este minúsculo saco de lentejuelas. Y hasta me arrepiento de no haber traído los tacones. Al final, Taylor ha dado en la diana eligiendo este sitio. La observo a mi lado, moviéndose también, y le sonrío.

—Te dije que íbamos a bailar —me asegura—. ¡Vamos a bajar!

Pero justo antes de dirigirnos a la escalera que nace de un lateral de la barandilla, mi amiga saluda a alguien que está a lo lejos, detrás de mí. Giro la cabeza para ver de qué pintoresco conocido de mi amiga se trata, y lo que me encuentro me deja paralizada y hace que el vértigo congele todos mis movimientos. Fijo mis ojos en los suyos, grises, nada tristes ahora, sino burlones. Brillantes. Anhelantes. Irresistibles. Jake Harris está sentado en un sofá del único apartado acordonado del lugar, rodeado de jóvenes entre los que destacan varias chicas bellísimas. Hago un ligero análisis esperando encontrar por algún lado a Charlotte Rey, pero no está. El alivio repentino no consigue eliminar la revelación que se expande por el aire viciado de humo que proviene de una enorme máquina colocada en el techo.

Miro a Taylor, que me observa con ojos de fingido arrepentimiento. La muy falsa lleva toda la noche hablando con Jake a través de mensajes. Por eso estamos aquí. No me lo puedo creer. Encima he sido yo la que he quedado como una auténtica mentirosa diciéndole a Jake que me iba a dormir. ¿Por qué este chico tiene que hechizar a las personas de este modo? ¿Es por sus ojos? Vuelvo a encontrarme con su mirada y me sonríe con la ventaja de la que goza el que lo controla todo. Recuerdo entonces que un día Annie me contó algo relacionado con Jake y nombraba a este garito. ¡¿Por qué no he podido acordarme antes?! Ni muerta hubiera entrado de haber sido así. En aquel relato, Jake terminaba sufriendo un coma etílico. De repente el vértigo se transforma en algo distinto. En miedo. Un miedo que mezcla la pérdida del control sobre mí misma y el temor de que Jake haya vuelto a lo de antes.

De todos modos, ha sido Taylor la que me ha arrastrado hasta aquí. Así que la abordo con ojos autoritarios antes de enfrentarla.

—Te voy a matar —la amenazo.

—Me ha sobornado —confiesa—. ¿Sabes lo difícil que es entrar en este sitio?

Me giro de nuevo hacia el chico que sigue sin quitarme sus ojos de encima, aunque los de su alrededor requieren de su atención por todos los medios. A pesar del bullicio, escucho con total claridad el nombre de «Jake» materializándose en diferentes voces. Ahora soy yo la que sonríe con arrogancia. Estoy en el mismo lugar que él, pero voy a ignorarlo porque ha jugado sucio. Está acostumbrado a conseguir todo lo que quiere, pero a estas alturas debe de saber que conmigo las cosas no funcionan así, aunque en estos instantes me esté muriendo de ganas de correr hasta él y encaramarme en su regazo.

Agarro el brazo de mi amiga, tiro de ella con urgencia y bajamos las escaleras a trompicones. La rabia se va agrandando por cada escalón que desciendo. Y entonces hago la única cosa que puede rebajarme el enfado: bailar.

7

El efecto Alessa

Jake

Nada más verla se me eriza el vello y un intenso cosquilleo asciende hasta posarse en mi nuca. Esa es la primera sensación que siempre he vinculado a Alessa. Pero cuando la he visto aparecer con ese vestido que deja al descubierto sus piernas, esa sensación ha ido acompañada de un latigazo en mi miembro. Está impresionante y ni siquiera se ha dado cuenta de ello. Nunca ha sido consciente del poder que destila sobre los demás. De su brillo innato. Sé que acordamos que nos veríamos mañana, no hoy. Quizá ella podía esperar a mañana, pero yo no. Ha pasado demasiado tiempo y las esperas no se me dan bien.

Su mirada se encuentra con la mía, en la que sin duda aprecia que no estoy ni siquiera un poco arrepentido por haberme compinchado con Taylor. Es más, sus bonitos y expresivos ojos de felino, que ahora están muy abiertos, provocan que mis labios se curven en una sonrisa ladeada. La deseo.

Ninguna de las chicas que merodean por mi alrededor en este apartado vip (muchas de ellas de una belleza deslumbrante) poseen el poder que esta chica ejerce sobre mí. Me he pasado prácticamente toda la noche convenciendo a su amiga para tenerla donde está ahora mismo, apoyada sobre la barandilla del Gini's, a unos metros de mí. Desde mi posición puedo observarla a mi antojo, y lo hago. Nos desafiamos durante unos deliciosos segundos con nuestros ojos. Mi cuerpo relajado sentado sobre el sofá y el suyo rígido e incómodo por la sorpresa. Me gustaría que eliminara la distancia que nos separa y me abrazara. Luego, que se sentase a mi lado para así poder presentársela a los chicos. Quiero que la conozcan porque pretendo que Alessa forme parte de mi vida. A ella le da miedo mi fama, pero a mí me da más pavor pensar que quiero que una chica forme parte de mi vida por primera vez en mi existencia. Pero Alessa no cruza la estancia para llegar hasta mí, solo un milagro lo habría permitido. En vez de eso, me dedica un fruncido de sus apetitosos labios —ahora también pintados de rojo— y da media vuelta para bajar a la pista de baile. Sabía que iba a ser complicado, aunque no sé si estoy preparado para verla bailar con otros tíos.

Me levanto del sofá y, ante la mirada de todos, pillo mi cerveza de la mesa y les anuncio:

—Ahora vuelvo.

Mark se me queda mirando con una expresión interrogante en el rostro. Ladeo la cabeza como sinónimo de «No pasa nada» y doy media vuelta para encaminarme hacia la barandilla.

Me lleva un rato localizarla entre la oscuridad de la pista salpicada por las luces de las pantallas de los móviles. Finalmente la encuentro, agitando su melena pelirroja hacia todos lados, riendo con la boca enorme y siguiendo el ritmo de una melodía de los ochenta. La observo ensimismado, ajeno a todo mi alrededor. Me gustaría bajar y decirle que me acompañe a mi apartamento, que tenemos que hablar y que siempre siento que estamos dando palos de ciego; pero sé que no debo, que tengo que dejar que sea ella quien se acerque a mí... He visto cómo se sonroja cada vez que suelto un comentario que le atañe a ella. También he visto cómo tiembla debajo de mí. De placer. Su primera vez fue conmigo. «Eso tiene que significar algo», me repito por no sé cuanta vez en estos días.

De repente, la música se vuelve lenta, hipnótica, como si estuviera suspendida en un limbo. Le recorro el cuerpo con la mirada y, cuando llego a sus ojos, veo cómo los pone sobre mí. Hace ya tiempo comprendí que esta chica no es como las demás, por eso mi afán por tenerla a mi lado, supongo. Por eso y porque tiene la cara más bonita que he visto nunca. El tiempo parece haberse detenido en medio de nuestra mirada. Y, entonces, un chico la toma de la mano y le susurra algo en el oído. Mi cuerpo y mi instinto me gritan que baje de una vez y que ponga fin a este sinsentido, pero han sido muchas charlas con Norma para que no pueda controlar mi mente. De momento, la controlo. Esta noche no ha hecho más que empezar y voy a jugar a su mismo juego. ¿Podrá controlarse ella también? Mi corazón late más deprisa cuando me vuelvo al reservado. Perderla de vista me crea tensión en todo el cuerpo. Pero, por otro lado, ojos que no ven, corazón que no siente.

Suena Daft Punk cuando tomo asiento en mi sitio y elijo otra cerveza del cubo rebosante de hielo que reposa en la mesa. Las dos morenas que se nos acercaron al principio siguen aquí. Una tiene el muslo muy pegado al de Rob y la otra no aparta su seductora mirada de mí. Puedo notarlo y, además, me resulta agotador. Mark se desploma a mi lado antes de que la mujer se tome ciertas libertades. Resulta un alivio que mi amigo se haya interpuesto entre los dos.

—¿Qué te pasa con esa chica? —pregunta Mark, preocupado—. Desde que ha aparecido, te has ido a otra parte. Incluso te has levantado de este sofá que tiene tatuado tu trasero. —Intenta sonar gracioso.

«Gracias, Mark. No tenía ni idea del efecto que Alessa tiene en mí», sueno irónico internamente.

—Cuando la conozcas, lo entenderás. —Quiero quitarle importancia al asunto.

—¿Estás seguro de que la conoceré? —Ahora tiene los ojos oscuros muy abiertos y está a punto de soltar una carcajada—. Acaba de correr en dirección contraria.

—Es muy cabezota y el miedo le puede —le explico, sorprendiéndome a mí mismo por haberle hecho esa confesión.

—Creo que alguien a la que le dé miedo salir con Jake Harris es alguien interesante.

—No sabes cuánto.

Por fin suelta la carcajada que ha estado conteniendo. Mark es mi mejor amigo, por eso dejo que se ría de mí. Es algo que hacen los buenos amigos, reírse el uno del otro constantemente.

—¿Tu orgullo no está nada herido, tío? —Vuelve con las preguntas—. Eres el puñetero Jake Harris, puedes tener a cualquiera.

«Yo no quiero a cualquiera, la quiero a ella», me gustaría decirle. Pero me quedo callado, porque lo que siento a veces por Alessa me abruma.

—Claro que estoy herido. Por eso la voy a ignorar —le aseguro.

—No creo que sea buena idea si lo que quieres es hablar con ella. —Mark me mira serio y le da un trago a su bebida.

—Para ella que la ignore supone el mismo efecto que el halago constante para alguien normal.

Así es Alessa. Eso lo he aprendido en todo el tiempo que he compartido con ella en Camden Hall. Cuanto más espacio le das, más reacción obtienes por su parte. Aún recuerdo aquella mañana que formé equipo con Barbara en yoga y no le dediqué ninguna atención. Poco después, le regalé el primer orgasmo de su vida en un baño minúsculo. Y en ese momento empezó todo.

Con el tiempo, he entendido que regalarle demasiada atención a Alessa es alejarla de mí. Por esa razón, estos días atrás no la he avasallado con llamadas. Pero hasta yo tengo un límite. Comprendo que necesita tiempo para asimilar la fama y que ella detesta la fama, pero ya es alguien conocido y no se puede remediar. Y, ante eso, solo nos queda asumir la normalidad. A la fama se la batalla con naturalidad. ¿Qué cojones importa lo que piensen los demás?

Tres cuartos de hora después —sí, he ido consultando la hora cada cinco minutos—, Alessa aparece por las escaleras. Si hubiera tardado un minuto más, hubiera bajado y no sé si hubiera sido buena idea exponernos ante tanta gente con sus teléfonos. Tiene la cara encendida del esfuerzo y una copa a medio beber en la mano. Se dirige a la barra seguida por Taylor y por un chico rubio. Es bastante evidente que ese chico se está ligando a su mejor amiga. Toman asiento en tres taburetes ante la barra y llaman al camarero con la mano.

Desde esa parte del local, y a pesar de la distancia, tanto ella como yo tenemos la visión despejada para observarnos el uno al otro. Solo un sofá pequeño se interpone en nuestro camino, pero, gracias a la altura de su taburete, no supone ningún impedimento para que nos espiemos cuando queramos hacerlo.

En este preciso instante, comienza mi juego y empiezo a prestar atención a la morena. Puede que tenga raíces asiáticas por el aspecto de sus ojos rajados. La sonrisa que dibujo en mi rostro no es para ella, de la que he olvidado el nombre, sino para que la aprecie la chica que está en la barra y que se está tomando un *gin-tonic* a través de la pajita verde fosforito que ponen en todas las copas de este lugar. Mi ego aumenta al percibir sus ojos puestos en mí y en nuestro grupo.

—¿Y qué os trae por Londres? —le pregunto a la chica con una amabilidad aprendida.

La morena se levanta y su figura se alza elegante y felina entre el corro y se sienta a mi lado tras apartar a Mark con elegancia. Giro la cabeza para atrapar su mirada tentadora. Los dos sabemos que quiere dormir conmigo esta noche, pero mi cama ya está ocupada. O eso espero.

—Hoy hemos tenido una sección fotográfica para Louw y mañana vamos a grabar el comercial —comenta ella para impresionarme.

Louw es una de las mejores marcas a nivel mundial, aunque para impresionarme hace falta algo más que eso. Por ejemplo, que me nombre a Sixto Rodríguez, un desconocido cantautor que tenía un talento innato y especial para la música y que nunca alcanzó un gran éxito. Alessa me sorprendió hablándome de él en una de las madrugadas que compartimos. Le pregunté cómo había descubierto a ese artista, puesto que nunca había saltado a la fama; ella me contó que había conocido su historia a través de un documental sueco que había visto con Tommy. Siempre recordaré esa noche como la primera vez que tuve celos de verdad. De repente, deseaba haber sido yo quien le descubriera a ese artista.

—¿Y tenéis pensado quedaros más? Para poder disfrutar de Londres en condiciones se necesitan más días —le aconsejo, siendo sincero por primera vez.

—No podemos pasar más tiempo aquí, tenemos la agenda hasta arriba —dice. Y sé por mi ex, Charlotte, que está diciendo la verdad—. Además, Londres me parece muy frío. Lo único interesante para ver en lugares como este es la gente como tú.

¿Eso es todo lo que puede decir para conquistarme? Debería saber que soy un inglés de pura cepa. Amo mi país y mi ciudad, aunque desde que me dedico a la música cada vez pase menos tiempo aquí.

—Y tú, ¿cuándo vienes de gira a EE. UU.? —pregunta a la vez que pega sus muslos empapados de leche corporal a los míos.

Nuestros rostros se acercan y quiero retirarme, pero recuerdo el motivo de esta conversación y me quedo a una distancia todavía prudente.

—Pronto —contesto.

«Pero no te veré», me gustaría decirle. No quiero que gente a quien no le gusta Inglaterra esté a mi lado. Soy muy crítico con mi país, pero yo puedo serlo porque soy inglés. Y los estadounidenses que lo censuran con sus escasos años de historia me repatean.

Dejo el botellín a un lado de la mesa, disimulo ladeando la cabeza para buscar a la pelirroja y lo que veo me enciende la sangre: tiene la copa vacía y el codo apoyado en la barra de madera, y sus ojos recriminatorios me disparan chispas de ira. Lo que me hace adivinar que mi plan está funcionando, así que le aguanto la mirada, esperando que me diga algo por señas. Sé que está a punto de reventar. A pesar de la lejanía, advierto, por la posición de su mandíbula, que se está mordiendo la lengua. Y la verdad es que quiero ser yo quien se la muerda. De repente, una mano posada sobre mi hombro me arranca del trance y me obliga a mirar hacia mi compañía. Estamos más cerca que nunca y me temo lo peor. Acerca sus labios a mi oreja y me susurra:

—¿Quieres que vayamos a mi hotel? Está justo aquí al lado.

Conozco su hotel porque lo he visitado muchas noches, pero hoy lo que quiero es salir de aquí con esa chica de la barra y meterla en mi cama.

—No creo que... —empiezo a decir, pero unos pasos a mi lado me interrumpen.

Sé que es ella por el olor. El olor a albaricoque de su pelo. Aunque se lave con otro champú diferente, ese olor sobrevive bajo los demás. Veo sus piernas blancas afianzadas a mi lado. Alzo la vista y me encuentro con su rostro encendido por un cúmulo de sensaciones que van desde la rabia hasta la vergüenza. Por fin.

—Jake —me llama.

Atisbo cómo el arrepentimiento se debate en su interior. Ha cedido ante algo que no quería hacer bajo ningún concepto y ahora está desvalida en un sitio que cree que no es su lugar. Pero sí es su lugar, porque su lugar está conmigo.

—Hola —la saludo.

Le tiendo la mano mientras me levanto, para acercarla y acogerla. Soy consciente de que ha dado un paso gigante para ella. El labio le tiembla antes de sumergirse en mi mirada y aceptar mi mano. Cuando nos tocamos, ese conocido escalofrío se instala de nuevo en mi nuca. Es la señal certera de que Alessa está a mi lado.

—Siéntate —le ofrezco, mostrándole un hueco apartado de la morena y sentándome a su lado—. Voy a presentarte a los chicos.

—Vale —casi no le sale la voz, y su aliento huele a ginebra y a limón.

Se nota que está achispada, quizá por eso la valentía de plantarse en este reservado. Después pienso en su impulsividad natural y considero que habrá sido la suma de ambas cosas. Aún no le he soltado la mano y no lo quiero hacer, pero siento su incomodidad en sus rodillas temblorosas. Silbo para llamar a Mark y capto su atención al instante. Parece que él sí va a acabar en el hotel con una de las chicas. Mi amigo se incorpora en el sofá de enfrente y observa a Alessa por primera vez.

—Mark, esta es Alessa. Alessa, este es Mark, el bajista del grupo —los presento.

Mi amigo se levanta tambaleante y le ofrece la mano. Ella se la estrecha con timidez.

—Por fin te conozco. Me temo que este capullo ha hablado de ti más de la cuenta. —A cualquier persona esas palabras le hubieran halagado, pero a Alessa, no. Lo percibo en el modo torpe en el que se coloca un mechón de pelo sobre la oreja.

—Encantada. —Por fin esboza una sonrisa y yo respiro aliviado.

—Y el de allí es Rob, el batería. Pero ahora mismo está muy perjudicado —le comento mientras lo observamos liarse un cigarrillo con los ojos desenfocados por el exceso de alcohol.

—¡Hola, chica naranja! —chilla con voz de pito.

—¡Hola, chico fumón! —le responde ella riendo con el mismo tono de voz. Y confirmo que ha bebido más *gin-tonics* de la cuenta. Aquí lo ponen cargado.

Coloco mi mano sobre su muslo desnudo y le doy un apretón. Y ese gesto aleja para siempre a la morena, que saca el móvil del bolso y se concentra en las notificaciones que invaden su pantalla.

—Este tío ha compuesto un montón durante el verano y creo que tú has sido la culpable —promulga Mark a los cuatro vientos.

—Creo que la culpable es su ex —aclara Alessa, haciendo gala de su sarcasmo—. Yo solo escuchaba sus vinilos.

Quiere poner distancia, pero no lo voy a permitir. No delante de los chicos. Necesito que Alessa entienda lo que significa para mí. Cuando le paso un brazo por el hombro, sé que estoy forzando la máquina. Pero quiero besarla. Está aquí, conmigo, así que le doy un beso suave sobre la mejilla. Ella se sorprende y me mira con sus ojos de un verde intenso. Y percibo que están bañados en deseo. Como los míos.

—Creo que voy a ir al baño —musita.

—¿Quieres que vaya? —Estoy eufórico por que se haya atrevido a cruzar el local para pararse ante mí.

El sonrojo le pinta los mofletes y las orejas de un tono rosado encantador. La observo desaparecer enfundada en sus Vans negras y sé que muy pronto la voy a seguir.

8

El momento más salvaje de mi vida

Solo me he tomado dos *gin-tonics* aderezados con pequeños trozos de cítricos, pero, a juzgar por lo blandas que siento mis articulaciones, parece como si me hubiera pimplado la botella de ginebra entera. Las copas del Gini's las carga el diablo. Al entrar en el baño, he sido consciente por primera vez de mi hazaña de hace un momento. Cuando he visto a esa morena de medidas perfectas sobrepasar el espacio personal de Jake y susurrarle al oído, no he podido aguantar más. ¿Acaso él no me quería allí? ¿Por qué me ha ignorado de ese modo entonces?

Apoyo las palmas de las manos en el mármol sobre el que reposan un par de lavabos. El espacio no es pequeño, tiene las paredes repletas de frases escritas en permanentes de todos los colores y un par cubículos independientes de madera se alinean detrás de mí. El ambiente está invadido por un marcado aroma a lavanda artificial, probablemente procedente de esas bolitas que se pegan en el váter y que desprenden olor cada vez que tiras de la cadena. Por suerte, esta parte del local está más solitaria que el otro servicio que he dejado atrás al principio del pasillo.

Empiezo a impacientarme cuando pasa un rato y Jake no aparece por la puerta. ¿Va a venir? ¿Es posible que el tiempo que ha pasado no hayan sido más que tres minutos? ¿Estará hablando de nuevo con la morena...? Para alivio de mi salud mental, el pomo ruge cuando gira y lo veo aparecer tras la puerta. Esta noche está más atractivo que de costumbre; el pelo negro le cae despeinado sobre la frente y hace juego con su camisa de cuello mao. Busca un pestillo que no encuentra y finalmente se rinde colocando un pequeño taburete para obstaculizar el paso a quien ose entrar. Quiero decirle que no va a funcionar, pero es él el que me debe una explicación. ¿Quién era esa morena que trepaba por su cuello?

—¿Quién era esa morena que trepaba por tu cuello? —suelto en un impulso. Parece que me ha afectado tanto que he acabado por formular la pregunta en voz alta.

Jake camina hacia mí, pero se queda a una distancia prudente, apoyado en la otra punta de la encimera de mármol.

—Alguien que no me interesa lo más mínimo —me responde con firmeza.

—Pues parecía que lo estabais pasando bien —le recrimino—. Los dos tenéis los ojos rasgados... y oscuros... —Y ya el alcohol está hablando por mí.

Su boca se transforma en una fina línea que intenta esconder una sonrisa. O una carcajada, quién sabe. Se está burlando de mí, como hace cada vez que hago el ridículo. Como ahora. Os juro que los celos son el peor sentimiento que una puede experimentar. Y lo peor es que son incontrolables. Me ha dado un vuelco al corazón cuando lo he visto hablando con esa chica. Y si no fuera por las dos copas de ginebra, me hubiera subido al primer taxi que hubiera aparecido en ese momento por la calle y me hubiera largado a casa. Pero hoy la valentía está de mi parte.

—No es gracioso para mí tener que verte así con todas tus amigas. Ya te lo dije una vez, hazlo cuando yo no esté. Prefiero no verlo. —Miro al suelo y cruzo los brazos, intentando enfundarme alguna fuerza.

—¿Si no estuvieras delante, te gustaría que lo hiciera? —pregunta intrigado.

—No —digo sin pararme a meditar la respuesta.

Jake sonríe porque le gusta lo que escucha. Parece que mi sinceridad lo relaja.

—Estás enfadada...

—Al principio estaba muy enfadada, pero cinco minutos después solo quería bailar contigo. Y no has bajado —confieso.

—No me gusta bailar.

—Ya lo sé. —Lo conozco.

—Y si hubiera bajado, me hubieras alejado —dice a medida que se va acercando poco a poco—. Sin embargo, hablar con esa chica ha significado que ahora estemos aquí los dos sin la posibilidad de evitar más el tema.

—¿Qué tema? —Lo voy a seguir evitando todo lo que pueda.

Cada vez que recorta la distancia, mi cuerpo se acalora más, como un termómetro de líquido que sube de temperatura.

—Lo nuestro es inevitable. Deja que suceda.

Yo me quedo muda. Quiero besarlo, porque hace tiempo que no lo hago, pero sé que él está esperando una confirmación de «lo nuestro».

—Voy a estudiar Literatura —declaro, evitando *el tema* de manera obvia. Él me mira, turbado.

—Ya lo sabía.

—¿Lo sabías? ¿También has hablado con Taylor sobre eso? —frunzo el ceño.

—No he hablado con nadie. He convivido contigo todo el verano y siempre llevabas un libro en la mano. Cada vez que te desanimabas, te evadías leyendo. Era bastante evidente que ibas a estudiar Literatura. —Su expresión se ha llenado de algo parecido al orgullo.

Tuerzo la cabeza como respuesta. Aquellos días pasados, Jake me observaba tanto como yo a él.

—Me alegro de que te hayas decidido, Alessa. Ya era hora. Pero lamento decirte que eras la única que no lo sabía —comenta confiado.

Un segundo después, me toma de la mano y se acerca aún más, lo que me obliga a alzar la cabeza para mirarlo a los ojos. Y en ellos me encuentro con el gris cielo de un día nublado de Londres.

—No es bueno huir de algo que te hace vibrar. Puedes hacerlo para ganar un poco de paz mental, pero no funciona durante mucho tiempo. —Este chico siempre da en el clavo. Efectivamente, lo que quiero es ganar paz mental. Cualquier paz está bien para mí. Tengo algunos demonios dentro.

—Vamos, Jake. Solo quiero un poco de sexo —manifiesto para aligerar toda la tensión que está contenida entre los dos.

Al momento me percato de que el comentario no le ha sentado nada bien, porque el frío me golpea en la mano que me suelta. Ahora es él quien frunce el entrecejo, crispado.

—Es broma —admito antes de que sea demasiado tarde—. Te he echado de menos desde la barbacoa.

Su semblante serio e imponente me provoca una sacudida en la ingle. Me muerdo el labio como último recurso, porque no puedo contener más el deseo. Él se acerca y posa el pulgar en el punto que mis dientes acaban de rozar y lo desliza hasta posar su mano en mi cuello. Me acaricia con una deliciosa lentitud y tira de mi cuerpo eliminando por completo la distancia. Luego, presiona sus labios contra los míos y me quedo a las puertas del cielo. El beso sabe a cerveza y a ginebra y pronto su lengua invade mi boca con un ardor que nunca antes he visto en Jake. Cuando me posee de este modo, creo en todas sus palabras. Creo que lo nuestro puede salir bien. Que no importa el mundo de ahí fuera. Noto el deseo en las manos que me recorren la espalda desnuda y en la embestida constante de su lengua. Percibo el calor convirtiéndose en líquido que emana bajo mis bragas y meto las manos entre su pelo para llevar a cabo la imposible tarea de acercarlo más. Y entonces se oyen pasos al otro lado de la puerta. Nos hemos olvidado de que estamos en el baño público de uno de los mejores clubs de Londres un viernes de madrugada. Jake me rodea la cintura con su brazo y me empuja hasta el interior de un cubículo. Aquí sí hay pestillo, aquí sí puede cerrar. Se despega de mi cuerpo un segundo para llevar a cabo la maniobra y nuestras respiraciones entrecortadas zumban en el ambiente. Un par de chicas hablan sobre retocarse el maquillaje y limpiarse el negro corrido bajo sus ojos, pero yo solo tengo puesta mi atención en el espacio reducido que comparto con Jake.

—Este vestido es demasiado para mi autocontrol —musita muy bajito con los ojos brillantes.

Me pongo colorada al instante.

—Estás buenísima. —Tiene las orejas encendidas por el calentón. Y creo que está tan perdido como yo—. Joder, mira cómo me pones —me susurra muy cerca del oído.

Agarra mi mano y la posa en la dureza que le presiona el pantalón. Y es demasiado. Me alzo sobre él y capturo sus labios hinchados. Voy a explotar y necesito que me toque de una vez. Nos acariciamos con urgencia por encima de nuestras ropas, con cuidado de no emitir ningún sonido. Ahí fuera, las chicas siguen a lo suyo. Termino apoyada en la pared más alejada de la puerta, con la boca de Jake hundida en mi clavícula. No me puedo contener y suelto un gemido. Ahora las chicas se quedan en silencio y Jake me cubre la boca con su mano al mismo tiempo que toma unos centímetros de distancia. Nuestras narices se tocan y siento el cuerpo sobrecargado. Se lleva un dedo a sus labios y me pide que guarde silencio. Luego, con una lentitud apabullante, me recorre el cuerpo con ese mismo dedo hasta llegar a la parte baja del vestido. Continúa su particular tortura por el muslo hasta que aparta las bragas empapadas a un lado y desliza el dedo entre mis labios. Me acaricia el clítoris y cierro los ojos de la impresión. Me agarro a su hombro cuando introduce un dedo en mi interior y comienza a masturbarme con una delicadeza que duele. Nos miramos, superados por el placer, ganados por el anhelo. Y, cuando profundiza sus embestidas, estoy a punto de gemir de nuevo; pero entonces, con un movimiento rápido, introduce su pulgar en mi boca para hacerme callar. Lo chupo con los ojos entrecerrados. Y, ahora, el que jadea bajito es él. Hunde un segundo dedo entre mis piernas y la sensación se hace tan insoportable que golpeo la pared con la cabeza. Muerdo su pulgar y mi mano vuela desesperada hasta su bragueta. Jake se desmorona y posa su boca húmeda sobre mi cuello.

—Voy a estallar. Necesito... —resuella.

Yo también necesito tenerlo dentro. Y no sé cómo, pero consigo hablar por encima de toda esta energía que está a punto de explosionar.

—Vámonos a tu apartamento, Jake —digo con un débil hilo de voz.

Jake se despega de mí con una sonrisa gloriosa en sus labios y recobra la respiración. Nos miramos en silencio, aturdidos, con el pelo desbaratado y el carmín de mis labios esparcido por los suyos.

—Por favor.

—No me supliques o voy a terminar follándote aquí mismo —susurra él, totalmente descontrolado.

La puerta de fuera, de la que nos hemos olvidado por completo, se abre dando lugar a un alboroto formado por el sonido de varios tacones pisando fuerte contra el suelo. Pero solo un momento después, los pasos se vuelven más lejanos y nos indican que se marchan acompañados por las otras chicas. El portazo de la puerta nos lo confirma.

—¿Estás preparada para el momento más salvaje de tu vida? —pregunta Jake mientras se pasa la mano por su mata de pelo despeinado—. Y no me estoy refiriendo a nada sexual.

—¿Y a qué te refieres? —Lo miro extrañada.

Se inclina sobre mí y me besa de nuevo.

—Ahí fuera hay paparazis por todas partes y este local no tiene puerta de atrás —me informa.

La comprensión me baña el semblante, pero esta vez el pavor no le gana a mi deseo. Es demasiado intenso como para eliminarlo.

—Habrá que pasar frente a todos para marcharnos a mi apartamento —continúa—. En la puerta nos espera Stone con el coche, tenemos que llegar hasta él. Ahora mismo no puedo pensar en nada más elaborado, lo siento.

Se me escapa una risita nerviosa y me tapo la cara con la mano.

—No tengo gafas de sol. —Intento sonar graciosa, pero lo que estoy es sobreestimulada y no puedo echar mano de mi coherencia ahora mismo.

—Te conseguiré unas. —Espera que me eche para atrás, pero no lo hago—. ¿Estás preparada?

Asiento con la cabeza.

Diez minutos después, cientos de *flashes* se estampan en mi cara y una veintena de teléfonos móviles se cruzan en mi camino obstaculizándome el paso. Debo de parecer idiota con las gafas de sol redondas de Mark a las tres de la mañana. Aunque es mucho mejor que en este momento no puedan capturar el espanto que se refleja en mis ojos. Jake también lleva las suyas y se desliza un paso por delante de mí abriéndome el paso y protegiéndome de la marea de preguntas invasivas que vuelan a nuestro alrededor.

—¿Estáis saliendo, chicos? Parece que Alessa ahora pertenece a tu vida, Jake.

—¿Le has sido infiel a Charlotte Rey con Alessa Stewart?

—¿Podéis confirmar vuestra relación?

—¿Esperas que esta vez te dure más el amor?

—¿Cuándo tienes pensado salir de gira de nuevo?

—Ya ha pasado tiempo desde que te bajaste de los escenarios...

Llegamos al final de la travesía y Stone nos abre la puerta del coche como el mayor ángel de la guarda. Entro y tomo asiento. Estoy temblando de pies a cabeza por la adrenalina y la ginebra se me ha asentado en la garganta. Los golpes empiezan a sonar en los cristales. Jake se alza hacia delante con un gesto indescifrable en la cara.

—Arranca, Stone —ordena.

El hombre enciende el motor y el coche pronto alcanza velocidad. Jake tenía razón. Este ha sido el momento más salvaje de toda mi vida.

9

No es bueno huir de algo
que te hace vibrar

Para cuando entramos en su apartamento, nos hemos olvidado de los periodistas y de todas sus estúpidas preguntas. Venimos besándonos desde el
portal y no hemos despegado nuestras bocas ni para abrir la puerta. El olor
de Jake mezclado con el de la madera vieja de los muebles me recibe al
adentrarme en su apartamento. Ni siquiera enciende la luz. Su impaciencia
le insta a agarrarme de la cintura y conducirme hasta el sofá en un movimiento urgente y descoordinado. Volamos por la estancia y nos chocamos
contra la funda dura de su guitarra antes de caer sobre los cojines. Desde
que hemos entrado tiene su mano ocupada en abrirme el único botón de mi
vestido: el del cuello. Le está costando un mundo desabrocharlo y, cuando
por fin lo logra, deja huérfanos a mis labios.

Alzado ante mí con sus ojos oscuros dilatados, me pide permiso para
desvestirme. Y como yo estoy en mi propio mundo de deseo, perdida y des-
amparada después de que su boca se haya marchado lejos, exactamente a
quince centímetros de distancia, le capturo el labio inferior con mis dientes
para ir al encuentro de su lengua. Jake toma ese gesto como la autorización
que realmente significa y me arranca el vestido de un tirón. Sus manos se
encaraman a mis caderas y profundiza el beso. Acto seguido, desliza su boca
hacia abajo, me muerde el cuello y se detiene en uno de mis pechos. El roce

de su lengua sobre mi pezón sensible me hace jadear alto y tirarle del pelo hacia arriba para que vaya a mi encuentro. Él no hace ni caso y sigue con su peculiar coreografía del placer. Hasta que le pego otro tirón y por fin levanta la cabeza. Comienzo a desabrochar su camisa con una ansiedad digna de volver a Camden Hall. Jake colabora al final quitándose la prenda y dejando despejado su pecho blanco por el que deslizo mis manos. Deposito un reguero de caricias a la altura de sus costillas y nos miramos con las respiraciones tronando en este salón iluminado por el halo naranja y simétrico que dibuja la luz de una farola sobre la pared. Conduce sus manos hasta mis pechos y los masajea capturando ambos pezones entre sus dedos. En un movimiento rápido y desesperado, se adueña de mis labios de nuevo y oigo el ruido metálico del cinturón al chocar contra el suelo.

—Párame si voy muy rápido, Ale —suelta, con el pulso acelerado retumbando en su cuello.

—En realidad, vas muy despacio —me quejo con una sonrisa pintada en la cara.

Jake se ríe mientras toma distancia y saca su cartera del pantalón. Rasga el papel del preservativo y se lo pone sin quitarme los ojos de encima. Se abre paso entre mis piernas y se acerca tanto que junta nuestras narices. Se introduce en mí en el mismo momento en el que pega sus labios a mi sien. Y se detiene ahí, sin apenas moverse, y lo siento tan dentro que tengo la impresión de ser un globo lleno de helio. Un globo que puede echar a volar en cualquier momento.

—Entonces lo quieres lento, ¿no? —murmura cerca de mi oído.

Abro los párpados y me encuentro con sus ojos, que brillan en la penumbra y que tienen la culpa de su hechizo. Sale de mí y entra de nuevo con el mentón apretado.

—Joder, Jake... —Mi voz suena cargada de goce.

Sonríe.

Sonrío.

Coloca sus manos en el reposabrazos en el que tengo apoyada la nuca y empieza a moverse de verdad. Mis gritos satisfechos adornan los techos altos de su apartamento y quizá los del vecino también.

Él había dicho: «No es bueno huir de algo que te hace vibrar». Y aquí estoy ahora: rindiéndome entre sus brazos, perdiéndome en el movimiento frenético y salvaje de nuestros cuerpos, en el poder de nuestra conexión, en la necesidad de compartir nuestras soledades, nuestro dolor. En nuestros labios sellados y nuestros ojos gritando todas aquellas cosas que no nos arriesgamos a decir. En mi caso, por ejemplo, aquello que no me atrevo ni siquiera a admitir es que estoy enamorada de este chico folk.

En medio de la nube de placer giro la cabeza y me quedo embobada con su mano clavada en el reposabrazos. Pienso que mis demonios se apaciguan con los suyos y que nuestros miedos se desintegran en este espacio íntimo y celestial de posesión. Con cada embestida que perpetra lo noto más dentro, y no me refiero solo al terreno físico. Por eso, cuando clavo mi mirada en la suya, me libero clavándole los dedos en la piel que habita sobre su corazón, esperando despertarle así los mismos sentimientos que retumban como un mantra por todo mi cuerpo.

Poco tiempo después, Jake agarra mi mano, la conduce hasta sus labios y la besa mientras se corre. Luego se desploma sobre mí y sumerjo la cabeza en el hueco de su cuello. ¿Cómo he podido esperar tanto para esto? Cuando se aparta para colocarse a mi lado en el sofá, observo el techo oscuro. Tengo la boca abierta, los labios hinchados y los cachetes húmedos por la magnitud de nuestro encuentro. Acabo de comprobar que ninguno de los dos mentíamos, tampoco nuestros cuerpos. Nos necesitábamos urgentemente.

Jake rodea mi hombro con su brazo y se acomoda a mi lado. Él también mira hacia arriba, hacia las vigas de madera que se han mantenido ahí a modo de decoración después de la reforma.

—He perdido el control —dice con la boca pequeña.

—Me gusta que lo pierdas.

Juraría que percibo una sonrisa ladeada por el rabillo del ojo.

—Contigo se trata de eso, de no poder controlarme. No me arrepiento de no haber esperado al sábado —gruñe a la vez que se incorpora hasta quedarse sentado.

—En teoría, ya es sábado.

Gira la cabeza y pone los ojos en blanco.

—Eres una sabionda de cuidado. Seguro que sacarás matrícula de honor en tu carrera de Literatura —responde con sorna.

En otro momento en el que no estuviera extasiada y relajada en todo el significado de la palabra, hubiera continuado con el sarcasmo. Pero en vez de eso, me limito a asentir ladeando la barbilla y dándole la razón también con una pizca de ironía.

—¿Por qué eres tan engreída? —pregunta con ojos contentos.

—Has sido tú quien lo ha dicho, no yo —replico.

Jake baja su mirada hacia mis pechos y entonces reparo en que estoy totalmente desnuda. La vergüenza me embarga de pronto y la relajación tan apetitosa de la que estaba disfrutando se va al traste. Me coloco un cojín para taparme y él me reprende con la mirada.

—Aparta el cojín y levántate. Nos vamos a mi habitación.

Jake se coloca los calzoncillos mientras se pone de pie, pero mi cuerpo no tiene intención de moverse, así que continúo tumbada en el sofá.

—¿No podemos quedarnos un ratito aquí? —le pido haciendo un puchero—. Es un sofá muy cómodo.

—Quiero que estés en mi cama.

—No puedo moverme. —Lo digo en broma, aunque es bastante probable que se trate de una verdad científica. Estoy molida. Y feliz.

Jake se sienta a mi lado en el borde del sofá.

—Vamos, súbete a mi espalda —me pide.

Lo inspecciono unos segundos con los ojos abiertos.

—Peso mucho —le vacilo una vez más.

El ceño fruncido enmarcado por los mechones oscuros de su pelo me hace entender que, o me subo a su espalda, o me agarra él mismo. Así que le rodeo el cuello con mis brazos y la cintura con mis piernas, como si fuera el bebé de un mono.

—¿Lista?

—No. —Acompaño mi negativa con un beso en su cuello.

De pronto, Jake se levanta y corre escopeteado hasta las escaleras. Temo que, a tal velocidad, nos caigamos al suelo y termine abriéndome la cabeza. O termine abriéndosela él.

—¡Para, Jake! —grito con un cosquilleo en la barriga—. ¡Para! ¡Por favor!

—Ya no te crees tan lista, ¿eh?

Me contagio de su alegría y me agarro más fuerte a su cuello.

Al llegar al primer escalón tropieza con la alfombra, pero logra mantener el equilibrio. Y a mí me da un ataque de risa. Enfila las escaleras a una velocidad endiablada y cierro los ojos por la impresión.

Aún me estoy riendo cuando me suelta con fuerza en la cama y reboto. Las sábanas frías me ponen la piel de gallina y, en un acto reflejo, me froto los brazos. Jake se percata de ello, camina hasta la cómoda con el móvil en la mano —ni siquiera me he dado cuenta de que lo agarraba—, saca una camiseta del cajón y me la tira. Me la pongo y, cuando la estiro hasta mis muslos, veo que se trata de una camiseta de una de sus giras y no puedo controlar que se apodere de mí un sentimiento agridulce. Debo de estar arrugando el ceño cuando me encuentro con la mirada de Jake, que se está poniendo una camiseta blanca de pijama.

—¿No te gusta? —pregunta.

—Es de una de tus giras...

—¿Y? —Está intentando adivinar qué es lo que quiero decir.

Jake se dirige hacia el otro extremo de la cama y destapa el edredón para que nos metamos dentro, pero no me muevo. Entonces me mira y, en un segundo, comprendo que sabe lo que pasa por mi mente.

—¿Crees que traigo aquí a otras chicas y que duermen con mi camiseta? —Noto su indignación, pero su fama es su fama. Y sí, eso es exactamente lo que pienso—. Nunca he traído aquí a nadie, solo a Charlotte —asegura.

Me muerdo la lengua con nerviosismo. No sé qué es peor, que no haya traído a nadie o que solo haya traído a Charlotte, con la que mantenía una relación hace tan solo unos meses.

—¿Vas a meterte en la cama?

De repente estoy enfadada y no sé por qué. Siento como si una aguja se clavara en mi pecho y esa aguja se llama Charlotte Rey. Aparto mis ojos de Jake y me acuesto. Él me imita y se coloca frente a mí, aunque yo estoy mirando a uno de los cuadros que tiene colgados en la pared.

—Como si tú no fueras conocida por ponerte ropa de los demás... —suelta al cabo de un rato.

Es un ataque directo. Se refiere a la vez que me recogió en casa de Tommy y yo llevaba puesta su camiseta de los Sex Pistols. Frunzo los labios. Esta es la esencia Jake Harris. Tan solo unos minutos atrás me regalaba un orgasmo que me hacía sentirme plena y afortunada, y ahora quiero pellizcarle con fuerza su nariz respingona para que se calle.

—En ese momento aún no teníamos nada. Lo sabes, ¿no? —Mi tono mordaz lo hace gruñir para sí mismo—. Poco después de eso, me dijiste que era como tu hermana pequeña.

Abre los ojos porque no se esperaba mi contestación y veo cómo los entrecierra poco a poco para superarme con su respuesta.

—Bueno, para tu información, ahí tenía tantas ganas de follarte como ahora. Solo que no podía reconocérmelo a mí mismo. —Obviamente, su labia me gana por goleada.

Me cubro los ojos con una mano, avergonzada. Él me los descubre al instante y sonríe engreído.

—Deja de ruborizarte por todo —me riñe.

—Calla. —Le doy un débil manotazo.

Jake posa su mano en mi mejilla y empieza a acariciarme. El cansancio se adueña de mis párpados, que me empiezan a pesar.

—Mañana me debes un sábado.

—Creo que no —le digo muy seria—. Por si te cuesta estar en el mundo real, cuando te he visto esta noche ya era sábado.

Reprime una sonrisa y saca su móvil de entre las sábanas.

—¿Qué haces? —Se me cierran los párpados por culpa de sus dedos cosquilleándome las mejillas. Maldito embaucador.

—Reservar mesa en un restaurante para nuestra cita de mañana *sábado* —contesta remarcando la última palabra.

—Yo quiero una hamburguesa como la de la otra vez. —Soy consciente de que me ha supuesto mucho esfuerzo unir esas cuatro palabras a causa del cansancio.

Cierro los ojos y me cuesta una barbaridad volverlos a abrir. Ahora sus dedos me acarician el cuello en un vaivén cariñoso y relajante. Y lo último que veo antes de ser vencida por el sueño es la cara de Jake iluminada por la luz blanca de la pantalla de su móvil.

10

Espaguetis a la boloñesa
sobre parmesano

Menos mal que mi madre se encontraba en su sesión semanal de *spa* cuando
Jake y yo hemos irrumpido en mi casa para deshacernos de mi incómodo vestido de lentejuelas y, de camino, darme una buena ducha y cambiarme de
ropa. Aunque mi progenitora no ha faltado a ninguno de sus sábados relajan-
tes de champán y sauna, he desconectado la alarma con dedos torpes y temblorosos. Una vez segura de que, efectivamente, no había nadie, he respirado
con alivio antes de dejar a Jake al teléfono sentado en el porche y subir a encerrarme en mi habitación. No le he permitido a mi mente que divagara por todo
lo acontecido anoche; solo le he mandado un mensaje a Taylor y he entrado en
la ducha concentrada en cada uno de los pasos mecánicos que ello suponía:
lavado, champú, enjuague, acondicionador, esponja, gel, enjuague otra vez. No
he querido hacer esperar demasiado a Jake por lo que, al terminar de asearme,
me he vestido como un rayo y he bajado a su encuentro. El sábado que le prometí —o que él mismo se prometió— aún estaba por delante.

Ahora estamos sentados ante un mantel de cuadros rojos y blancos en un
restaurante italiano cerca del apartamento de Jake. El vino blanco francés que
nos han servido es el primero que he probado en mi vida. Y espero que no sea
el último. El sabor afrutado que invade mi boca hace soportable el último mensaje de Taylor: una selección de fotografías de «la caminata de Jake Harris y su

nueva conquista» desde la puerta del Gini's hasta el coche de Stone. Me vuelven a insultar en redes, vuelven a reclamar a su ídolo, vuelven a sacar juicios de sus propias ideas preconcebidas. También debo decir que muchas revistas de moda se han hecho eco de mi *outfit* y algunas de ellas hasta han incluido el término *it girl* para describirme. Yo no tengo ni idea de lo que eso significa.

En cualquier caso, la mayoría de opiniones coinciden en que no soy más que una niñata que siempre está de morros ante la atención que recibe «su amante famoso». Aún entiendo menos el término de *amante*. No soy su novia, pero —hasta donde sé, y confío en que Jake no me esté mintiendo— hace un tiempo que lo dejó con Charlotte.

Aún sumida en mis propias cavilaciones, le pego un trago a mi copa.

—¿En qué piensas? —pregunta Jake dejando el móvil a un lado de la mesa.

—En que este vino está riquísimo. —Y doy otro trago, porque lo del vino lo pensé hace ya unos minutos.

—Ya lo veo. —Agarra la botella y me rellena la copa. Él se ha pedido un refresco de limón—. ¿Te gusta el sitio? —me interroga con cierta inseguridad.

—Me encanta —aseguro mientras paseo la mirada por mi alrededor—. Y huele de maravilla. Espero que sepa igual.

El restaurante tiene paredes de madera, manteles de cuadros en cada mesa y fotografías de la Toscana y de diferentes tipos de quesos dispersas por todas partes. Además, lo que lo hace tan especial es que está impregnado con un olor a orégano tan apetecible que incluso te sientes tentada de darle un bocado al mantel.

—¿Con quién hablabas? —le pregunto antes de que vuelva a perderme en mis verdaderos pensamientos, que no son otros que preguntarme, cada pocos segundos, qué coño hago aquí con Jake Harris.

—Era Blair —responde, y la curiosidad se refleja en mis cejas arqueadas—. Mi representante. Estamos concretando una reunión para el lunes.

—Creía que por el momento solo estabais creando música en el estudio. ¿Vas a volver a los escenarios? —Mis ojos se iluminan porque he visto muchos vídeos en los que Jake disfruta como un niño sobre las tablas.

—Estamos trabajando en el disco a diario, y ya tenemos material suficiente como para trabajar en lo de después —explica—. Me gustaría tener la energía solo centrada en la música, pero el *marketing* es el Dios al que todos le rezan hoy en día. —Sonrío—. Esto se pone en marcha de nuevo; grabaciones, entrevistas, promoción...

Jake tuerce el gesto y se recoloca en la silla con una maniobra incómoda.

—La última vez la cosa acabó mal, así que quiero tomármelo con calma. Pero no sé si Blair está por la labor.

No quiero preguntarle ni ahondar más en lo que pasó la última vez; lo único que sé es que estuvo muerto un par de segundos.

—Me gustaría escuchar algún tema nuevo —confieso.

—Y lo vas a escuchar —asegura fijando sus ojos en los míos.

Me encanta ver a Jake tan cómodo, en sudadera, como si fuera un chico normal y no alguien que ha llenado las pantallas promocionales y los frontales de los autobuses de todo Reino Unido.

—La canción que toqué en el tejado va a estar. Y sin arreglos.

No puedo más que sonreír ampliamente ante el detalle. Pensaba que, una vez que Jake saliese de Camden Hall, se iba a olvidar de todo, de nuestras canciones y de nuestros momentos. Pero en ciertas ocasiones me demuestra justo lo contrario: los recuerda. Esa canción es mágica con apenas tres acordes. Y, a veces, lo sencillo conquista el mundo. A veces, tan solo basta con ser uno mismo. Es irónico que lo diga alguien que colecciona armaduras según el momento. Ahora mismo, bajo mi peto vaquero de color negro, llevo puesta la carcasa de «la Alessa desubicada». Esta mañana he abierto los ojos antes que Jake y he observado sus labios entreabiertos mientras se mecían con la respiración. Me regocijaba con la vista que tenía a pocos centímetros a la vez que no dejaba de preguntarme: «¿Qué va a pasar después del sábado?». Y, en una de esas respiraciones, él ha abierto los ojos y se ha encontrado con los míos. Entonces los pensamientos se han desvanecido bajo sus caricias.

—¿Te gustaría venir un día al estudio? —Guardo silencio por unos segundos—. A los chicos les hará ilusión.

—¿Y a ti? —Quiero ir a su estudio, ¿a quién voy a engañar? Admiro a Jake desde que lo vi empuñando su guitarra como si fuera un refugio y cantar para sí mismo con los ojos cerrados.

—Sabes que sí. Si quieres, puedes quedarte a vivir allí, de hecho —bromea—. Así te vería más a menudo.

—Aquí traigo el especial de la casa. —La voz del camarero se instala entre nosotros—. Espaguetis a la boloñesa servidos sobre parmesano.

—Gracias —contesta Jake.

El vapor me empaña la nariz y al enfocar la mesa descubro un plato de barro sobre el que reposa un queso parmesano en el que se ha cavado un hoyo que han rellenado con la pasta. Tiene una pinta tan increíble que no puedo apartar los ojos. Parezco una quinceañera en el año 2009 ante un póster de Justin Bieber.

—Cuando pruebes estos espaguetis, no vas a poder hablar hasta que te los termines, así que aprovecho para preguntarte qué te apetece hacer hoy.

—¿Ver el Arsenal? —le pregunto sin preguntar, porque solo presto atención a las manos de Jake, que, en este preciso instante, me sirven la pasta.

—Creía que me ibas a decir de ir al parque. —¿Lo dice en serio?

—¿Qué parque? —El ansia por probar este plato italiano me consume—. Podemos ir al parque después de ver el partido, si quieres.

Jake reprime una carcajada y se dispone a servirse.

—Come ya, Alessa.

Enrollo la pasta alargada en el tenedor y me lo llevo a la boca. Una explosión salada de sabor combinada con el regusto un tanto dulzón de la carne tiene lugar en mi paladar. Cierro los ojos y me abandono al placer gastronómico. Incluso gimo bajito del gusto. Aprieto los ojos, que continúan sellados, y Jake me arranca del goce:

—Me la has puesto dura —comenta.

Abro los ojos y lo observo. Habla en serio. Lo veo en el color de sus ojos. Color deseo, color gris oscuro. ¡Madre mía! La vergüenza me hace tragar el bocado atropelladamente y acompañarlo con un traguito de vino blanco. Jake sonríe de lado y se lleva un pedazo de carne a la boca.

—¿Te apetece que invite a los chicos a ver el partido?

Y como quiero cambiar de tema y seguir engullendo sin distracción, aunque esa distracción sea el ser más atractivo del universo, asiento con ímpetu.

11

La alimaña de Charlotte Rey

Me arden las sienes mientras fijo la mirada en el marcador que me devuelve un desastroso «Manchester United 2-1 Arsenal». Durante todo el partido he notado los ojos de los dos chicos sobre mí, atónitos y orgullosos a partes iguales. No he parado quieta durante los ochenta y siete minutos que llevamos de juego y me he repantingado en el sofá con cada jugada peligrosa de mi equipo. También he maldecido a todos los jugadores del conjunto contrario cada vez que se acercaban a nuestra área.

Mark está sentado a mi lado con su tercer botellín de cerveza en la mano.

—Tranquila, aún podéis empatar. —Se está burlando y yo giro la cabeza para fulminarlo con la mirada.

—¿En qué posición de la tabla se encuentra el Tottenham si se puede saber? —Mucho más abajo que el Arsenal.

—Menuda tía... —dice achicando los ojos.

Mark dirige su mirada hacia el otro sofá y yo hago lo mismo. Jake nos observa con su mirada achispada y con su cerveza casi consumida en la mano. Es su primera cerveza de la tarde y lo primero que me he preguntado internamente es si es una buena idea... Me observa con ojos cariñosos y con un deje de... ¿admiración? Es un poco perturbador que a Jake le guste mi lado más *hooligan*, pero creo que así es. Y está disfrutando de lo lindo de la derrota de mi equipo... ¡Ojalá el Tottenham quede último en la tabla al final de temporada!

De repente, el tono galopante del comentarista inunda el salón y, cuando dirijo la mirada hacia la pantalla del televisor, solo me da tiempo a ver el balón colarse en la red. Y sí, ha sido un gol del Arsenal. Y como nos viene demasiado bien sumar un empate, me pongo de pie sobre el sofá y empiezo a saltar como alguien trastornado.

—¡¡¡Goool!!! ¡¡¡Joder!!! —grito a pleno pulmón.

Hasta que me caigo encima de Mark, que pega un pequeño gritito del susto y esparce parte de su cerveza por el suelo. Jake estalla en carcajadas al ver a su amigo en el aprieto de que una desquiciada le rompa una costilla.

—¡¿De dónde ha salido esta tía, Jake?! —brama Mark—. ¡Es peligrosa!

Mark me agarra del brazo y me tira sobre el sofá y a continuación, y a pesar de que haya estado bebiendo, me inmoviliza con un solo movimiento.

—¡Eh! Déjala o voy a tener que partirte la cara —bromea Jake.

Yo me río cuando fijo mi atención en los parchetones rojos que bañan la cara de Mark. Después me suelta y se sienta recto en el sofá, le da un trago a su cerveza y alcanza el mando. Me quedo tumbada sobre los cojines, relajando mi respiración y tuerzo la cabeza con intención de observar la televisión. Una sonrisa se extiende por mis labios porque Mark me cae muy bien, es un chico sencillo y hemos tomado confianza en una sola tarde en la que hemos visto fútbol, engullido doscientos kilos de chucherías y bebido cerveza.

Pero mi sonrisa muere por completo cuando aparece la totalidad de mi rostro en el canal que acaba de poner Mark. Es una fotografía en baja calidad en la que salgo con las gafas de sol a la salida del Gini's, a las dos de la madrugada. El aire se apretuja en mis pulmones y tiene problemas para salir. Todo empeora cuando la imagen es sustituida por un vídeo de Instagram en el que aparece Charlotte Rey. Toda la adrenalina del partido baja de golpe y trae consigo un fuerte mareo. Menos mal que estoy tumbada.

—Pero... ¿Qué hace Charlotte? —Mark suena indignado—. ¿Por qué no puede pasar página de una puta vez?

—Cambia de canal, Mark. —La autoritaria voz de Jake resuena ansiosa por el salón, pero yo necesito saber qué está pasando.

—No —le ordeno—. No cambies.

Mark me mira y debo de causarle lástima porque asiente y deja el mando sobre la mesa.

—Alessa, no... —comienza a decir Jake.

—Cállate, Jake. —El estupor está dando paso a algo más oscuro que se despierta dentro de mí.

Me muerdo la lengua, agarro el mando, subo el volumen... Y el mundo se abre bajo mis pies: «No es su novia, más quisiera esa cría. Su única novia era yo. Esta chica intentó suicidarse y Jake la ayudó. Y ahora ella lo único que hace es aprovecharse de su fama y de sus problemas con el alcohol...». ¿Ese vídeo acaba de ser emitido en directo en un canal de televisión o todo es una pesadilla? Me tapo la cara con la mano y aprieto, obligándome a reprimir un grito. Me levanto presa de un ataque de pánico y alcanzo el móvil que reposa sobre el aparador de madera.

—Mark, será mejor que te vayas —le dice Jake a un Mark boquiabierto—. Luego te llamo.

—Claro, tío. —Se levanta y deja la cerveza en la mesa—. Alessa, ya nos veremos...

Lo miro con el rostro desencajado y asiento a duras penas.

—Bueno, me marcho.

El joven con el que hacía apenas unos minutos disfrutaba de un partido entretenido y una tarde relajada, se marcha en medio de una nube de incomodidad y angustia.

12

Me siento como una idiota

—Alessa...

Cuando la puerta se cierra oigo los pasos de Jake detrás de mí, pero yo lo aparto con la mano sin llegar a mirarlo.

—Déjame. —Estoy a punto de derrumbarme.

Y lo que finalmente me deja KO es abrir la conversación de Taylor y clicar el enlace que me lleva directa al Instagram de la gran (y maquiavélica) Charlotte Rey. Ha publicado una serie de *stories* en las que arroja detalles de su relación con Jake, pero, sobre todo, en los que revela a viva voz información personal e hiriente sobre mí. Suicidio, episodios violentos y clínica de rehabilitación. Los medios no sabían nada concreto sobre Alessa Stewart, hasta ahora. Camino hacia el sofá como una zombi antes de que mi cuerpo ceda y se estrelle contra el suelo. Mi mente va a mil por hora y me cuesta tragarme la saliva que se arremolina sobre la lengua. Una pregunta se materializa por delante de los demás pensamientos como una bandera roja azotada por el viento: ¿Cómo cojones sabe Charlotte todas esas cosas? Alzo la cabeza para encontrarme con un Jake más pálido que de costumbre. Está frente a mí, con el cuerpo bañado en una preocupación silenciosa.

—Alessa... —murmura de nuevo. No quiero que lo que estoy pensando se haga realidad.

—Dime que no has sido tú el que le has contado todo —suelto con la voz rota—. Por favor.

Entonces agacha su mirada y todo encaja. Soy una idiota, con todas las letras y todas sus horribles connotaciones. Me levanto y le asesto un empujón que apenas lo mueve del lugar. No tengo fuerzas en los brazos y me estoy quedando sin aire.

—Maldito hijo de puta. —Las lágrimas se me agolpan bajo los párpados, pero no quiero darle la satisfacción de llorar por él.

—Alessa, escucha... —Me agarra por los codos y detiene mi próximo empujón.

—¡Sigues acostándote con ella! ¡¿Desde cuándo?! —chillo—. ¿Desde que me aseguraste que habíais terminado? —Quiero pegarle y salir corriendo de su puñetero apartamento, pero las piernas han dejado de responderme.

—¡¿Qué!? —Entonces él grita por encima de mis gruñidos—. ¿Qué estás diciendo?

—¡Se lo has dicho tú, joder! —Lo acuso con ojos furiosos.

—Sí, sabe todas esas cosas por mí. —Sus palabras me lo confirman.

Mis lágrimas se derraman por mis mejillas y me las seco con la mano antes de que me lleguen a la barbilla.

—Joder, Alessa, no llores —musita pasándose la mano por el pelo y tirando de él.

Se acerca con cuidado y yo me alejo.

—Se lo conté al principio, cuando venía a visitarme al centro...

—No te creo, Jake. —Esa afirmación le llega hasta el corazón. Se lo retuerce.

—¿Que no me crees? —pregunta con enojo—. Pues no me creas, pero es la puta verdad. No podía parar de hablar de ti. Me la follaba, me fumaba un pitillo y le hablaba de ti. Suena enfermizo; sin embargo, era así. No estoy con ella, no he vuelto a verla desde el día que llegué borracho y me metiste en la ducha.

Sus ojos se clavan en mí, esperando una respuesta. Creo a Jake. Sé que no está mintiendo porque lo conozco mejor que a mí misma. Lamentablemente, eso no cambia nada. De algún modo, gracias a él, Charlotte se ha cargado mi dignidad. Pienso en todos mis compañeros de clase que se estarán enterando ahora de cómo he pasado el verano antes de ir a la universidad.

—Me da igual que se lo contaras después de un orgasmo. ¡Le dijiste que me había intentado suicidar, Jake! Es demasiado personal.

—Lo siento.

Luego guarda silencio y aprovecho para alargar la mano y agarrar la mochila que había preparado para pasar el día aquí.

—¿Adónde vas? —pregunta, nervioso.

—¿A ti qué te parece?

—No te puedes ir por esto —refunfuña con la irritación despertándose en su expresión—. Charlotte está desquiciada y ya no sabe cómo llamar mi atención. —Comienza a caminar de un lado para otro del apartamento, exasperado.

No sé qué decir, solo quiero salir pitando y olvidarme de lo que acabo de ver en la televisión. Apago el móvil en un arrebato de rabia ante la atenta mirada de Jake y eso le da cierta esperanza.

—Charlotte está viendo cómo su popularidad está bajando desde que no está conmigo —suelta Jake de repente.

Se coloca frente a mí, muy cerca, y yo no reculo, sino que lo desafío con una mirada cargada de hielo.

—Quiere volver conmigo. —Es un golpe que me cuesta asimilar a pesar del enfado.

—¿Y tú? ¿Quieres volver con ella? ¿Os habéis acostado desde que saliste? —pregunto con pesadez. Nunca he querido pronunciar una frase de estas características, pero de repente me han asaltado las dudas y aquí estoy.

—¿Qué? ¡No! —Está perplejo—. ¿Tú me estás prestando atención?

—¡Todo el puñetero Londres sabe que intenté suicidarme! —Ahora mismo odio el mundo y me odio a mí misma. Quiero ser anónima, pero también quiero pasar tiempo con Jake. Son cosas incompatibles y la frustración vive conmigo desde que lo he admitido.

—Solo la he visto una vez desde que estoy fuera. —¿Qué? Me llevo una mano a la boca como acto reflejo—. Y no me acosté con ella, Alessa, porque ya eras tú la que ocupaba mi puta mente. ¿Acaso no te lo he demostrado?

El ambiente se ha convertido en un cristal muy frágil al que una mota de polvo puede hacer estallar. Sí que me lo ha demostrado, esa es la verdad, pero me niego a decirlo en voz alta. Así que le suelto:

—Prefiero mil veces que te vayas con Barbara a que vuelvas con Charlotte. —Y me descubro extrañada porque lo digo muy en serio. Barbara es el arcángel Gabriel comparada con esa arpía asquerosa.

Jake se traga la sonrisa que está formando cuando me ve arquear una ceja.

—¿Te parece gracioso? —pregunto, molesta.

—No. —Y ahora sé que está mintiendo. Le parece gracioso de la hostia.

Agarro la mochila y me dispongo a cruzar el salón, pero él me pilla de la muñeca y me atrapa entre su cuerpo y el sofá.

—Si quieres irte hazlo después de que hablemos —afirma.

—¿De qué quieres hablar, Jake? No hay nada que decir. —Me rindo. En realidad, quizá sí que deberíamos hablar antes de que huya de nuevo.

Tarda un rato en contestar, pero cuando lo hace tiene su mirada fija en mí.

—¿Por qué sigues renunciando a lo nuestro?

—Porque esto es muy intenso, joder. Esta intensidad no me va bien —le digo.

—Y una mierda. Te conozco. Vives en la intensidad, como yo. Y estamos cómodos en ella. —¿Por qué parece que tiene poderes telepáticos conmigo?—. ¿Por qué, Alessa?

—Porque tengo miedo —confieso sin pensar.

Él recupera el color de sus mejillas al percatarse de que estoy siendo sincera. Esta sinceridad es la que me permite respirar después del disgusto que me acabo de llevar.

—¿Miedo de qué?

—De tu mundo. Yo no pertenezco a él.

—Olvídate del puto mundo.

—Nunca van a aceptar que sea tu amiga, Jake.

—Eres algo más que mi amiga, Alessa.

—Nunca van a aceptar que sea algo más que una amiga. —El tono avergonzado de mi voz me delata. Me siento inferior. Y aún no entiendo por qué comparto aire con Jake Harris, si soy totalmente sincera.

—Aún no crees que puedas gustarme de verdad, ¿no?

Como tantas veces, ha dado en el clavo y no tiene sentido negarlo más. Encojo los hombros y respondo:

—No.

Niega con la cabeza, contrariado, y resopla. Después nos miramos fijamente durante unos segundos que se me hacen eternos.

—¿Sabes en lo único que estoy pensando ahora mismo? —pregunta sin apartar sus ojos de los míos.

—¿En qué?

—En follarte contra esa ventana para que todos vean lo mucho que me gustas.

La atmósfera se condensa a nuestro alrededor. La verdad es que yo también quiero que me folle contra esa ventana y olvidarme de todo lo demás. Olvidarme de la puñetera cara de Charlotte bañada por un puto filtro de Instagram que no le hace justicia —¡¿A quién coño no le hace justicia un filtro?!—, vomitando mierda sobre la deprimente vida de Alessa Stewart.

—¿Y por qué no lo haces? —Mi voz apenas es un murmullo y comprendo que, como tantas otras veces, he vuelto a pensar en voz alta.

Jake tiene las mejillas encendidas y, tras resoplar, se coloca una mano en la nuca. Yo noto las bragas mojadas. Sin decir palabra, me toma de la mano y tira de mí hasta colocarme frente al amplio ventanal mirando hacia el exterior. Pueden vernos a simple vista. Pero, cuando se trata del deseo que me despierta este chico, lo demás desaparece. Es algo irresponsable y visceral. «Este mundo tiene sentido por las cosas viscerales que existen en él», me digo. Posa sus manos en el broche de los tirantes del peto y los abre con un sonoro clic. Después, la parte delantera de la prenda cae sobre mi estómago y Jake la empuja hacia abajo con aplomo. Me quedo solo con el top y las bragas. Empiezo a acojonarme en el mismo instante en el que se posa en mi estómago un deseo que me corroe. Jake se coloca detrás, invadiéndome con su cuerpo, y noto su erección en la parte baja de mi espalda. En un gesto que parece necesitado, posa sus labios en mi cuello y me lame. Y ese contacto húmedo me enciende como una hoguera alta e intimidante que se vislumbra desde lo lejos.

—¿Sabes por qué estás aquí? —susurra en mi oído.

Miro al frente y logro ver varios tejados apilados de color blanco. A lo lejos, se alzan imponentes los edificios más altos de la ciudad. La boca se me seca, apenas puedo tragar y es evidente que no tengo fuerzas para contestarle, así que niego con la cabeza.

—Porque me gustas —presiona su erección sobre mi espalda—. Porque me importas.

Captura el lóbulo de mi oreja entre sus dientes y lo muerde hasta que suelto un alarido ceremonioso. Floto sobre otro planeta y descubro con cierto descaro que ni siquiera me importa que alguien nos observe. ¡Que le den a la gente! Y a Charlotte Rey... Su mano se pasea por mi vientre hasta llegar a mis bragas. Apenas un segundo después, aparta de un tirón la tela de algodón e introduce un dedo dentro de mí. Gruño con desesperación y coloco las palmas de mis manos abiertas en el cristal helado, empujándolo para así intentar calmar el calor abrasador de mi interior.

—Estás empapada, Ale...

Me besa en el hombro y demasiado pronto saca el dedo de mi interior.

—¿Necesitas que te demuestre lo mucho que te deseo? —Su voz ronca en mi oído y nada más.

Me pierdo y me rindo ante él. Y pienso en si esto será el amor: el rendirse ante alguien.

—Me encantará hacerlo, nena —gruñe conteniéndose.

Se desabrocha el pantalón y rasga el envoltorio del condón. Lleva una de sus manos a uno de mis pechos y lo masajea con esmero. Su otra mano la encaja en mi cadera derecha antes de penetrarme con fuerza. Gimo a viva voz mientras una sensación atronadora me recorre la columna y me hace acercarme más al cristal. Me siento como si fuera de porcelana y en cualquier momento pudiera romperme. Jake coloca sus manos en el cristal cubriendo las mías y empieza a moverse sin moderación. Reprimo mis gemidos mordiéndome el labio con gusto. Soy la puta reina del mundo. La mujer más deseada.

—Aquí puedes gritar, Alessa —logra decir entre jadeos.

Noto lo excitado que está. Grito con cada embestida más profunda que la anterior. Desahogándome. Complaciéndolo. Tocando el cielo. Estoy muy cerca y no quiero que acabe nunca, en realidad.

—No puedo... —Muerdo su mano de la plenitud tan grande que me invade.

—Cada vez que pienses que no encajas, recuérdate así: encajada en mí.

—Por favor... —Mi súplica suena dolorosa.

—Me lo iba a callar, porque te conozco y sé que huyes de todo lo que te hace perder el control, pero...

—¡¿Crees que este es un buen momento para hablar?!

Él me contesta dándome un mordisco en el cuello, a la altura de la aorta.

—Es el mejor momento, ahora no vas a echar a correr, ¿a que no? —pregunta con sorna.

Pego la mejilla en el cristal, consciente de que estoy a punto de levitar hasta el mismísimo universo. Claro que no me voy a ir. Ni muerta.

—Quiero que estés conmigo, Alessa.

—Ahora estoy contigo, ¿o es que no me notas? —ironizo, con la respiración consumida.

—Me refiero a que quiero que seas mi novia.

El impacto es tan grande que echo la cabeza hacia atrás y me choco contra su pecho. Jake me envuelve los senos con sus dedos y me retuerce los pezones por encima del top, a la vez que acelera el ritmo de sus embestidas. No aguanto más y me dejo ir estallando en un orgasmo intenso y desgarrador que hace que me desplome hasta el suelo. Jake se desliza conmigo y nos quedamos de rodillas. Gruñe con fuerza y apoya sus manos en mis caderas. Empuja una última vez y oigo cómo se libera mordiéndome el hombro mientras me abraza.

—¿Me has escuchado? —pregunta entre jadeos.

No puedo hablar, estoy superada por la sensación más intensa de mi vida: el pertenecer a alguien por completo. Espera una respuesta que no llega y finalmente es él el que toma de nuevo la palabra:

—El mundo de ahí fuera me importa una mierda —declara.

Me doy la vuelta de manera torpe y lo abrazo. Me empapo de su sudor, de su agitación y de su olor. Cuando nos calmamos, me separo de él y me sumerjo en sus ojos con una mueca de disgusto fingida.

—No sé si quiero ser la novia de alguien, Jake.

Lo miro y no puede evitar dibujar una sonrisa que solo me pertenece a mí.

13

Una imagen como aquella

Jake

Lo primero que hago cada vez que me levanto de la cama es bajar a la cocina, agarrar el cazo pequeño de acero que me regaló mi madre y poner agua a hervir. Después, saco del mueble alto un par de bolsitas de té inglés y unas ramas de canela y estiro el brazo hasta el frigorífico para agarrar un limón. Todos esos ingredientes van a parar al agua cuando esta burbujea con fuerza. A mí me gusta el café, aún más si es con un poco de leche, pero la receta de té que me enseñó mi abuelo es lo único primordial para empezar el día, como lo son los cafés de Starbucks para un bróker en la Quinta Avenida.

Estoy colocando dos tazas sobre la encimera cuando la escucho bajar y sonrío de forma imprevisible porque sé que viene con el entrecejo fruncido, aunque todavía ni la haya mirado.

—¿Por qué no me has despertado? —Subo la cabeza y ahí está la arruguita en su frente.

Reparo en ella y ahora soy yo quien esboza una mueca de disgusto que se disuelve cuando se sienta frente a mí al otro lado de la barra americana. Está vestida, con su peto negro y su top de lana. La verdad es que hubiera preferido que bajase con mi camiseta, que ahora se ha convertido en su pijama, y que hubiera permitido que paseara sus piernas largas por todo el apartamento.

—Estabas tan mona roncando que no he querido sacarte de ese trance —digo.

Alessa me fulmina con la mirada y apoya sus manos sobre la madera. Yo me vuelvo sin inmutarme y agarro el cazo con el agua hirviendo.

—¿Quieres un té? —le pregunto.

—Eh... Sí, por favor. —Ahora su mirada está fija en el chorro de agua que sirvo en cada una de las tazas.

Le acerco la suya y se dispone a llevársela a la boca.

—Espera, que quema.

La observo durante un rato sentada a la barra, a contraluz, soplando la nube de humo que sale de la taza. Cuando levanta su mirada, se sonroja. Otra vez. Imágenes como esta se me quedarán grabadas en la retina para siempre. La vez que Alessa deje de sonrojarse, estoy convencido de que una parte de mí habrá muerto.

—Tengo que irme ya —informa interrumpiendo mis pensamientos de forma abrupta.

—¿Qué vas a hacer hoy? Es domingo. —Es evidente que no estoy de acuerdo con su marcha temprana.

—Mi madre me ha llamado tres veces. Estará preocupada. —Tuerce el gesto antes de darle un buen sorbo al té. Cierra los ojos y traga—. ¡Qué bueno! —exclama con la sorpresa cubriéndole el rostro—. ¿Qué lleva?

—El té inglés de siempre combinado con canela, limón y mucho cariño. Es una receta de mi abuelo. Era lo primero que hacíamos cuando nos levantábamos, tomarnos el té. La vida no podía comenzar antes de eso. —Sonrío.

—Tengo que llamar a tu abuelo para darle las gracias personalmente —ironiza.

El recuerdo del viejo de pelo cano se me clava en el pecho y me cambia la expresión. Y Alessa se da cuenta al instante de que ya no está con nosotros. Ojalá lo hubiera conocido.

—Lo siento, Jake... —Está avergonzada—. No sabía...

Levanto la mano en una clara señal de que lo olvide. No quiero empañar uno de los mejores despertares después de toda la movida de la perversa de mi exnovia. Alessa le da otro trago al té y rodeo la barra hasta llegar a ella. Sube la cabeza y yo me lamo el labio de manera juguetona.

—¿Qué haces? —Ahora tiene esos ojos enormes y verdes muy abiertos.

—Despedirme.

La beso con mimo, acariciando sus labios carnosos y saboreándolos antes de introducir la lengua en esa boca que sabe a canela. «Ahora el té se expresa mejor», me elogio internamente. Ella responde a mi invasión con ganas y aprovecho para hundir mis dedos en su pelo, pero, al segundo siguiente, apoya una mano en mi pecho y me aparta con cuidado.

—Yo creo que intentas que me quede... —masculla.

Llevo empalmado desde que ha bajado por las escaleras que conducen a la planta de arriba, pero ahora la dureza me palpita con fuerza bajo el pantalón de pijama. Así que lo mejor es tomar distancia.

—No —contesto rotundo.

Luego le doy un beso casto y rápido, la tomo de la mano y la conduzco hasta la puerta.

—Ya puedes huir —bromeo.

—No estoy huyendo.

—Mejor. Porque no voy a permitir que lo hagas.

—¿Por qué tienes respuestas para todo? —cuestiona antes de colgarse la mochila al hombro.

—Porque soy Jake Harris.

—No me impresionas. —Me gusta así de respondona.

Mi misión en la vida es ponerla colorada en todo momento, así que le suelto:

—Me parece que ayer, frente a la ventana, sí estabas impresionada.

Sus pecas se encienden ante mi sonrisa triunfal y prepotente. Está como un tomate y lo único que puede hacer es darse la vuelta para abrir la puerta.

—Sabes que puedes venir siempre que quieras, ¿no? —Necesito que le quede claro.

Alessa asiente y a mí se me aflojan los pies. Estoy sopesando muy seriamente la idea de secuestrarla. Me gustaría haber pasado el domingo con ella, tumbados en la alfombra, escuchando música y enrollándonos a cada momento. Pero su partida es inminente.

—Adiós, Jake —se despide—. Gracias por el té, estaba buenísimo.

El pecho se me hincha de algo que no logro descifrar y vuelve a su tamaño original cuando la puerta se cierra. Camino hasta el sofá y me tumbo. Estiro el brazo para alcanzar la guitarra que está apoyada en la mesa y la encajo sobre mi regazo. «Los domingos solitarios son los mejores para componer», pienso mientras respiro el olor a albaricoque que la pelirroja ha dejado sobre los cojines. Mis dedos empiezan a acariciar las cuerdas y la melodía llena el silencio.

14

Todo se acelera de nuevo

Jake

—¿Por qué diablos no me llamaste para avisarme de lo de Charlotte? —pregunto sacando a relucir mi enfado.

Blair atusa su melena negra resplandeciente y se afianza las gafas sobre el puente de la nariz. Mi representante siempre recurre al mismo gesto cuando vamos a abordar un tema espinoso.

—Básicamente porque no tenía ni idea de que tu novia...

—Exnovia —la corrijo antes de que siga.

—No sabía que tu exnovia iba a publicar esos vídeos y mucho menos que tuviesen la repercusión que han tenido. —Le brillan los ojos.

Puede que a Blair no le gusten los imprevistos, pero si estos se convierten en publicidad gratis y masiva, la cosa cambia.

—Han escrito hasta un artículo en el *Sun* —declara al mismo tiempo que gira el portátil y me lo pone delante de las narices.

Lo cierro de mala manera y ella da un respingo.

—Como lo lea, me voy a cabrear más —bramo—. Y eso no nos conviene.

—Sinceramente, Jake, creo que esto es el resultado de tu constante exhibición de las últimas semanas. Entiendo que tengas un nuevo lío. Sabes que comprendo a los artistas, con todas vuestras cosas..., con vuestras particularidades. —Me mira muy seria—. Pero nunca antes te había visto exponerte de este modo. ¿Qué está pasando?

—Lo que pasa es que hace tiempo decidí que no iba a vivir pendiente de esa mafia amarillista que sobrevive persiguiendo mi puñetera intimidad —le recuerdo.

—Eso ya lo sé, aunque siempre habías dejado fuera el factor lío de discoteca —rebate Blair con las gafas deslizándoseles por la nariz.

—Alessa no es un lío de discoteca, es mi novia —Vale. Quizá no lo sea, pero quiero que le quede claro a esta señora que trabaja para mí que esta chica es importante y que no entra, en ningún puto caso, en su definición de «lío de una noche».

—¿Tu novia? —Observo la incertidumbre en el modo en el que abre con torpeza el portátil.

—No quiero encontrarme de nuevo con algo imprevisto en la televisión y menos si está relacionado con Alessa, ¿lo entiendes? —Ahora la estoy señalando directamente—. Trabajas para eso. Lo único que hemos hecho es salir a tomarnos unas copas un viernes por la noche —termino, zanjando el tema.

—Bueno... Y salir de un centro de rehabilitación... Y dejar a tu novia formal por ella... —Mi colérica mirada la hace callar de inmediato—. De todos modos, no estamos aquí para hablar de tu vida, sino para esbozar los próximos movimientos musicales del rey de masas, el mismísimo Jake Harris.

Me acomodo en el sillón de terciopelo y paseo la mirada por el lujoso despacho de Blair. Las paredes altas pintadas de un blanco impoluto están cubiertas por cuadros de todos los grandes éxitos que ha cosechado en sus quince años de experiencia. Muchos de ellos, míos. Como siempre que vengo aquí, ella está sentada a su escritorio gigante de un gris esmaltado. A pesar de que tiene cuarenta y tantos, Blair parece mucho más joven. Se ha operado en varias ocasiones y tiene la piel estirada al estilo Kardashian. Tampoco deja pasar ninguna de sus visitas semanales al esteticista. Una vez fue con gripe y treinta y nueve de fiebre; estaba decidida a pasar la noche en cama estrenando permanente.

—El viernes hablé con la discográfica y me dijeron que la grabación del nuevo disco va como un cohete. —Sonríe con todos sus dientes, consciente de que su cuenta corriente depende, en gran medida, de cómo le vaya mi próximo trabajo.

Como quiero largarme al estudio lo antes posible, me limito a asentir.

—Bien. Porque me dijeron que dentro de dos meses sería una buena fecha de lanzamiento —expone centrando su atención en la pantalla.

—¿Dos meses? —El estómago se me revuelve.

Blair asiente sin apartar su total atención del portátil.

—Sí. Dos meses. Estamos preparando todo el calendario publicitario y no sabes lo bien que están respondiendo todas las marcas y los medios de comunicación —manifiesta—. Están deseando entrevistarte, así que la primera entrevista después de tu vuelta la podemos cerrar con la publicación que más nos convenga, que evidentemente será la que nos ofrezca más dinero.

Blair no para de cacarear. ¿Cómo no van a estar interesados en entrevistarme? Lo último que supieron de mí fue que sufrí un coma etílico y casi la palmo. Luego, desaparecí.

—Es obvio que no puedo negarme a toda esa mierda de actos publicitarios, tengo un contrato que cumplir. —Sonrío con sarcasmo. Y bien que me gustaría—. Pero el disco aún no está listo, le faltan algunos retoques finales.

—Sea como sea, los de arriba están convencidos de que en dos meses estaréis sonando en todas las plataformas.

Resoplo y me pierdo en mis pensamientos. Me hago a la idea de dormir en el estudio las próximas semanas. No hay nada que deteste más que la presión. Sobre todo, aquella que nace del objetivo de ganar dinero. A mí solo me importa la música. Todo lo demás que la adorna, todas esas entrevistas, el *marketing*, las imágenes..., todo eso no tiene nada que ver conmigo. Tampoco con la música, que es pura, libre y universal. Sin embargo, esos idiotas expertos del medio poseen toda una infraestructura creada a base de otorgar importancia a lo que no la tiene. Y es evidente que debo entrar al trapo si me quiero dedicar a lo que me apasiona. Resulta así de sencillo y hace tiempo que lo acepté. «Hay cosas que no dependen de nosotros», repetía Norma una y otra vez. Esta es una de ellas.

—Bien. ¿Eso es todo? —pregunto.

El ambiente en la oficina empieza a estar cargado y nunca he soportado el olor a mora que procede de la pequeña fuente rebosante de caramelos que está colocada estratégicamente en medio de la mesa. Blair levanta la cabeza y me clava sus ojos negros. Sabe que me falta poco para levantarme.

—En realidad, no. —Traga saliva—. Los *partners* estadounidenses están muy interesados en que hagamos otra gira como la de aquella vez. Allí la gente te quiere y no te disfrutaron lo suficiente. La cuestión es que nos han hecho una oferta que no podemos rechazar.

Ni hablar. La pasada gira por Estados Unidos acabó conmigo. No quiero cruzar el charco en un buen tiempo.

—Ya sabes lo que pienso de eso, Blair. La última vez todo se vino abajo, no hace falta que te lo recuerde, ¿verdad? —Blair niega ladeando la cabeza con suavidad.

—Pero es que es fundamental, Jake. Estas oportunidades hay que aprovecharlas y puede que sea la mejor que tengas en toda tu vida. —Su gesto concentrado me hace comprender que dice la verdad.

Blair es una de las mejores representantes y tengo que admitir que, gracias a ella, yo enmendé mi carrera después de aterrizar con un disco inmejorable en la escena musical londinense. La fama internacional se la debo a ella y a su equipo. Por eso, aunque me cueste asimilarlo, sé que debo escuchar sus consejos.

—¿Cuándo arrancaría la gira? —pregunto, esperanzado por que la fecha esté lejos.

—Serías cabeza de cartel en muchos de los festivales más importantes y en otros escenarios típicos de la escena folk. —No responde a mi pregunta y me temo lo peor.

—¿Cuándo? —insisto, volviendo a la cuestión.

—Justo después del lanzamiento del disco. Queremos aprovechar el tirón para promocionarlo al máximo.

—Ni de coña.

—Sabes que no insistiría si no supiera que es fundamental. —Me mira con la profesionalidad perforándole los poros de su piel estirada.

—¡Joder, Blair! —exclamo, indignado.

—Esta vez será diferente —asegura.

¿Y cómo coño lo sabe? La última vez, ella y mi madre se aliaron en la brillante idea de no informarme de la muerte de mi abuelo. Me subí a un escenario con cientos de miles de espectadores sin tener la menor idea de que la persona más importante de mi vida había dejado de respirar. Y cuando me lo dijeron, todo se descontroló. Me sumí en una oscuridad perpetua de vuelos, alcohol, luces y drogas. Y cuando me quise dar cuenta, el que dejó de respirar fui yo. Quizá fuese porque lo único que deseaba era estar a su lado y nada más.

—Esta vez me informarás absolutamente de todo, aunque sea la noticia más inofensiva del planeta, ¿te queda claro? —la amenazo. Ella baja la mirada—. Y, antes, quiero que me consigas una gira pequeña por Inglaterra. —Ahora sus ojos me inspeccionan con asombro.

—¿Qué? —Está boquiabierta.

—Una gira pequeña, acústica. Una parte con los chicos, y otra parte yo solo acompañado con la guitarra, sentado en medio del escenario durante varias canciones. —Esto es algo que se me ocurrió durante las noches solitarias de Camden Hall. Me encanta cantar en la mínima expresión.

—Pero... —Blair no sabe muy bien qué decir.

—Esa es mi única condición. Me vendrá bien para alcanzar ritmo y me apetece volver a cantar entre multitudes más reducidas.

La mujer asiente asimilándolo y aporrea las teclas del portátil, tomando apuntes.

—Si ya está todo, me marcho. Tengo mucho trabajo en el estudio. —Me despido levantándome del asiento.

—Te veo mejor, Jake. —Sube la cabeza y encontramos nuestras miradas—. Norma se empeñó en recuperarte y aquí estás de nuevo.

—Consígueme esa gira acústica, Blair. Y todos estaremos contentos. —Le dedico una sonrisa conciliadora antes de encaminarme hacia la puerta.

Lo cierto es que yo también me siento mejor. Quiero volver a los escenarios y tener nueva música que ofrecer a mis fans. Sin ellos, no sería nadie. Se lo debo todo.

A medida que bajo las escaleras que conducen al aparcamiento donde Stone me espera, una idea irrumpe en mi cabeza. Quiero volver a los escenarios y que ella me vea. Norma me salvó, pero Alessa me ha devuelto la esperanza.

15

Peter y sus brillantes consejos

El despacho de Peter está situado en un edificio bajo de ladrillo visto del barrio de Chelsea y es bastante más elegante que el que solía ocupar en Camden Hall. Aquí, las paredes están repletas de enormes estanterías de caoba que llegan al techo, rebosantes de libros. Y, sobre su kilométrico escritorio de cristal, se erigen un par de cuadros con las fotos de sus dos hijos mellizos —que comparten sus ojos color cielo— y de su mujer, que parece poseer genes indios. Pero, sin duda, es el toque amarillo claro de la moqueta lo que le otorga al lugar una gran calidez.

—No sabes cuánto me alegra escuchar que vas a ir a la universidad. —Peter suena emocionado.

—Sinceramente, aún no sé si voy a entrar en el segundo semestre. Primero tienen que admitir mi solicitud —le aclaro.

—No tengo ninguna duda de que, dentro de unos meses, estarás gozando de la vida universitaria.

—No sé si me entusiasma vivir esa vida —afirmo a medida que recuerdo la fiesta a la que Taylor me obligó a asistir—. Lo que sí sé es que quiero formarme, estudiar. Saber de libros, pero de verdad.

El hombre toma su pluma plateada y apunta algo en el folio que sujeta con un portapapeles. Me mira de una manera tranquilizadora y asiente.

—Deberías estudiar a Virginia Wolf —aconseja—. O quizá la hayas leído ya.

Hasta el momento, Virginia Wolf es una gran desconocida para mí. He leído todas las obras de las Brönte, pero recuerdo una tarde de invierno lluviosa en la que me disponía a empezar *Una habitación propia*, hasta que Tommy irrumpió en mi cuarto con un paquete de *cookies* de chocolate y batido de vainilla. Evidentemente, el libro pasó a ser historia, pues ese día lo dedicamos a comprarnos camisetas de nuestros grupos favoritos a través de una tienda *online* que había descubierto mi amigo. Esa misma noche, antes de dormir, recuerdo haberme decantado por otra lectura totalmente distinta, y Virginia Wolf quedó en el olvido.

—En realidad, aún no he leído nada de ella, pero seguiré tu recomendación —le contesto.

—Solo me queda preguntarte por lo que ya sabes. —Era evidente que el tema saldría en algún momento, aunque fuese en los últimos minutos.

Resoplo y cruzo las piernas, mostrando mi desacuerdo en que ahonde más en la relación inexistente con mi padre. No obstante, Peter es con quien tengo más confianza. Mis pensamientos no salen de aquí, y es obvio que el hombre es bueno creando burbujas de seguridad con sus pacientes.

—No quiero saber nada de él, pero ahora es mi madre la que está empeñada en que hablemos —confieso, presionándome un poco la lengua.

—¿Por qué no quieres? —pregunta, con una curiosidad neutra y profesional.

—¿Y por qué debo de querer? —Mi contrapregunta le hace ladear la barbilla.

Creo que mi respuesta lo ha noqueado, porque, al segundo, sus labios se mueven formando un gesto de aprobación. Luego suelta la pluma y entrelaza los dedos encima del folio.

—Tienes que hacer lo que te pida el corazón —insiste—. Si es eso lo que sientes, adelante. Pero si algún día ese sentimiento cambia o se transforma, tienes que aceptarlo de la misma manera que lo asumes ahora.

Supongo que tiene razón, pero como esa opción todavía no se ha consumado en mi mente, decido apartarla a un lado. Lo que sí que me genera ansiedad es mi inminente y forzada salida del anonimato.

—¿Puedo hacerte una pregunta? —Me alzo hacia delante y apoyo los antebrazos en el escritorio.

—Por supuesto.

—Estos días atrás... —empiezo, dubitativa—, ¿por casualidad me has visto en las revistas, en internet o...? —Me quedo muda por la vergüenza. Que diga que no, por favor. Al menos Peter, no.

—Claro que te he visto. Y en el *Sun*.

Maldita sea, parece ser que hasta mi psicólogo ha tenido que encontrarse con mis imágenes en las que salgo de un garito a las dos de la mañana con unas gafas de sol. Me derrumbo en el sillón haciéndome pequeña.

—Pero esa no eres tú, es un personaje que han creado a base de mentiras. Y, a veces, algunas de esas mentiras coinciden con una pequeña parte de la realidad —reflexiona.

—Todo eso me está afectando. Hasta el punto de que he eliminado mis redes sociales. —Menos Twitter, en la que, naturalmente, sigo siendo anónima bajo un seudónimo.

—¿Quieres que te sea sincero? —Asiento con la cabeza—. Es lo mejor que podrías haber hecho. La vida no se vive a través de una pantalla. Separa tu vida real de la que crean esas personas que no son nadie para ti. Simplemente han tomado tu imagen y están creando todo lo que está bajo esa carcasa.

—No sé si quiero que alguien utilice mi carcasa para crear historias —digo, arrugando la frente.

—Eso ya es otra cuestión, pero ese es el precio que tienes que pagar por estar con Jake Harris —comenta—. Además, no creo que sea solo por eso.

—¿A qué te refieres?

—Tienes algo que destaca, que atrae —continúa—. Y no tiene nada que ver con la belleza, aunque evidentemente eres muy atractiva. —Pongo los ojos en blanco haciéndole entender que no le creo en absoluto—. Es algo relacionado con tu actitud. Tienes madera de líder, Alessa. Y contra eso no hay nada que puedas hacer.

—Creo que ya se ha agotado el tiempo, señor —objeto como una autómata, típico ya en nuestras despedidas.

—Vive, Alessa, aunque sea con miedo. De eso se trata.

¿Acaso no estoy viviendo? Me he despertado un domingo entre las sábanas de Jake Harris. «Eso sí que es vivir», me apremio internamente.

Me levanto de la silla y estiro el brazo, dispuesta a estrecharle la mano. Pero él no la recibe, sino que abre un cajón integrado al escritorio y saca un sobre.

—Esto es para ti —anuncia tendiéndomelo con su sonrisa conciliadora.

—¿Annie?

Peter asiente.

—Ya puedes marcharte. Nos vemos en dos semanas, Alessa.

Ahora el hombre se levanta y posa su mano sobre la mía. Le da un apretón cariñoso y vuelve a tomar asiento en su sillón de cuero gastado.

16

Desinstalarse Twitter
es un acto de fe

El segundo autobús que tengo que tomar para llegar a casa es más cómodo. Los sillones tienen una alfombrilla esponjosa que resulta más agradable que el característico plástico duro del que circula por Chelsea. Además, en la penúltima fila, mi favorita, siempre hay sitio. Así que, cuando me subo, me dirijo hacia el asiento y me desplomo sobre él. Apoyo mi cabeza en el cristal y solo cuando soy consciente de que nadie me ha reconocido me atrevo a abrir la carta. Mis dedos ansiosos cortan el papel por un extremo y me encuentro de pleno con la caligrafía redonda y dilatada de Annie.

Hola, granuja:

Debería estar cabreada porque no me llamaste el domingo y prometiste que lo harías. Luego, he recogido las revistas que María repone cada semana y me he encontrado con tu cara en todas ellas. Tienes un aspecto increíble. Alessa y las lentejuelas, ¡¿quién lo diría?! Ya estamos a lunes y te he perdonado, así que voy a aprovechar la consulta con Peter para que te haga llegar la carta.

Y es que tengo algo muy importante que contarte:

¡SALGO DE AQUÍ EN TRES SEMANAS! Y solo puedo pensar en sushi, en nigiris y en makis. Y, por supuesto, en compartirlos contigo. Sé que no soportas la comida cruda, pero ese es el precio que tienes que pagar por haberte olvidado de mí.

Recibí tu última carta y déjame decirte que debes desinstalarte Twitter de inmediato. Es un acto de fe. Tu nivel de fama es directamente proporcional al de Charlotte Rey, así que no te dejes caer nunca más por esos lares repletos —únicamente— de gente normal.

CON MÁS AMOR QUE ODIO,

ANNIE.

PD. ¡LLÁMAME EL PRÓXIMO DOMINGO!

Por lo visto, Annie continúa siendo una exagerada y una tremendista. Es cierto que le dije que la iba a llamar el domingo, pero nunca le prometí nada. De todos modos, sé que debí llamarla, pero me temo que esa mañana me desperté tarde, envuelta alrededor de unas sábanas que olían a hierba mojada y a humo a partes iguales. En cualquier caso, Annie sí tiene razón en algo: si no quiero complicarme la vida, debería huir de todo contacto social en las redes. Es evidente que no me hace ningún bien el *stalkeo* nocturno a los *hashtags* que llevan mi nombre. Sin embargo, se equivoca en algo importante. Yo no quiero ser famosa. Quiero estar dentro de la categoría de «gente normal», como ella la ha llamado. Yo no quiero disfrutar de la popularidad de Charlotte Rey. Ella es modelo y ha salido con Jake Harris. Su profesión trata de exponerse al público y, cada temporada, su imagen se difunde por todos los territorios occidentales. Además, la historia de amor entre ella y Jake parecía sacada de un cuento de hadas. Se habían conocido en la fiesta posterior de la gala de música más importante de Inglaterra y, a la semana siguiente, la chica ya posteaba fotos conjuntas con la promesa folk que parecían sacadas de un catálogo erótico. Al menos, eso fue lo que me contó Taylor.

Constantemente tengo la tentación de entrar en el perfil de Instagram de la que se ha denominado mi *archienemiga*, pero las ganas aún son soportables. Considero que hay cosas más importantes en las que emplear mi tiempo. Por ejemplo, leer. Por ejemplo, escuchar música. Por ejemplo, mirar las estrellas. Por ejemplo, tirarme a Jake los fines de semana.

La Alessa Stewart real, la que no es un monigote virtual, solo quiere ir a la universidad, leer y estudiar a los autores más destacados. Vivir una vida tranquila y en armonía. Hasta el momento no he pensado en ninguna profesión que quisiera desempeñar una vez que termine. Lo único claro es que toda la prensa inglesa no para de repetir, una y otra vez, el término de *it girl*. Y yo aún no he descubierto qué diantres significa eso, pero me huelo que es algo que no tiene nada que ver conmigo.

Al llegar a casa encuentro a mi madre repantingada sobre el sofá en la sala de cine. ¿Cuántas veces tiene que ver *Notting Hill* para que decida tirar el DVD a la basura? A medida que me adentro en la estancia empiezo a considerar que otra opción sería optar por tirarlo yo misma.

—¿Qué tal ha ido? —pregunta al oír mis pasos.

—Bien. —Tomo asiento a su lado y hundo la mano en el bol de palomitas que tiene sobre el regazo.

—Si quieres te puedo acercar la próxima vez, no me importa —sugiere.

—Me gusta ir en autobús. Me despeja y tengo ganas de ver la ciudad, la verdad. He estado mucho tiempo encerrada.

Mi madre se ha ofrecido a llevarme en su Mini Cooper a la consulta de Peter, pero yo le he quitado la idea de la cabeza. Sin embargo, esta vez me había insistido más que de costumbre y eso no es propio de ella.

—¿Nadie te ha reconocido? —Y quizá ahí se encuentre la clave de todo. Hasta a ella le preocupa mi desorbitado salto a la escena pública.

Arrugo la nariz, contrariada, mientras observo un primer plano de Julia Roberts en la pantalla.

—Por suerte, no —le contesto.

Acto seguido, mi madre pausa la película y deja el bol en la mesa baja. Sin duda, es una muy mala señal.

—Estoy preocupada, Alessa —confiesa, por fin—. Me gusta Jake. Es educado, callado y entiendo que te ha ayudado mucho allí dentro... Pero, de ahí a que seas absorbida por todo su universo, hay un gran trecho. Él es muy famoso, cariño.

—Mamá, no estoy saliendo con él —aseguro—. Solo lo pasamos bien juntos.

—Eso me da igual, Al. Me temo que él debería protegerte de toda esa mierda de prensa amarillista. A fin de cuentas, es de ti de quien habla la despechada de su exnovia, no de él. —Mi madre prácticamente vomita las palabras.

Charlotte no se atreve a decir nada de él porque está loca por volver a su lado. De repente me abruma el recuerdo del vídeo emitido por televisión y las manos empiezan a sudarme; el sofá se vuelve incómodo y frío y me froto los muslos. Jake me ha protegido en todo momento. La culpa la tuvo el calentón en el baño del Gini's y el priorizar por encima de todo hundirnos el uno en el otro a pesar de saber que, a la mañana siguiente, nuestras caras achispadas —y con gafas de sol— adornarían todos los quioscos y todo internet.

—¿Lo has visto? —Espero que no.

—Claro que lo he visto —contesta, con ojos comprensivos—. Y lo que quiero decirte es que vamos a ir contra esa idiota. —La miro con el mentón subido, en una clarísima mueca de discrepancia—. Podemos hacerlo, Alessa. La voy a hundir a demandas.

—Mamá, no quiero que lo hagas —le rebato—. ¿Acaso serviría para algo?

Ella se mira las manos y, en un movimiento casi imperceptible, niega. Cruza las piernas y me aparta un mechón que me cae por la mejilla. Me da una vergüenza horrible que mi madre tenga que encontrarse con todas esas declaraciones en las que me comparan con basura. Entiendo su rabia, pero lo que propone solo complicaría más las cosas. Además, nadie creería la verdad. Todos seguirían creyendo Instagram porque es mucho mejor. La ficción es buena, nos ayuda a soportar la vida. Yo tengo los libros. Muchas otras personas tienen aquellas malditas *stories*.

—Papá ha vuelto a llamar —me informa, con la mirada puesta en la pantalla para no encontrarse con mis ojos acusadores.

¿Ahora lo llama «papá»? ¿Como si se tratara de alguien con el que nos cruzamos todos los días, como si fuera alguien que no se marchó para no volver...?

—Mamá, déjalo. No quiero saber nada de él, no insistas más. Parece mentira que fueras testigo de su desprecio de este verano cuando estaba encerrada.

—No quiero que lo odies —reconoce—. Yo lo odié durante mucho tiempo y no sirvió para nada. Solo quiero que te lo ahorres y que puedas empezar de cero sin ninguna carga.

Mi madre sube los hombros con resignación y yo agarro el bol de palomitas y se lo vuelvo a colocar en el regazo.

—Y yo solo quiero que sigas viendo la película más empalagosa de este jodido planeta. Y también la más irreal —le suelto.

Mi madre junta las cejas y me mira muy fijamente.

—Las historias de amor a veces salen bien, cariño —asegura, como si pudiera nombrarme a alguien de su alrededor que no se hubiera divorciado.

—Las de mis libros, no —contesto a la vez que me levanto y reanudo la película.

—Supongo que tienes razón.

—Voy a subir a preparar algo de cena.

—Está bien.

Salgo de la sala y, cuando me dispongo a subir el primer escalón que me conduce a la parte de arriba, oigo a mi madre gritar:

—¡*Orgullo y prejuicio*, sí! ¡Ese libro te encantó!

Sonrío. Luego pienso si puede existir alguna posibilidad de que la historia de Jake y mía salga bien. Entonces recuerdo su petición susurrada en mi oído. Me dijo alto y claro que quería que fuese su novia. Y, en el fondo, debajo de todos los miedos que forman trincheras en mi interior, debajo de los orgullos y los prejuicios, late mi más sincero deseo: ser tan importante para él como un día lo fue Charlotte.

17

Su sarcasmo como bandera

Jake

En el estudio las horas pasan como minutos. El día ha sido desgastante; tanto que tengo las yemas de los dedos enrojecidas de tocar la guitarra. No damos con la tecla para terminar la última canción que conformará nuestro próximo disco y el tiempo corre mientras yo me niego a conformarme con ninguno de los arreglos ni con ninguna de las letras finales. Sencillamente, no encajan. El último tramo, en este lugar apagado y lleno de instrumentos que ha sido siempre un refugio para mí, se me está presentando insoportable. Todo ello se suma a que no dejo de darle vueltas a todo lo que vendrá después. Toda esa publicidad, toda esa atención, toda esa vuelta a la primera fila de lo noticiable y novedoso. Más aún si estoy saliendo con alguien que nunca encajará en toda esta farsa pretenciosa. Se la querrán comer viva, aunque no lo voy a permitir, de ninguna manera. Blair tendrá que ofrecerme algunos mecanismos que la protejan. Antes, a Alessa siempre la veía como un pájaro al que habían cortado un ala y cuya infección provocada por la herida se había extendido hasta apagar el color de su plumaje. Últimamente es difícil ver esa herida, permanece escondida, casi curada, porque esta chica centellea todo el tiempo. Pero yo sé que sigue ahí, bajo su melena naranja.

Es posible que me haya precipitado al confesarle que quiero que seamos pareja. Sencillamente, no pude evitarlo. Es lo que quiero. Ella deambula de aquí para allá, libre, dispersa, divertida y envolviéndome en canciones antiguas a su paso. Canciones que se han posado en mi alma para siempre. Yo la quiero libre y también a mi lado.

Estoy solo y tengo la mente bloqueada. Los chicos se han largado hace una hora, hartos de mis gruñidos, y me he quedado aporreando las cuerdas de la guitarra por si surgía la magia. Pero nada. La inspiración es tan escurridiza como Alessa.

Me bajo del taburete y dejo el instrumento en su soporte de pie. Camino hasta la cabina y se despierta en mi boca un agudo deseo de saborear un poco de *whisky*. Trago con dificultad, intentando no pensar que el armarito que está al fondo de la habitación está poblado por un lote de bebidas alcohólicas. Seguro que puedo servirme solo un vaso pequeño, pero también sé demasiado bien que sería el primero de otros muchos. Y que no estaría bebiendo para despejarme y divertirme, sino para quitarme de encima la presión y para tranquilizar mi mente.

Como no quiero eliminar los metros que me separan de ese armario sacado directamente del infierno, alcanzo mi móvil de la mesa baja y me siento en el sofá. A continuación, marco su número y tarda varios tonos en contestar.

—Ey —la saludo.

—Ey.

—¿Qué hacías?

—Acabo de llegar de correr y me he desplomado sobre mi cama —apunta Alessa con la respiración jaleosa.

—Te llamaba porque creo que me debes un sábado. —La curvatura del labio se me alza sin pretenderlo.

—¿Ah, sí?

—Sí —confirmo.

—Pues este sábado no va a poder ser porque he quedado con Tommy.

—Es la puta reina de la ironía. Su bandera, bien alta y bien grande.

—Cómo te encanta regodearte en el sarcasmo —mascullo.

—No estoy siendo sarcástica. He quedado con él porque eso es lo que hacen los mejores amigos. Y él sigue siendo el mío.

Me quedo paralizado y relaciono el modo frustrante con el que apoyo el pie en mi rodilla como un latigazo de celos.

—Ah.

—¿Qué pasa? —Noto, por el sonido de arrastre de su cuerpo contra las sábanas, que se ha sentado cruzando sus piernas como siempre hace.

A veces me siento como si pudiera observarla por una mirilla.

—Podrías invitarme. —Eso lo ha dicho el Jake que está presionado y que necesita una bonita vía de escape llena de pecas y actitud nihilista.

El silencio que prosigue a mi comentario me corta la respiración, porque es evidente que a ella no le parece una buena idea en absoluto, que prefiere compartir su tiempo a solas con su mejor amigo. Algo totalmente normal. Lo que no es normal es querer introducirme en su intimidad y es probable que este afán por compartir más cosas con Alessa sea producto de que no tengo ni puta idea de lo que pasa por su cabeza. Y menos aún, en lo referido a mí. «No sé si quiero ser la novia de alguien», así de contundente fue hace unos días. ¿Entonces qué coño quiere ser? ¿Qué somos?

Soy consciente de que los papeles se han invertido de un modo absoluto comparado con todas mis relaciones anteriores. Siempre fueron las chicas las que querían comenzar una relación. Fue Charlotte la que en nuestro segundo polvo expuso pletórica: «Me encanta tenerte como novio, Jake Harris».

—No sé por qué te he pedido que me invitaras, lo siento. No quieres que vaya y lo entiendo, de verdad —añado, intentando no sonar demasiado seco.

—No es eso, Jake. —Su tono comedido me pone en alerta.

—¿Entonces qué es? —Yo no he dudado ni un minuto en involucrarla de lleno en mi núcleo más cercano de amistades. ¡Joder! Hasta le he presentado a la banda. Pero ella... Ella parece no querer que yo forme parte de su vida.

—Solo es Tommy, y no sería nada divertido para ti —comenta con despreocupación.

Alessa acaba de dejar el balón en mi propio tejado, así que decido autoinvitarme, a lo loco.

—Pues me gustaría ir.

—¿Sí? —La inseguridad aparece en el modo de alargar la interrogación.

—Sí —afirmo—. Y después podemos ver una película en mi apartamento.

—¿Tú ves películas en tu tiempo libre? —Su tono burlón me levanta el ánimo en un segundo.

—¿Qué te crees, chica?

—Ya sabes, solo *Sexo, drogas y rock and roll* —repite aquello que me dijo este verano cuando compartíamos una agradable mañana en el lago.

Suelto una carcajada.

—También puedes quedarte a dormir, ya sabes, para cumplir al dedillo esa primera palabra del dicho.

—Eres un listillo —replica.

—Entonces, ¿estoy invitado a vuestra reunión de superamigos? —vuelvo a insistir porque quiero ser importante para ella.

—Si quieres, puedes venir, Jake.

—Más bien lo que quiero es el plan de después.

—Vale.

Su inesperada afirmación consigue que me olvide de la canción maldita que no termina de materializarse y de todo lo que está por venir en los próximos meses. Una vez que le cuelgo, me subo de nuevo al taburete, agarro mi guitarra y empiezo a tocar una melodía improvisada, una esencia pura aún por descubrir que nada tiene que ver con el arduo trabajo en el que llevamos inmersos toda la semana.

18

Tengo un problema con los celos

Jake

A todas luces, esto ha sido una mala idea. La primera señal de ello es el grupo de gente que me aborda a las afueras de la cafetería; todos expulsando el humo de los cigarrillos que comparten al aire libre antes de volver a adentrarse en la puerta de color pastel que tienen al lado. «Eres Jake Harris», repiten mientras se acercan precavidos y me colocan el móvil a la altura de la cara. Logro deshacerme de ellos con un ademán agradecido después de sacarme varios *selfies* con la misma sonrisa aprendida de siempre. Por suerte, hace ya bastante tiempo que he asimilado que es imposible caminar por Londres como cuando tenía dieciséis años y me escapaba con mis colegas del barrio para descubrir en qué discoteca nos podíamos colar esa noche.

Cuando me adentro en el Corinne's, descubro el lugar más *hipster* y pretencioso con el que me he tropezado hasta el momento, y mira que he viajado por el mundo. Está repleto de elementos tan dispares que combinan a la perfección: ramos de lavanda, un metal que forma la silueta de una bicicleta, un radiocasete antiguo de color verde claro, decenas de latas de galletas... De la pared rocosa cuelgan una gran variedad de láminas de diferentes tamaños y diferentes temáticas, aunque todas comparten el ser anteriores a la década de los setenta. Da la impresión de que el sitio no tiene alma ninguna, de que es preso de esta decoración por la mera circunstancia de que ahora se ha puesto de moda lo *vintage*.

Atravieso la sala repleta de mesas coloridas y rodeadas por sillas dispares, y los avisto al final del lugar, en una esquina al lado de una ventana. Mal asunto. Alessa es tan inexperta en esto de la atención mediática que no sabe que lo primero que alguien famoso tiene que evitar a toda costa son las ventanas. Las ventanas en los restaurantes, las ventanas en los hoteles, las ventanas no tintadas de los vehículos, incluso las ventanas de tu propia casa.

Cuando llego hasta ellos, el primero que levanta la cabeza es Tommy. Está sentado con la parte inferior de la cabeza rapada y con una camisa a cuadros desgastada que parece una absoluta continuación de este lugar. Sí, lo sé, estoy pensando como un capullo inmaduro y celoso. Probablemente es lo que soy.

—¡Eh! ¡Tío! —me saluda mientras se pone en pie para tenderme la mano—. El psicólogo que al final era una puta estrella de *rock*.

—¿Qué tal? —El tipo es gracioso, no puedo negarlo, así que sonrío aún sin mirar a Alessa—. ¿Este sitio no podía ser más céntrico? He tenido que andar veinte minutos desde el coche porque no había acceso para vehículos.

—Bueno, es donde siempre venimos para airearnos de nuestro suburbio ricachón —ironiza él, buscando la mirada de aprobación de *mi* chica.

Entonces reparo en ella, sentada frente a él, ataviada con una gorra que no le he visto antes, y me agacho para depositar un beso en su mejilla.

—Hola —le susurro al oído.

Mi aliento le hace cosquillas y se lleva su mano al cuello para aplacar la sensación. Y justo después me dedica una mirada templada y dócil.

—Hola.

Me siento en la silla libre y alcanzo la carta que, como no podía ser de otra manera, está pegada en el interior de un libro antiquísimo.

—Nosotros ya hemos pedido —comenta Tommy—. Aquí nuestra tradición es el batido de plátano con trozos gigantes de fresas.

—Pensaba que te gustaba más el chocolate. —Levanto la cabeza de la carta y clavo la mirada en Alessa.

Ella niega con un suave movimiento y me cuesta un mundo no reírme porque apenas puedo verle los ojos por culpa de la visera de la gorra. Se está tomando demasiado en serio eso de pasar desapercibida.

—Me encanta el de plátano que hacen aquí —responde y puedo notar que está nerviosa por mi reciente invasión.

—Joder, Alessa, ¿cuándo se supone que te vas a quitar mi gorra? Si llego a saber que te la ibas a poner veinticuatro-siete, te hubiera regalado una más nueva.

¡¿Esa gorra es de Tommy?! «Basta ya, Jake», me reprocho. ¿Por qué me molesta tanto su conexión? Es su mejor amigo, joder. Se conocen de toda la vida y yo solo he compartido con ella un verano. Un verano repleto de madrugadas.

En este momento, la camarera, una chica joven con el flequillo oscuro y recto, se posa a mi lado. Está concentrada en apuntar algo en su libreta y, cuando alza la mirada y me ve, sus ojos se abren y adopta la expresión de un tarsero filipino. Es evidente que me ha reconocido.

—Oh... ¡Qué fuerte! —exclama—. Jake Harris, aquí, en el Corinne's... —Lucha por colocarse bien el delantal de cuadros.

Ahora se lleva la mano a su flequillo para arrastrarlo un poco y recolocárselo mejor y dibuja en su pequeña boca una sonrisa cautivadora.

—Eso parece —contesto con tranquilidad—. Ellos ya han pedido y yo voy a querer un batido triple de chocolate con nata por encima.

Ella abre la boca encantada y me muestra una hilera de dientes torcidos.

—Marchando ese batido y el regalo de la casa —canturrea embelesada.

La chica se marcha a toda prisa sorteando las mesas hasta que llega a la barra y tira del brazo de su compañera, que en ese momento está agitando una coctelera.

—¿Ves, Alessa? Invitar a Jake Harris a este sitio tiene una parte cojonuda. ¡El regalo de la casa! Llevamos viniendo casi cada sábado y nunca nos lo han ofrecido... —Tommy ladea la cabeza negando de forma burlona.

Como siga escuchando mi apellido por todas partes, voy a terminar saliendo por el mismo lugar por el que he entrado. No llevo aquí ni veinte minutos y ya me apetece estar en mi apartamento o en el estudio.

—Antes de que llegaras, hablábamos de que quizá Alessa podría mudarse al piso que he alquilado con un compañero de clase —suelta—. Nos falta un inquilino y, como en el último momento esta chica indecisa se ha decidido por ir a la universidad...

La noticia es como un disparo directo a la garganta, porque me deja sin palabras. Y se ve empeorado por la risa que comparten.

—Para, Tommy. Aún no me han admitido —le recrimina ella, tan comedida cuando le apetece—. Además, no empezaría hasta el segundo semestre.

—Por ti, podríamos dejar libre la habitación hasta entonces. Y así podemos recuperar el tiempo perdido de este verano.

—No sé si mi madre estará de acuerdo.

—¿Desde cuándo nos ha importado eso? —Tommy da un golpe en la mesa—. ¡No le hemos hecho caso ni cuando estábamos en prescolar!

Observo cómo Alessa pone los ojos en blanco en un gesto de absoluta confianza. Un gesto que, en muchas ocasiones, en millones de ocasiones en realidad, ha compartido conmigo. Ese verano que no ha compartido con él, me ha conocido a mí, hemos conectado de un modo increíble y hemos forjado algo que, espero, sea igual o más especial que la amistad que los une. Conmigo ha follado y, si no tuviera la prueba de que Alessa era virgen la primera vez que lo hicimos, diría que él hubiera sido el primer afortunado. No me cabe la menor duda. Odio el modo en que la mira, como si fueran dos partes de un todo; como si fueran dos enredaderas que han crecido sobre una misma pared y han estado pegadas durante todo este tiempo. Tengo que admitirlo, se me están comiendo los celos.

En el mismo instante en el que empiezo a fruncir el ceño, la camarera deposita con cuidado los tres batidos sobre la mesa de metal y un plato con una porción gigante de una *cheesecake*. El de chocolate tiene una pinta increíble, es mucho más grande que el de ellos y la nata tiene una forma esponjosa casi perfecta.

—Podéis ir probando la tarta que no os hubieran servido de no ser por mí —suelto sarcástico.

—Uf, tío. Gracias —bufa Tommy con una sonrisa en la cara mientras hunde su cuchara en el trozo de pastel.

—Jake está grabando un disco y está metido de lleno en todo el proceso de producción —comenta Alessa para integrarme o, sencillamente, para evitar hablar del tema del piso.

—Espero que os vaya genial —responde su amigo después de haber saboreado el bocado y centrándose en darle un trago a su batido. Deduzco que le importa bien poco cómo nos vaya al grupo y a mí—. ¿Y tú? ¿En qué parte de Londres vives?

—En Kensington.

—Vaya, el barrio de los famosos. ¿No es algo pretencioso? —A pesar de que lo haya podido decir sin mala intención, me siento atacado.

—¿Quieres saber lo que es pretencioso? —digo de repente—. Este lugar.

—Bueno, creo que tener un chófer privado para todo también lo es bastante —responde sin dejarse intimidar y arrugando la nariz ante la incomodidad de Alessa, que pasea su mirada entre nosotros a la vez que bebe de su batido.

Me concentro en rebañar la nata con una cucharilla y llevármela a la boca, para no soltarle el primer improperio al mejor amigo de la que quiero que se convierta en mi novia. Por lo menos, el postre está delicioso. Este podrá ser un lugar presuntuoso y de moda, pero la materia prima es buena, y eso siempre se agradece.

—¿Y cuándo te mudas exactamente? —pregunta Alessa desviando la atención hacia su amigo.

—La semana que viene. Este año las clases empiezan más tarde, pero me apetece habituarme a la zona... Ya sabes...

—Sí, ya sé. Quieres encontrar un buen camello que te tenga provisto de maría durante el año —apunta, directa.

Tommy suelta una carcajada inmensa que contagia a Alessa y eso me sienta peor que el ofrecimiento de mudarse a su apartamento. El murmullo empieza a ser evidente a nuestro alrededor y perjudica la atención que mantenía puesta en la conversación. Paseo la vista por la cafetería y veo a varios jóvenes —y no tan jóvenes— examinándome de soslayo. Una chica con el pelo rosa me saluda y no puedo evitar sonreírle aunque no la conozca de nada. Los móviles empiezan a alzarse poco a poco y apoyo mi mano en la mejilla con intención de esconderme un poco. Me concentro en beber de mi batido y es un chute de azúcar de los grandes. A Alessa le encantaría, porque es chocolate de verdad, no de esos de bote procesados. Sin pensarlo muy bien, interrumpo lo que sea que ahora estén comentando estos dos y coloco el vaso delante de sus narices. Ella alza la cabeza y me mira bajo su visera. Varios mechones le rodean las mejillas y me gustaría apartárselos para poder apreciar su bonito rostro. Pero, en vez de eso, le hago una sugerencia:

—Pruébalo.

Alessa se lame el labio y yo le acerco más el vaso ante su reticencia. Al final da un sorbo a través de la pajita y, acto seguido, cierra los ojos del placer.

—Dios, qué bueno está —mascula cuando traga y fija la mirada en su amigo, frente a ella—. Deberíamos pedirlo la próxima vez.

No voy a negar que la decepción que atraviesa el rostro de Tommy me hace feliz. Es posible que eso me convierta en una mala persona. Entonces, creo que lo soy. Me voy dando cuenta de que mis celos empiezan a salirse de control porque casi no soporto que se aguanten la mirada más de cinco segundos, como está sucediendo en este mismo instante.

—En realidad, te llamé porque quería pedirte algo importante, Alex.

—Ahora Tommy está serio.

—Claro, lo que quieras. —Su fe ciega en este chico me sacude. ¿Sabe siquiera lo que le va a pedir para contestar con esa rapidez?

—Me gustaría que fueras la protagonista de un cortometraje que tendré que rodar para mi presentación en la escuela —le ofrece.

¿Acaso Alessa es actriz? ¿Acaso este chico sabe lo expuesta que se encuentra ahora mismo? No creo que sea buena idea. Aunque sea un cortometraje sin mucha difusión, seguro que correrá por la red y eso no hará más que perjudicarla. Me paso la mano por el pelo y siento un pinchazo en el pecho al pensar que he sido yo el culpable de que esté en esta situación; el único culpable.

—Eh... Yo... No sé, Tommy. Es obvio que sigues estando pirado. Ni soy actriz, ni creo que tenga talento delante de la cámara —le responde con nerviosismo.

—Ya lo creo que lo tienes, por eso te lo ofrezco. De hecho, eres la persona en la que pensé cuando escribí el personaje.

De repente, me encuentro con un torrente de fuego recorriéndome el cuerpo, pero, por suerte, no suelto ningún comentario fuera de lugar porque, cuando lo voy a hacer, me golpean el hombro para llamar mi atención.

—Hola, Jake. —Es una adolescente con un iPhone de última generación que le oculta parte del rostro—. Eres increíble, me encantas. Tu música es lo más. ¿Podemos echarnos una foto? Por favor —pregunta con el cuerpo temblándole.

—Claro.

Después de sacarnos la foto, la chica se aleja caminando hacia atrás y sin apartar sus ojos de mí. Cuando vuelvo la vista hacia Alessa y Tommy, ella mira las otras mesas con disimulo y luce una expresión de preocupación.

—Por favor, Alex, me harías un gran favor —insiste él—. Además, has dicho que hasta el próximo semestre no entrarás en la universidad. Tendrías tiempo suficiente.

Por lo que parece, Tommy sigue a lo suyo, pasando de todo nuestro alrededor. Alessa frunce el ceño y me mira.

—Es que... No sé, Tommy... Es algo que no va conmigo. —Vuelve a duras penas a la conversación, bajándose la gorra. Es obvio que no va con ella, y su mejor amigo debería saberlo.

—Confía en mí, ¿vale? —Se miran fijamente y Alessa se lleva un dedo a su boca, indecisa—. Es una historia de estilo poético y no habrá diálogos. Solo tú frente a la cámara. Y yo te estaré guiando en todo constantemente.

Alessa duda durante unos segundos y ladea la cabeza insegura, pero Tommy solo tiene que sonreír para que termine diciendo:

—Está bien. Me lo pensaré, pero no te prometo nada.

—¡¡Jake Harris!! —grita una joven ligera de escote con los pechos apretados a un centímetro de mi frente.

Y sin ni siquiera pararse a preguntar, coloca el móvil delante de mí, se acerca más aún y captura la instantánea. Ante tal intromisión, Alessa y Tommy empiezan a preocuparse de verdad. Tan solo un segundo después, estamos rodeados de gente que mantiene en alto las cámaras de sus móviles.

—La hostia... —oigo protestar a Tommy.

—Será mejor que nos vayamos a mi apartamento —sugiero dirigiéndome a los dos.

Alessa asiente presa del pánico y recoge un bolso que tiene a sus pies.

—Yo mejor me vuelvo. He quedado con Joe. —La primera frase por parte de este chaval que me ha supuesto alegría desde que he llegado.

—¿Seguro? —pregunta Alessa, con el arrepentimiento palpitándole en la voz—. Lo siento, esto se ha descontrolado... No caí en que...

—No te preocupes, Alex. —La mira con cariño—. Piénsate lo del corto, ¿vale? Tengo muchas ganas de compartir esto contigo.

—Pásame el guion y le echo un ojo.

Y ahí tenemos la sonrisa victoriosa de su mejor amigo, quien seguro que quiere ser algo más desde tiempos inmemoriales. Los tres caminamos hacia la salida abriéndonos paso entre la gente, el griterío y los *flashes* de las cámaras.

19

Parece que ha sido nuestra primera discusión

Jake deja el manojo de llaves en la barra americana y se dirige al fregadero. Abre el grifo y pone un vaso debajo. Después, se bebe el agua de un
trago y lo coloca dentro de la pila sin muchos miramientos. Como casi
no ha abierto la boca en todo el trayecto en taxi que hemos compartido,
decido caminar hasta el sofá y tomar asiento con despreocupación. No es
ningún misterio que lo que quiera que le pase tiene que ver con Tommy,
ya que su rostro malhumorado no se ha relajado desde que apareció por
el Corinne's. Yo estoy tranquila porque he intentado que se sintiese a
gusto con mi amigo, aunque ya sabía que no tenían nada en común. Por
eso nunca se me pasó por la mente invitar a Jake a nuestra cita. Era obvio que pasaría esto. Tommy es un friki irónico y pasota que ve la vida
acontecer ante sus ojos y que no se altera con nada. Jake es un torbellino
y ciertas cosas, por no decir demasiadas, le remueven por dentro. Como
a mí.

—¿No vas a decir nada? —acabo por hablar porque me he cansado del
silencio.

Abro mi maleta de mano, un bolso de cuero de los ochenta que he heredado de mi madre, y saco los cascos y el ejemplar de *Rayuela*, que se ha
convertido en mi libro de la semana. Cuando levanto la cabeza, lo tengo

parado delante, con las manos posadas sobre sus caderas y aniquilándome con esas espadas grises que tiene por ojos.

—¿Vas a actuar como si ese tío no estuviese enamoradísimo de ti? —brama.

¿Esto está pasando de verdad? ¿Acaso se ha olvidado de que durante el verano ese mismo chico al que se está refiriendo se estaba tirando a mi otra mejor amiga?

—Dios, dime que no estamos hablando de esto. —Cierro los ojos con pesadez y me recuesto con fuerza sobre el respaldo.

—No hables con Dios, habla conmigo. Estoy justo aquí delante.

Encontramos nuestras miradas y, a pesar de su evidente agitación, veo cómo se sorprende cuando descubre la furia que emana de mí.

—¡¿Que hable contigo?! —grito—. ¿Qué quieres que te diga? ¡Es mi mejor amigo!

Es incapaz de sostenerme la mirada, así que se tira del pelo y se dirige hacia el aparador, al lado de los vinilos, el lugar que tiene repleto de provisiones de nicotina. Observo cómo se enciende un cigarrillo y se demora un buen tiempo en darle la primera calada. Cuando expulsa el humo y, aún sin mirarme, me suelta:

—Joder, Alessa, pero es que... ¿Has visto cómo te mira?

—No sigas por ahí, Jake. Está claro que no tendría que haberte invitado —aseguro.

Él se vuelve hacia mí y se queda apoyado en el mueble. Da dos caladas más, impasible ante mis ojos acusadores. Parece que el fumar lo tranquiliza, pero mi rabia no ha disminuido ni un poquito. Al contrario, se parece a la lava que desciende a borbotones por todos los lados del volcán. No me gustan este tipo de situaciones.

—Estamos saliendo. —Rompe el silencio con esa frase directa y afirmativa.

—¿Y? —Y me parece que acabo de confirmar que tenemos una relación.

Me muerdo la lengua y agarro el libro para dejarlo sobre mi regazo y simular que leo la contraportada. Estoy atacada y no creo que sea buena idea encontrarme ahora con su semblante. Sin embargo, no me puedo controlar, así que alzo la vista y choco con sus ojos entornados y su cuerpo relajado, con las piernas estiradas y cruzadas.

—¿Sabes qué, Alessa? Que habría sido cojonudo verte a ti en esa mesa, reaccionando a las miradas de alguna chica deslumbrada por mis encantos. Alguien como la morena del Gini's a la que no dudaste en interrumpir.

Jake es demasiado inteligente. No ha pasado por alto mi confesión sobre nuestra relación, pero ha redirigido la conversación hacia otra parte para que me olvide del vértigo que se ha despertado en mi estómago después de mi inesperada respuesta.

—Joder, es que... es que no me hace gracia que salgas en su cortometraje —reconoce antes de dar la última calada al cigarrillo y apagarlo en el cenicero.

—Entiendes que eso, bajo ningún concepto, es decisión tuya, ¿verdad? —Alzo una ceja con indignación.

Nuestras miradas se encuentran, encendidas, contrariadas. Y justo antes de apartarla, Jake sonríe con un movimiento tan sutil que parece que lo he imaginado. Se endereza y cruza el salón de camino a las escaleras. Al pasar por mi lado no detiene su ritmo ni repara en mí, pero abre la boca de nuevo.

—Me juego lo que quieras a que te pone desnuda en alguna escena —mascullo con un tono burlón.

Resoplo. De un instante a otro, las ganas por rodar ese cortometraje se han disparado. Sin desearlo, Jake ha conseguido lo opuesto. Ahora tengo un poco más de ganas de grabar esas imágenes. Y esa es Alessa Stewart: la inconformidad, la impulsividad despertándose y aumentando como el contador de velocidad de un jodido Ferrari. Me recuesto sobre el sofá, abro el libro por donde lo he dejado y me zambullo en la lectura para alejarme de la que parece haber sido nuestra primera discusión.

Al cabo de media hora, Jake baja los escalones ocasionando más ruido de lo habitual para hacerse notar. Se asoma con el pelo mojado por el lado del sofá donde tengo apoyados los pies, cubiertos solo por mis calcetines. Al descubrirme así, tirada sobre sus cojines, abre toda la boca formando una media luna de dientes. Una sonrisa resplandeciente. La suya. Se ha puesto un pantalón de chándal y una camiseta blanca. Nunca utiliza ese color, pero le queda de muerte porque resalta con su cabello oscuro y sus ojos grises.

—Imaginaba que ya habrías salido por esa puerta. —No sé si está de broma o si habla en serio. Incluso dudo que él lo sepa.

—¿Quieres que me vaya?

—Es obvio que no —contesta mientras se moldea el flequillo hacia un lado—. Lo de antes ha sido nuestra primera discusión.

—Me temo que no —contrataco—. Lo de antes han sido tus celos enfermizos.

—Eso también. —Hinca sus rodillas en el sofá y gatea hasta mí—. Lo siento mucho. Soy un capullo.

Me concentro más en el libro, mostrando una indiferencia orgullosa, pero él me lo arranca de las manos y lo tira a un lado. Coloca su cabeza en mi cuello, que está escondido bajo mi melena desordenada, y me da un beso largo y húmedo. Cuando se separa, nos quedamos frente a frente, respirando el mismo aire.

—Está claro que tengo un problema de celos contigo.

Arrugo la nariz y él deposita un beso justo en la punta.

—No entiendo por qué con Tommy —comento—. Lo más sexual que hemos hecho fue ver porno cuando teníamos doce años en el canal codificado del despacho de su padre.

No sé por qué he tenido que sacar a relucir ese recuerdo; supongo que, porque cuando está tan cerca, me siento como en casa. Es como si pudiera compartirlo todo con él.

Jake estira sus brazos sin despegar sus manos del sofá y se alza sobre mí, incrementando la distancia.

—Prefiero pensar que eso ha sido otra prueba irrefutable de tu sentido del humor, el cual, un día de estos, acabará conmigo.

Mi tímida sonrisa le indica que se trata de un testimonio cien por cien verídico.

—Éramos unos críos —le aclaro, por si aún no ha reparado en ello.

—Pues ahora no lo sois y él está enamorado de ti, créeme. —Zanja la conversación cuando se apoya sobre sus rodillas. Después, se pone en pie.

—¿Dónde vas ahora? —¿Otra vez está molesto?

—A hacer palomitas.

—Ah. —Sonrío como una de esas adolescentes que ocupan las primeras filas de sus conciertos.

—Entonces voy poniendo *Crepúsculo*.

Su expresión de estupefacción me hace reír con ganas y me coloco el libro en la cara para que no me vea hasta la campanilla. Lo oigo andar hacia la cocina y luego me llega el sonido de un mueble al abrirse.

—Que conste que hubiera sido una historia perfecta si el vampiro hubiera matado a la chica al final. —Alzo la voz para que me pueda escuchar bien.

20

Mi hermana gemela

Sienta tan condenadamente bien ser libre y caminar veinte minutos hasta la librería más cercana de la zona, la misma que se convirtió en mi cobijo durante tantas tardes, que, al abrir sus puertas, me embarga la emoción. Una vez dentro, parece que el tiempo se ha detenido aquí, al igual que mi verano. Las tres estanterías gigantes del fondo, alineadas en paralelo, se mantienen sobre el mismo lugar. Y las cuatro mesas principales con las últimas novedades literarias están ordenadas, con los ejemplares perfectamente calificados por género. Cierro la puerta intentando hacer el menor ruido posible y giro la cabeza para contemplar a la señora Evans. Con sus gafas de media luna y sus rizos canos, tiene la atención puesta en envolver un regalo en papel de celofán. Creo que esperaré a la salida para saludarla después de mis meses de ausencia. ¿Se habrá acordado en todo este tiempo de aquella chica que compraba pilas de libros de lo más dispares y los cargaba en su mochila?

Sorteo los primeros mostradores y me detengo en el compartimento de narrativa contemporánea. Siempre me han llamado la atención las portadas sobrias, quizá porque las historias que más me calan son aquellas que no utilizan florituras para relatar las tramas más ásperas y crudas. Y este tipo de relatos, en la mayoría de ocasiones, eligen la sencillez de una buena portada. De una buena metáfora. Suelen ser historias que conectan con mi forma de ver el mundo, ya sea por una escena concreta, un diálogo mordaz o una imagen devastadora en forma de lenguaje, y que se me clavan en diferentes partes del cuerpo como las chinchetas que fijamos en un mapa de corcho cada vez que visitamos un lugar del planeta. De algún modo, ciertos libros significan para mí esos pasajes anclados que se quedan en la memoria.

De entre todas las imágenes, hay una que me llama especialmente la atención: una cerilla ardiendo en el centro sobre un fondo amarillo. Se titula *Los incendios* y tengo que resistir la tentación de agarrar un ejemplar antes de dirigirme con paso firme a la primera estantería. Este día he venido por algo muy concreto, así que me adentro en el pasillo repasando el orden alfabético, concentrada, hasta que logro dar con la letra *W*. De Wolf. Virginia Wolf. Porque quizá esté bien empezar a leer a esta autora antes de entrar en la universidad. Me he pasado toda la noche investigando en internet sobre la importancia de su figura en la literatura anglosajona y mundial, y también he indagado en su muerte. Más en concreto, en su suicidio. Padecía trastorno bipolar, tenía depresiones continuas y, el veintiocho de marzo de 1941, llenó de piedras los bolsillos de su abrigo y se adentró en el río Ouse, cerca de la casa donde vivía en Sussex. La última carta que le dirigió a su marido me ha conmovido de una manera profunda. Y ahora estoy parada ante su sección en mi librería de cabecera.

Sé muy bien la obra por la que quiero comenzar y la busco entre los tomos con cierta agitación, hasta que doy con ella y me encuentro con el retrato de una mujer de brazos cruzados y sombrero de flores que me observa con una sonrisa desafiante. Acaricio el ejemplar de tapa dura de *La señora Dalloway* y me dispongo a dar una vuelta por las demás repisas.

Casi una hora más tarde, me encuentro frente a la señora Evans y deposito el ejemplar en el mostrador para pagarlo. Ella sube la cabeza y sus labios se curvan. Luego se abren mostrándome unos dientes pequeños y llenos de vida.

—¡Has vuelto! —exclama reclamando mi total atención.

—Eso parece. Mi dependencia por la literatura siempre me hará regresar —bromeo.

La mujer me dedica una mueca ladeada y posa sus dedos en la barbilla con algo de incertidumbre.

—Al principio estaba un poco preocupada, pero luego empecé a entender que la gente se marcha en verano, siempre lo hace. Y, bueno, la librería cierra ciertas tardes... Así que...

—He estado de vacaciones en Italia. —Ojalá fuera cierto.

Sus párpados descienden hasta que sus ojos se convierten en una fina línea adornada por unas patas de gallo muy marcadas. Es muy posible que esta mujer haya visto la televisión mientras tomaba el té y que, de esta manera, se haya enterado de que cuando digo «Italia» quiero decir, en realidad, «un centro de rehabilitación». Rompo el contacto visual con ella y giro mis ojos hacia el aparador lleno de revistas y periódicos que hay a un lado. Alcanzo a echar una mirada rápida, no muy precisa, pero atisbo a ver al menos dos portadas en las me reconozco. Y por encima de todo, observo un titular que se me queda grabado de inmediato: «El complicado verano de Alessa Stewart».

—Oh. Italia es precioso. —Fija sus ojos en los míos y sé que me ha descubierto porque, obviamente, ella habrá ordenado todas esas revistas.

No quiero lucir como una mentirosa delante de la mujer que me ha vendido los libros que me han acompañado a lo largo de mi vida, así que empiezo a hablar de manera impulsiva.

—Esa que sale en algunas portadas y que se parece a mí, no soy yo. —Sonrío con todos los dientes y los labios temblando—. Tengo una hermana gemela.

—Creía que te llamabas Alessa.

—Ella se llama Alessa. Yo soy Alessia, con una *i* intercalada. —Ahora mi sonrisa se ha desvanecido por completo.

La cosa empeora por momentos y mi falso testimonio pende de un débil hilo de seda. Los nervios me sacuden el cuerpo. Sin embargo, la señora Evans me mira conciliadora mientras agarra el ejemplar que he depositado en el mostrador y lo pasa por la caja.

—Virginia Wolf siempre ha sido una de mis autoras predilectas. —La boca se le tuerce en una mueca dulce del recuerdo de un tiempo ya muy lejano—. Me alegra mucho verte por aquí de nuevo, *Alessia*.

Le está siguiendo la corriente a la chica que ha pasado un verano complicado en el que ha conocido a un chico aún más complicado que es un ente mediático omnipresente. Y yo me relajo al instante.

—Muchas gracias. —Le tiendo un billete, agradecida—. Quédese con el cambio, por favor. —«Y gracias por seguir este teatrillo y no avergonzarme aún más», me encantaría susurrarle.

Antes de girarme para salir de la librería, alguien me toca la espalda para llamar mi atención. Y, tan solo un segundo después, una chica bajita de orejas saltonas está a mi lado.

—¡¿Eres Alessa Stewart?! —exclama, emocionada.

Las piernas se me paralizan y la visión se me vuelve borrosa. En estos momentos solo puedo vislumbrar con claridad las dos orejas sobresaliendo por detrás de sus mejillas.

—Ehhh —balbuceo, aturdida. Observo la salida y mido la distancia que me separa del exterior. Quizá sean unos seis metros.

—¡¡¡¡¿Está Jake Harris por aquí contigo?!!!! —Mi oído sufre una sacudida por culpa de su grito ahogado.

La chica empieza a buscar por todas partes con movimientos de cabeza enérgicos. Niego a duras penas, todavía muda, y luego poso la mirada en la señora Evans, que permanece atenta a nuestra conversación con los brazos cruzados.

—Buenos días, señorita, ¿en qué puedo ayudarla? —Alza su voz de dependienta experimentada y llama la atención de la pequeña acosadora.

Entonces aprovecho para hacer desaparecer la distancia que me conduce directamente a la salida. Cuando cierro la puerta, mi corazón es un tambor de ritmo constante y molesta melodía. Y dudo que vaya a desaparecer durante la vuelta de veinte minutos que aún me queda para llegar hasta mi casa.

21

Hay *e-mails* que se convierten en decisiones

Taylor siempre termina por liarme; ha sido así desde que la conozco. Un día hasta me obligó a viajar a Berlín para encontrarse con un chico que había conocido por internet. Tenía miedo de que fuese un asesino en serie y se inventó una historia bastante escabrosa —y sangrienta— de lo que podría suceder si no me subía a ese avión con ella. Finalmente, Bruno, así se llamaba el chaval, era más bueno que el pan. Un poco seco, pero bastante atractivo. Además, se notaba que estaba coladísimo por ella, cosa que terminó por desmotivar un poco a Taylor. Así es mi amiga, que esperaba encontrarse con alguien a quien tuviera que seducir y se dio de bruces con alguien enamorado.

La cuestión es que prefiero volver a ese fin de semana que pasé de aquí para allá visitando museos y recorriendo los parques más concurridos de Berlín, antes de pensar en la caminata que estoy protagonizando y que me separa de la residencia de estudiantes en la que acaba de instalarse mi amiga. Llevo una caja grande de cartón que sujeto con las dos manos y, de poco en poco, tengo que hacer una parada para descansar los brazos. Son sus últimos enseres y me ha pedido el favor de acercárselos para no perder una de las clases más importantes. Mejor dicho, me ha obligado a hacerlo, después de recordarme que estuvo como una fiel aliada visitándome durante el verano. Y, sobre todo, porque fue la compinche número uno del plan que trazamos para la escapada de mi cumpleaños con Jake. Así que no me he podido negar.

Después de atravesar un césped brillante e infinito y adentrarme en el edificio principal de corte georgiano, me dirijo al ascensor para subir a la quinta planta. Prácticamente dejo caer la caja con pesadez cuando estoy ante la puerta de su habitación. Rebusco en mi mochila para sacar la llave que me dejó Taylor. Abro, empujo la caja con el pie y, para mi sorpresa, encuentro a mi amiga tumbada en la cama con el rostro escondido tras un libro grande y grueso de tapa dura. La habitación está a medio ocupar, con cosas dispersas sobre el suelo, la maleta en un rincón y el escritorio repleto de libros. Ella se mueve y asoma la cabeza por encima de las páginas para terminar cruzándose con mi mirada sofocada.

—¿Qué haces aquí? —le pregunto exhausta. Y confundida, la verdad.

—Estoy en mi habitación. —Sus ojos reparan en la caja.

—Vengo cargando con tus trastos desde el taxi. ¡Podrías haberme ayudado! ¡Me dijiste que tenías una clase importante, Taylor! —La melena escondida bajo la gorra empieza a picarme.

—Y la tenía. Pero, por lo visto, tienes que venir a la universidad con todo el trabajo ya hecho desde casa, así que me estoy poniendo al día con todos los libros que no me he leído este verano. —Mi amiga se alza y se sienta apoyando la espalda contra la pared, bajo la ventana. Luego me clava la mirada—. ¿Dónde vas con esa gorra?

Me la quito y empiezo a rascarme la frente con fuerza, deseando que mis dedos sean agujas que me arranquen la piel de cuajo y se lleven el picor.

—Es de Tommy —le contesto antes de dirigirme a la cama y sentarme a su lado—. No quiero que la gente me reconozca.

—Aquí dentro hay personas más importantes que tú. No repararían en ti.

—¿Estás segura? ¿También salen en el *Sun*?

Sube los hombros y yo cuelo un dedo por un roto en la rodilla de mis vaqueros.

—Os vi en aquella cafetería, precisamente con Tommy —añade con tono acusatorio.

Asiento y giro la cabeza para reclamar su atención porque noto que algo va mal.

—¿Qué pasa? —le pregunto.

—¿Por qué no me dijiste nada? —No sabía que tenía que avisarla cada vez que veía a Tommy. Desde luego, ese no era el procedimiento de antes.

—¿Era necesario?

—Pues sí. Has quedado con mi ex —manifiesta en tono cortante.

Mis ojos se abren de par en par y Taylor se aguanta la risa.

—Antes conocido como «mi mejor amigo»... —rebato.

—De todas formas, es a ti a quien tiene mitificada. —¿De qué está hablando?

No me da tiempo a preguntarle porque se levanta de un salto y tira el libro en la cama. Se sienta en el suelo al lado de la caja y la abre. Retira un par de mantas de lana y comienza a sacar su colección de bolas de cristal de nieve. No me lo puedo creer.

—¿De verdad he cargado por todo el campus con tus puñeteras bolas de cristal? —gruño.

—Eso creo.

—¿Te has vuelto loca?

Taylor ladea la cabeza en una mueca irónica.

—Déjalo, ¿vale? No creí que echaría de menos mi habitación, pero así es. Con mis pequeñas en la estantería —dice abrazando una bola que encierra a una bailarina—, estaré como en casa. —La miro perpleja y con la boca abierta—. En cinco minutos, nos vamos. Hay un *food truck* detrás del edificio. Te va a encantar. —Sonríe.

—No puedo. He quedado con mi madre. —Arrugo los labios y su sonrisa desaparece.

La observo en medio de esa habitación desconocida, sentada en el suelo, sola, y sé que ella se esperaba más de todo el asunto de marcharse de casa. Esperaba fuegos artificiales el primer día, y no ha sido así. No será así hasta que se acostumbre. Imagino que ahora se debe de sentir desubicada, como yo el primer día en Camden Hall.

Estoy pensando en qué puedo proponerle para que se alegre de nuevo cuando me vibra el móvil en el bolsillo. Lo saco y me quedo paralizada ante la pantalla iluminada. Es un *e-mail* de la Universidad de Kent. Una bola densa y pesada se posa en mi garganta. Mis dedos van por libre y, en un movimiento apresurado, pulsan en el mensaje. Intento leerlo, pero las palabras se nublan a medida que paso por encima de ellas. Solo retengo una frase breve y directa: «Ha sido aceptada». El cuerpo se me contrae como si hubiera sido preso de un gran calambre en la espina dorsal.

—¿Alessa? —Oigo la voz de mi amiga—. ¿Qué pasa? —Está preocupada, con su bola en la mano y sus ojos puestos en mi teléfono.

—Me han aceptado en la Universidad de Kent.

La bola de cristal se le resbala de la mano y vuelve a reunirse con las demás dentro de la caja, provocando un sonido que se expande por toda la habitación.

—¿Te vas a mudar a Kent? —Es más un gritito bajo que una pregunta seria.

—Eso parece. —Y ahora mismo estoy tan aterrorizada como mi amiga.

22

Mi madre es un hueso duro de roer

Cada vez que venimos a este restaurante, mi madre siempre elige lo mismo: ensalada de salmón y aguacate adornada con rayas de crema balsámica. En cambio, yo siempre estoy abierta a probar cosas nuevas. Toda la carta si es posible. Por eso, a veces, me he ido a casa con el plato a medio comer y el hambre clamando en mi estómago, porque el menú por el que me he decantado se me hace intragable. Me pasó hace años con el *steak tartar* de solomillo. Ese fue el momento exacto en el que descubrí que las cosas crudas no eran lo mío. Cuando me tragué el primer bocado no pude evitar acordarme de Hannibal Lecter. La conexión fue instantánea. Y terminé por picotear algún trozo de hierba del plato de mi madre.

Esta vez camino sobre seguro porque voy a repetir el asado de cerdo con puré de patatas que me supo a gloria la última vez que estuve aquí, un par de semanas antes del verano.

—Al final, no he podido deshacerme del viaje a Chicago. Lo bueno es que solo serán un par de semanas —comenta mi madre dando un sorbo a su copa de vino.

—Es lo normal, ¿no? Tu trabajo siempre ha sido así. —Por eso yo pasaba más tiempo con mi padre en casa.

—Pero esta vez no sé si debo irme. ¿Por qué no me acompañas y visitas la ciudad de los vientos? —Navegar por el lago Michigan no está en mi lista de cosas por hacer, de momento.

—Quiero disfrutar un poco más de Londres antes de marcharme a Kent. —La frase se escapa de mi boca sin pensar, porque tengo hambre y estoy concentrada en los camareros que, de un momento a otro, tienen que aparecer con nuestros platos.

—¿Qué? —Me encuentro con los ojos de mi madre, ahora más grandes que de costumbre, porque tiene su pelo peinado hacia atrás y la frente totalmente despejada.

Tarde o temprano tenía que contárselo, así que cualquier momento es bueno. O no...

—Me han aceptado en la Universidad de Kent para estudiar Literatura durante los próximos años...

Las arrugas de su frente se acentúan aún más. Mucho más. Y su boca se dobla en una mueca desconcertada. Creía que se alegraría.

—¿Cuándo pensabas decírmelo? —pregunta anonadada.

Le da un trago al vino y luego apoya la copa con fuerza sobre la mesa.

—Hace solo un rato que he recibido el *e-mail* —respondo apresurada.

Mi madre relaja su expresión y se recompone.

—¿Y hace cuánto echaste la solicitud? —Su voz seca me hace pequeña.

—Hace un tiempo —confieso—. Pensaba que te alegraría saber que finalmente voy a estudiar y a hacer algo de provecho con mi vida.

Ella pasea la mirada por el restaurante antes de volverla hacia mí y comenzar a hablar:

—Suponía que este año te ibas a quedar en Londres, hicieras lo que hicieras.

Levanto los hombros, un poco desanimada por su reacción.

—Vas a tener que mudarte a Kent —asegura.

—Sí. Esa es la idea. Empiezo a partir del próximo semestre.

—¿Kent? ¿Seguro que es buena idea? —Introduce la duda de forma cautelosa.

—Mamá, es Kent, no Siberia. Está a menos de dos horas en coche.

—Tú no tienes coche, ni tampoco carnet de conducir. —En eso no había pensado.

—Me lo voy a sacar, hoy he estado buscando autoescuelas cerca de casa.

Eso es una enorme mentira que he forjado en apenas dos segundos en los que los ojos de mi madre no me dan una tregua. Ella le da otro sorbo a su copa de vino, a la que apenas le queda un retazo del líquido corinto en el fondo.

—A ti nunca te ha interesado Kent, Alessa. No lo entiendo. Me había hecho a la idea de que este año estaríamos las dos en casa... —Sus fuerzas comienzan a flaquear, lo percibo en el modo en el que sube la mano para llamar al camarero.

Es cierto. Kent nunca me había interesado hasta que el foco mediático giró hacia mí por haberme enrollado con el tío más famoso de Londres. Así que ahora creo que es una buena opción. Allí me seguirán reconociendo la melena pelirroja, pero no habrá fotógrafos en cada calle. Al menos, eso es lo que quiero pensar.

—Quiero irme de casa desde que tenía quince años, mamá. Ha llegado el momento. —La antigua Alessa florece por el descontento y porque odio que mi madre descubra mis miedos.

Observo cómo mis palabras le provocan un dolor silencioso e inevitable a mi madre, que hinca las uñas en el mantel. Un gesto sutil y furioso al mismo tiempo. Sé que está pensando: «Ojalá pudiera agarrarte con estas mismas uñas y retenerte junto a mí». La cuestión es que mi madre está tan sola como yo. A ella también la abandonaron y se enfrascó en su trabajo para sobrevivir y no tener tiempo para pensar.

—¿Y con qué dinero se supone que vas a hacerlo? ¿También vas a buscar trabajo? —Ahora la antigua yo parece ella: letal, desagradable, impulsiva. Y sus preguntas directas y punzantes se me hincan a la altura de la nuez.

—Yo... —No sé qué decir. ¿Que voy a buscar trabajo?

—Alessa, estoy bromeando. Cuando eras pequeña abrí una cuenta para tus estudios —confiesa, y yo asiento, con mis pensamientos atascados—. Puedes utilizarla cuando quieras, pero antes quiero que me enseñes el programa completo. Al menos quiero saber en qué te metes y ayudarte en lo que necesites.

Ya siento la presión estirándose como un elástico desde los pies hasta la lengua, que lucha por moverse y pronunciar algo. Pero lo único que hago es asentir y beber agua.

—Cuando confío en que no puedes sorprenderme más, vas y lo haces —añade. Y no sé si me lo tengo que tomar como un defecto o una virtud. Quizá como una mezcla de ambos.

—Es lo que quiero —le garantizo, reforzando mi alegato.

Un segundo después, los platos se mecen ante nuestras narices antes de que el camarero los deposite sobre la mesa.

—¿Habéis ido al huerto a recolectar mi ensalada? —El sarcasmo de mi madre obliga a sonreír al camarero.

—Perdonad. Hoy nos falta un cocinero y estamos hasta arriba —se disculpa él con una sonrisa forzada de dientes perfectos.

—No importa. Si no estuviera tan buena —continúa mi madre hincando el tenedor en las hojas de rúcula—, no repetiríamos casi todas las semanas.

Se me suben los colores. Mi madre es un hueso duro de roer. Sin embargo, las últimas semanas me han devuelto la confianza en que, poco a poco, nuestra relación mejore. Nuestro entendimiento mutuo llegará en algún momento del futuro. Solo espero que ese futuro no sea muy lejano.

23

Necesito uno de sus sábados

Si algo en común tienen todos los recuerdos felices es que atacan cuando menos te lo esperas. En cualquier momento, en cualquier lugar. En esta ocasión, ha sido a las dos de la madrugada. Aún tengo el pelo húmedo por la ducha que me he dado antes de acostarme y, como no podía dormir, he bajado a tumbarme al césped. Quiero cansarme, empaparme de la humedad de la hierba y temblar de frío para arrastrarme de nuevo hasta mi cama como si fuera una necesidad de vida o muerte. No se lo he contado a mi madre, pero por la mañana me he despertado con una llamada de mi padre. Solo han sido tres tonos y necesito creer que se ha equivocado, que ha marcado sin querer «Alessa» en lugar de «Alice» dentro de su lista de contactos. Pero la duda es la novia de la ansiedad, y esta última ha empezado a apoderarse de mí sin que pueda hacer nada para remediarlo. Ni relajación a través de respiraciones, ni distracciones con canciones de otras décadas. Y esta vez tampoco sirve mirar las estrellas desde mi césped para olvidarme de todo.

Acaricio la hierba mojada con las palmas de mis manos y me rindo al recuerdo, que es nítido y corre por mi sistema arrasando con todo como un torrente que baja por una zona montañosa. Primero lo vislumbro con la radio apoyada en su oído mientras se sube a mi cama entonando a pleno pulmón el «lie-la-lie» de *The Boxer*. Yo me acababa de despertar y me tapaba la cara con las manos. Y me reía. Una risa sincera, verdadera, auténtica. Una de esas risas de la infancia que se evaporan con el paso del tiempo, pero que recordamos para siempre. Ese mismo día, por la tarde, mamá se encontraba en su bufete mientras mi padre y yo nos atacábamos con globos de agua en el jardín. Recuerdo especialmente uno que era de color rosa chillón y que me picó demasiado cuando el plástico se desintegró al estrellarse contra mi estómago. Mi padre no dejó que las lágrimas salieran, sino que me agarró y me tumbó sobre su hombro antes de adentrarse en la piscina para que terminásemos chapoteando como dos patos locos y eufóricos. Ahora la brisa mece el agua de esa misma piscina a mi derecha y pongo sobre ella mi mirada porque sé que, por más tiempo que pase, por más puertas que yo cierre, nunca se me olvidarán sus manos arrugadas y los rayos de sol impactando sobre los azulejos azules en los pocos días que el cielo se abría en la ciudad de Londres. Su sonrisa, sus ojos grandes, saltones y verdes como los míos en los que se reflejaba su orgullo... Nunca pensé que algún día mi padre pudiera dejarme. Pero lo hizo.

Y esta mañana ha marcado mi número en su móvil por confusión o se ha atrevido a llamarme después de tanto tiempo. No sé a qué le tengo más miedo.

Sin pensarlo demasiado, dirijo la mano hacia arriba sobre la hierba, donde antes he dejado caer el móvil. Busco en las llamadas recientes el nombre de «Jake» y marco sin detenerme en el detalle de que son las dos de la madrugada y de que probablemente le dé un susto de muerte.

Su voz grave no se hace de rogar.

—Ey. ¿Qué pasa?

—Ey. No podía dormir y quería escucharte —contesto con los dientes casi tiritando por el frío.

—¿Dónde estás? —pregunta con una patente preocupación.

—En mi jardín —le informo—. Y hace frío.

—Deberías estar en la cama —me reprende con cariño.

—Tú también estás despierto...

—Y no creo que me vaya a la cama hasta mañana. Estoy sentado ante el piano intentando terminar la última canción del disco porque hay que entregar algo a primera hora.

—¿De verdad? —Eso sí que es un problemón y no los recuerdos invasivos que no me dejan dormir.

—Llevo tres cafés y me está dando taquicardia. Supongo que no es buena señal.

Me río.

—Me estoy notando el corazón en la puta piel —se queja.

—Deberías haber terminado antes la canción —concluyo con sorna.

—Deberías saber que no soy tan bueno cuando me imponen hacer música dentro de un plazo.

—Solo llamaba para preguntarte si esta semana también te debo un sábado.

Si me hubieran dicho hace unos meses que un octubre cualquiera estaría hablando a las dos de la mañana con Jake Harris y mendigándole por pasar un día a su lado, lo hubiera mandado a la mierda con cierta vehemencia. Lleva unos segundos sin responder y los nervios empiezan a despertarse en mi interior provocando, sin quererlo, que me acalore y me alivie del frío de la noche. De repente, suelta una media carcajada a la que añade:

—Tú me vas a deber sábados por el resto de tu vida. Pero esta semana es imposible, voy a Croydon a visitar a mi madre antes de que mi agenda se ponga imposible.

¿A partir de ahora va a tener que consultar su agenda para quedar conmigo? Imagino que esto son los primeros estragos por los que pasan las parejas de gente famosa. De todas maneras, a nuestra edad, ¿qué relación puede tomarse en serio?

—Ah.

—La verdad es que me gustaría que vinieras. —Voy a contestar, pero él continúa hablando antes de que pueda abrir la boca—. Me encantaría que conocieras a mi madre.

—Yo...

—Y te presentaría como una amiga, claro está. No voy a ponerte en ninguna situación incómoda ni nada. Yo... —Jake titubea por primera vez desde que lo conozco—. Solo estará mi madre. Mark vive en la misma calle y también irá a visitar a su familia.

Jake me está invitando a su casa a conocer a su madre. Una ventana a la vida de Jake antes de que se convirtiera en estrella. El corazón amenaza con escapar del pecho y empezar a trotar por encima de la hierba. Y Alessa Stewart está muda.

—Además, allí nunca han llegado los paparazis, no tienen ni idea del sitio de donde soy realmente —continúa otorgándole cierta seriedad a su propuesta.

—¿Estás seguro? —No sé qué más decir.

—Quiero que vengas. Solo si te apetece, claro —asegura con una risita nerviosa—. Aunque puede que sea el efecto de los tres cafés. Quién cojones lo sabe —ríe nervioso.

Me hace estirar los labios en una sonrisa que se abre cual gajo de naranja.

—Está bien —respondo.

—¿Qué es lo que está bien?

—Iré.

Es un impulso de los míos. Lo es, desde luego. Pero también es el deseo y la curiosidad por conocer las raíces de este chico folk.

24

Un salón en algún lugar
de Croydon

Jake estaciona el coche en una calle estrecha, ante una pequeña casa blanca resguardada por un muro bajo de ladrillos. A través de la ventanilla, me quedo observándola; es una casa humilde de dos plantas en la que no atisbo ningún lujo a primera vista. Las viviendas contiguas que se extienden calle abajo presentan el mismo patrón. Unas están pintadas del mismo color tiza y otras se diferencian de estas por los viejos ladrillos vistos que componen su fachada. De primeras, me parece un sitio gris, con el ancho cielo albino casi encima del pavimento, y me es difícil vincular a Jake con este lugar. Es posible que ese sea el quid de la cuestión. Un chico del Croydon más humilde en la meca de la popularidad. Un chico sin recursos con un talento innato e inapelable. Un chico en un mundo al que no pertenece... Sin poder evitarlo, me veo reflejada en él, porque yo siento que nunca he pertenecido a esa clase alta londinense de casoplones en los que la soledad se percibe más honda. Tal vez la que debería haber nacido aquí, en esta calle desigual y asfixiante, sea yo.

Bajo mis ojos hasta la cazadora de cuero que descansa en mi regazo y él me pone una mano en el hombro para llamar mi atención. Nunca había visto a Jake conduciendo hasta hoy, y apenas hemos hablado porque ha estado muy concentrado en el tráfico desde que abandonamos el garaje de mi casa. No obstante, sí que he reparado en lo sexi que se ve al volante el condenado. Aunque este escrutinio solo ha durado unos cuantos segundos, hasta que he sido consciente de la situación: íbamos camino de la casa de su infancia, la misma en la que nos esperaba su madre para compartir un almuerzo. Como consecuencia directa del hecho, no he parado de morderme la lengua en todo el trayecto, y no ha sido un recorrido corto que digamos.

Vuelvo a arrastrar los dientes por la lengua, es obvio que no estoy cómoda con la situación, pero en algún momento tengo que encontrarme con sus ojos. Y cuando lo hago, me topo con su media sonrisa socarrona.

—Tranquila, Alessa. Mi madre no es ninguna bruja —dice.

—A mí las brujas me caen bien.

—Se llama Camyl, pero todos le dicen Cam —me informa—. Solo le diré que eres mi amiga y que te apetecía conocer el barrio, nada más.

—No sé si es buena idea —le contradigo—. Digo yo que tu madre tendrá televisión... Y móvil con internet... Y habrá visto las revistas cuando pasa por el mercado... —Levanto la vista y lo taladro con mis expresivos ojos llenos de preocupación.

—No creo. No es de las que se fija en esas cosas. Además, siempre está delante del televisor viendo series de crímenes que han sido truncados. Eso le encanta.

Hago un mohín.

—¿Seguro?

—Sí. Aunque ya sabes que a mí no me importaría presentarte como mi novia —declara.

—Déjalo. —La noche anterior me propuso lo mismo y mi negativa fue clara.

Jake quita las llaves del contacto y abre la puerta para salir, pero yo me quedo muy quieta sobre mi asiento. No sé si seré capaz de hacerlo. Él ya está fuera, aunque aún mantiene la puerta abierta con la cabeza orientada hacia el interior.

—¿No vas a salir del coche?

—No sé si quiero salir.

Cierra la puerta y lo sigo a través del parabrisas hasta que abre mi puerta y me tiende la mano. Yo dudo un poco antes de aceptarla y verme obligada a pisar tierra firme. Me pongo la chaqueta al tiempo que abrimos una pequeña verja negra y caminamos hasta colocarnos delante de la puerta de la que se desprende un agradable olor a comida.

—¿Preparada? —Me lanza una mirada cariñosa.

Asiento y su llamada al timbre hace tintinear a mi corazón. La puerta se abre y lo único que veo son dos brazos que se enroscan en el cuello de Jake. Después, una cola alta que recoge una cabellera del color de la paja.

—Hola, enano —lo saluda su madre al separarse de él.

—Hola, mamá. —Luego, me señala con su mirada—. Esta es Alessa, mi amiga.

Camyl se gira hacia mí y me escudriña con una sonrisa pintada en la cara. Lo primero que pienso de ella es que parece demasiado joven y, sin embargo, tiene unos ojos oscuros que lucen apagados, como si estuviesen cubiertos por una capa de papel de cebolla. Su expresión adornada por alguna arruga pronunciada y la cicatriz que le corta la ceja derecha en dos partes me hacen deducir que esta mujer ha vivido mucho, y mal. Y, sin duda, las ganas por conocer su historia aumentan.

—Hola, cariño. Soy Cam, encantada. —Su voz es dulce como el caramelo líquido con el que se aderiza el flan. Deposita un beso en cada una de mis mejillas y me rodea con un pequeño abrazo—. Qué ojazos tiene tu amiga —me piropea mirando a Jake.

Él asiente y yo me sonrojo y tuerzo los labios como el mayor acto de defensa. No me gustan los cumplidos.

—Vamos, pasad. Al pastel de carne le quedan unos diez minutos.

Se frota las manos en el delantal y se adentra en la casa seguida por nosotros. El olor a mantequilla y a cebolla frita me inunda las fosas nasales y cierro los ojos para disfrutar del aroma más primitivo de la comida tradicional.

En el largo pasillo que atravesamos en la entrada reparo en los cuadros que enmarcan fotografías de Jake de pequeño. Sobra decir que es el niño más guapo que he visto nunca y que se mantiene con el mismo peinado desde que tenía, más o menos, unos tres años, lo que me parece adorable. En la mayoría de las instantáneas está acompañado por un hombre mayor, con el pelo largo y blanco y los ojos claros, que parece ser su abuelo. Casi no hay retratos de su madre en la misma pared, solo uno de cuando ella era una adolescente y sonreía a la cámara en la típica foto del instituto. Llegamos al final, donde el pasillo se bifurca en dos habitaciones. A un lado, una pequeña cocina adornada por unas cortinas de flores amarillas y con muebles de madera que prácticamente se comen todo el espacio. Al otro, un salón con muebles desparejados entre sí y cubiertos por paños de encaje.

—Mamá, voy a subir a enseñarle mi habitación.

—¡Vale! ¡No tardéis, que esto casi está! —grita ella.

Antes de enfilar la escalera que está justo a un lado de la puerta de la cocina, veo a Cam dando vueltas de un lado para otro, con una fuente de cristal en una mano y un cucharón de metal en la otra.

Subimos y, por alguna razón que desconozco, el olor a mantequilla se hace más presente en la planta de arriba. Jake me toma de la mano y abre la puerta de la habitación. Me resulta chocante lo pequeña que es; apenas tiene una cama, un armario y un escritorio minúsculo bajo la ventana. Parece el cuarto de un chico de quince años. Sobre la cama, que está vestida con un edredón viejo de cuadros grises y negros, hay un corcho del que cuelgan pósteres de jugadores de la Premier Ligue y pequeñas fotografías. Camino hasta situarme frente a ellas para poder examinarlas mejor.

—Tu habitación es cinco veces más grande que la mía —comenta divertido.

—Lo es, pero huele infinitamente peor que la tuya. —Y es que lo mejor de la estancia es que el olor tan característico de Jake parece haberse quedado atrapado e intensificado entre estas cuatro paredes.

Dirijo la mirada hacia las fotografías. Son de Jake de pequeño vestido de fútbol, con un balón entre los pies y el mismo hombre de pelo cano pasándole la mano por su hombro.

—Es mi abuelo. Él me crio desde que tenía ocho años —¿Cómo? ¿Y su madre? ¿Dónde estaba?

No quiero hacerle esas mismas preguntas, así que me las guardo para mí. No quiero inmiscuirme en su vida. Solo quiero que él me cuente lo que le apetezca compartir conmigo. Como yo cuando le solté que sabía que mi padre no se preocupaba por mí después de que nos cayera un chaparrón por culpa de mi fuga. Hay lagunas en la vida de Jake, pero estar en su habitación de la infancia y compartir este espacio tan íntimo con él ya es, para mí, un paso descomunal.

Al lado de esa foto, hay un par más de Jake tocando la guitarra y acompañado por Mark y Rob. Me río al ver la expresión de su amigo, bañado en sudor y con la cara colorada.

—¿Cómo te sientes al ser la primera chica que traigo aquí? —Su pregunta me hiela la sangre.

—¿Por qué te empeñas en burlarte de mí? —Soy incapaz de devolverle la mirada.

—No me estoy burlando, Alessa.

Y hubiera preferido que lo estuviera haciendo, sin duda. Esto es un pelín bochornoso.

—Gracias por venir —me suelta de pronto, posando su mano en la parte baja de mi espalda—. Vas a flipar con el pastel de carne de mi madre.

Giro la cabeza y me encuentro con sus ojos grises, cargados de algo parecido a la emoción. Acerco mi rostro al suyo, pero el grito de su madre nos interrumpe antes de que podamos entrar en contacto.

—¡Jake! ¡Alessa! ¡Bajad! —anuncia Cam por el hueco de la escalera.

—¡Ya vamos! —le contesta Jake.

Nada más que por haber tenido la posibilidad de probar el pastel de carne de Cam ha valido la pena la vergüenza que he pasado aceptando la invitación de venir aquí. Desde que he entrado en esta casa, las piernas me pesan menos y tengo la sensación de que puedo ser yo misma. Como si la pequeñez del sitio y la calidez de sus muebles viejos me aportaran la cercanía que no tienen los techos altos de mi casa. Además, en cada rincón se refleja el alma pura y amable de la madre de Jake. Es obvio que está tremendamente agradecida por el hijo que «le ha dado Dios», tal como ella dice. A pesar de que es una mujer joven, de unos cuarenta y pocos años y con el pelo brillante, tiene la piel estropeada, con unas líneas de expresión acentuadas sobre su frente. Desde que nos hemos sentado a compartir el almuerzo, la mujer ha sacado algún tema de conversación banal para que no me sintiera apartada en ningún momento y me ha preguntado por lo que estoy estudiando. Para ella, que haya terminado el instituto con buena nota es la mayor de las proezas. Su hijo ni siquiera llegó al último curso.

—Que hayas venido hoy solo puede significar que pronto te iras de gira, ¿no es así? —pregunta a Jake cerrando y abriendo los ojos en un pestañeo rápido y superficial.

He notado que se trata de un tic que se activa cada vez que se incomoda. Él la mira a la cara con la barbilla doblada, se lleva su último trozo de pastel a la boca y asiente mientras mastica.

—Lo único que te pido es que te cuides, que intentes descansar y que no hagas ninguna tontería —continúa ella mientras alcanza la jarra de agua para rellenar los vasos.

—En una gira es imposible descansar, mamá. Así es como están diseñadas —replica Jake con desgana.

—¿Tú lo acompañarás? —me pregunta directamente.

—Yo... No.

—Ella no tiene nada que ver con ese mundo. Ni siquiera sabía quién era yo.

Cam me observa durante un rato con los ojos más tiernos que he visto jamás y vuelve a parpadear. Quizá sea un tic que también se le activa cuando su expresión se relaja por completo.

—Mucho mejor. ¡Ese mundo no tiene nada de bueno! —exclama.

—Mamá, ¿quieres dejarlo? Ese mundo es el que nos permite vivir. Y vivir muy bien.

—¿Acaso crees que me importa un pimiento el dinero? ¿He querido irme yo de aquí alguna vez? —Ahora su enfado se hace patente.

—Esta casa se terminó de pagar con mi primer contrato, ¿recuerdas?

A pesar de que están cruzando comentarios sobre un tema desagradable, es evidente la plena confianza que emana de ellos, por lo que no me incomoda en absoluto que hablen de asuntos tan personales delante de mis narices. No sé la razón, pero me siento como si perteneciera a este salón. Como si fuera una de las figuras de porcelana que están colocadas meticulosamente encima del aparador. Como si hubiera pasado mucho tiempo siendo partícipe de la escenografía.

—No te pongas a la defensiva, no he dicho nada del otro mundo. ¿Verdad, Alessa? —pregunta señalándome con su nariz recta y prominente.

—Creo que no —logro decir. Y bebo agua para no tener que volver a hablar.

Jake me mira y, en un segundo, se le relaja el semblante. ¿Ese es el efecto que tengo en él? ¿Soy yo la que tiene el poder de que deje de ser un gruñón inconformista?

—¿Es Blair la que estará detrás de todo? —Cam desvía la vista hacia la televisión, que permanece en un segundo plano con el telediario.

La mujer se masajea las cervicales con la mano.

—Claro —afirma él.

—Nunca me ha gustado esa mujer. Es muy diferente a nosotros —afirma, lacónica—. No quiero que todo termine como la última vez...

—¿Puedes tener un poco de confianza en mí? —pregunta Jake alzando la voz.

Sus miradas se encuentran y yo bajo la cabeza hacia mi plato ya vacío, con algún resto de puré de patatas reposado en los bordes. Su madre se levanta, agarra la bandeja con los restos de pastel de carne y esboza una sonrisa radiante.

—Alessa, ¿te apetece tarta de queso? —Se nota que se esfuerza por volver a fomentar la atmósfera agradable de antes.

—Sí, por favor. —Le devuelvo la sonrisa y ella sale por la puerta.

Tengo la impresión de que su madre tiene pavor a que la historia se repita. Es decir, que todo explote por los aires y que su hijo termine con una parada cardiorrespiratoria en el hospital. No quiere que «la última vez» se convierta en una «próxima vez».

Jake busca mi mano bajo la mesa y me da un apretón que me ablanda por dentro. De pronto, algo se manifiesta de manera evidente. Aquello que tenemos ahora mismo, todo lo que compartimos, este día en este salón de algún lugar de Croydon, en el salón de su infancia, tiene una fecha de caducidad bastante clara. Casi transparente. Como si estuviese enmarcada en un marco con luz de neón sobre una pared negra. Y esa fecha es la misma en la que empezará su gira internacional.

25

Ella me importa

Jake

La tengo agarrada de la mano cuando nos paramos ante el edificio chato y repleto de ventanas alineadas que era mi colegio. Aquí hacía vida a diario y ahora comprendo lo deprimente que era. La puerta de cristal muestra los mismos golpes que mostraba por entonces, la cerradura está cedida por la cantidad de veces que ha sido cambiada y las grietas llenas de humedad serpentean por la parte superior de la fachada. Alessa achica los ojos cuando mi amigo señala un campo de fútbol de cemento al otro lado y le comunica con orgullo: «Allí era donde se pasaba todo el tiempo».

En principio, tendría que haber sido yo quien le hiciera un *tour* de mi barrio a mi chica, pero esa labor la ha adquirido Mark sin que nadie se lo haya pedido. Por su parte, Alessa camina animada cada vez que él se para ante algo con significado importante antes de comenzar con su cháchara. Lleva así desde que lo recogimos de su casa, el muy pesado.

Pasamos por el quiosco de la esquina donde todas las mañanas comprábamos el *Sun Sport*, por el banco de madera donde se reunía la pandilla todas las tardes después del almuerzo, por la parada de autobús que nos conducía directamente al centro de la ciudad y por el *pub* del barrio que era estación sagrada cada viernes antes de salir de fiesta. Alessa parece impresionada cuando Mark la agarra del hombro y la conduce al interior del antro y saluda a Carl, que está pasando la fregona mugrienta por debajo de las mesas. Yo la observo con un cigarrillo entre mis labios y sonrío cada vez que sus ojos se abren acompañados de un levantamiento de ceja. Me complace verla así de dispuesta, así de cómoda, así de liviana siendo parte de estas callejuelas tan diferentes y opuestas a su barrio residencial. Incluso diría que esos pitillos y esa chaqueta de cuero tienen más sentido entre estos edificios estropeados y estas calles sin esperanzas. Y yo no puedo apartar mi vista de ella.

Lo realmente determinante de mi infancia compartida con Mark, sin duda, es el parque de eucaliptos del barrio de al lado donde mis amigos y yo fumábamos hierba sin que nuestras madres, padres y hermanos nos pillaran. Hasta allí nos ha terminado conduciendo Mark, a seis manzanas de nuestra calle.

Ya tiene el porro encendido cuando nos tumbamos sobre el césped, al lado de unos columpios con las cadenas oxidadas.

—Este es nuestro templo, Alessa —comenta mi amigo encendiendo el mechero y pasando la llama por la parte superior del canuto.

—¿Y a qué Dios le rezáis vosotros si se puede saber? —pregunta ella, divertida.

—Al dios de la naturaleza. ¿No es de ahí de donde nace la marihuana? —contesta él.

Alessa ya está tumbada con un brazo bajo la cabeza y su melena esparcida sobre las hojas secas que han caído de los árboles. Y tengo una necesidad imperiosa de tocarla, de marcarla, de gritarle al mundo que esa chica especial ahora está en mi parque, conmigo. Aprieto mi brazo contra el suyo con disimulo.

—No concibo volver al barrio y no fumar —confieso—. Los porros eran la cosa más importante que tenía a los quince.

Mark le pasa el porro a Alessa, que lo acepta irguiéndose sobre sus codos.

—¿Y no lo sigue siendo? —me cuestiona mi amigo.

Los dedos blancos y largos de Alessa se acercan a su boca para colocar el cigarrillo en la comisura de sus labios. Da una calada como si fuera una actriz francesa de los sesenta, cerrando un ojo, con una pasmosa parsimonia y con la mirada encendida. Joder. ¿Cómo la pude considerar alguna vez una niña? No lo es, ni de lejos. Es más madura que yo.

—Y bien, ¿qué es lo más importante que tienes ahora, Jake? —Y erre que erre con la preguntita. Simplemente, estoy absorbido por el hecho de que mi chica se encuentre aquí y parezca uno más entre nosotros.

—La música, supongo. Y mis amigos, los de siempre. —Algo etéreo y escurridizo se remueve en mi interior. Un veneno que nunca antes he probado. Un veneno de color naranja y de reflejos verdes.

Alessa me mira de reojo y sonríe, tímida. Después, me pasa el canuto.

—¡Jake! —oigo un grito que proviene desde el otro lado de la carretera.

Es Aaron, el hermano de Rob, que me saluda con la mano y me señala para que vaya a su encuentro. Me levanto muy a mi pesar y miro a mi mejor amigo y a mi novia, que prácticamente llevan toda la tarde hablando de mí ante mi atenta mirada cargada de repulsión; aunque, en realidad, solo se trataba de una máscara que rezumaba el orgullo de que se caigan tan bien. Antes de encaminarme hacia mi destino, oigo a Mark mascullar:

—Él no es así con ninguna. Tú le importas.

Me temo que mi amigo de la infancia está en lo cierto. Ella se ha convertido en una de las cosas más importantes para mí. Atravesando este parque que me ha visto crecer, donde he apagado tantos cigarrillos, donde he paseado mi guitarra de un lado para otro, soy consciente de ello. Alessa no solo está tumbada sobre la tierra húmeda de este lugar; también está dentro de mí. Y eso es algo que nunca he sentido antes.

26

Libre del hormigón

Jake

Mi madre prácticamente nos ha obligado a quedarnos a dormir, a pesar de que la única cama que podemos ocupar es la de mi cuarto, que es individual, porque obviamente, ni siquiera sacamos a considerar que ninguno de los dos duerma en la habitación de mi abuelo. Así que lo de presentarnos como amigos cae por su propio peso, cosa que no me molesta en absoluto, pero que avergüenza un poco a Alessa ante la grata mirada de mi madre.

Para cuando entramos en mi habitación, después de haber cenado un sándwich de atún con mahonesa, ya lo tiene asimilado.

—Perdona, pero cuando se pone así no hay quien le lleve la contraria —me disculpo, aunque es posible que mi arrepentimiento sea menor del que aparento.

—No me importa, de verdad. —¿Estaría ella también mintiendo un poco?—. ¿Me dejas un pijama?

—Claro.

Voy hacia el armario y me demoro hasta encontrar un chándal viejo y con olor a suavizante en uno de los cajones. Lo agarro y me doy la vuelta. Alessa está en sujetador, con la pierna coja, quitándose los pantalones. Es imposible no arder por dentro al tenerla desvistiéndose en el lugar que fue mi refugio durante tanto tiempo. Uno de mis lugares favoritos en el mundo; sin duda, el más especial, donde compuse mi primera canción mientras observaba la lluvia caer a través de la ventana. Me ciego al concentrarme solo en su canalillo y luego en el elástico de su braga rozando el hueso de la cadera.

—¿Qué pasa? —pregunta, con el ceño fruncido porque cree que ha hecho algo mal.

Si ella supiera...

—Nada.

—¿Cómo que nada? —vuelve a preguntar.

Y yo ya estoy mareado, aún con el chándal en mi mano, con la vista fija en su estómago plano del color de la leche. Ella dirige la mirada hacia el lugar donde reposan mis ojos y se pasa la mano por el ombligo, sin comprender.

—No es nada. Solo... —vacilo.

—O me dices qué pasa o me pongo la ropa y bajo las escaleras por el mismo sitio por donde he venido.

—¿Y luego? ¿Qué piensas hacer? —Estoy muy intrigado por escuchar su plan, porque sus huidas siempre son la mar de divertidas. Nótese la ironía.

—Despedirme educadamente de tu madre e ir en busca de Mark para que me lleve a mi casa —expone, con el semblante muy serio.

Si no la viera capaz de hacer todo eso, y si no viera capaz a Mark de llevarla ahora mismo a su casa, hubiera seguido con la broma. Lo cierto es que el bulto de detrás de los calzoncillos se me ha hinchado aún más.

—Es solo que estoy un poco cachondo —confieso.

No estoy nada avergonzado por mi declaración, pero Alessa recula un poco para atrás y baja la mirada hasta sus pies, enfundados en unos calcetines tobilleros blancos.

—Venga ya, Jake... —titubea ella con nerviosismo—. Tu madre está abajo.

Sus ojos acusadores, los más bonitos que he visto nunca, se clavan en mí. Guardo silencio y le recorro el cuerpo con la mirada mientras me relamo los labios.

—¿Qué? —¿Esa pregunta tan tímida significa que su muro puede caer de un momento a otro?

—Siempre ha sido una de mis fantasías tener aquí a una chica.

—¿Ah, sí? —Ahora puedo percatarme de cómo se está mofando de mí—. ¿Y cómo era en tu fantasía? ¿Qué se supone que hacía la chica?

Alessa no sabe con quién ha ido a dar. Conozco el impacto que mis próximas palabras van a tener en ella. Y, si eso fuera posible, la expectación me pone aún más.

—Va hacia el escritorio, se apoya en la mesa y empieza a tocarse mientras yo la observo desde aquí. —Digo la verdad y nada más que la verdad; esa fue una de mis primeras fantasías.

Sus pecas se incendian y las putas esmeraldas que tiene por ojos se inundan de deseo. Me mantiene la mirada unos segundos y estoy a punto de agarrarla y tumbarla en mi cama, sobre mi edredón. Y juntar nuestra piel y nuestro olor. Sin embargo, antes de que pueda reaccionar, Alessa da media vuelta, va hacia el escritorio y se sienta en la madera ante mi mirada de estupefacción. Su palidez contrasta con las cortinas oscuras tras ella y las puntas de su melena chocan contra la madera.

—¿Y luego? —me desafía.

—He dicho que se tocaba. —Voy a explotar.

El corazón empieza a bombardearme detrás del pecho cuando observo su mano dirigirse a su cuello y bajar por el escote. La muy condenada es lo más sexi que he visto en toda mi vida, y eso que no tiene ninguna experiencia. Como siempre, ella brilla en todo lo que se propone. Deslumbra a los de su alrededor. Me deslumbra a mí, pero es incapaz de verlo.

—No sabes lo duro que estoy —suelto.

—¿Sí?

Asiento y Alessa se baja los tirantes del sujetador descubriendo sus pechos. Luego, se rodea los pezones con sus dedos y me desafía con la mirada. Solo me queda una opción si no quiero eliminar la distancia que nos separa y follármela fuerte sobre mi escritorio. Y esa es meter la mano en mis pantalones y empezar a masturbarme mientras me deleito con la vista. Ella se muerde el labio cuando descubre mi intención y yo le sonrío en señal de duelo. Incremento el ritmo cuando su mano resbala hasta el ombligo. Entonces, sin que yo le diga nada, sin que la guíe en mi fantasía, hace lo que estoy deseando que haga. Se aparta la tela de la braga hacia un lado, desliza su dedo entre los pliegues y lo introduce en su interior sin apartar su mirada de la mía. Cierra los ojos y se convierte en la puta diosa que es, abandonándose al placer. Y a mí ya no me basta con mi mano. Pero lo que finalmente me hace decidir alcanzar su cuerpo es oír mi nombre susurrado en una especie de gimoteo escapándose de su boca.

Cruzo la habitación en tres pasos y le pongo mis manos sobre las mejillas. Entonces la beso y le meto la lengua hasta el fondo de la garganta. Quiero poseerla. Quiero darle placer mientras lo hago. Cuando nos separamos, sus ojos brillantes me inspeccionan ansiosos.

—¿Esto también es parte de tu fantasía? —pregunta refiriéndose al beso y a lo que viene después.

La sonrisa se me abre desde la comisura de la boca. Alessa me acaricia la nuca mientras me pongo el condón.

—No. Esto más bien es una necesidad.

Le acerco las caderas con un movimiento certero y me introduzco en ella. Nos follamos con todo nuestro cuerpo, clavándonos las manos, nadando en nuestros ojos, sabiendo que no podemos hacer ningún ruido.

La cama es endemoniadamente incómoda, pero la sensación de tenerla tan cerca, con mi mano rodeando su cintura y la otra sobre su cabeza, es embriagadora. Aunque no más que su perfume, al que absorbo de tanto en tanto hundiendo mi nariz en su pelo. Así como estamos, entrelazados en la oscuridad de mi habitación de adolescente, nos sentimos los latidos del corazón.

—Si eres tan rico, ¿cómo es que tu madre sigue viviendo aquí y no se ha marchado a otro lado?

Sabía que no estaba dormida, y solo han bastado unos cuantos minutos para que hablase. Es obvio que lleva un rato queriendo preguntarlo, quizá desde que hemos llegado.

—Yo no soy rico. Ser rico es un estilo de vida, una actitud. Yo solo tengo mucho dinero, pero sigo siendo de Croydon.

Las raíces son tan importantes que siempre tendré la eterna duda de si me hubiera erguido sin ellas, probablemente no. Es esencial contar con algún lugar que te ate a la tierra. El mío es mi barrio. Siempre lo será. Pero Alessa es diferente. Ella va por libre, no parece tenerle cariño a ningún lugar en especial. Ni a su barrio elitista, ni al país en donde vive. No puede negar que es una chica inglesa de pura cepa, pero sus raíces nacen de ella misma, de su interior, no de la tierra. Le crecen desde sus pies. Esa es una de las cosas que tanto me llamó la atención cuando la conocí; desde entonces siento que a ella nunca le va a faltar nada. Muchas personas se quedan sin una de sus partes cuando tienen que marcharse del lugar en el que han nacido. Y caminan de un modo distinto, con las raíces tirando como elásticos instándolos a regresar. Están como lisiados toda la vida. Alessa, en cambio, siempre podrá revivir y revivir porque tiene su propia semilla y su propio fruto dentro. A veces me la imagino como un gran melocotonero en medio de un inmenso prado verde, con esa frondosidad sacando a relucir sus retoños cada primavera.

Yo no soy como ella. Yo camino de un modo distinto desde que mi abuelo se marchó y me arrancaron la posibilidad de despedirme. Lo recuerdo llamando a mi puerta con los dos golpes rudimentarios para despertarme cada día para ir al colegio...

—Creo que estoy de acuerdo —dice al rato, arrancándome de mis pensamientos.

De un modo natural, acaricio su estómago por encima de mi chándal. Ella empieza a rozar las venas abultadas de mis manos con los dedos, una y otra vez. Y, sin pensarlo, empiezo a hablar:

—Mi madre era drogadicta y se fue cuando yo tenía ocho años. —Espero que Alessa diga algo, pero lo único que hace es continuar con el movimiento de sus dedos sobre el dorso de mi mano—. Mi abuelo la echó porque prefería tres tiros de coca antes que a su propio hijo. Y cinco años después apareció en nuestra puerta, cagada y meada, con los brazos y los tobillos agujereados. Mi abuelo la perdonó con la condición de que fuera a un centro antes de regresar.

Jamás he hablado de este tema con nadie, ni siquiera con Mark o con Rob. Ellos lo saben todo, al igual que lo saben los demás vecinos, pero yo jamás les he confirmado nada; es algo en lo que siempre he guardado silencio. Al habérselo confesado a Alessa, la bola de hormigón que aparece en forma de mis recuerdos de esos años se hace más pequeña y mucho más liviana. Más manejable. Le coloco el pelo detrás de la oreja y le acaricio el lóbulo con cariño.

—Pero yo estuve años sin dirigirle la palabra porque no podía olvidar el infierno que nos había hecho pasar. Hasta que me sentí un auténtico hipócrita cuando me emborrachaba un día sí y otro también —continúo con el relato.

Alessa me aprieta la mano para que me conste que sigue escuchándome, que no se ha dormido a pesar de que ya es de madrugada.

—Ahora estamos mejor que nunca —admito—. Pero si se vuelve a ir, no le abriré la puerta.

—Eso no es lo que querría tu abuelo —murmura.

—Pero mi abuelo ya no está.

Alessa se cubre con el edredón hasta el cuello y sé que está a punto de preguntar algo.

—¿Y tu padre? —Casi no puedo oírla.

Nadie sabe nada de mi padre, ni siquiera los vecinos. Lo único que sé es lo que me contó mi madre semanas antes de que desapareciera por una temporada. Quiero compartirlo con mi chica, quiero compartir este peso al igual que ella lo compartió un día cuando me contó que el capullo de su padre se había ido.

—Nunca lo conocí. Se marchó a Irlanda cuando yo tenía unos meses porque no podía convivir con mi madre ni con mi abuelo —le digo. Pego mi pecho a su espalda y la abrazo con suavidad—. Duérmete. Ya es tarde.

—¿Jake?

—Dime.

—Me ha encantado Croydon. Y me encantan tus sábanas porque huelen a ti. Creo que voy a robarlas.

—Mi madre te mataría.

Alessa suelta una carcajada y, pocos minutos después, oigo cómo su respiración se relaja. Y la mayor sorpresa de todas es comprobar que mi pecho sigue libre del hormigón.

27

¿Qué tipo de chica soy?

Desde hace un par de semanas, sigo una única regla: cada vez que me topo por casualidad con mi cara en algún portal de internet o, cada vez que me absorben las ganas de moverme por las redes sociales buscando nueva información como si me tratara de un perro corriendo detrás de su hueso, salgo a correr. Corro hasta que me duelen las piernas y me retumban los oídos, hasta que me quedo sin respiración. Y luego, vuelvo a casa derrotada. Tomo una ducha caliente y me demoro en buscar algún libro frente a mi estantería.

Esta mañana, no ha sido una excepción. Después de ayudar a mi madre a guardar la compra, he subido a mi habitación y, sin ningún tipo de preámbulo, he agarrado el móvil y he escrito mi nombre en el buscador. Quería enterarme de las últimas noticias que se habían difundido sobre mí, de las últimas mentiras que se habían extendido como la pólvora. Así que, por propia cabezonería, en una de esas revistas dirigidas a mujeres que tanto detesto, me he encontrado *ipso facto* con un artículo bastante extenso donde se exponía una comparación entre la vida de Charlotte Rey y la de Alessa Stewart. En realidad, el análisis estaba centrado en nuestro físico, en nuestros cuerpos, en nuestro brillo en el pelo. Por un lado, lo entiendo, pues lo único que pueden observar y analizar de mí es mi carcasa exterior, porque no tienen ni puñetera idea de quién soy. De hecho, ni siquiera yo lo sé, aunque me estoy esforzando por descubrirlo. Me han entrado arcadas en cuanto me he chocado con la primera foto de la puñetera diosa en el bordillo de una piscina comiéndose la cámara con sus ojos azules. He estrellado el móvil contra el escritorio y he rebuscado en mi ropero hasta ataviarme con unas mallas y una sudadera.

Era obvio que tenía que salir a correr, así que aquí estoy ahora. Parece que vuelo cuando sobrepaso las casas que me rodean a una velocidad endiablada. Con la música sonando en mis oídos y mi cuerpo concentrado en una tarea, mi mente se queda en blanco, con la única información del itinerario que recorro por rutina. Siempre llego a la última casa de estilo tudor que se encuentra a diez manzanas y me detengo en el enorme sauce que resguarda la entrada. Me paro en seco y me apoyo en el tronco, con los brazos estirados y los pulmones faltos de oxígeno. Entonces me aprieto la coleta en la nuca y me repongo durante unos minutos dando pequeños saltitos. Me suda todo el cuerpo. Miro al cielo cuando el viento me enfría el sudor de la cara y me parece que va a llover, así que será mejor que vuelva cuanto antes. Sin embargo, en este mismo momento noto la vibración del móvil en el brazalete de tela que me rodea el brazo y me apresuro a sacarlo. La respiración se me vuelve a acelerar cuando leo el nombre en la pantalla: es mi padre. El móvil continúa vibrando en mi mano. Observo a mi alrededor buscando, quizá, un consejo sobre qué hacer, pero lo único que veo es una calle residencial solitaria cubierta por la luz gris del día. Y me quedo paralizada. El cuerpo se me ablanda y me deslizo por el tronco del árbol hasta sentarme en la tierra húmeda. El temblor del aparato cesa antes de que pueda decidir cómo actuar. Tengo miedo de pararme a pensar en la llamada que acabo de recibir. Esta vez no puede haber sido una equivocación. Me ha llamado dos veces y eso solo tiene un significado. Mi padre quiere hablar conmigo y, más tarde o más temprano, tendré que enfrentarme a esa conversación.

En un acto impulsivo, guardo de nuevo el móvil, me levanto de un salto y empiezo a correr en dirección contraria a mi casa bajo unas nubes cada vez más negras. No es hasta que estoy frente a la casa de Tommy que soy consciente de todo el trecho que he recorrido. Por alguna razón estoy aquí. Quiero ver a mi amigo y necesito olvidarme de esa llamada más urgentemente aún que de ese artículo comparativo de mierda.

La verja de la entrada está abierta y la atravieso con zancadas tan grandes que en apenas diez segundos estoy en el porche. Dos hombres vestidos con mono de trabajo transportan un cactus gigante con cuidado de no pincharse mientras la señora Jones, que está apoyada en la puerta con unas gafas de sol enormes cubriéndole casi todo el rostro, gesticula con los brazos dándoles indicaciones. Al verme, se baja las gafas y me mira con sorpresa y los labios temblorosos.

—¡Alessa! ¡Cuánto tiempo! —grita al mismo tiempo que me insta a que vaya hacia ella.

Antes de que pueda subir el último escalón, me abraza con un apretón y huelo su característico aroma a vodka.

—Hola, señora Jones. Me alegro de verla. —Apenas puedo hablar por la carrera que me acabo de meter en el cuerpo—. He salido a correr y he venido a ver si está Tommy en casa. ¿O se ha mudado ya?

—No, cariño. Está arriba. Sube, seguro que le hace ilusión verte —me dice.

Asiento y atravieso la entrada en dirección a las escaleras.

—¡¡Ahí no!! ¡A la derecha! —La voz de la madre de Tommy suena amortiguada por las paredes.

Me limpio las gotas de sudor de la frente a medida que subo y ni siquiera llamo antes de entrar en su habitación. En realidad, pocas veces he llamado antes de entrar en el santuario de Tommy. Y ese pequeño dato hace que sonría como una tonta.

—¿Cómo es que aún no te has ido? —le pregunto antes de tirarme bocarriba en su cama.

Tommy pega un salto de la silla y se vuelve a sentar frente al portátil en su escritorio.

—Por Dios, qué susto —gruñe—. Gracias por llamar, Alessa. Tan educada como siempre.

—¿Y bien? ¿Por qué no te has ido aún? —insisto, incorporándome para quedarme con la espalda apoyada en el cabecero.

—Estoy liado con el cortometraje, el que, por cierto, aún no sé si vas a protagonizar. —Mi amigo gira la cabeza y me busca con la mirada. Al ver el remolino de pelo despeinado que le cae sobre la frente, me río—. Y ahora te ríes.

—Sí que lo voy a hacer —declaro.

Él vuelve a girar la cabeza, ahora en un movimiento brusco y expectante.

—¿En serio?

Afirmo con la cabeza y él vuelve a sumergirse en su portátil. Ya se le ha pasado toda la euforia que es capaz de mostrar.

—No te creas que te voy a dar las gracias —bromea.

—No te las he pedido.

Suelta una carcajada e inclina la cabeza con intransigencia.

—Mira lo que me he encontrado al entrar en el periódico —cliquea y abre una pestaña con una gran foto de mi rostro a la salida del Gini's.

No, por Dios. Ya es lo bastante vergonzoso sin que Tommy sea testigo de ello... Pero supongo que es inevitable. Él también es un chico que vive en internet, como todos.

—«La nueva conquista de Jake Harris...» —lee con un tono burlón.

—Oh, vamos. Tú también, no, por favor —suplico antes de asestarme un débil cabezazo contra la madera.

—¿Qué? —pregunta, atónito—. Tienes mucho estilo. Vans desgastadas con un vestido de trescientas libras.

—No recuerdo que me compraras tú el vestido, la verdad —le ataco.

Uno de los pasatiempos favoritos de Tommy siempre ha sido el picarme hasta la saciedad. Sin embargo, noto que, debajo de toda esta guasa, mi amigo quiere decirme algo importante.

—No sé... —Tommy se queda callado, sin saber si debe continuar hablando o no.

—¿No sabes qué?

—Es raro para mí ver a mi mejor amiga por todos lados. —Se ha puesto serio e incluso ha girado la silla para quedarse frente a mí.

Me observa con ojos reflexivos y cruza los brazos. Frunzo el entrecejo porque no sé adónde quiere llegar. Al segundo siguiente me saca de dudas:

—Creo que a una chica tan especial como tú no le conviene alguien como Jake —expone.

Me quedo muda. ¿A qué se refiere con «especial»? ¿A que nunca antes nadie me había deseado tanto como Jake? ¿A que no soy igual que todas sus anteriores conquistas? Noto el calor en mis mofletes por el enfado.

—Lo que a él le pega es más bien una chica sin cabeza que se deje dominar.

—¿Por qué tengo la impresión de que crees que lo conoces? —le pregunto con gelidez.

Es evidente que tengo un mosqueo como un castillo y él parece darse cuenta de ello.

—Ojalá me equivoque. —Mi amigo recula y vuelve su atención adonde estaba antes, a su portátil y a su documento de Word.

Una grieta de naturaleza desconocida se ha abierto entre nosotros, una grieta adornada por un trueno que hace temblar las paredes. No quiero estar mal con él, quizá solo me lo ha dicho por mi bien...

—Me mudo a Kent —le informo en voz baja.

Necesito traer de vuelta sus bromas y sus piques. Tommy se levanta de la silla, camina hasta detenerse a los pies de la cama y me mira desde arriba.

—¿Kent? Me gusta Kent. —Sonríe con la boca abierta y creo que es el primero que se alegra de la noticia—. Supongo que podré ir a visitarte, ¿no?

—Siempre que traigas provisiones azucaradas. —Le devuelvo la sonrisa y me noto el cuerpo relajado después de haberlo llevado al límite con la carrera.

La habitación se ilumina de pronto y un ruido aún más fuerte que el anterior retumba en toda la casa. Las gotas de lluvia empiezan a estrellarse contra la ventana y miro hacia allí.

—¿Puedo quedarme a cenar?

En este instante, lo único que deseo es que no pase el tiempo. Que no corra el reloj. Pero es algo inevitable. Estos momentos con Tommy acabarán. Nos hacemos mayores y no hay nada que podamos hacer al respecto.

—Sabes que tú no tienes que preguntar. La respuesta es siempre sí.

Los ojos de mi amigo me devuelven el cariño y la conexión de siempre. Y juro que, aunque las cosas vayan a cambiar muy pronto, haré todo lo posible para cuidar nuestra amistad.

28

Los *niguiris* no son lo mío

La comida, parcialmente cruda, está congregada encima de mi cama sobre bandejas de plástico y adornada con un arroz de etiqueta. No he podido evitarlo. Hace un rato, Annie ha aparecido en mi puerta con un par de bolsas de *sushi* a domicilio y un plan para la noche del sábado, ni más ni menos. Antes siquiera de saludarnos, la he abrazado y tirado del pelo porque me hace feliz que por fin esté fuera de Camden Hall, que sea libre y que vaya a disfrutar de la vida.

—Prueba el *niguiri*, hazme el favor. Es lo mejor. —Está emocionada, con los palillos chinos entre los dedos, preparada para empezar.

Tomo una pieza con la mano y me la meto en la boca. Es tal la impresión que me produce el morder salmón crudo que alcanzo la primera bolsa que veo en la cama y escupo dentro de ella.

—Pero... ¿qué haces? —Annie me mira con la boca abierta.

—Está asqueroso. —Y no tengo nada más que decir—. Me alegro de que estés aquí, pero no pienso torturarme más.

—Bueno, chica, agarra esa bolsa de allí. Te he pedido una ración de langostinos en tempura, que están cocinados —me explica como si yo fuera una niña pequeña.

Annie tiene muy buen aspecto, las mejillas más rellenas y el pecho más abultado. La observo con detenimiento y sonrío cuando me tiende la bandeja.

—Gracias.

—¿Qué te vas a poner esta noche? —pregunta con la boca llena de arroz.

—¿De verdad tenemos que salir? Me entusiasmaba mucho más mi plan de antes, al que, por supuesto, te puedes unir —le ofrezco.

—¿Y cuál era ese plan? —Frunce el ceño.

—Ver una película con mi madre en la sala de cine. —Le doy un bocado a un langostino crujiente.

—¿Por qué eres tan deprimente? —Me ataca sin piedad antes de levantarse con una pieza de *maki* sujeta entre los dos palos.

Su destino es mi armario y comienzo a temblar ante lo que se avecina. Se agacha y agarra algo de la parte inferior del mueble.

—Me da igual lo que te pongas, pero esta noche te vas a calzar esto, pelirroja. —Lo dice tan convencida que asiento lentamente.

De su otra mano cuelga una sandalia negra con plataforma y tacón grueso. Los únicos tacones que me he puesto en mi vida, y en muy contadas ocasiones. Fueron un regalo de mi madre por mi quince cumpleaños y parece que acaban de salir de la tienda. Lo cierto es que, a pesar de no ser fan de los zapatos de fiesta con altura, este par me encanta porque posee un toque de desenfado evidente y, además, me hacen parecer mucho más alta. Y lo que es más importante, son cómodos. Quiero decir que, al menos, no terminas con ampollas gigantes en el talón que tardan una semana en curarse.

—Me pongo los tacones, pero quizá podamos ir a otro sitio. —Intento hacerla cambiar de idea.

—Ni de coña. ¡Quiero ir al Gini's! —grita—. ¡Todo el mundo importante va allí!

—¿Y nosotras somos importantes?

—Tú sí, cariño. Aprovéchalo. —Esboza una media sonrisa socarrona.

Me arrepiento de haberle contado la noche en que Taylor y yo salimos de fiesta, porque ya no hay manera de quitarle de la cabeza que repitamos la hazaña hoy. Solo lleva unos días fuera y lo que de verdad desea con todo su corazón es salir a bailar hasta la madrugada. Sus amigas del instituto ya están dentro de la dinámica universitaria y la única opción libre soy yo, así que me ha tocado. La verdad es que me apetece pasar tiempo con ella; la he echado de menos y quiero que me ponga al día de lo que sucede en Candem Hall. De hecho, llevo toda la tarde queriéndole preguntar por algo, y creo que ha llegado el momento:

—¿Cómo está Ryan? —la interrogo en un tono neutro, como si no necesitara el alivio de saber de primera mano que está bien.

Mi amiga camina de nuevo hacia la cama y se sienta frente a mí, ante las bandejas. Recorre la mirada por todas las opciones y elige otro *maki*.

—Está bastante bien. Recuperado, diría yo. Aunque Norma quiere esperar un poco para dejarle salir —me explica.

—Ya. ¿Y puede dormir mejor? —Ojalá que sí. A él también lo he echado de menos. Hay veces en las que le mandaría un mensaje para hablarle de un libro, pero entonces recuerdo que allí dentro no te dejan tener el teléfono.

—Sí. Ha mejorado mucho. Ya lo comprobarás cuando salga.

—No sé si nos veremos... —No terminamos muy cercanos que digamos—. Lo que pasó...

—Él lo ha olvidado. Quiere verte, pero no sabe si tú estarás por la labor teniendo en cuenta que sales con Jake. —Lanza la afirmación y, por primera vez, soy consciente de que lo que tengo con Jake es una relación con todas las letras.

Y la ansiedad se dispara solo de pensar en el laberinto en el que me estoy adentrando por mi propio pie.

—Claro que quiero verlo —respondo con decisión y con la vista perdida en mi bandeja repleta de colas fritas de langostinos.

29

Como la Venus de Botticelli

La luz azul colorea el rostro de mi amiga mientras bailamos y nos dejamos la piel en la pista. Cada poco tiempo, mojamos la piruleta de fresa con la que el barman ha acompañado nuestro *gin-tonic* y nos la llevamos a la boca. Este experimento con azúcar y ginebra es todo un descubrimiento, y quizá también sea el culpable directo de que nos haya subido el alcohol tan rápido. En toda la noche, apenas he soltado la mano de Annie, que pega pequeños saltitos con cada tema conocido que pincha el DJ. Parece una niña de ocho años en plena Navidad. Mi amiga llevaba un poco de razón: estar aquí, ahora, moviendo el cuerpo y fundiéndome con la música ha hecho posible que mis pensamientos se alejen de la llamada de mi padre. La alegría de estar viviendo el momento brota de nuestras sonrisas ensanchadas.

Annie me abraza por décima vez en esta noche y se acerca a mi oído.

—¿Por qué no ha venido Jake? —me pregunta con la voz casi afónica.

—Está liado terminando de grabar el disco. Me parece que hoy se acababa el plazo para la entrega a la discográfica.

Annie se sorprende un poco al comprobar que poseo información privada del mismo chico famoso con el que ella compartió algunos meses en Camden Hall. Aún se impresiona al pensar que estamos liados.

—¡Qué pena! —chilla antes de mojar su piruleta en la copa, chuparla y cerrar los ojos al tragar.

Hace días que no veo a Jake. Él no parecía contento cuando ayer me llamó para avisarme de que sería imposible quedar este fin de semana. Y me afecta un poco reconocer que lo echo de menos.

—¡No importa! —vuelve a gritar a pleno pulmón—. No nos hace falta Jake para pasarlo bien.

Annie me agarra de la cintura y alinea nuestros cuerpos en movimiento al ritmo de una canción acelerada en la que terminamos tropezándonos y empujando a dos chicos a nuestro lado. La ginebra del vaso de Annie vuela hasta derrapar en el suelo y el ataque de risa que nos provoca hace que nos duela la barriga y que casi no podamos respirar. Cuando mi amiga se calma, se pone rígida y me mira muy fijamente.

—Vamos. Acompáñame a por otra copa —me pide al percatarse de que su vaso se ha vaciado por completo.

—Vale.

Persigo su figura menuda serpenteando entre los cuerpos de la gente hasta que llegamos a las escaleras y comenzamos a subirlas. El aire se llena con las primeras notas de *Resistance* de Muse y me lamento internamente por no poder cantarla y bailarla ahí abajo. Pongo mi atención en la pista y observo a la gente emitir vítores al recibir la canción. Giro el cuerpo para continuar subiendo las escaleras y me choco contra la espalda estática de Annie. Quiero saber qué está ocurriendo, así que me echo a un lado. Y es entonces cuando me encuentro con dos enormes ojos de color azul que me examinan de arriba abajo. Literalmente. Esos diamantes azules se detienen en los míos, verdes y saltones, que deben de verse horrorizados. Descendiendo por estas escaleras, Charlotte Rey es la mismísima rencarnación de la Venus de Botticelli. Va seguida por un séquito de mujeres de piernas infinitas que se detienen cuando ella hace un gesto con la mano alzada. El cabello dorado y ondulado de peluquería y su corto vestido blanco la hacen levitar como un ángel, aunque yo sé que por dentro es tan negra como sus pupilas. Todas las mentiras que esta señorita ha dicho de mí me sobrevuelan la cabeza, como si fueran dardos impactando en una enorme diana.

—Vaya, no sabía que ahora el Gini's dejara entrar a gente ordinaria —mascula con el odio palpitándole en sus pómulos prominentes—. ¿Vosotras estabais al tanto, chicas? Acabo de llegar de Japón.

Las absurdas imitadoras que tiene como amigas sueltan una risa conjunta y posan sus ojos soberbios sobre nosotras. Annie levanta la cabeza, dispuesta a decir algo, pero mi enemiga pública se le adelanta.

—Ese top que llevas es de hace tres temporadas, ¿o es que acaso no miras a tu alrededor? —me ataca a la vez que baja un par de escalones obligándonos a descender de espaldas.

Esta chica pretende humillarme parloteando sobre moda —algo que, sin duda, domina—, pero a mí no me puede importar menos llevar algo de otra época. Menos mal que no ha visto bien mis sandalias de tacón porque tendría un motivo más colosal para sabotearme.

—¿Qué tal si nos dejáis pasar? Seguro que tenéis mejores cosas que hacer siendo las chicas más impresionantes de todo Londres, ¿verdad? —replica Annie con la voz afilada y ronca—. Ahí abajo hay hombres muy guapos, aunque me temo que ninguno de ellos es una estrella del *rock*.

¿Qué acaba de decir mi amiga? El brillo en sus ojos indica que llevaba demasiado tiempo sin beber y que ahora no controla lo que sale por su boca. Me pongo delante de ella con ánimo de protegerla y me encuentro con la ceja alzada más elegante que he visto en mi vida. Charlotte parece un águila batiendo sus alas. Y el azul de sus ojos se vuelve más intenso si cabe.

—Él se aburrirá de ti y te usará, es su naturaleza. No es tan especial como se cree; es exactamente igual que todos los demás —escupe con odio.

Le mantengo la mirada en el silencio violento que se ha creado en ese tramo de escaleras que estamos obstaculizando. Si hay algo que Jake me ha demostrado en este poco tiempo, es que es distinto para bien y para mal. Al menos conmigo lo ha sido. Por eso la sangre me hierve ante el innecesario ataque de Charlotte. No me importa que se meta conmigo, pero delante de mí no lo va a calumniar. De ningún modo.

—No le haces ningún puto favor a las rubias. Deberías de replanteártelo en lugar de ir detrás de un chico que no te hace caso —le suelto con mi ironía particular.

Su expresión se vuelve dura con un frunce de labios nada elegante que no le pega en absoluto. Intuyo su intención de acercarse a mí para enfrentarme y agacho la cabeza esperando su embestida. Clavo la mirada en sus finísimos tacones de aguja y observo cómo el derecho se dobla al bajar el escalón. Charlotte se tropieza y la veo rodar por las escaleras hasta que se queda postrada en el suelo con la melena despeinada y las piernas en una extraña postura. Todo su ejército exclama un «auu» cargado de sorpresa y la guerra de los *flashes* se desencadena a nuestro alrededor. Paseo la mirada por el local y, por primera vez, soy consciente de que me rodean cientos de móviles sujetos por dedos de personas que no conozco y a las que ni siquiera puedo ver bien la cara debido a la oscuridad del antro.

—¡¿Estás bien?! —grita una de sus amigas colocando su mano como si fuera un altavoz.

—¡Esa puta loca me ha tirado por las escaleras! —responde la mismísima Lucifer penetrándome con su mirada—. ¡¡Échenla!! ¡¡Es una maldita orden!! —Está demente.

No sé si está desvariando por el golpe o es tan malvada como para inventarse algo tan grave. No le he tocado ni un pelo, yo misma he sido testigo de cómo se tropezaba. Estoy bloqueada, las piernas no me responden y los pies se me han pegado al suelo. Los móviles cada vez están más cerca y los abucheos comienzan a descender desde la parte superior del *pub*. Los de seguridad se abren paso escaleras abajo y Annie me toma de la mano y tira de mí con fuerza. A duras penas consigo subir el tramo final de las escaleras antes de dejar atrás la voz de Satán.

—¡Me ha empujado ella! ¡Alessa Stewart me ha agredido! —chilla absorbiendo toda la atención.

—¡Lo tenemos grabado!

—¡Está grabado!

—¡Hay pruebas!

Esas palabras comienzan a extenderse por el ambiente como una mecha encendida. Y entonces comprendo en el tremendo lío en el que estoy envuelta y en la imposibilidad de salir de él. Charlotte Rey es una reina del dramatismo de Instagram. Ese es el auténtico poder de ahora.

Y yo, estoy perdida.

Llevamos cerca de una hora encerradas en un cubículo del servicio de señoras y apenas he dicho nada. Estoy en *shock*, sentada sobre la tapa del váter con la cabeza entre las piernas. Annie está de pie a mi lado y presiona la pantalla del móvil con dedos frenéticos. Vuelvo a ser *trending topic* y el vídeo de nuestro enfrentamiento en las escaleras está ultracompartido desde diferentes cuentas y perfiles.

—No sirve de nada denunciar el contenido —masculla ella—. Lo he hecho ya veinte veces y vuelven a aparecer... Es imposible.

Presiono mi nuca con las manos y cierro los ojos con intención de desaparecer como por arte de magia. Los nervios se me han subido a la garganta y me cuesta respirar.

—¿Estás bien, Alessa? —Annie está muy preocupada. Lo sé porque tiene la cara desencajada desde que consiguió arrastrarme hasta aquí.

Mi amiga me da un apretón en la rodilla y alzo la cabeza para negar con vehemencia.

—¿Cómo cojones vamos a salir de aquí? —Es lo único que puedo preguntar. Necesito una vía de escape.

—Podemos correr hasta subir al taxi —sugiere con la esperanza brillándole en sus ojos.

Me levanto, doy un manotazo a la pared y apoyo la frente en la puerta. Suspiro.

—Joder... —protesto.

Al menos, soy consciente del estado en el que me encuentro, del pánico que me provoca tener que salir tarde o temprano de este lugar. Por ello, recuerdo todos los consejos que Norma me ha dado durante este verano. El «Va a pasar» lo tengo tatuado en la memoria.

—No has hecho nada, Alessa. —Annie me pone la mano en el hombro para infundirme el ánimo que hace gala por su ausencia—. Esa tía miente, y tarde o temprano todos lo sabrán.

Me encuentro con su mirada apenada y niego de manera débil.

—¿Tú crees? —pregunto de manera retórica—. Lo que se dice en la nube, se convierte en verdad. Tú lo sabes tan bien como yo.

Aunque se trate de la mentira más inverosímil, consiguen hacerla creíble. Ponerlo por escrito, subir una foto fuera de contexto o un vídeo pixelado, lo vuelve real. Ese es su verdadero poder, convertirlo en verídico a expensas de que esas mismas mentiras puedan resultar crueles e injustas para los protagonistas. El poder de convicción es el poder más grande que existe.

Annie arruga el ceño y vuelve la atención al móvil. Su expresión se descompone y no tarda más de diez segundos en guardar el aparato en su bolso y encerrarlo bajo cremallera.

—Solo quiero llegar a mi casa —sollozo sin poder evitarlo.

—Pues en marcha. Lo único que tenemos que hacer es salir con la cabeza bien alta. —Mi amiga me agarra de la mano y me da un apretón haciéndome entender que ella va a permanecer a mi lado y no me va a soltar.

Abre la puerta y me guía hasta el pasillo. Mi cuerpo se emblandece al caminar encima de los tacones y temo por mi equilibrio en el momento en que sea perseguida por los buitres que esperan en el exterior. Chocamos con varias personas que entran en el *pub*, ajenos a lo que ha sucedido hace tan solo un rato, y, de repente, veo la luz cálida que proviene de la calle y que se funde con la oscuridad del interior. «No hay otra solución», me repito a mí misma. Tengo la verdad absoluta, aunque no cuente para nadie. Cuenta para mí y eso tiene que ser suficiente.

Una mano me rodea el antebrazo y me empuja hacia atrás. Annie no me ha soltado, así que nos vemos obligadas a darnos la vuelta por el movimiento y nos quedamos frente a Jake. Está igual de imponente que siempre, pero sus ojos se revelan cargados y unas leves ojeras le adornan los párpados inferiores.

—¿Qué haces aquí? —pregunto con la boca abierta.

—Blair me ha llamado y me ha puesto al tanto —explica—. No sabía que ibais a venir. Hola, Annie. —Jake saluda a Annie y le da un abrazo breve.

—Me alegro de verte, Jake... Aunque la situación no sea la mejor. Alessa me dijo que hoy no estabas por aquí. —Algo no le cuadra.

—Y no lo estaba. Acabo de llegar —aclara.

Las dos nos miramos confundidas y reparamos en la camiseta informal con la que viste.

—He venido para sacarte de este lío. Es mi culpa, por tener a este tipo de persona como ex.

Annie suelta una carcajada y su mano abandona la mía.

—Cuídala —le pide mi amiga, para luego dirigirse a mí—. Llámame mañana, ¿vale? Voy a pillar un taxi.

Rodeo el cuello de Annie con mis brazos y me abandono en su seguridad. Al principio de la noche, todo era perfecto. Y todo se ha derrumbado. Pero ahora siento como si la llegada de Jake me hubiese infundado un valor del que carezco por completo. Él me pasa un brazo por el hombro y me acerca a su cuerpo antes de enfilar la salida para enfrentarnos a mi particular paseo de la vergüenza. Un bochorno absolutamente inmerecido.

30

Un sueño que nunca tuve

Una jungla habitada por fotógrafos con su artillería pesada, compuesta por cámaras, móviles y luces blancas, se cierne sobre nosotros. A pesar de ir agarrada al brazo de Jake, me siento más expuesta que nunca y camino con la cabeza agachada sin poder remediarlo. No quiero que capturen el pánico en mi rostro ni dar la más mínima señal de que he agredido a la venus más querida de Inglaterra.

La sentencia es firme en un juicio social que se ha fraguado en una realidad paralela.

—Alessa, ¿por qué ha agredido a Charlotte Rey?

—¿Charlotte y Jake se han vuelto a ver y los has pillado *in fraganti*?

—Charlotte ha contado en sus redes que tiene intención de acudir al médico y hacerse con un parte de lesiones.

—Tiene un ojo hinchado y la pierna muy magullada, lo que supone un impedimento para su trabajo.

Han cortado de cuajo mi presunción de inocencia. Ni siquiera me han preguntado si he agredido a Charlotte, cosa que dan por hecho al preguntarme la razón por mi acto tan vil. Es vomitivo. ¿Cómo puede alguien creer a una desequilibrada? ¿Por qué la gente no vive para adentro su propia historia? ¿Por qué se tiende a castigar el silencio? A veces, el que calla no otorga, sino que se niega a participar en un circo mediático, superficial y dantesco.

Entramos en el coche sobreexcitados por la apresurada caminata y me noto el cuerpo cubierto por una capa de sudor. Tengo calor y la cara encendida. Lo único que me queda es buscar una tranquilidad engañosa en Jake, que se ha sentado a mi lado. De pronto, siento la absoluta necesidad de comentar lo sucedido con él.

—Ni siquiera la he tocado, Jake —aclaro—. Incluso he visto cómo se tropezaba.

—Lo sé. —Él me deja clara su postura desde el primer momento.

Los paparazis se congregan al otro lado de las ventanillas del coche y empiezan a golpear en el cristal, porque delante hay una cola de taxis parados que nos impide circular. Jake se acerca a mí y junta nuestras piernas, quiere que me olvide del exterior. Y lo consigue porque me llega un leve olor a *whisky* de su aliento.

—¿Has estado bebiendo? —le pregunto un poco afectada.

Aparta su mirada y la coloca en el horizonte, por donde solo se llega a vislumbrar el capó de un taxi.

—Sí. Me he tomado una copa en casa —responde con la boca pequeña.

Después de su confesión, todo lo demás deja de interesarme. ¿Que piensan que he agredido a Charlotte? Muy bien. ¿Que me va a denunciar porque no podrá hacer su trabajo en condiciones? Muy bien, también. Por suerte, tengo como madre a una de las mejores abogadas de la ciudad. Ahora, sin embargo, mis pensamientos giran en dirección a la razón por la que Jake ha sentido la necesidad de beber esta noche. Sé que ha estado estresado esta semana por el tema del disco y su próxima gira, pero no he visto señal alguna de que estuviera pasando un mal momento... ¿Seré yo la causa? ¿Habrá cambiado de idea respecto a lo que tenemos?

—A partir de hoy, Charlotte no volverá a pisar el Gini's —asegura, convencido.

—¿Y eso hará desaparecer lo que ha pasado esta noche? Todos creen que me han visto haciendo algo que no ha sucedido.

Jake guarda silencio y los golpes en los cristales se suceden, insoportablemente molestos. El coche arranca y circula a una velocidad lenta, detrás de la hilera de vehículos que tenemos delante.

—¿Quieres que te acerquemos a tu casa? —Puedo ver el malestar y la culpa en sus ojos oscuros bajo la luz de la noche.

—No. Quiero que vayamos a tu apartamento. —Mi respuesta sale improvisada.

Es lo que deseo; las madrugadas son mejores cuando las comparto con él. Y me temo que eso siempre será así. Nunca va a cambiar.

—Si tú quieres, claro... Si no tienes ningún... —comienzo a balbucear porque Jake me observa sin reaccionar.

Cuando era pequeña, mi madre siempre me decía que era de muy mala educación autoinvitarse a la casa de alguien. «Es algo descortés, Alessa», me repetía cada vez que llegaba del colegio y le informaba de que pasaría la tarde en casa de Tommy.

Así que decido que voy a rectificar mi proposición. Sin embargo, antes de que pueda hacerlo, Jake se acerca para capturarme el labio inferior entre sus dientes y así unir nuestras bocas en un beso necesitado. Percibo el sabor amargo del *whisky* en su lengua y lo único que ahora tengo por objetivo es poder acompañarlo en sus malos momentos. Charlotte Rey será la reina de las masas, pero hoy no estará para él. Es Alessa Stewart la que va en un coche en dirección a su apartamento.

Mis cabellos chocan sobre su pecho al son de los vaivenes de nuestros cuerpos. Con la parte posterior de su cabeza hundida en la almohada y los ojos entrecerrados, Jake me observa desde abajo y posa sus manos en mis caderas apremiándome para que acelere el movimiento. Estoy cerca y soy incapaz de controlar los gemidos que salen entrecortados llenando el silencio de su habitación. Alzo la cabeza hacia el techo blanco y un escalofrío comienza a ascender desde los pies. El éxtasis está llegando de una manera lenta y placentera cuando Jake presiona su cuerpo contra el mío inmovilizándolo para liberarse con la boca apretada y arrastrarme con él como una ola que retrocede ante la orilla después de romperse. Jadeo del consuelo que me otorga su cuerpo y me refugio en su cuello. Él no duda en abrazarme y estrecharme contra su pecho. Respiro agitada sobre su hombro, que beso y lamo, arrancándole las cosquillas. Nos reímos agotados por el esfuerzo e inhalo su piel cubierta de sudor para quedarme con su olor para siempre.

—¿Por qué no te vienes aquí todos los fines de semana? —Su voz suena apagada por el cansancio, pero su mensaje me llega directo al esternón y se me clava como una estaca—. Puedes quedarte aquí aunque yo no esté. Te daré una llave —propone convencido.

¿Qué quiere decir exactamente? ¿Que viva aquí de viernes a domingo? Las fuerzas me flaquean porque el día ha estado marcado por la ansiedad y aún no ha acabado. Un latigazo de culpa se forma en la parte de mi espalda que están tocando sus manos, ya que aún no le he contado que en breve me voy a mudar a Kent. ¿Y ahora me sale con esto? Sigo con la cabeza apoyada en su cuello y me obligo a contestar lo primero que se me viene a la mente:

—¿Tú no te ibas de gira? —Subo la cabeza para enfrentarlo con la mirada.

Es un ángel caído. La piel blanca, los ojos color ceniza y la sonrisa traviesa de un niño. Y solo lo tengo a unos pocos centímetros de distancia. No quiero renunciar nunca a esto, ya me pueden asesinar a *tweets*. Esta es la realidad; una vida que se puede tocar, sentir, mucho más gratificante que cualquier herramienta tecnológica.

—En realidad, quería hablarte de eso. ¿Te gustaría acompañarnos? —pregunta, ilusionado.

—¿A la gira? —La voz me sale a duras penas, porque no sé cómo abordar esta invitación más directa que la anterior.

—Sí. No entres en pánico, solo se trata de un *tour* pequeño por el sur de Inglaterra antes de marcharnos a Estados Unidos —me explica mientras yo lo escucho con atención—. Es un concierto acústico en el que no habrá muchos artificios. Y solo es una semana... —Su expresión está cambiando al observar la mía.

A pesar de su consejo de no alterarme, no le hago ningún caso: mi rostro es el vivo retrato del terror.

—Ah.

—¿Tan malo te parece? —La decepción de Jake me golpea en el estómago.

—No es eso, es solo que ahora mismo estoy en el eje de la polémica y no sé si es buena idea sumergirme más en el pozo... ¿Lo entiendes?

—Aunque parezca una ridiculez, estarás más protegida conmigo. Se encargarán de gestionarlo todo para evitar a la prensa y los escándalos —sostiene.

Ladeo la cabeza y me muerdo la lengua por los nervios. Él me pasa el pulgar por el labio como si supiera exactamente lo que estoy haciendo.

—Es sencillo: ¿te apetece venir o no?

Sé que este es su último ofrecimiento y su sonrisa me conquista sin que pueda evitarlo. Antes de que consiga articular palabra, me descubro asintiendo con la barbilla de una manera muy sutil, pero él lo ha captado, así que me abraza y me hundo de nuevo en su cuello, en su piel, con los labios a la altura de su oreja y la nariz entre su pelo.

—¿Por qué quieres que vaya? —le susurro al oído.

—Porque te quiero.

El corazón se me sube a la garganta. Nadie me había dicho nunca antes esas dos palabras. Solo mi padre. Mi madre también, pero de una manera colateral: «Alessa, soy tu madre. Eres lo más importante para mí».

Y aquí está Jake Harris pronunciándolas.

Claras, concisas, afiladas.

Una confesión que me hace levitar hasta el espacio exterior.

Me siento como si flotase sobre el mar, con mi cuerpo liberado y dejándome llevar por las mareas. ¿Cuántas probabilidades hay de que me haya quedado dormida y que esta conversación nunca haya existido?

Quizá todo haya sido un sueño.

Un sueño que nunca tuve.

Un sueño que jamás pensé cumplir.

31

Mañana te extrañaré

Jake

Esas dos palabras se me escaparon como se escapan las hojas de los árboles cuando llega el otoño; por propia orden de la naturaleza. Las mejores cosas son las que llegan sin esperarlas. Y es así como yo llegué a tener estos sentimientos por ella. La quiero. Alessa ha traído consigo el equilibrio a mi vida. Antes solo la música era lo verdaderamente importante; todo lo demás orbitaba a su alrededor intentando rellenar los vacíos que ni siquiera mi guitarra era capaz de aplacar. Ahora está ella, que me hace olvidar una semana estresante y llena de idas y venidas con tan solo una mirada. El verde de sus ojos es mi medicina. Su boca, mi perdición. ¿Qué puedo hacer con tantas ganas de ella? Solo han bastado unos días sin verla para que empiece a proponerle cosas importantes en voz alta. Me apetece, y mucho, que nos acompañe en la gira acústica, porque en parte fue esta chica quien me inspiró cuando me dijo en aquella azotea que esa canción era perfecta con mi voz y mi guitarra. Desnudarme de ese modo ante el público es la opción que más me satisface antes de embarcarme en la aventura de recorrer de arriba abajo la primera potencia mundial. Quiero aprovechar todo el tiempo posible con Alessa en Inglaterra, por lo que tengo que empezar a llamar a las cosas por su nombre.

Las sienes me palpitan cuando abro los ojos y la luz de la mañana se posa sobre ellos. Ayer bebí porque Blair me había pasado el calendario de promoción de mi próximo álbum y hay demasiados puntos con los que no estoy de acuerdo. Por ejemplo, han cerrado demasiadas entrevistas en televisión, cuando mi agente sabe perfectamente que donde mejor me manejo es en radio y en prensa. En la televisión siempre analizan hasta el más mínimo detalle y eso siempre me ha inquietado. No menos importante son los pocos días de descanso entre un concierto y otro. Aquello era algo que ya experimenté en el pasado y que terminó por ocasionarme serios problemas en la voz. Con todo ello en la mente, necesité un par de *whiskys* para relajarme y poder sentarme frente al piano sin pensar en nada más. Y quiero pensar que esto solo ha sido una excepción y que tengo todo bajo control.

Me incorporo hasta la mesita de noche y abro el cajón para buscar una tableta de ibuprofeno. La música empieza a sonar en la planta de abajo y sonrío al reconocer uno de los mejores álbumes de la historia ocupando mi tocadiscos.

Salto de la cama y bajo las escaleras pensando en que puede que no haya mejor canción para despertar que *All my loving* de los Beatles. Lo primero que vislumbro al llegar abajo son sus piernas flexionadas sobre la alfombra, moviéndose al ritmo de la canción, ajenas a que acabo de aparecer por el salón. Me dirijo a la cocina y comienzo a preparar el té de mi abuelo con cuidado de no hacer ruido. Alessa está tumbada sobre la alfombra, concentrada en la carátula del vinilo y cantando las últimas palabras de cada verso. Se me hace muy difícil no reírme de su afinación, pero necesito disfrutar un poco más de este momento. Está vestida con mi sudadera y me apuesto cualquiera de mis guitarras a que se ha obligado a olvidar mi «Te quiero». Sea como sea, no se lo voy a volver a repetir, porque sé muy bien que lo ha oído, aunque va a intentar convencerse de que se lo ha imaginado. Le diría de muy buena gana que una persona como ella no se inventa ese tipo de cosas romanticonas. Que esas contundentes afirmaciones tienen más papeletas de ser dichas por un cantante de folk...

Pongo el cazo a calentar y apoyo las manos en la barra americana. Blair me llamó anoche para avisarme de todo el revuelo que se había formado en torno a mi chica y me aconsejó que nos diésemos un tiempo para que así la prensa dejase de insistir. Según ella, Alessa está captando una atención que nos puede beneficiar, pero con la que a la larga deberemos tener cuidado. ¡Como si no fuese yo el que le ha privado de su vida anónima de un plumazo! Le colgué la llamada y no le volví a contestar al teléfono. Simplemente me dirigí al Gini's con intención de proteger a «mi chica»; algo que me tomo demasiado en serio, porque me siento el único culpable de la penosa situación por la que está pasando ante los medios de comunicación.

Alessa estira el brazo y sube el volumen de los altavoces. *«Cierra los ojos y te besaré. Mañana te extrañaré...».* Es evidente que ella también ha tenido un buen despertar.

—¡Despierta, Jake! —grita de pronto con la cabeza orientada hacia el piso superior—. ¡Es tarde!

Qué embustera. Solo son las diez de la mañana; pero está aburrida y quiere que le acompañe tumbado al otro lado de la alfombra. Sé que prefiere escuchar la buena música en mi compañía.

—Llevo un rato aquí. —Alzo la voz desde mi sitio para que se oiga por encima de la música.

Ella da un salto, tira la carcasa y se lleva la mano al corazón.

—¡Qué susto! —brama, resoplando con fuerza.

Al ver su cara totalmente desencajada, me empiezo a reír ante su gracioso bochorno.

—Podrías haber avisado —protesta.

—Quería observarte con tranquilidad.

Levanta una ceja y pone su atención en el cazo que empieza a echar humo.

—¿Estás haciendo té? —pregunta.

—¿Quieres?

Asiente entusiasmada y tengo que controlarme para no volar hacia ella, capturarla entre mis brazos y soñar con encontrármela todas las mañanas en este salón.

32

No quiero que nadie me proteja

—¿Seguro que es buena idea? —pregunta mi madre al adentrarse en la habitación y observarme metiendo prendas en una maleta.

«Intento no pensarlo mucho», quiero responderle. No sé si meterme en la boca del lobo es lo mejor, pero eso es exactamente lo que voy a hacer. ¿Tengo ganas de ir de gira con Jake? Muchas ganas, en realidad. Aunque nadie me lo ha preguntado todavía. Cuando cuento mi decisión, tan solo insisten en la sorpresa que le supondrá a la prensa enterarse de tal acontecimiento. Y, además, añaden una agria predicción: «Seguro que mandarán sus tanques en forma de paparazis escondidos a la caza de fotografías».

—No te preocupes por nada, mamá. Voy a estar bien —la tranquilizo haciendo un esfuerzo por esconder mis nervios.

—Todo lo que te está ocurriendo, toda esa atención, sé que es complicado para ti —añade—. Si no estás a gusto a su lado, no tienes por qué seguirlo, cariño.

—Ese es el problema. Lo paso bien con Jake y se ha convertido en una persona importante para mí. —No tengo ni idea de qué hago contándole esto a mi madre.

Me paro delante del armario y empiezo a buscar en la parte superior un par de jerséis de lana.

—Lo sé, Alessa. Pero a veces es complicado tener a alguien a tu lado cuando ese alguien trae un séquito acosador detrás. —Su voz se torna dura.

Giro la cabeza y la enfrento con la mirada—. No me mires así. ¿Entiendes que para mí también es impactante saber que te persiguen y que tu cara está pululando a diario por ahí? —Supongo que para ella también es duro, sí. Pero, al fin y al cabo, ¡es mi cara!

—Espero que algún día se cansen —digo esperanzada.

—Me temo que Charlotte Rey no tiene pinta de tirar la toalla a la primera de cambio.

—¿Y qué puedo hacer yo? —bufo a la vez que me alzo para alcanzar un gorro y una bufanda de una balda.

—Quizá podríamos demandarla. En internet hay un vídeo rulando donde se ve que se tropieza sola.

¿Qué? ¿Acaso ya está investigando para abrir una causa jurídica? Camino hacia la maleta y tiro dentro la ropa con un movimiento seco.

—¿De qué estás hablando?

—De ponerle una demanda a esa chica. No puede salirse con la suya, Alessa.

—Mamá, me da igual, de verdad.

—Es tu imagen.

—Una imagen desvirtuada.

—Pero ¿quién sabe que está desvirtuada si no te conocen? —Por primera vez desde que estoy inmersa en esta vorágine de acoso mediático, atisbo en los ojos de mi madre un retazo de pena. Y eso me destroza.

Me replanteo si en realidad es buena idea acompañar a Jake. Y la única conclusión que saco en claro es que estar enamorada es querer seguir a todas partes a esa persona que te genera unas sensaciones fisiológicas que agitan y renuevan el cuerpo. Que te hacen sentir bien. Y yo me siento especial a su lado y tengo necesidad de más. Y si ese «más» significa salir de gira, allá irá Alessa. A pesar de que la situación que me rodea desde hace semanas sea indeseable y tremendamente molesta.

—Mamá, solo será una semana. No es una gira internacional ni nada de eso. Son un par de conciertos salteados a pocas horas de Londres. Puedo volver cuando quiera —le explico.

—No sé... Si es tan poco tiempo, ¿por qué no te quedas aquí y os veis cuando Jake regrese? —Su idea la entusiasma porque se le marcan las patas de gallo producto de su amplia sonrisa.

—Mamá, tú vas a estar en Chicago. ¿Prefieres que me quede sola en esta casa enorme?

—Está bien. —Mi madre alza los brazos en señal de derrota mientras yo me siento en el suelo con las piernas cruzadas ante el baúl donde guardo todas mis zapatillas—. Llévate el abrigo de plumas y no te olvides de los guantes. Va a hacer un frío de mil demonios.

Le contesto con un mohín de niña pequeña que no quiere ser protegida bajo ningún concepto. Y ella interpreta ese gesto como el mejor momento para dirigirse hacia la puerta y no continuar forzando la máquina.

—Una última cosa. Si cambias de idea en cuanto a lo de la demanda, por favor, llámame. Eres capaz de contratar a otro abogado.

—Eso ni lo dudes. Sé que eres la mejor —le suelto.

A mi madre se le iluminan los ojos porque es la primera vez que le regalo un halago. Y le pilla tan descolocada que tropieza con sus propios pies antes de salir de la habitación.

33

Un pequeño *tour* por el sur de Inglaterra

Bath

La ciudad de Bath, a doscientos kilómetros de Londres, es nuestro primer destino. Se trata de un lugar con una arquitectura mayoritariamente georgiana en el que Jane Austen pasó algunas etapas de su vida. Y ese es uno de los varios motivos por los que tengo pensado pasar una tarde solitaria caminando por las calles de su aclamado centro histórico. Aunque para eso aún queda un poco.

Los chicos me han recogido a las diez en punto de la mañana en una furgoneta de trece plazas, y todos me han dado la bienvenida mientras me deslizaba con la cara teñida de rosa hasta la parte trasera, donde Jake me estaba esperando. Al único que no conocía era a Michel, el teclista del grupo. Jake me contó que es un chico muy especial y tímido y que, en ocasiones, le cuesta fraternizar incluso con ellos a pesar de que llevan tiempo conviviendo. Según Jake, Michel es el mejor teclista que han tenido hasta la fecha y, sin lugar a dudas, el tipo más profesional con el que han trabajado.

Cuando salimos a la autovía que nos conducirá lejos de Londres, Jake se revuelve en su asiento para cerrarse la cremallera de la sudadera y colocarse el gorro. Un segundo después, sube las piernas sobre el otro asiento y se recuesta con la cabeza apoyada en mis muslos en un gesto de lo más íntimo.

—¿Te importa que me eche? —pregunta, con la voz adormilada—. Estuve hasta tarde despierto.

—Claro que no.

Él me mira de un modo cariñoso antes de cerrar los ojos y yo echo un vistazo a la parte de delante del vehículo, donde el conductor conversa con Mark y Rob sobre algo de lo que apenas me llegan los murmullos. Michel está en la fila posterior a la de ellos y aprovecha, al igual que Jake, para tumbarse sobre los otros sillones libres.

Giro la cabeza y la apoyo sobre la ventanilla. Los débiles rayos del sol se cuelan a través de los cristales colmando mi rostro de una embriagadora calidez. El paisaje cada vez se vuelve más rural, más montañoso, a medida que vamos dejando atrás los polígonos a las afueras de la ciudad. Busco a tientas el cabello de Jake y meto mis dedos en él. Lo acaricio en una danza improvisada que me otorga placer y bienestar a partes iguales. Es la alternativa que he encontrado para no pensar en la tormenta de mentiras que se ha desatado en ese mundo *online* que una gran mayoría de personas estiman real y que está compuesto por una reguera de perfiles escondidos tras avatares. Concentrarme en la agradable sensación de acariciar a Jake también se convierte en remedio para viajar fuera de mi mente y olvidar por un momento las llamadas que no quiero atender de un padre ausente que no se ha atrevido a contactar antes con su hija.

Los campos de trigo convierten el horizonte en un infinito mar dorado mientras un grupo de estorninos dibuja una línea negra que se va meciendo con sus movimientos. Jake se retuerce y hunde su cabeza en mi estómago. Frota su nariz mientras yo continúo con el vaivén de mis dedos sobre su pelo. De pronto, alza su brazo y lo deja suspendido sobre mí, esperando que una mi mano con la suya. Lo hago porque es posible que esté enamorada de Jake Harris y que ya no haya vuelta atrás. El corazón me da un vuelco cuando recuerdo el «Te quiero» que me susurró entre jadeos aquella noche. Yo no estaba preparada para corresponderle. Me pregunto si algún día lo estaré. Hasta entonces, voy a aprovechar el máximo el tiempo a su lado.

La vida es bonita si se sostiene en los momentos más sencillos, más bellos y más inspiradores, como puede ser un viaje en coche atravesando amplios campos de trigo mientras acaricias el pelo de la única persona que te ha hecho temblar. La felicidad puede estar enfrascada en instantes de extrema simpleza como el que estoy experimentando ahora y que se convertirá, sin ninguna duda, en uno de mis ratos favoritos al lado de Jake.

Y si no hubiera aceptado su invitación para acompañarlo en esta gira, nunca hubiera tenido la oportunidad de vivirlo.

Jake pasa la tarjeta por el pomo de la puerta con los párpados hinchados después de haber dormido prácticamente durante todo el trayecto. Entramos arrastrando nuestras maletas y no hace falta pulsar ningún interruptor porque la estancia está bañada por la luz de última hora de la mañana. La habitación es amplia y luce un estilo neoclásico muy marcado, con ventanales largos custodiados por cortinas de terciopelo morado, adornos dorados por doquier, encimeras de mármol, un par de columnas blancas en el centro y una impresionante lámpara de araña colgada del techo. Me giro sobre mí misma para hacerme una idea de la distribución y compruebo que, al otro lado de la cama, hay una puerta que conduce a una sala con un par de sofás y una mesa baja repleta de bandejas con fruta, bollería y jarras de porcelana. No me atrevo a abrir la puerta del que será el cuarto de baño porque estoy deseando meterle mano a esos dulces.

Jake camina hasta el soporte para maletas ubicado en la orilla de la cama y sube su equipaje. Se sienta sobre la colcha y se empieza a quitar las zapatillas mientras me busca con la mirada.

—¿Te gusta? —me pregunta con una sonrisa socarrona.

—¿Tú qué crees?

—Que no es tu estilo, aunque es el mejor hotel que hay en la ciudad.

—Eso no impide que esté impresionada —lo rebato.

Me acerco a la cama y me detengo frente a él, que me observa desde abajo a través de sus pestañas.

—¿Estás impresionada? —Parece sorprendido.

—Sobre todo por la mesa de desayuno que hay detrás de esa puerta. —Señalo con el dedo la otra sala contigua.

Sonríe.

—¿Tienes hambre?

—Un poco.

—Pues vamos a comer.

—¿No tienes que irte con los chicos al ensayo?

—Eso es luego.

Frunzo el ceño, Jake se levanta y se dirige a la otra puerta.

—Jake, te acuerdas de la condición que te puse para acompañaros, ¿verdad?

Él no contesta, lo sigo y observo cómo toma asiento en el sofá, delante de todo ese banquete.

—El requisito era no interferir lo más mínimo en tu trabajo, así que saldré por la tarde a dar una vuelta por la ciudad —le hago saber.

—Siéntate. Hay bollos rellenos de chocolate —informa como el que no ha oído lo que acabo de decir. Pero sé que me ha prestado atención.

Me siento sobre la alfombra al otro lado de la mesa para tenerlo frente a mí y poder deleitarme con su rostro saboreando estos manjares.

—Esta tarde iré al museo de Jane Austen y al canal de Kennet y Avon. —Ayer estuve buscando qué lugares de interés podía visitar hoy.

Él me clava su mirada y vierte un poco de café en una taza.

—¿Qué? —pregunto abriendo mucho los ojos.

—¿Vienes a ver nuestro *show* o a hacer una tesis de Jane Austen? —me interroga muy serio, aunque sé que está bromeando.

—¿De verdad quieres conocer esa respuesta? —Tengo que contenerme para no romper a reír.

Jake sube sus cejas hasta que desaparecen bajo su flequillo y da un sorbo a su taza.

—Lo mejor es una bajada de egos horas antes del concierto. Sí, señor —masculla—. Ya no voy a invitarte más.

—Estaré en la primera fila como una de tus *groupies* —me burlo.

—Lo doy por hecho. —Y lo dice convencido.

El móvil me vibra en el pantalón y lo saco. Es Taylor y no dudo en contestar a su mensaje ante la atención de Jake.

—Es Taylor. Ha aprobado el primer examen. —Soy consciente de que el pecho se me hincha de orgullo hacia mi amiga.

—¿Aún no te han contactado de la universidad? —El interés de Jake es sincero.

Suelto el bollo en el plato porque creo que ha llegado el momento de contarle mis planes a corto plazo.

—Lo cierto es que me han admitido en la Universidad de Kent —confieso.

—¿Sí? —Observo la duda en sus ojos—. Pensaba que querías quedarte en Londres.

—Bueno, ahora que me han aceptado, creo que es buena idea mudarme allí y alejarme un poco de la vorágine de la capital.

Observo cómo su rostro se transforma y sus facciones se tornan duras. La decepción vacila en su boca antes de que vuelva a hablar.

—Esperaba que vivieses en Londres.

—Bueno, Kent solo está a hora y media en coche.

—Ya, pero te mudarás allí y viviremos separados, en ciudades diferentes. Yo pensaba que algunos días hasta te podrías quedar en mi piso...

Me quedo un poco bloqueada y abrumada a partes iguales. No tenía ni idea de que él hubiera pensado eso... Soy nueva en todo esto de las relaciones y mi inexperiencia me hace derrapar en ciertas ocasiones.

—¿No crees que estamos yendo un poquitín rápido? No sé... —Una sonrisa nerviosa sustituye mi argumento.

—Nunca se va rápido con la persona adecuada —sostiene.

Lo miro y mis mejillas se encienden. Con ese aire despreocupado y esos pelos que señalan hacia todas las direcciones, está mucho más bueno que el chocolate de mi bollo.

—Tendremos los fines de semana —sugiero.

—Como ahora —responde.

—Como ahora —repito. Alcanzo una pastita de limón y le doy un mordisco—. Sé que has hecho todo esto porque no querías que me quedase sola en casa...

—Ese es uno de los motivos, sí. El otro ya lo sabes.

Trago y me cuesta arrastrar la galleta por mi garganta. Por el modo en que me mira, con la boca doblada y los ojos brillantes, comprendo que se refiere al «Te quiero» que me soltó noches atrás. Mi única respuesta es apartar la mirada, alcanzar el vaso de zumo y bebérmelo de un solo trago.

Le he prometido que ocuparía la primera fila y lo he cumplido. Los chicos insistieron hasta el final en que podía disfrutar del concierto entre bambalinas, pero deseché la idea porque me apetecía estar a pie de público y disfrutar del ambiente. Me agarro a la barandilla de la valla, a un extremo, justo al lado de un empleado de seguridad y me dispongo a esperar a que comience. La gente se apelotona detrás de mí y, cuando me giro para examinar la salida, me es imposible ver nada más allá que los cuerpos apilados con sus cabezas orientadas hacia el escenario. Esta no es una sala muy grande, pero está bien equipada. Según Jake, los techos de madera hacen que la música suene de un modo más especial. Sobre todo si la mayoría de canciones que guarda en su repertorio inminente han sido adaptadas a una versión más acústica.

Pasan los minutos y cada vez se hace más evidente la expectación que origina Jake Harris en el público más adolescente. Un grupo de chicas están situadas a mi lado y no paran de sacarse *selfies* con todas las muecas posible. Yo estoy escondida bajo un gorro de lana que me cubre hasta las cejas y, a medida que pasan los minutos, me voy deslizando hacia el extremo por pura inercia.

Esta tarde, Bath me ha maravillado. Y me ha faltado realmente poco para no optar por quedarme escuchando a los *buskers* que abarrotaban las calles del centro, en lugar de pillar un taxi con dirección al teatro donde Jake Harris iba a dar su primer concierto después de mucho tiempo sin reaparecer. Pero comprobar la expectación que mi chico genera —no solo entre las féminas, sino también en un público más mayor y serio que viste con jerséis de lana o camisas a cuadros— me hace ver que probablemente he tomado la mejor de las decisiones al subirme a ese taxi a tiempo.

Las luces se apagan y una silla de madera antigua se ilumina en el escenario creando una atmósfera azulada. Reconozco la guitarra de Jake colocada sobre un trípode, al lado de un micrófono doblado en una altura baja. Sus admiradores comienzan a silbar y él no se hace de rogar. Atraviesa el escenario enfundado en una camisa negra y un pantalón del mismo color, alza la mano hacia el público en un saludo afectuoso y toma asiento en la silla. Cuando agarra la guitarra, relaja los hombros, como si ese fuera su lugar de cuna, como si hubiera nacido con ese instrumento bajo el brazo. Los nervios me aprietan la boca del estómago porque necesito que se luzca, que regrese a lo que más anhela y le hace feliz. A compartir su música con la gente.

El murmullo aminora cuando Jake agarra el micrófono y fija la vista en las siluetas que tiene como espectadores.

—Hacía mucho tiempo que no subía a un escenario y no os podéis imaginar cuánto lo he extrañado. Voy a empezar con una canción inédita del nuevo álbum que está a punto de salir. Espero que la disfrutéis —expone a modo de presentación.

Su seriedad le impregna una madurez exquisita y fascinante. Un halo de estrella lo rodea sin pretenderlo, y es evidente que su presencia se engrandece cuando se sube a un escenario. Los silbidos reverberan en la sala y todos estallan en un largo y sentido aplauso.

Entonces empieza a tocar los primeros acordes de aquella canción que me enseñó en el tejado de Camden Hall. Su voz rota se abre paso por el sepulcral silencio de la sala, cuyas paredes y techo acogen la melodía para elevarla a algo sumamente íntimo y celestial. No puedo dirigir mis ojos a ninguna otra parte que no sea él. A la luz que le baña el semblante, a su pelo negro, que marca el límite sobre las cejas; a sus párpados, que le cubren los ojos; a su boca experta y sonrojada; a la caricia de sus manos sobre las cuerdas para extraer las notas más sencillas y emotivas... Es mágico. Es vivir por y para algo. El poder de haber nacido para un fin. Yo quiero sentirme de ese modo al menos alguna vez en la vida. ¿Me sentiré así cuando vaya a la universidad? ¿O al estudiar a los autores clave de la literatura universal? Ojalá.

La belleza es algo subjetivo. Pero es difícil mantener esa premisa cuando se tiene delante a Jake Harris. ¿Hay algo más hermoso que observarlo cantar? Es un ángel roto, redentor. Un ser divino. Todas las personas congregadas disfrutan en silencio de este recital en forma de canción, y los aplausos no tardan en llegar después de que Jake termine y musite un tímido «gracias». A mi lado, las chicas empiezan a gritar su nombre para llamar su atención. Él les entrega lo que reclaman en forma de un saludo cariñoso acompañado de una mirada. Y, antes de bajar su cabeza para concentrarse de nuevo en la guitarra, repara en mí. Durante unos segundos, nos clavamos nuestros ojos en forma de gratitud. Luego esboza una sonrisa ladeada que provoca que se me salten las lágrimas. Más que nunca, se me hace evidente que lo quiero. Lo quiero. Lo quiero. Lo quiero. Ha tenido que subirse a un escenario para que mi cerebro pueda por fin procesarlo. La siguiente cuestión está clara: ¿cuándo llegará el momento de confesárselo?

Winchester

—Ale, despierta... —La voz de Jake me suena lejana a pesar de que me esté susurrando en el oído.

—Uhm —me quejo, ocultando aún más la cabeza en su cuello.

Lo primero que oigo son las gotas de lluvia impactando sobre los cristales de las ventanillas. El olor de Jake se me mete dentro porque estoy respirando en su mismísima piel. Hoy he sido yo la que se ha dormido enganchada a él en la parte posterior de la furgoneta mientras las nubes grises encapotaban el cielo sobre la carretera.

—Vamos a parar a comer algo. —Y es la única información que necesito para levantar la cabeza y abrir mucho los ojos. Jake se ríe del gesto y posa un beso rápido en mi nariz—. Tengo las piernas dormidas —protesta.

—Supongo que eso es culpa mía.

—Supones bien.

Aún adormilada, salto de su regazo y tomo asiento en mi lugar. La furgoneta se estaciona frente a una cafetería de carretera y, por la rapidez con la que abandonamos el vehículo, comprendo que no soy la única que está hambrienta.

El local presenta una extensa barra de metal abarrotada por camioneros que se toman el segundo café de la mañana. Sin embargo, las mesas que salpican el fondo de la estancia están libres. Rob nos marca el camino hacia la más alejada, situada en un rincón junto a una ventana y todos tomamos asiento alrededor del tablero de madera. Mark se coloca a mi lado y le roba el sitio a Jake, que termina por sentarse frente a él.

La camarera, con el peso del hastío dibujado en su rostro apático, acude a nuestro encuentro con la cabeza metida en su libreta y demasiado cansada como para percatarse de que está frente a los miembros de una famosa banda de *rock*.

—¿Qué vais a querer? —pregunta con desgana y golpeando el papel con el bolígrafo.

—Cinco menús del desayuno clásico —responde Rob por todos nosotros—. Por favor.

—Muy bien. —La mujer se esfuma.

Miro a Jake para preguntarle de manera telepática qué contiene ese desayuno.

—Huevos revueltos, patatas fritas y salchichas —responde él.

Necesito ese desayuno ya.

—Te estoy tomando cariño, pelirroja —declara Mark rodeándome el hombro con el brazo—. Nos gusta que estés aquí. No te pareces en nada a esa pesada de Charlotte.

Rob suelta una carcajada y yo fulmino con la mirada al mejor amigo de Jake, que me observa sonriente y sin inmutarse.

—De verdad. Eres como una hermana pequeña a la que quiero proteger —asegura.

El impacto de sus palabras me obliga a mirar a Jake, a quien encuentro con el labio torcido en una mueca y los ojos muy abiertos. Para él también fui como una especie de hermana al principio... o eso decía. Luego me confesó que buscaba justificar ese sentimiento abrumador de algún modo.

—Voy a salir a fumarme un cigarrillo mientras preparan la comida —dice Rob y se pone de pie—. ¿Venís? —pregunta dirigiéndose a Jake y a Mark.

Los chicos se levantan y de pronto la mesa se queda vacía, tan solo ocupada por Michel, sentado al frente, y por mí. El silencio se establece entre nosotros como si se tratara de un comensal más porque es con el que menos confianza tengo del grupo y al que no he tenido la oportunidad de conocer. Pero el que, sin duda, me llama más la atención. Es un chico retraído, correcto y muy educado. En parte, difiere bastante del espíritu rebelde que desprenden los demás.

—¿Te está gustando *Muerte en Venecia*? —Su pregunta me toma por sorpresa.

Reparo en lo tersa que es su piel oscura y en el halo de misterio que lo acompaña. Me impresiona para bien que se haya fijado en el libro que estoy leyendo.

—Sí. Aunque quizá es demasiado melancólico para mi gusto —expongo con sinceridad.

—Recuerdo que yo pensé lo mismo cuando lo tuve que leer en el instituto. —Me sonríe—. Por cierto, Alessa, Wichester es diferente a Bath. Aquí tenemos más público y el fenómeno fan es más fuerte. Lo que significa que, probablemente, habrá más prensa...

Mis manos se resguardan bajo mis muslos con incomodidad y Michel debe verme el pánico reflejado en la cara porque continúa hablando.

—Eres una buena chica. Sincera, honesta y especial. Tú...

—No quiero sonar cortante, pero creo que no me conoces lo suficiente como para saberlo —lo interrumpo.

—Sí lo sé. Puedo conocer a las personas con solo mirarlas a los ojos. —Tal como está haciendo conmigo en este mismo instante.

—Ah.

—Eres inocente y no te mereces que este mundo de falsedades te engulla, porque eso es exactamente lo que termina sucediendo con la gente humilde que no se somete a él —afirma.

—Jake también es buena persona —alego.

—Sí. Y este mundo lo absorbió hasta que aprendió a jugar.

Agacho la cabeza, pensativa, y me observo las piernas enfundadas en unos *jeans* oscuros. Ya he soportado demasiadas opiniones acerca del mismo tema y me gustaría comentarles a todos que una chica enamorada no entiende de razones. Quizá sí de hechos reales. El acoso mediático es aplastante, pero Jake ha permanecido a mi lado. Eso es una realidad. Hasta el momento, me ha bastado.

—Tienes una preciosa vida por delante y estar con Jake es renunciar a muchas cosas. Solo tienes diecinueve años.

—Y él solo tiene veintitrés.

—Pero Jake ya ha rodado mucho y entiende lo que es pertenecer a este circo —sentencia el chico perdiendo la mirada por la ventana.

—Gracias por el consejo, Michel —empiezo a hablar, dolida—. Lamento que yo no sea plato de buen gusto para ti.

—Al contrario. Me han bastado solo unas horas para empezar a apreciarte y nunca me perdonaría no avisarte de lo que viene. —Sus ojos negros solo me transmiten una sinceridad aplastante.

Esbozo una sonrisa triste y recuerdo las noches en vela leyendo algunos de los *tweets* más violentos sobre mi relación con Jake. Solo eran declaraciones ofensivas desprovistas de utilidad, pero se clavaban dentro. Y tanto.

Las voces de los chicos se cuelan dentro de la cafetería a medida que se acercan a la mesa. Aún no se han sentado en sus sitios cuando la camarera desfila ante nosotros colocándonos nuestro plato y nuestra bebida delante de nuestras narices. El desayuno tiene una pinta increíble y el vapor que asciende de los huevos se introduce por mi nariz y viaja hasta la coronilla. Sin embargo, tengo el estómago revuelto tan solo de pensar que Michel pueda estar en lo cierto. Si soy completamente franca, yo comparto con él ese poder. Sé calar a primera vista a las personas con tan solo una mirada. Y debo decir que en sus ojos solo he visto honestidad y preocupación.

Los centenares de fans se apelotonan a las afueras del hotel y gritan como poseídos cuando se percatan de que la furgoneta que acaba de aparcar en segunda fila transporta al mismísimo Jake Harris. Todo se descontrola en el instante en el que descendemos del vehículo y asaltan al vocalista más solicitado con sus móviles y libretas en la mano. Con una actitud agradecida, mi chico se detiene ante la avalancha y atiende con amabilidad los deseos de sus seguidores, a los que les pregunta si irán al concierto. Los chicos y yo nos paramos a un lado y, de pronto, un micro de reportero aparece ante mis narices. Alzo la cabeza y me encuentro con una reportera de pelo rizado abriendo la boca. Oigo sus preguntas como un eco que me llega varios segundos tarde:

—¿Esta es la confirmación de que Jake Harris y Alessa Stewart van en serio? ¿Te has enterado de la denuncia que Charlotte Rey te ha interpuesto? ¿Es cierto que tu padre te abandonó? —¿Qué? ¿De dónde coño han sacado esa información?

Experimento un episodio de despersonalización severo al sentir cómo mi cuerpo viaja por libre abriéndose paso, al lado de Michel, hacia el interior del hotel, pero mi cabeza se ha quedado paralizada varios metros atrás ante las cámaras, los *flashes* y el poder de masas de Jake. El miedo me paraliza de tal modo que solo soy consciente de mi respiración torturada cuando me apoyo en el mostrador de recepción y observo a los empleados de seguridad resguardando la puerta.

Me paso la mano por el pelo y respiro profundamente una, dos, tres veces, hasta que mis rodillas toman fuerzas de nuevo. A mi lado, Michel me observa precavido.

—¿Estás bien? —me pregunta poniendo su mano en mi hombro.

—Lo estaré —contesto con la voz entrecortada.

Los profesionales de la discográfica que gestionan toda la logística del *tour* aparecen por la puerta y van directos al mostrador para hablar con la recepcionista. Mientras, intento concentrar la vista en otro lado y me quedo examinando un cuadro que está en la pared de enfrente. En él, unas gaviotas baten sus alas sobre una barca pesquera que tiene una caña lanzada al mar. No hay ni rastro de pescadores, un hecho de por sí alarmante. Sin embargo, el lienzo transmite una paz que brota de los colores suaves y del mar en calma y me ayuda a distraerme.

De repente, Michel se coloca delante de mí, provocando que elimine el contacto visual con el cuadro.

—Ya tenéis la habitación —me informa con ojos amables—. ¿Quieres subir?

Dudo unos segundos y dirijo tota mi atención a las cristaleras de las puertas correderas automáticas, por donde atisbo a ver el cabello de Jake paseándose entre los fans. También puedo vislumbrar a varios periodistas capturando una ráfaga de instantáneas del interior del hotel donde nos encontramos.

—Michel —lo llamo.

—¿Sí?

—¿Puedes decirle a Jake que he salido a visitar la ciudad y que llegaré por la tarde antes del ensayo? —Él asiente con indecisión—. ¿Me haces el favor de subir mi maleta?

—Claro —contesta.

Doy media vuelta y me cubro la cabeza con la capucha del plumífero.

—¡Alessa, espera! —Me giro—. Ve por la puerta trasera.

—Por supuesto. —Le sonrío y me encamino a buscar la salida.

Recorro el camerino de un lado a otro con pasos rápidos que denotan el manojo de nervios que me recorre todo el cuerpo. Me llevo la uña del pulgar a la boca para impedir que mis dientes presionen sobre la zona de la lengua magullada a causa del tic que arrastro desde hace tiempo. Sé que no debería estar en este estado, pero no lo puedo evitar. No cuando he visto a todas esas chicas flirtear con Jake después del concierto. No cuando la gente bien posicionada de la ciudad —la mayoría mujeres, artistas y modelos— lo esperaba en una sala privada del teatro. No cuando al menos dos de ellas, bien altas y bien pintorreteadas, le han susurrado al oído algo que no he alcanzado a oír. Mientras tanto, yo charlaba con Michel sobre el *show* tan bueno que acababan de dar. Estábamos ante la mesa de *catering* y me llevaba canapés a la boca con los que temía atragantarme si seguía contemplando la escena.

He presenciado el espectáculo de cortejo durante unos quince minutos antes de disculparme con Michel e informarle de que me retiraba al camerino a tomarme un ibuprofeno para el dolor de cabeza. El teclista ha torcido el gesto, como si hubiera descubierto en mi rostro el episodio de celos que estaba sufriendo. Y luego, ha asentido sin más.

Si llego a saberlo, me hubiera quedado en la catedral de Winchester toda la tarde y parte de la noche, aunque terminaran por cerrar. A pesar de que el frío ha pegado fuerte en el paseo turístico de esta tarde, me hubiera quedado allí aunque eso significase perderme el concierto. Cualquier opción me hubiese parecido mejor que ser testigo de cómo le ponían el escote en la cara a mi novio. Sin duda.

Me paro frente al espejo que ocupa toda la pared y apoyo las manos en la repisa de madera que sobresale de la parte media del cristal. Observo mi rostro con detenimiento y atisbo en mis ojos la irritación que nace de la comparación que se avecina. La melena larga me cubre más allá de los hombros, como siempre, y mis enormes ojos de color verde siguen ahí, con el mismo brillo de inconformidad. Sin embargo, la boca parece haberse hinchado. Mis labios están más definidos y sobresalen. Es evidente que no soy un horco, pero estoy muy lejos de la proporción áurea de las chicas de ahí fuera. Ellas no tienen ninguna imperfección en su piel, que se percibe suave y tersa frente a las pecas que salpican mi nariz y parte de mis mejillas.

Bajo la cabeza a la altura las rodillas en un movimiento brusco. Agito mi cabello y lo revuelvo. Y de nuevo subo la cabeza quedándome frente al espejo. Ahora el pelo cae como un manto lleno de volumen que mejora mi aspecto y pronuncia mis pómulos. ¡Que le den por culo a la perfección!

Justo en ese momento, la puerta del camerino se abre sin que el que está detrás avise de su llegada. Es Jake. ¿Quién, sino, iba a entrar con ese poder ególatra que no requiere de educación? Nuestras miradas se chocan en el espejo antes de que pueda darme la vuelta.

—Estás aquí... —dice a modo de saludo—. ¿Qué te ha parecido el concierto? Hoy me he notado mejor.

—Has estado increíble, como siempre —le contesto con la boca pequeña.

Él camina hasta colocarse frente a mí. Tiene las mejillas sonrosadas y las puntas de los mechones mojadas por el sudor. La adrenalina del concierto aún se le agolpa en los párpados.

—¿Qué te pasa? —Es más listo que el hambre.

—¿A mí? Nada, ¿por qué? —Me estoy dejando en evidencia y ahora sí que me muerdo la lengua.

—Por tu cara de acelga.

Su comentario es como una patada en todo el estómago a la chica que ha intentado mejorar su aspecto hace unos segundos frente al espejo. Abro mucho la boca ante su mirada burlona.

—Vamos, date la vuelta. A ver cuántos anzuelos se te han quedado clavados en la espalda. —Mi irritación empieza a despertar en las entrañas.

Poso el pulgar en su mentón y froto con fuerza para hacer desaparecer un resto de carmín rojo. Él se queda pensativo unos segundos y después contiene una carcajada en su garganta.

—No estarás celosa, ¿no? —me pregunta mientras me agarra por la cintura, manteniendo cierta distancia. Se está divirtiendo, lo puedo comprobar en sus ojos burlones.

—Estabas dentro de una nube siendo manoseado por manos y labios de chicas que no eran yo —suelto.

—Tengo que mostrarme agradecido con mis fans porque son los que me han dado la oportunidad de labrarme esta carrera. No te vayas a creer que después de toda la energía desbordada encima del escenario, es lo que más me apetece hacer.

—¿Ah, no? —lo ataco—. ¡Pues parecías encantado! —Vale, creo que estoy muy celosa y... ¡no lo puedo controlar!

Jake entorna los ojos y me acerca más a él. Me observa desde arriba.

—Eso es porque estaba pensando en esta noche, contigo —contraataca el muy engatusador.

—Esta noche no va a ser posible porque voy a salir de fiesta. Se lo prometí a Mark y le hace mucha ilusión —argumento.

Jake dibuja una sonrisa retorcida un segundo antes de que encaje su mano en mi barbilla y pegue nuestros labios. Su lengua se abre paso en mi boca sin previo aviso, torturándome con una lentitud digna de una deidad, que hace que se me olvide el porqué de mi frustración y que necesite más. Poso mis dedos en sus caderas y aprieto. Él se me echa encima presionando mi trasero contra la madera y noto su dureza al instante. Jake se separa y nos miramos jadeantes.

—Me gusta tenerte aquí, Alessa.

Quizá este sea el mejor momento para confesarle mis sentimientos, pero soy cobarde. Muy cobarde. En lugar de hablar, lo que hago es conducir mis manos hasta su bragueta para abrirla. Sus labios se separan mínimamente de la expectación y sus ojos me atraviesan. Introduzco mi mano dentro de sus calzoncillos y comienzo a acariciarlo.

Jake resopla y lleva dos de sus dedos a mi pecho. Me pellizca el pezón con el índice y el pulgar por encima de la ropa y yo cierro los ojos de la impresión. Pero necesito sentirme deseada, necesito hacerle perder el control. Concederme algo de poder. Así que desciendo y me pongo de rodillas. Lo admiro desde abajo y sus ojos se encuentran con los míos, desbordantes de deseo.

—No tienes por qué hacerlo —susurra cuando le bajo el pantalón a la altura de las nalgas.

—Quiero hacerlo —ronroneo con la voz entrecortada.

Jake se muerde el labio inferior y me clava una mirada sedienta.

—Vale. No puedo aguantarme más. Estoy deseando que lo hagas.

Tuerzo los labios formando una sonrisa satisfecha.

—Podrías suplicarme —Mis ojos se abren, expectantes.

Jake entrecierra los suyos antes de hablar:

—Por favor. Necesito que te la metas en esa boca tan bonita que tienes —ruega.

Sin dejar de mirarlo, obedezco e introduzco su miembro erecto lentamente entre mis labios.

—Jo-der —gime, echando la cabeza hacia atrás.

Se le contrae el estómago con cada vaivén de mi lengua y apoya sus manos apretadas sobre la repisa.

Me lo tomo como un examen importante en el que tengo que sacar matrícula de honor y me recreo.

—Sigue. Sigue, por favor —suplica. De todos modos, no tengo intención de parar.

Nuestras miradas se vuelven a enlazar cuando acelero el ritmo y le acaricio la nalga derecha. Él gime desesperado y se le marcan las venas del cuello. Entonces posa su mano en mi coronilla y me guía a un ritmo más veloz y más delicioso. Los movimientos se vuelven más bruscos y más necesitados hasta que se detiene y respira hondo un par de veces.

—Para. Si no quieres que... —Apenas puede formular las palabras mientras se seca el sudor de la frente.

Yo quiero llegar al final, por lo que comienzo a moverme de nuevo. Le agarro la mano y la vuelvo a colocar en mi cabeza. Él capta la indirecta y se le aflojan las piernas.

—Dios... —gruñe—. Te necesito, joder.

Me guía hasta su éxtasis y se descarga en mi boca. Su liberación se convierte en mi ascensión al reino de las diosas. Su placer es mi fortaleza.

Jake me agarra por los brazos y me eleva hasta que quedo a su altura. Aún le cuesta respirar y se le hace difícil mantener los ojos abiertos.

—Dame diez minutos para recuperarme y te follo contra este espejo para que nos observemos mientras lo hacemos.

La idea me resulta tentadora, pero ha sido un milagro que ninguno de los chicos haya llamado todavía a la puerta.

—Mejor cuando lleguemos al hotel, esta noche quiero salir y divertirme.

—¿Me estás diciendo que con lo que vamos a hacer no te vas a divertir? Puedo besarte ahí abajo —murmura pegado a mi boca.

Dos golpes en la puerta nos sobresaltan y Jake se apresura a subirse el pantalón y colocarse bien la camiseta.

—¡Pasa! —grita cuatro segundos después con un mohín de niño pequeño.

Brighton

La calle de Kensington Gardens, ubicada en pleno corazón del barrio de North Laines, está inundada por los viandantes que disfrutan de una tarde de ocio.

Las banderillas triangulares atraviesan el cielo desde una fachada a otra creando una red de fantasía sobre los laberintos estrechos y los pequeños comercios variopintos y coloridos le otorgan al lugar un aire de otra época más especial. Prendas *vintage*, mobiliario antiguo, esculturas, cerámicas, pinturas y restaurantes conviven para concebir uno de los lugares más bohemios del sur de Inglaterra.

Nada de esto es nuevo para mí pues, cuando cumplí los dieciséis, arrastré a Taylor hasta este sitio sobre el que había leído en algunos blogs. Pillamos un tren en la estación Victoria y pasamos la tarde recorriendo la estrechez del barrio entre risas y compras. Mi objetivo era hacerme con una cazadora vaquera de los años setenta, pero mi madre nos recogió en su Mini y terminamos llenándole el maletero de bolsas de todos los tamaños. Todavía recuerdo sus quejas cuando tomamos asiento en la parte de atrás del coche —para ir juntas— e hincamos el diente a los kebabs con crema de yogur que nos habíamos comprado en un puesto ambulante y que, según ella, desprendían un olor insoportable.

Ahora, mucho tiempo después de aquello, se me hace obligatorio sacar el móvil y sacarme un *selfie* frente a una de las tiendas para enviárselo a Taylor. Seguro que se alegrará al acordarse de aquel día.

Disfruto de la soledad del paseo parándome ante cada escaparate, cada burro con ropa antigua, cada mesa repleta de bisutería o cada estantería con revistas o láminas de acuarela. Me evado de toda la presión que acompaña a los chicos y de las miradas reprobatorias que en muchas ocasiones he soportado durante los días de turismo que hemos tenido en la gira. Con el anonimato soy feliz; caminando entre la gente normal y haciendo lo mismo que ellos, me siento bien. Me detengo ante un mostrador repleto de palitos de incienso encerrados en medio centenar de botes y, de manera inevitable, comienzo a buscar un olor que pueda agradarle a mi madre. Desde luego, entre sus aficiones se encuentra el encender palitos como estos a diestro y siniestro para aclimatar las diferentes estancias de la casa. La dependienta me aconseja que compre el de lavanda, que es su olor estrella, y le comento que a mi madre le encantan los cítricos, por lo que me llevo su recomendación y otra cajita con olor a naranja con un toque de canela.

Salgo de nuevo a la calle y me uno a la marea de gente que avanza en mi misma dirección por el lado derecho de la acera. Mis manos se hunden en la mochila hasta que sacan el móvil. Luego, me descubro llamando a mi madre, con la que no he hablado desde que empezó el *tour*. Después de cinco tonos, el contestador automático me da la posibilidad de dejarle un mensaje y solo entonces soy consciente de la diferencia horaria con Chicago. Me guardo el aparato en el bolsillo del abrigo y me paro delante de una tienda de vinilos de segunda mano. La madera de la fachada está pintada de color rojo y los discos están metidos en cajas viejas de cartón dispersas por la acera. Me acuclillo y ojeo las carátulas con detenimiento. La mayoría de ellas tienen las esquinas roídas o arrancadas, y otras presentan dibujos infantiles pintados encima de la portada. Me topo con muchos álbumes de Elvis Presley, los Rolling Stones o los Beatles. Son trabajos que Jake ya tiene añadidos a su colección particular, así que continúo buscando y, justo cuando voy a llegar al final del montón, un disco que parece intacto me llama la atención. Lo saco y compruebo que se trata de un grupo inglés no muy conocido llamado Wishbone Ash. Me da la impresión de que es un regalo perfecto para Jake y rezo de manera interna para que no lo tenga ya colocado en algunas de sus estanterías.

—¿Te lo llevas? —pregunta una mujer de pelo cano y mirada amable.

—Sí, por favor. —Se lo tiendo y me pongo de pie.

La mujer lleva una sudadera de los Sex Pistols y se nota, por el aura que desprende, que ama su pequeña tienda.

—Aquí solo cobramos efectivo —me informa mientras mete el vinilo en una bolsa.

Saco el monedero de la mochila y le tiendo un billete.

—Quédese con el cambio. —Ojalá el mundo estuviera repleto de tiendas como esta, pero el capitalismo es un gran monstruo que barre todos sus enemigos antes de eliminarlos por completo.

—Gracias, señorita. —La mujer se despide con una amplia sonrisa que le colma de arrugas la comisura de sus labios y me tiende la bolsa justo en el momento en el que mi teléfono comienza a sonar en el bolsillo.

Supongo que mi madre se habrá quedado hasta tarde trabajando y me quiere devolver la llamada. Guardo todo en la mochila y me apresuro a contestar antes de que se corte.

—¿Sí? —respondo con la voz entrecortada.

—¿Alessa? —Lo que oigo es una voz muy diferente a la de mi madre.

Y no tardo más de un segundo en saber que se trata de la de mi padre. La aspereza de la boca me paraliza e impide que pueda hablar.

—¿Alessa? Por favor, no cuelgues, soy yo.

A pesar del tiempo, compruebo que me sigue conociendo bien porque es justamente lo que quiero hacer: colgarle el teléfono y silenciar su voz para siempre. No obstante, esa voz que antes era la protagonista de mis mejores días ya me ha calado dentro. Tan profunda que me ha inmovilizado en medio de la calle. En estos momentos, la gente me agobia, el ruido me afecta y una sensación de asfixia me sacude.

—Perdóname, Alessa. Eras lo más importante y lo hice fatal contigo. No quiero justificarme, pero los últimos años no han sido los mejores —dice de manera apresurada—. Ahora estoy mejor.

Claro que está mejor. Incluso mucho mejor que antes. Tiene una nueva familia feliz a la que dedicarle su tiempo y dejó a su antigua hija tirada en la sala de espera de un centro de rehabilitación, también en el peor momento de su vida. Estoy muy lejos de creerlo, pero los recuerdos y las imágenes de sus dedos acariciándome las mejillas y contándome las pecas empiezan a desfilar por mi mente como si se trataran de mi peor enemigo. Tengo que salir de esta calle principal si no quiero desmayarme y que me pasen por encima sin que se den cuenta de que allí yace un cuerpo superado por la angustia. Me escabullo entre la gente y consigo entrar en un callejón sin salida. Aquí el bullicio es menor y aprovecho para apoyar la espalda en la pared y respirar profundamente.

—¿Alessa? —pregunta de nuevo, ahora con un deje de preocupación en la voz—. ¿Estás bien? —¿Y a él qué mierda le importa? ¿Ahora se interesa por mi estado?

—¿Qué quieres, papá? ¿Por qué no paras de llamarme? —Sueno fría y aún no entiendo por qué no he colgado ya.

—Necesito que me perdones. Quiero verte, te echo de menos. —Se queda callado unos segundos—. Tu madre siempre ha querido estar en medio de nuestra relación.

—No la metas en esto —lo ataco.

—Está bien. Pero... ¿puedes pensártelo al menos? —ofrece—. Esperaré todo lo que me digas.

—Yo te esperé más de cinco horas en Camden Hall y no apareciste —sentencio.

—Lo sé. Y me arrepiento.

El dolor enterrado resurge de sus cenizas, hambriento como un zombi en medio del apocalipsis. Y amenaza con tirar de un solo golpe todo lo que he construido con mi esfuerzo. Siento las piernas entumecidas y la mano me arde en el lugar donde el móvil toma contacto con ella. ¿Por qué desapareció de ese modo? ¿Por qué vuelve? ¿Por qué sigue doliendo? La herida empuja con fuerza para abrir la cicatriz, aunque mi alma se resiste. Y mi razón también.

—No sé si quiero verte —confieso, aturdida—. Aquel día sí quería que aparecieras para que me sacaras de allí.

—Iba a hacerlo. Quiero arreglarlo. Estoy muy orgulloso de quién eres.

—¿Y cómo sabes quién soy? —Las venas me palpitan en las sienes ante un cielo que se encapota.

—Estás en todas partes. —Se refiere, cómo no, a mi relación con Jake—. Te has hecho mayor.

—No conoces nada de mi vida. —La ira sale en forma de frase.

—Dame la oportunidad de hacerlo. —El silencio toma las riendas de la conversación—. Tienes una hermana pequeña, Alessa. Y quiero que la conozcas cuando llegue el momento.

Tengo una hermana. Ya lo sabía, pero que él me lo haya confirmado lo hace más palpable, más real. Hace que se materialice en mi cabeza. Ya no soy hija única. Existe otra persona a la que estoy unida. Otra niña ocupa sus días y sus noches.

—Está bien. Nos veremos cuando vuelva a Londres.

No sé muy bien cuál es el motivo que me ha llevado a contestar, pero soy consciente de que he cedido. Debe de ser producto de la incomodidad que me golpea el pecho, la bola cada vez más pesada que tienen que soportar mis pulmones clamando por un aire que no logro alcanzar. Cuelgo el teléfono y me concentro en sacar mi cuerpo del estado en el que se encuentra. Lucho por recuperar la calma, pero es imposible conseguirlo con el ajetreo de la gente y de ese barrio lleno de vida. Mis piernas ceden y traspasan calles, semáforos y parques. Caminan hacia el horizonte hasta que se detienen frente a un paseo marítimo atestado de nubes grises. A pesar de la brisa fría que azota los carteles y la tela a rayas de las tumbonas que reposan a un lado del muelle, el sudor me moja la frente y el cuello. El calor me agota y me detengo para recuperarme del esfuerzo que supone atravesar corriendo toda la ciudad. En la playa apenas hay gente, solo un par de mujeres que charlan mientras pasean por la orilla y un hombre que se abrocha el abrigo mientras aguanta el teléfono con el hombro en su cuello para no interrumpir su conversación.

Bajo en dirección a la orilla, me agarro a las asas de mi mochila y me acerco al mar. Tenía entendido que la esperanza era buena. Sin embargo, no se percibe de la misma manera cuando esa esperanza nace de anhelar lo que más se desea. Anhelo a mi padre, pero mi padre se fue. ¿Es bueno tener esperanza con su regreso? Aquella ilusión de volver a lo de antes se abre paso como una mala hierba que se propaga entre las grietas de las baldosas, naciendo sobre algo que no es su lugar. ¿De dónde viene la idea de que mi padre no me va a fallar de nuevo? Quizá del hecho de que Jake Harris está superando todas mis expectativas, y que con él he aprendido que no es bueno encerrarse en el pasado. Que a veces no nos beneficia ver con los ojos del pasado lo que puede acontecer el futuro.

Me desplomo sobre las piedras y me abrazo las piernas mientras observo el agua mecerse antes de transformarse en espuma blanca al final de la orilla. Entierro las manos en los cantos rodados y los masajeo con un movimiento relajante. La suavidad de su tacto me tranquiliza. Y, con el paso del tiempo, consigo recobrar el control de mis emociones. Solo soy consciente de que el cielo se ha oscurecido y el mar se ha teñido de un azul casi negro cuando unas gotas gruesas se estrellan contra mi cuero cabelludo. Desentierro las manos y me las llevo al bolsillo. Saco el móvil y me percato de que se ha quedado sin batería. ¿Qué hora es?

34

Esos labios morados
que quiero calentar

Jake

Hace ya más de una hora que el concierto ha terminado y fuera está cayendo un aguacero. Todo el subidón que sentía se ha esfumado al hacerse evidente que Alessa no estaba por ningún lado. Esta vez tampoco la he encontrado entre el público como las veces anteriores. Después de comprobar que en el camerino no había rastro de ella, he echado mano del móvil para llamarla, pero su teléfono está apagado. Y, cada minuto que pasa, vuelvo a intentarlo para ver si en esa ocasión sí da señal.

Un mal presentimiento me retumba en los oídos, por lo que me levanto de manera brusca del sofá y alcanzo la botella de *whisky* de la mesa. Sé que no debería, pero me sirvo en un vaso bajo y empiezo a beber. Es la única manera que conozco para tranquilizarme.

Mark me mira desde el sofá de enfrente. Sus ojos van del vaso a mi cara, y otra vez al vaso. La botella ya va por la mitad.

—Ve a por el de seguridad —le ordeno.

—Rob ya ha hablado con él y no la ha visto.

—¡Me cago en la puta! —maldigo y me bebo otro vaso de un tirón.

Para colmo, el alcohol ni siquiera me sube como es debido. El malestar es tan intenso que voy a levantarme de un momento a otro y deambular por todo Brighton para buscarla. «¿O es que se habrá fugado como la vez de la playa?», no puedo evitar preguntarme.

—Tío, afloja un poco, ya has bebido bastante —dice Mark al mismo tiempo que aparta la botella—. Vamos a esperar un poco más.

Le lanzo una mirada asesina, agarro la botella de nuevo y me sirvo el siguiente trago, ahora más largo que el anterior.

—Cuando me tome este, vamos a salir por esa puerta a buscarla —sentencio.

—Jake, ahí fuera hay periodistas y tú vas borracho. Vamos a dejarle el trabajo a los de seguridad.

Antes de que pueda gritarle para que se le quite esa idea de la cabeza, la puerta se abre y Alessa aparece detrás del portero de la sala. Está calada y la melena le chorrea por las puntas. Mark se levanta de un salto, va a buscar una toalla en el armario y se la tiende.

—Toma, sécate —le ofrece mi amigo.

Ella la agarra sin reaccionar y se seca la cara. Me levanto con una furia desconocida para mí y esa misma furia termina por dirigirse hasta mi boca.

—¡¿Dónde demonios te habías metido?! —grito—. Estábamos a punto de llamar a la policía. —Mis nervios se descontrolan.

Alessa sube la cabeza, me mira y entonces me percato de su estado. Con la piel más pálida que de costumbre y con los labios morados, tiembla de pies a cabeza.

—Perdí la noción del tiempo y el móvil se quedó sin batería —dice tiritando de frío.

¿Que perdió la noción del tiempo? Con una actitud recelosa, me acerco y le desabrocho el abrigo empapado.

—Mark, ¿puedes traernos una manta?

—Claro, en la furgoneta tenemos un par. Ahora vuelvo —dice antes de cerrar la puerta tras él.

Cuando la prenda ya está en el suelo, le froto los brazos para que entre en calor. Su mirada se clava en el suelo, y no sé en qué lugar está Alessa ahora mismo, pero no es en este camerino conmigo.

—¿Estás bien? —pregunto, notando el alcohol en las extremidades. Mi ansiedad ha bajado de golpe cuando ha aparecido por la puerta. Alessa asiente con la cabeza y continúa en silencio—. ¿Qué te ha pasado? —Ella sigue sin contestar.

Doy media vuelta, agarro el vaso y, ante su mirada, me bebo todo el *whisky* que queda. Entonces frunce el ceño ante tal hazaña y atisbo cierta decepción en sus ojos.

—¿Me vas a contar qué ha pasado? —vuelvo a insistir en un tono más desesperado.

—He hablado con mi padre —suelta mirándose las manos.

—¿Tu padre? —Sé cuánto le afecta este tema, y ahora empiezo a comprender su mutismo.

—Voy a encontrarme con él cuando vuelva a Londres.

—¿Estás segura? —No quiero presionarla, pero no sé si es buena idea.

—Es mi padre. Además, tengo una hermana pequeña —confiesa posando sus ojos en los míos.

La observo y veo sus sentimientos ocultos. Veo su preocupación. Sus pensamientos invasivos. Su temor ante la decisión que ha tomado.

—Iré contigo —le digo.

—¿Harías eso por mí? —Su duda me entristece un poco.

—Claro que sí.

Doy dos pasos hasta ella y la abrazo por la cintura con cariño mientras pego mi frente a su flequillo mojado.

—No vuelvas a desaparecer de ese modo nunca más, por favor. Estaba preocupado.

—Lo siento —se disculpa posando un beso en mi mejilla. Nos separamos y se queda mirándome con ojos cansados—. ¿Puedo irme al hotel?

—Voy a despedirme del equipo y voy contigo. —Me dirijo hacia la puerta.

—¿No te vas a quedar a tomar algo con los chicos? Ha terminado el *tour* y...

—Hoy no me apetece —la interrumpo antes de que continúe con su alegato.

—¿Por qué? —Ahora sus ojos se cubren de curiosidad.

—Creo que ya he bebido suficiente y quiero darme un baño caliente contigo. —Alessa me mira con cierto recelo—. Tienes los labios morados y me muero de ganas por hacerlos entrar en calor.

Por fin, se lleva la mano a la boca y toca sus labios, que se están inclinando en una sonrisa. Verla sonreír es todo lo que necesito.

35

Parece que ha llegado el momento

Salir del hotel temprano, aún con la luz del amanecer en el cielo, nos aporta la ventaja de no encontrarnos a nadie a la salida. Los rostros de los chicos reflejan el cansancio en sus ojos hinchados y en las marcas de las sábanas en las mejillas. Jake y yo, en cambio, estamos más despejados porque no nos quedamos en la fiesta de despedida del *tour*.

Arrastro la maleta en dirección a la furgoneta aparcada en segunda fila, la cual se ha convertido en un hogar desde que hace poco más de una semana partiéramos de Londres. De repente, una mano me rodea el brazo y me impide seguir avanzando. Jake está parado en la acera con su maleta al lado y me mira con una media sonrisa en sus labios sellados.

—¿Qué pasa? —De pronto pienso en el episodio del baño de la noche anterior y me pongo colorada.

—Nosotros no nos vamos con ellos —me informa.

¿Qué?

—¡Chicos, nos vemos cuando volvamos a Londres! —le grita Jake a sus compañeros de banda.

Los tres levantan la mano y, sin soltar palabra, se despiden con un gesto antes de adentrarse en el vehículo.

—¿No tendría que despedirme de ellos? —pregunto.

Los nervios me han despejado la mente de un tirón.

—Ahora los verás más a menudo.

Jake me toma de la mano y caminamos hasta que nos paramos ante un Volvo negro.

—¿Dónde vamos, Jake? —No me gustan nada las sorpresas y él lo sabe.

—No te lo iba a decir, pero sé que no vas a poder soportar la incertidumbre, así que... —comenta atormentándome a la vez que saca la llave y abre el coche.

—Así que... —le insto a seguir con una expresión desubicada.

—Vamos a pasar el día en Seaford antes de volver a la rutina. Tú y yo, solos. —Los labios se me separan y el entrecejo se frunce de manera automática—. ¿Qué pasa? ¿No te apetece?

—No es eso. Solo que no me lo esperaba —confieso.

Jake parece decepcionado y agarra nuestro equipaje para guardarlo en el maletero.

—Me parece el mejor plan del mundo, de verdad. Me apetece ver acantilados a cascoporro —balbuceo debido a la inesperada felicidad que se me ha desatado dentro.

—Tu cara no da a entender eso. —Jake cierra el maletero y entra en el coche.

Imito su movimiento y tomo asiento en el lugar del copiloto.

—Jake —llamo su atención.

—¿Qué?

—Creo que no sabes descifrar el rostro de una chica feliz —le aclaro.

Jake se merece más comentarios como este, pero son afirmaciones que me avergüenzan. Soy joven para expresar tan claramente mis sentimientos y nunca antes he tenido nada parecido a un novio. Él se acerca y me da un beso rápido en la mejilla.

—¿Eres feliz? —Sus ojos brillan en la oscuridad del interior del vehículo.

—En este momento, sí. Y todo se trata del ahora, ¿no? —pregunto recordando las palabras que un día pronunció.

Jake mete las llaves en el contacto y sonríe. Se pone el cinturón de seguridad y coloca las manos sobre el volante. Entonces el ambiente bromista desaparece porque la imagen de Jake sentado al volante me provoca un calor tan grande que hace que me arranque el gorro y la bufanda en un solo movimiento. Sus manos acariciando el cuero, su perfil recto, perfecto, y sus lunares asomando bajo el pelo de su cuello... es demasiado. Él se percata de mi adictiva exploración y, para mi horror, gira la cabeza. Creía que iba a arrancar ya...

—¿Qué pasa?

—Nada. —Me ruborizo y el calor de mis pómulos se reproduce también en mi vientre bajo.

—Venga, dímelo.

El silencio que se pasea entre nosotros está cargado de una electricidad tirante. Sus ojos me apremian a hablar.

—Que no.

—No arranco hasta que me lo cuentes —me amenaza, tomando así el control de la situación.

—Es solo que me encanta verte al volante, así, tan... cercano. —Noto mi corazón latiendo más fuerte—. Me gusta y... déjalo ya.

Jake esconde una sonrisa burlona y vuelve a mirar al frente.

—Soy humano aunque todos me crean divino, Alessa. No soy un dios.

—A veces lo pareces. En cierto modo, subido a un escenario, lo eres.

—Tú ni siquiera tienes que estar en alto para parecerlo.

Jake arranca y enciende la radio antes de posar la mano con la que cambia de marcha sobre mi rodilla.

Casi dos horas de caminata por infinitos senderos verdes nos conducen a una de las vistas más hermosas que he contemplado jamás, la de los acantilados Seven Sisters. Un enorme trozo de tierra blanca que se alza sobre el mar y que parece caído desde el mismísimo paraíso. El aire marino que se respira aquí es de una pureza tan vasta que una tiene la sensación de que podría morir tranquila después de haberlo respirado. Tal es la calma que te invade que tienes la necesidad de tumbarte sobre la tierra y fundirte con ella mientras escuchas el aleteo constante del mar. No imaginaba que Jake pudiese disfrutar tanto con este tipo de escapada, pero desde que hemos llegado al paraje no ha dejado de alzar la cabeza al cielo con los ojos cerrados para disfrutar de una calmada y profunda respiración.

Antes de venir aquí comimos *fish and chips* mientras dábamos una vuelta por el centro de Seaford y fue Jake quien propuso hacer una excursión al Seven Sisters Country Park. Y, ante un cielo gris perla que no auguraba buen tiempo, asentí con ganas, pensando que ojalá la lluvia nos dejase disfrutar del lugar.

Con un par de pasos cuidadosos, me acerco al borde del acantilado para seguir admirando sus vistas y el viento helado me azota el rostro y me revuelve el pelo. Noto cómo la capucha de mi abrigo me cubre la cabeza y las manos de Jake ajustándomela. Luego, se coloca a mi lado y se mete las manos en los bolsillos. Los dos miramos al frente, a un mar picado que se rebela contra las rocas.

—Esto es impresionante —clamo.

Él me mira, me toma de la mano y vuelve a mirar al horizonte.

—Uno se olvida de todo cuando está delante de algo así.

Tiene razón. En este momento, las vistas, el viento, el frío y el contacto con su mano ocupan toda mi mente y no dejan espacio para nada más. Quisiera convertirme en una figura de piedra que se quedara para siempre al borde de esta pendiente y que se erosionara con el vaivén del mar y el paso de los años. Pero no somos rocas, somos carne y piel. Tenemos un corazón que no se detiene y el tiempo es lo más parecido a un dios que poseemos.

—Vayamos a visitar las cabañas de los guardacostas antes de que empiece a llover —propone.

—Está bien.

Cruzamos los prados tomados de la mano mientras la vegetación se agita con fuerza bajo nuestros pies debido a las ráfagas de viento. Caminamos con pasos apresurados para entrar en calor. La humedad atraviesa las capas de ropa y se me pega a la piel. Jake también termina cubriéndose la cabeza con el gorro de su abrigo.

Cuando nos paramos en el camino que nos conduce a unas casetas blancas con el tejado marrón, el paisaje se revela aún más impresionante: el cielo está vestido con nubes densas y negras y, en la zona inferior, se divisa una pequeña playa con paisajes de acantilados blancos al fondo. El agua de la orilla cubre la mayor parte de la arena dando lugar a un precioso manto cristalino.

Hace unas horas, en el coche, Jake me dijo que hoy quería olvidarse de todo lo demás. Y aquí no hay nadie, ni periodistas, ni gente por los alrededores. Y es un alivio enorme que me empeño en disfrutar. Lo tengo solo para mí; al chico normal, no al dios aclamado por todos.

Bajamos por el camino de graba hasta alcanzar la playa y, una vez allí, me sobreviene el impulso de agacharme, recoger un poco de arena y tirársela a Jake en el pecho. Él se sorprende y se sacude los restos del abrigo.

—Muy mala opción, Alessa —dice.

Su cuerpo adopta una pose de cazador experimentado y empiezo a correr hasta la orilla. La bola de arena me impacta en la espalda antes de llegar y me detengo riéndome con la boca abierta tragándome el aire gélido de la tarde. Me agacho y recojo otro puñado de arena, pero esta vez fallo mi tiro. Corro tras él y un relámpago ilumina todo el cielo. Dos segundos después, el estruendo resuena sobre nuestras cabezas. Jake se detiene a unos diez metros de mí, con la respiración agitada y las aletas de la nariz dilatadas.

—Deberíamos dar por terminada la excursión si no queremos que nos pille la tormenta.

La imagen de su cuerpo y su cara con estos acantilados detrás se me quedará grabada para siempre. Su sonrisa infantil es la luz en esta tormenta. Las gotas empiezan a caer y nos mojan la ropa y la punta de la nariz. Me quito la capucha y me muerdo el labio ante su inesperada sorpresa.

—¡Vamos a mirar de frente a la lluvia! —grito.

Miro hacia arriba y otro estruendo parece romper el cielo. El agua me resbala por el rostro y observo a Jake descubrirse la cabeza para terminar alzándola hacia la lluvia.

—¡Jake! —chillo otra vez por encima del ruido de las gotas que impactan sobre nosotros.

—¡¿Qué?! —Él sigue con los ojos cerrados mirando hacia el cielo.

—¡Creo que yo también te quiero! —confieso a viva voz, ante este paisaje hermoso y salvaje.

Él abre los ojos y me mira en silencio. Sonríe.

—¡¿Lo crees o lo sabes?! —pregunta con los ojos entrecerrados por el aguacero—. ¡Yo lo sé desde el día que llegué como una cuba a Candem Hall y me metiste en el baño!

Me río como una niña y corro hacia él. Salto sobre su regazo y me sujeta con fuerza. Nuestras bocas se encuentran debajo de la tormenta y reclaman el calor abrasador que sentimos dentro.

Nos desprendemos de la ropa mojada y la tiramos en el suelo de la habitación del hotel. Me tropiezo con los pantalones que se me quedan pegados a la piel y consigo quitármelos antes de caerme sobre la cama. Jake se mofa con una carcajada y se me echa encima frotándome su pelo empapado en mi cuello. Tirito de frío.

—¡Para! —emito un chillido muy poco convincente—. Me muero de frío.

Los labios me tiemblan al hablar y la nariz de Jake, que ahora toma contacto con mi mandíbula, parece un cubito de hielo.

—Vamos a meternos bajo el edredón —propone mientras se quita la camiseta y deja su pecho al descubierto.

—Si me lo permites, voy a ducharme antes con agua hirviendo —le comento sin poderme concentrar en nada más que en los lunares que le bañan el cuello.

Intento levantarme, pero Jake me agarra por los brazos y me tumba con cuidado. Se inclina sobre mí dispuesto a acercar su rostro al mío.

—Yo también quiero ducharme, pero después.

Él esquiva mi boca y empieza a deslizar su lengua por mi escote. Giro la cabeza con fuerza por la sensación tan placentera que me aborda y entonces mis ojos chocan con la mochila que está colocada sobre una mesa.

—Jake... —lo llamo.

—Um. —Él continúa con su particular danza húmeda e introduce sus manos bajo mi camiseta.

—Jake, espera.

Mis manos empujan sus pectorales y él se separa clavándome unos ojos oscuros y hambrientos.

—Tengo algo para ti.

Me mira confundido y se pasa la mano entre los mechones de su flequillo despeinado.

—¿Un regalo?

Asiento entusiasmada y lo aparto para ir a por la mochila. La abro ante su atenta mirada y saco la bolsa. Luego camino hasta quedarme de pie frente a él, que se incorpora en la cama.

—Es una tontería, pero... —Me he puesto nerviosa sin sentido y no sé si he acertado al comprarle este detalle—. Solo quería agradecerte que me invitaras esta semana y que me dijeras si puedo hacer algo para devolverte todo lo que has hecho por mí.

Al verlo así parado en la cama y preso de una pasmosa tranquilidad y un dominio que no es para nada humano, me hago pequeña. Y el bochorno entorpece mi débil argumento.

—No sé si... —comienzo a hablar de nuevo y aprieto la bolsa contra mi estómago.

Él se sienta, alarga el brazo y me arranca la bolsa de las manos. Genial. Al menos me tranquiliza el cariño que encuentro en su expresión relajada y agradecida. Abre la bolsa y saca la carátula. Se queda quieto unos segundos, que me parecen eternos, observándola e inspeccionando la parte de atrás. Cada latido de mi acelerado corazón parece clamar: «Por favor, que no lo tenga ya».

—*Argus* es un discazo de Wishbone Ash —comenta sin levantar la vista del soldado de capa roja de la imagen—. ¿Dónde lo has encontrado?

—En una tienda de North Laines. Dime que no lo tienes, por favor. —Mi inseguridad me hace arrugar la nariz.

—No. No lo tengo. Y me encanta. —Esboza una sonrisa ancha, me toma de la mano y tira de mí antes de depositarme un beso en la sien y susurrarme al oído—: Muchas gracias, Alessa. No olvides que soy yo quien tiene que estar agradecido por que me hayas acompañado.

La sensación de su aliento pegado en mi oído es similar a la de estar soñando con algo precioso y no querer despertar. Pero sus labios fríos me recuerdan que estaría bien entrar en calor, así que lo empujo y corro hacia el cuarto de baño.

—¡Me pido la ducha primero! —grito con una disparatada sonrisa en la cara.

Abro el agua caliente y me quito la camiseta. Dos segundos después de entrar en la ducha, noto la presencia de Jake, que entra por la puerta solo vestido con su bóxer, y es muy probable que mientras me cae el agua por la cabeza esté también arrastrando la baba que se desliza por mi barbilla. Él cruza la habitación hasta colocarse al otro lado de la mampara de cristal y se quita su última prenda sin despegar sus ojos de los míos.

—Pensándolo bien, sí que hay algo que puedes hacer por mí —comenta con cierta soberbia. Yo me valgo de una ceja levantada para preguntar de qué se trata y él responde enseguida—: Venirte conmigo al apartamento hasta que tu madre vuelva.

Y después de pronunciar esas palabras que me dejan totalmente descolocada, se adentra en la ducha e invade mi territorio.

36

Diciembre es un mes especial

Diciembre ha irrumpido en el calendario con un reguero de lucecitas doradas enredadas en las ramas de los árboles que adornan las calles de Kensington. El barrio de Jake está impregnado del olor de la leña, las castañas asadas y el caramelo derretido. Y, a pesar de que la Navidad nunca ha sido plato de buen gusto para mí, este año me han tomado por sorpresa las ganas de comer pavo con mucha salsa de arándanos el próximo día veinticinco.

La rutina en el apartamento de Jake es tan placentera que el haberme decidido a pasar unos días aquí ha sido todo un acierto, aunque hasta el momento he evitado confesárselo, porque es capaz de pedirme que me mude para siempre. Desde que traje mis pocas pertenencias en una maleta pequeña, los días se parecen entre sí y se me hacen realmente agradables. En este lugar puedo hacer lo que me plazca, con la absoluta tranquilidad que ofrece la soledad, porque Jake se pasa la mayor parte del tiempo en el estudio o acudiendo a sus compromisos de promoción del nuevo disco. Pero las noches y las madrugadas siempre son nuestras, así como el hecho de levantarme temprano con él para compartir el té de la mañana. Luego vuelvo a meterme en su cama y vagueo un poco más aspirando su olor adictivo incrustado en las sábanas.

Me levanto del sofá cuando el horno emite un pitido que me avisa de que ya han pasado cuarenta minutos. Últimamente estoy empeñada en cocinar recetas de postres sencillos y hoy he horneado unas *cookies* con grandes tropezones de chocolate. Saco la bandeja del horno y la dejo en la encimera para que se enfríen. Aún con la manopla de horno cubriendo mi mano derecha, paseo por el apartamento hasta detenerme en la estantería del rincón, que es de metal y mucho más pequeña que la que contiene los cientos de vinilos. Aquí se encuentran todos los libros de Jake y de entrada me parecen pocos, aunque podrían ser menos. Un marcapáginas que sobresale de un tomo antiguo con las esquinas estropeadas me llama la atención. Lo alcanzo con la mano libre y descubro que es un poemario de Leonard Cohen. Una vez Jake me aseguró que no había nadie que escribiese letras tan complejas y profundas como las de Cohen, pero yo todavía no lo he escuchado mucho, más allá de sus canciones más clásicas. Abro el libro por la marca y descubro un texto que aparece subrayado con fuerza. La curiosidad aumenta antes incluso de empezarlo a leer:

Ponla en cualquier parte,
apoyada contra una pared,
desnuda sobre tu lecho,
vestida de gala para el baile.
Métele algunos pensamientos en la cabeza.
Ponle algo de dinero en las manos.
Asegúrate de que puedes hacerla correrse
al menos una segunda vez.
Hermano, esa es tu chica.

Una corriente eléctrica me recorre el cuerpo poniéndome los vellos de punta; es la sensación que me provoca leer un poema cargado de tanto sentimiento. «¿Quién es esa chica?», no puedo evitar preguntarme. A mí me ha apoyado contra una pared, me ha desnudado, me ha invitado a un pequeño *tour* por el sur de Inglaterra y ha hecho que me corriese infinidad de veces. Pero lo más seguro es que esa mujer no sea yo.

Dejo el libro en el mismo hueco y me dirijo a la mesa donde he afincado mi portátil. Leer ese fragmento ha desatado mis ganas por empezar ya la universidad, así que me meto en la página del campus y luego introduzco mi usuario. Acto seguido, inicio la búsqueda de algo de información nueva

—más allá de que el segundo semestre empieza en febrero— y me topo entonces con un documento en el que aparece una larga bibliografía de libros que abordaremos a lo largo de la licenciatura. Alguno de ellos ya los he leído, pero hay muchos otros autores que ni siquiera me suenan.

Paso toda la tarde anotándolos en mi libreta y buscando información sobre cada uno de ellos. El tiempo pasa; la luz cada vez más apagada que cubre el salón da muestra de ello. Mi móvil me avisa de un nuevo mensaje y lo agarro. Quizá sea Jake para avisarme de que hoy llegará más tarde. Sin embargo, no se trata de él, sino de mi padre. Me ha saludado con un simple «hola», y yo me apresuro en teclear, sin pensar y como si la pantalla me quemase, un mensaje de vuelta: «Estoy en Londres, así que podemos vernos».

El sonido de la llave al girar dentro de la cerradura me hace soltar el teléfono sobre la mesa y volver la atención al portátil. Jake aparece por la puerta con el rostro cansado y una amplia sonrisa en sus labios. La última semana he sido testigo del ritmo agotador al que está sometido antes de que su disco salga a la venta a principios de año. Ensayos, reuniones, entrevistas, vídeos promocionales... Un cóctel que, sin duda, lo hace verse exhausto, pero no por ello menos irresistible. Últimamente siempre parece malhumorado cuando habla por teléfono, pero, para mí, siempre tiene buenos gestos, mucho cariño y aquella sonrisa infantil que me derrite. Desde que le confesé mis sentimientos, las cosas han quedado claras entre nosotros. Tenemos una relación y nos vamos adaptando cada día a ella.

—Qué bien huele —masculla, quitándose las zapatillas al lado de la puerta.

—He hecho galletas —le hago saber mientras levanto la cabeza de la pantalla—. ¿Te apetecen?

—Si tienen chocolate, sí. —Jake se dirige hacia la cocina y fisgonea hasta dar con la bandeja.

—Ya sabes que siempre tienen chocolate.

Me recuesto en la silla y observo cómo ataca la bandeja y se lleva una galleta a la boca, a pesar de que aún debe de estar caliente. Le pega un mordisco y da media vuelta para enfrentarme la mirada.

—¿Cuándo vuelve tu madre? —pregunta con interés.

—Ayer hablé con ella. Se le ha complicado bastante el caso y está a la espera de unos documentos para poder terminar de una vez —le informo. En este momento me doy cuenta de que solo me vine por unos días, pero ya hace más de una semana que vivo aquí. Y, aunque me siento demasiado bien en su apartamento, no puedo evitar preguntar—: ¿Por qué lo dices? ¿Ya te has cansado de tenerme por aquí? Te recuerdo que aún vivo en una casa de cuatrocientos metros cuadrados a la que puedo volver cuando quiera.

Jake camina con pasos lentos y tranquilos hasta colocar las dos manos sobre la mesa, delante de mí. Aún está masticando la galleta.

—Invertiría dinero en los abogados de la otra parte para anclar a tu madre en Chicago —admite ante mi mirada de estupefacción—. Nos entendemos bien, Alessa. Y me gusta tenerte aquí, ya lo sabes.

—No me gustan los tíos acosadores, Jake —murmuro tecleando el título del próximo libro en el buscador.

—No soy un acosador. ¿Sabes lo que soy? —pregunta.

—No. Ni lo quiero saber —contesto con rapidez.

Pero lo sé. Claro que lo sé. En los últimos días ya me ha salido alguna que otra vez con esa pregunta y su respuesta siempre ha sido: «un chico enamorado». Y me da una vergüenza horrorosa escuchar esa declaración. Así están las cosas.

—Mañana tengo la tarde libre y he pensado que podríamos salir a cenar. ¿Te apetece? —Jake se sienta en el sofá y enciende la televisión—. Luego podemos ir al Gini's con Mark. Dile a Taylor que se venga si quiere. —A su amigo le vuelve loco mi amiga, la cual pasa olímpicamente de chicos humildes con el pelo despeinado y fumadores de hierba. Con la única excepción en su vida de mi mejor amigo Tommy, claro.

—Vale —le respondo bajando la pantalla y dando por concluida mi investigación literaria del día.

—Ven aquí.

Jake me invita a sentarme a su lado, pero, cuando llego a su altura, lo sorprendo y caigo encima de él. Y entonces, como por arte de magia, un olor a hierba mojada por la lluvia lo inunda todo.

37

Otro domingo

El día que mi padre no acudió a la visita en Candem Hall también era domingo, como hoy. Por eso, cuando abro la puerta de la cafetería en la que nos hemos citado, estoy temblando de pies a cabeza. Un único pensamiento domina mi mente: «Quizá hoy tampoco acuda a la cita». Sin embargo, ese miedo se desvanece en el instante en el que alzo la mirada y lo veo sentado al fondo del recinto, con sus ojos verdes puestos en mí y su pelo castaño adornado con algunas hebras canosas. El pánico se transforma en otro pensamiento invasivo que terminará por materializarse en poco tiempo, en segundos: «¿Qué le voy a decir a mi padre después de tanto tiempo?». Y la única retahíla que me tranquiliza es repetirme, una y otra vez, que todo esto lo hago por mi hermana.

Al menos, sentir la presencia de Jake resguardándome la espalda me produce cierto alivio. No estoy sola, y este hecho me aporta la fuerza necesaria para cruzar el local y plantarme frente a mi padre.

—Hola —lo saludo con frialdad, intentando no delatar mi miedo.

Él se levanta en silencio, me abraza en un gesto lleno de necesidad y me aprieta contra su pecho cuando tengo la intención de apartarme. Es él quien decide, segundos después, separarse para observarme con detenimiento.

—Vaya si estás diferente, Alessa. Cómo has crecido... Estás muy guapa —comenta rebosante de orgullo.

Las arrugas delimitan sus ojos indicando que por él también ha pasado el tiempo.

—Soy Jake —saluda mi acompañante estirando su mano.

Mi padre se la estrecha y se le queda mirando fijamente.

—No sabía que ibas a venir —dice.

—Él es... —Me quedo callada porque de pronto siento vergüenza de decirle que es mi novio. Porque eso es lo que es, ¿verdad?

—Lo sé. Os he visto en la televisión —afirma él a la vez que toma asiento de nuevo.

Esa confesión parece no gustarle a Jake, que se quita la gorra y la pone en la mesa antes de que nos sentemos. El camarero aparece a mi lado y con un movimiento de cejas me pregunta qué es lo que voy a querer.

—Yo he pedido un café solo. ¿Qué vais a tomar? —pregunta mi padre, animado.

—Un batido de chocolate.

—Para mí, otro —me secunda Jake.

Lo observo y me percato de que no ha quitado ojo al ventanal de enfrente que ocupa casi toda la pared. A pesar de que después de la gira la cosa se haya relajado un poco, hemos elegido una cafetería a las afueras de Londres para que la prensa no nos pisara los talones. De todos modos, viendo esa enorme cristalera que nos deja totalmente expuestos a los viandantes, quizá no haya sido la mejor opción.

—¿Cómo estás? —quiere saber mi padre.

Antes de contestar, reparo en sus nudillos magullados y posados en su taza de café. Bajo sus palabras amables, existe una especie de nerviosismo silencioso.

—Estoy bien. Disfrutando de mi libertad. —No puedo evitar sonar sarcástica—. ¿Y tú? ¿Qué has estado haciendo desde la última vez que nos vimos, papá?

—Veo que sigues siendo igual de dura que cuando eras pequeña. Una patria independiente —bromea él con la intención de relajar el ambiente.

—Contigo, ni de lejos, fui dura. Toda mi rabia la pagué con mamá. —Siento un malestar después de observar su reacción apenada.

—Lo siento, Alessa. Tuve que irme, algún día lo entenderás. Mamá y yo no éramos un buen equipo y...

—No lo jures —le interrumpo—. Os olvidabais a menudo de que yo también estaba allí.

—Lo sé. Y parece que tú te has olvidado de que siempre quisiste marcharte conmigo.

Los cimientos de la tapia que construí en Camden Hall para esconder la figura de mi padre se tambalean. Jake me toca la pierna por debajo de la mesa cuando nota mi incomodidad. Hace solo unos meses, yo creía que la solución era irme a vivir con mi padre. Con aquella persona con la que jamás había entrado en conflicto, con la que había pasado los mejores días de mi vida y con quien había mantenido una relación mucho más especial que la que me unía a mi madre. Y sé que esa persona está sentada frente a mí, pero ahora me parece un extraño.

—Nunca voy a olvidarme del día que me marché y te dejé. —Levanto la mirada y se la clavo con un rencor contenido—. Me miraste con una tristeza infinita, muy diferente a como me miras ahora.

El camarero nos trae los dos vasos grandes con el batido de chocolate. Y creo que es la primera vez en mi vida que mi apetito se ha ido de vacaciones. Tengo el estómago cerrado y me centro en ver cómo Jake le da un trago al suyo ante el escrutinio de mi padre.

—¿Cómo es que has venido acompañada? —Quiere redirigir el tema de conversación.

—No iba a dejarla sola —le contesta Jake con una sonrisa muy bien fingida—. La última vez ya fui testigo de su plantón.

Sus palabras contienen tanto trasfondo que, por un momento, me siento una persona protegida, casi fuerte. Mi padre asimila el golpe, pero no se amedrenta.

—Entonces, es cierto eso que dicen de que os conocisteis dentro del centro, ¿no? —Por lo visto, él también está al tanto de todas las mentiras y las medias verdades que llenan las páginas de internet a diario.

—Sí —contesta Jake—. Y, por la parte que me toca, me alegro de que no acudiese y se la llevara de allí.

Lo fulmino con la mirada y le doy a entender que guarde silencio, porque el ambiente se está volviendo demasiado sofocante hasta para alguien como yo, que vive permanentemente en una lucha dialéctica.

—¿Cómo se llama mi hermana? —le pregunto en un tono más relajado, nacido de un interés real.

—Daisy. —Mi padre se lleva la mano al bolsillo y saca el móvil.

Enciende la pantalla y me la acerca a la cara. Una niña de unos tres años sonríe a la cámara con unos enormes ojos verdes muy abiertos. Son los mismos que los de mi padre. Los mismos que los míos. Pero su pelo, que le llega hasta los hombros, es rizado y de color rubio; nada parecido al naranja natural con el que nací.

—Está deseando conocerte, le he hablado mucho de ti —confiesa con una sonrisa.

—¿Dónde vivís? —No soportaría que siguiera viviendo aquí y no hubiese tenido la tentación de haberme visto mucho antes.

—En Mánchester.

—Ah. —Respiro un poco aliviada, aunque no del todo, porque no está precisamente en la otra punta de Reino Unido.

—Allí no hay tantas cosas que hacer como aquí, pero se vive más tranquilo —comenta—. Fue una liberación para mí marcharme.

Por algún motivo que no llego a entender, ese comentario me afecta. Giro la cabeza y me encuentro con un Jake atento al móvil, lo que me descoloca un poco porque él nunca es de los que tienen poca educación en ese aspecto. No suele interesarse por el teléfono y menos aún si estamos sentados a una mesa. De pronto alza su cabeza y lo veo achicar los ojos colocando su atención en el gran ventanal de enfrente. Entonces me encuentro con la mirada tensionada de mi padre dirigida a Jake y a sus movimientos.

Y, antes de que pueda llegar a comprender lo que está pasando, los *flashes* de las cámaras traspasan el cristal. Cuando miro de nuevo, veo a medio centenar de fotógrafos y reporteros frente a la cafetería. Al notarme mareada y con la boca seca, me lamento por no haber dado ningún sorbo a mi batido. Jake se pone la gorra en un santiamén y se levanta. Yo estoy petrificada.

Observo a mi padre y su falta de preguntas ante tal situación me confirma la peor suposición. Me niego a creerlo, pero está tan claro como el agua.

Nos ha vendido.

Su cara descompuesta y sus ojeadas inquietas hacia el ventanal me lo terminan de confirmar. Es tan fuerte la pena que me invade que lo único que puedo hacer es convertirla en ira. Al menos hasta que desaparezca de su vista y pueda romperme de nuevo. Jake me agarra del brazo con cuidado.

—Vámonos, Alessa.

Sigo sin inmutarme, con la mirada clavada en los ojos de mi padre, que son los míos. Después de un instante contemplándolo, me levanto con parsimonia y, presa de un agobiante trance, agarro el batido. En vez de llevármelo a la boca para calmar mi sed, se lo tiro a la cara. La leche helada le resbala por el rostro y le empapa el jersey.

—Pero... ¡¿qué haces...?! —Para colmo, se indigna.

Quiero golpearle, pero la mesa me lo impide, así que la empujo y se la estampo en su estómago. Jake me toma de la mano y tira de mí.

—Tenemos que salir de aquí, Alessa. —Su mirada de preocupación es lo único que puedo ver con claridad. Todo lo demás se reproduce a mi alrededor sin que sea consciente de ello.

—¡Espera, Alessa! ¡No sabía que él vendría contigo! —Mi padre era muchas cosas hasta ahora, pero nunca pensé que pudiera ser un traidor con su propia hija. Me ha vendido de la manera más cruel.

Al salir de la cafetería, el infierno se desata a mi alrededor.

Los periodistas corren a nuestro lado, impidiéndonos el paso, gritando y haciendo todo tipo de preguntas. En general, orientadas a la agresión que acaban de presenciar por mi parte hacia mi padre, con el que hacía tiempo no tenía relación. Están enterados de todo y las cámaras que ahora nos cierran el paso, antes han capturado las imágenes de mi violenta reacción.

Comprendo que he marchitado la reputación de Jake Harris al arrastrarlo conmigo hasta esta situación lamentable. Y, antes de que podamos cruzar la calle para refugiarnos en el coche de Stone, noto cómo las lágrimas se escapan desbordadas de mis ojos. El aire me empieza a faltar y el asfixiante ajetreo a nuestro alrededor lo empeora aún más. El mareo se intensifica al hiperventilar de este modo y quiero que alguien me ayude. A pesar de que Jake me tiene agarrada de la mano, lo siento demasiado lejos. El pánico es tan real que tengo miedo de morir delante de toda esta gente y que eso también sea difundido en todo el mundo.

—Jake... —Es mi manera de pedir auxilio.

Tan pronto como pone su atención en mí, sabe que todo va mal. Me pasa el brazo por el hombro para empujarme.

—¡Apartaos! ¡Quitaos de en medio! —le grita a los periodistas.

Quiero decirle que no lo haga, pero de pronto me encuentro dentro del coche y mi vista se nubla del todo.

El ruido de la puerta al cerrarse con fuerza y el arranque de Stone dan rienda suelta a mi ataque de pánico. Los gemidos se me agolpan en la garganta sin poder salir, el llanto se vuelve doloroso y visiono todo con una capa blanca. Lo único que puedo ver con claridad son los ojos grises de Jake, que está a mi lado y me toma de la mano.

—Tranquila, Alessa. Ya estás a salvo —dice con la voz llena de ansiedad.

—Por favor, ayúdame —le suplico entre gemidos.

Meto la cabeza entre mis piernas y cierro los ojos para huir de esas terroríficas sensaciones. Aovillada de ese modo, la taquicardia se hace más presente.

—No puedo respirar —sollozo—. Por favor, no pu-edo res...

Jake me alza la cabeza y empieza a soplarme en las mejillas.

—Estoy aquí, mírame —me pide él—. Concéntrate en tomar aire. Mírame, Ale. Respira.

Lo último que veo antes de desplomarme es el color de su iris, que se acaba por mezclar con la oscuridad de la inconsciencia.

38

Llamando a las puertas del cielo

Si el vacío tuviese algún color, ese sería un verde cercano al de un trébol apagado. El color de los ojos de mi padre. Después de que Jake llamara al médico y de que su visita confirmara que mi desvanecimiento había sido consecuencia de una bajada de azúcar y de un grave ataque de pánico, me he encerrado en el cuarto de baño. Jake no ha venido detrás, aunque no se ha despegado de mí un solo momento. Me deja mi espacio, a pesar de que me encuentro en su casa, en su hogar. Lo ha pasado fatal al verme en ese estado y, por fin, respira un poco tranquilo después de que la pastilla que me dieron haya empezado a hacer su efecto.

Me enfrento al espejo y me topo con ese mismo color verde. ¿Qué se puede hacer cuando mis ojos siempre me recordarán su ausencia? Aparto la mirada, me quito la ropa con frustración y me meto en la bañera.

Y pasan los minutos.

Y las horas.

Y lloro. Primero con la rabia contenida. Luego, con una tristeza honda e inabarcable.

Mucho tiempo después, el agua ha bajado drásticamente de temperatura y la espuma ha desaparecido de la superficie. El pelo mojado me cae por los hombros y tengo apoyada la barbilla en mis rodillas. No quiero abrir los ojos, no quiero enfrentarme a mi realidad. Me pesan los párpados tras derramar todas las lágrimas posibles. Un agua salada que no cicatriza esta vez, sino que ha avivado la herida. Mi móvil no ha parado de sonar hasta que Jake se ha visto en la obligación de apagarlo. Las imágenes de la cafetería han corrido como la pólvora. Todos han presenciado la escena de una hija agrediendo a un padre que no le planta cara. Todos se creen con el derecho de juzgar. Y yo lo único que quiero es meterme en la cama y no salir jamás. No quiero saber nada del mundo. Por mí, como si se acaba. Es más, ojalá se acabara de una jodida vez por todas. Pero sobre todas las cosas, lo que quiero es no saber nada más de mi padre. ¿Por qué ha hecho esto? Nunca lo he considerado una mala persona, pero esta vez me ha demostrado serlo con creces. A pesar de todo, yo todavía lo tenía elevado a un altar. Y ese altar acaba de estallar por los aires. Con la miserable consecuencia de hundirme otra vez en un agujero negro.

Un débil golpe en la puerta me obliga a abrir los ojos. No contesto, pero él entra de todas maneras.

—Deberías salir ya, vas a enfriarte. —Mira, ojalá me congele para así no sentir nada—. ¿Te encuentras mejor?

Vuelvo a cerrar los ojos y asiento. A mi ansiedad se le suma también lo mal que llevo que Jake esté siendo testigo, otra vez, de mi peor parte.

—Blair ha movido hilos y ha podido saber que lo único que quería era un par de fotos de vuestra reconciliación a cambio de dinero —me informa Jake.

Como si ese par de fotos inocentes me hicieran sentir mejor.

—La cosa se complicó cuando aparecí yo y los paparazis tenían ante sus narices un contenido más jugoso, ya sabes, suegro conoce a yerno... —continúa contándome él.

—Lo siento, Jake. De verdad. Te has visto envuelto en algo bochornoso por culpa mía y de mi padre. —Estoy avergonzada como nunca antes. Primero los periodistas y luego mi ataque en medio de la calle.

—Acabo de hablar con tu madre.

—¿Qué?

—Está en el aeropuerto, esperando el primer avión que salga para Inglaterra —me informa—. Está enfadada de la hostia, sobre todo porque no le habías contado nada, pero ya la he tranquilizado explicándole que fue una cosa improvisada y que ya estás mejor.

—Del uno al diez, ¿cómo de molesta está? —pregunto abriendo los ojos y encontrándome con el cuerpo de Jake apoyado en el quicio de la puerta.

—Un cien. Me ha asegurado que va a emprender acciones legales contra él.

Pongo los ojos en blanco. Las cosas emocionales no se solucionan en un juzgado. A veces, ni siquiera se solucionan. Pero mi madre eso nunca lo ha entendido.

—Quédate aquí hasta que todo esto pase. —La preocupación que emana de él me hace comprender que su imagen, al igual que la mía, también está en juego.

—Hoy desde luego que me quedo. —Se me quiebra la voz y las lágrimas amenazan con hacer acto de presencia otra vez.

Compartimos un silencio incómodo en el que emerge toda la tensión contenida del día.

—Sabes que nada de esto es tu culpa, ¿no? —dice él cuando pasa un rato.

—¿Acaso eso importa para que duela menos?

Las lágrimas corren de nuevo por mis mejillas ante la expresión impotente de Jake. Eso es lo que Norma olvidó decirme. No me advirtió de que las cosas que no podemos controlar también duelen. Incluso más que las que controlamos. Se te clavan como alfileres. Te marchitan como la flor que se muere encerrada en un jarrón, te provocan heridas y, si las curas bien, quizá no te quede cicatriz. Pero, si esa herida no termina por cerrarse del todo, la marca siempre quedará visible. Otro domingo infernal, otra decepción. Una decepción que resuena en mi interior como un adiós definitivo a alguien a quien todavía tenía idealizado.

Llevo un buen rato tumbada en la cama y aún no he conseguido dormirme. Dudo mucho que lo haga, en realidad. Durante la cena, Jake no ha parado de lanzarme miradas de preocupación al ver que no probaba bocado. He alegado que tenía el estómago cerrado y era verdad, pues no he cesado de darle vueltas al asunto. Miles de pensamientos invasivos merodeaban sin control por mi cabeza. Y al final siempre la misma imagen: la de esa niña inocente de tres años que, al igual que yo, será la gran perjudicada.

Cuando Jake aparece, la habitación ya está en penumbras, solo atravesada por un foco de luz naranja que dibuja una sombra cuadrada en la pared y que proviene de una farola exterior. Yo sigo con los ojos como platos y lo saludo con una sonrisa triste. Vestido con un pantalón de chándal, una camiseta básica y el pelo húmedo por la ducha que se acaba de dar, no vacila al meterse en la cama y colocarse de lado frente a mí. Nos miramos.

—Ya es muy tarde —dice.

—No puedo dormir —me excuso hundiendo mi mejilla en la almohada.

Jake saca su móvil del bolsillo y empieza a navegar por él con agilidad. Unos segundos después, coloca el aparato entre nosotros y los primeros compases de *Knockin' on heaven's door* de Bob Dylan rompen el silencio entre estas cuatro paredes.

—Este tema es el más típico de Dylan —sostengo como observación a su invitación de escuchar música.

—Esta es mi canción favorita, pelirroja —confiesa con la frente llena de arrugas.

—¿De verdad? —Estoy sorprendida.

Él asiente con una mueca de superioridad dibujada en las comisuras alzadas de sus labios.

—Yo soy más de Joan Báez —replico.

—No sé por qué no me extraña.

—Dylan fue un cabrón apartándola de su éxito. Ella lo acogió cuando él aún no era nadie.

—Lo único que hizo Dylan fue ser fiel a sí mismo y seguir su propio camino —sostiene.

—¿Y por qué es tu canción favorita? No imaginaba que pudieras elegir una... Creo que yo no puedo hacerlo —introduzco de nuevo el tema porque esta es una información valiosa. La canción favorita de Jake Harris.

—Porque siempre vuelvo a ella cuando todo se hace insoportable.

Después de su confesión, guardo silencio y me zambullo en el gris de sus ojos. Una capa densa de tristeza los cubre a pesar de que me esté sonriendo con la más dulce de sus sonrisas. La melodía continúa sonando entre nosotros como un mantra. Él se acerca, posa su mano en mi omoplato y lo acaricia con mimo. Cierro los ojos y me abandono a la placentera sensación de tener la yema de sus dedos deslizándose por mi piel. De pronto, me descubro pensando en algo y tomando una decisión que atañe a mi futuro. Y lo expongo en voz alta.

—¿Sabes por qué nunca voy a tener hijos? —pregunto en un susurro.

—¿Por qué?

—Porque no quiero tener la oportunidad de fallarles, de hacerles sufrir.

Abro los ojos y me encuentro con su rostro confundido e infinitamente bello. Desliza su mano hasta mi cuello y me acaricia el mentón con el pulgar.

—Yo sí los quiero tener —me contradice—. Porque quiero tener la oportunidad de cuidarlos, de hacerlos felices.

Permanecemos así mucho tiempo, tanto que la oscuridad empieza a desaparecer con los primeros destellos azules del amanecer que se cuelan por la ventana. No sé quién de los dos cierra primero los ojos, pero estoy segura de que esta noche compartiremos también nuestros sueños. Antes de que todo se vuelva oscuro, en mi mente aparece la imagen de un *sheriff* demasiado triste y arrepentido «golpeando las puertas del cielo».

39

Quieren que me muera

—Esta mañana no he aguantado más y he vuelto a activar mi Instagram. —Mi voz rebosa indignación—. ¿Y sabes qué?

—¿Qué? —Peter están tan calmado como siempre, pero su ceja está levantada y teñida de una irritación inusual en él.

—En solo diez minutos me han abarrotado la bandeja de mensajes privados con todo tipo de amenazas de muerte si no dejo a Jake Harris en paz pronto. La mitad de ellos eran de clubs de fans de mi querida Charlotte Rey —masculló—. Nunca he sido una cagada, Peter, pero tienen datos de todo tipo que ni siquiera sé de dónde sacan. Saben quién es mi madre, el usuario de mi mejor amiga e incluso han adivinado mi cuenta secreta de Twitter. No sé cómo cojones han llegado a ella, de verdad, pero si no fuera suficiente ya con sus espantosos *tweets*, ahora directamente me nombran en ellos. Después de estar días soportando que la televisión, la prensa e internet hable de mi comportamiento psicótico, me encuentro con esto. Incluso se han atrevido a contratar a psicólogos especializados en el tema para debatir sobre mi actitud. Es abominable. Y nadie parece dispuesto a parar esta maquinaria a la que lo único que le importa es el maldito dinero, más allá de la dignidad y el dolor que le provocan a las personas. Es inmoral.

Encierro el rostro entre mis manos con unas ganas tremendas de gritar, pero no lo hago.

—¿Y sabes lo más humillante de todo? —pregunto aún con las manos sobre mi cara. Ni siquiera necesito escuchar la respuesta de Peter para saber que está deseando oírme hablar. Su objetivo es que me desahogue después del estado de ansiedad con el que he llegado hoy a su consulta—. Que tienen a mi padre como su mejor aliado —sollozo.

—Alessa —me llama Peter—, quítate las manos de la cara. Vamos, mírame —me anima con su voz suave y firme a la vez.

—No puedo más —sentencio descubriéndome los ojos y clavándole la mirada.

Le grito «¡Por favor, sálvame!» desde mis adentros, pero tanto él como yo sabemos que la única que puede salvarse a sí misma es Alessa Stewart. Mi psicólogo arruga el ceño cuando repara en mi expresión abatida.

—Entiendo perfectamente cómo te sientes, es absolutamente normal que te afecte de ese modo, Alessa. Estás sufriendo un acoso mediático muy intenso en muy poco tiempo y eres alguien que, en el fondo, no pertenece a este mundo. Alguien que apenas ha empezado su vida y que no tiene las herramientas para enfrentarse a ello.

—¡Solo tengo diecinueve años, por el amor de Dios! —exclamo.

—Así es —secunda él—. Pero no te olvides de una cosa. A pesar de todo el ruido que hay con todo este asunto que está en todas partes, no es lo real. Lo que ellos están haciendo es una interpretación de su propia realidad. Por lo tanto, debes reforzar tu realidad.

—Ya no sé dónde está mi realidad, Peter. Tengo pánico de salir a la calle porque me persiguen por todos lados.

—Alessa, pronto vas a empezar la universidad, esa es tu vida real. He comprobado que estás ilusionada con todo lo que conlleva. Céntrate en tus estudios y en tus libros mientras te alejas del foco. Esto pasará, confía en mí.

—Es tan contundente que, por un momento, me permito soñar con que el tiempo hará desaparecer este escándalo.

—Lo que sí que no va a desaparecer nunca es que mi padre es un fraude —admito.

—Eso es un problema de tu padre. Que él esté de acuerdo con lo que le ha hecho a su hija, que le dio otra oportunidad quizá sin merecerla, solo habla de la persona que es él. No de la que eres tú.

—Pero eso no elimina el dolor —remarco.

—Claro que no. Pero el dolor es necesario.

—¡Pues qué maravilla!

—Aceptar algo difícil de asimilar siempre supone sufrir. Pero una vez que lo aceptes, te vas a liberar —mantiene—. Por el momento, puedes tener la conciencia tranquila de que no puedes hacer nada para remediar la situación.

Me observo las manos y las palabras de Peter se me quedan plantadas de algún modo en algún lugar de mi subconsciente.

—¿Y cómo estás con tu madre? ¿Habéis hablado de todo este asunto?

—Es raro, pero estamos mejor que nunca. Lo primero que hizo cuando llegó de Chicago fue sentarme a la mesa a las tres de la mañana para contarme todo lo que ella sabía de mi padre.

—¿Y bien? —se interesa Peter antes de anotar algo en su libreta.

—Me quedó bastante claro que mi progenitor tiene un problema grave con el juego. Y, como consecuencia de ello, está endeudado hasta las cejas.

—¿Y qué piensas tú?

—Pienso que he pasado demasiado tiempo sin él y que sus problemas no son los míos. Yo me enfrento sola a mis vaivenes emocionales. Sola o con la ayuda maniática y judicial de mi madre —sostengo con cierta ironía mientras pienso que lo que no le he contado a mi madre es lo de las amenazas *online*, porque se va a poner como una loca. Aunque sé que tarde o temprano terminará enterándose, ya que, cuando se trata de investigar algo que la toca de lleno, es infalible.

—Bien. —Vuelve a apuntar Peter con su pluma dorada—. ¿Y Jake? ¿Cómo está vuestra relación?

Me gustaría responderle que cada vez que consumamos nuestro amor, algo bastante habitual en las últimas semanas, los problemas se evaporan. Pero en vez de eso, lo que declaro en alto es:

—Él también me ha ayudado. Mucho.

—Me alegro. Siempre supe que ese chico se preocupaba por ti. Quizá demasiado. —Sus ojos claros se posan en los míos como si contuvieran una revelación secreta que no se atreve a desvelar.

Justo en este momento el móvil suena en mi bolsillo y lo saco. En la pantalla brilla un mensaje reciente de mi amigo Tommy en el que me indica la hora de citación para el rodaje de su primer cortometraje en el que he aceptado ser la protagonista.

—Este viernes voy a rodar un corto —le digo. Su sorpresa desemboca en una media sonrisa—. No me interesa nada el ámbito del espectáculo, solo es un favor que le hago a mi amigo —continúo.

—¿Sí? Supongo que está bien que te distraigas de toda esta constante corriente de negatividad. Quizá hasta lo disfrutes, ten fe. —Me desea con una mirada amable.

40

Un rodaje revelador

Liz tiene veintiún años, vive sola y sufre de agorafobia. Es el personaje al que interpreto dentro de la historia que ha escrito Tommy. Y le he tomado un inmenso cariño a pesar de que solo me he metido en su piel doce horas, las suficientes para que me haya acordado de Rachel y de su ansiedad sistemática ante un peligro inexistente. Para su película, Tommy se ha limitado a grabarme en diferentes lugares de un apartamento oscuro y desprovisto de cualquier calidez. Pocos muebles, ventanas vestidas con gruesas cortinas y una cama gigante que es el refugio de Liz, tal como me ha pasado a mí en la última semana. Apenas he salido a la calle estos días y aún me cuesta enfrentarme a toda la nube de acoso y chismorreo constante. Para mi amigo ha sido fácil encontrar un símil entre mi situación y la de su personaje, por lo que, cada vez que grababa una escena en la que necesitaba mostrar un sufrimiento interno y limitante, me hablaba de cómo me hacían sentir todas esas noticias y opiniones. Me ha deprimido más acordarme y ahondar en ello, pero para el equipo el resultado ha sido inmejorable; han conseguido lo que buscaban. Los nervios del principio se han visto disipados por el trato que me han dado todos y cada uno de los que han trabajado por y para esta historia, que no son otros que los compañeros de clase de Tommy, quienes también tendrán que grabar su propio guion como directores.

Tanto Tommy como los otros miembros del equipo me han alabado durante el rodaje asegurándome que era increíble lo bien que quedaba en cámara. Resulta que mi piel blanca es perfecta para la luz y el verde de mis ojos se intensifica cuando lo captura el objetivo. Además de los halagos, en todo momento me han hecho sentir bien y respetada, atendida por todos con una amabilidad que iba desde la chica que me maquillaba hasta el chico que me pedía que no me moviera para poder señalar el foco. Tommy había prohibido que se nombrara a Jake Harris en el set y que se hiciera referencia a mi relación. No obstante, en medio de una crisis de tiempo en la que se han demorado demasiado intentando emular el polvo de las ventanas, una de las canciones más conocidas de mi chico ha sonado por toda la localización y no hemos tenido más remedio que echarnos a reír. Aquello nos ha servido para aliviar la rigidez que se palpaba en el ambiente.

Lo único realmente difícil ha sido la grabación de la última escena. El personaje se metía en la bañera y esta se iba tiñendo de rojo poco a poco. La cámara se deslizaba desde el agua hasta quedarse sobre mi rostro unos segundos agónicos. Luego, me levantaba con las muñecas intactas, me secaba con una toalla que se empapaba de sangre y lloraba frente al espejo. Una metáfora de los trastornos mentales. Las heridas no son visibles, pero están bajo nuestra piel y nos hacen sangrar. Cuando me han dado la malla color carne que me tenía que pegar sobre el pecho no he podido evitar acordarme de Jake y reírme. ¿Qué habría pensado él? Con total seguridad, habría fruncido el ceño, pero no habría dicho ninguna palabra porque yo le había asegurado que no quería volver a ser testigo de sus celos y sus manías.

Cuando entro en la pequeña habitación que hace de camerino después de grabar la última toma, Taylor está sentada frente el tocador, en el mismo lugar donde la había dejado. La arrastré hasta aquí y al final ha ayudado como la que más a que esta pequeña producción saliera adelante. Sobre todo, me ha ayudado a mí y a mis nervios. Sin ella, no sé si lo hubiera conseguido. Y le estaré tremendamente agradecida por que se haya perdido un viernes entero encerrada en este piso entre alaridos de: «Cámara graba y... ¡Acción!». Aunque eso es lo que hacen los auténticos amigos, ¿no? Acompañarte cuando más lo necesitas.

—Dime que ya habéis terminado o mátame, por favor —mascuula levantando la cabeza de los ejercicios tipo test en los que está trabajando.

—Sí, ya está. —Su rostro se relaja y respira hondo—. Estoy reventada —le digo.

—Y yo. Por lo menos tú has estado distraída. En cambio, yo he pasado horas muertas mirando Instagram y muriéndome de envidia cada vez que veía a la gente de fiesta y disfrutando —se queja.

—Gracias por acompañarme, mejor amiga.

—Estás en deuda conmigo para el resto de tu vida —asegura y sé muy bien que se trata de una amenaza.

—¡Oye! Que no se te olvide que tienes pase vip en el Gini's gracias a mí.

—Espero que no se le haya olvidado ese pequeño detalle.

—Tienes toda la razón, pero hoy tenía que haber ido a la universidad y lo he dejado todo por ti. Dime cómo se cuantifica eso...

En esta pequeña batalla de reproches estamos cuando la puerta se abre y aparece nuestro amigo tras ella.

—Estáis aquí —nos saluda—. Creía que te habías ido ya, Taylor.

Mi amiga le lanza una mirada cargada de desprecio y se incorpora para recoger su bolso del suelo.

—Ya ves que no.

—Ella se marcha conmigo —le hago saber a Tommy a la espera de que la tensión se relaje entre ellos.

—Voy a salir a la calle a fumarme un cigarro. Avísame cuando nos vayamos —me pide—. No quiero molestar más al director y a su musa.

Mete los apuntes en su mochila y pasa por al lado de Tommy sin mirarlo. Después, cierra con un portazo.

—¿Algún día superará lo nuestro? —pregunta él mientras camina y se sienta en la misma silla que ocupaba Taylor frente a mí.

—No te creas importante, ya lo tiene superado. Solo que te odia igual que lo hacía antes de que os enrollarais —le recuerdo.

Tommy suelta una carcajada y me contagia su alegría. Mi amigo siempre se muestra indiferente a todo, pero hoy lo he visto más motivado que nunca. En estos momentos, una ilusión infantil se deja entrever en toda su expresión.

—Quería verte antes de que te marcharas. —Se toca el labio superior con el pulgar y contiene una sonrisa—. Has estado impresionante, Alex. Te has comido la cámara. Las imágenes han quedado mucho mejor de lo que imaginaba y todo ha sido gracias a ti.

No puedo evitar que las mejillas me ardan por su cumplido.

—Ya sabes que siempre me ha gustado ayudarte. Y, a pesar del lío en el que estoy metida, hoy me he sentido bien con tus compañeros —expongo en un ataque de sinceridad—. Por unas horas me he olvidado del caos que tengo encima. Gracias a ti por eso.

Tommy se incorpora tomándome desprevenida y acerca su rostro al mío. Las motas negras que le adornan su iris marrón le brillan una barbaridad.

—Eres una tía increíble. Hoy me he dado cuenta de la suerte que he tenido al crecer contigo.

—Calla ya. No te pega ser tan ñoño —le reprendo.

—Quizá es hora de cambiar de estrategia —suelta.

Sus palabras me toman desprevenida y la tensión que se expande por la pequeña habitación también. Mi mejor amigo me está mirando como nunca antes lo ha hecho. Su lengua moja su labio inferior y algo se rompe dentro de mí cuando reconozco el deseo en el espacio que nos separa. Taylor ya me había advertido, pero no la creí. Jake también me había avisado de que quizá Tommy sentía más que una amistad por mí a pesar de que yo me negara a verlo, y tuvimos nuestra primera discusión importante tras aquello. Ahora las señales son más que evidentes hasta para alguien tan ingenua como yo. Su mano viaja hasta mi rodilla y, justo cuando va a hablar de nuevo, mi móvil suena por encima de nuestras respiraciones. Es un mensaje de Stone diciendo que ya nos espera en la calle, y ese hecho me da la excusa perfecta para levantarme y decir:

—Me tengo que ir, me están esperando.

Él se levanta, se lleva una mano al cuello y me observa durante unos segundos. Aún puedo notar la exaltación en sus ojos y en la postura contundente de su cuerpo.

—Vale. Gracias por todo esto de nuevo, Alex.

—No hay de qué. —Sonrío porque me limito a pensar que solo es mi mejor amigo, mi lugar seguro al que siempre volver.

—La semana que viene habrá una proyección y haremos algo para celebrar. ¿Te aviso? —pregunta él con la intención de que acuda.

—Claro. Me encantaría ir. —Le contesto, dándole a entender mi apoyo incondicional.

Definitivamente comprendo que algo ha cambiado entre nosotros. Algo casi invisible, incluso escurridizo y nada definido, pero aun así repleto de significado. Porque hoy mi mejor amigo me ha mirado como algo más.

41

Ahora ya es tarde

Jake

Mi humor de perros es el culpable de que me sirva un *whisky* con hielo antes de sentarme al piano a las tres de la mañana. He dejado a Alessa arriba en mi habitación durmiendo como un bebé. Ha llegado destrozada después de su jornada de rodaje al lado de su mejor amigo. Según ella y, ante mi morro estirado, el día la ha ayudado a evadirse de *todo*. Resulta que ese todo es el acoso mediático al que está sometida por ser mi novia. Me revienta pensar que para ella estar al lado de Tommy se convierta en una vía de escape y, por el contrario, entrar en mi mundo de atención mediática es todo lo que odia. Me cabrea que conmigo no pueda sentirse tranquila, feliz y libre.

No solo es ella la que está sufriendo las consecuencias de la relación, ya que mi imagen se va deteriorando día tras día. Si antes me veían como un gilipollas engreído, ahora también soy un tío que se aprovechaba de chicas jóvenes que tenían problemas psicológicos. Como si todos los que hablan supieran algo de mí más allá de las canciones que compongo. Y menos aún de esta chica que es la inocencia disfrazada de una dureza irónica. Sin duda, esa es su parte más contradictoria. Una chica que no buscaba el amor ha terminado enamorando a alguien que había rechazado ese mismo sentimiento en infinidad de oportunidades. Pero ella también me quiere, o eso me dijo... Esa es la principal razón por la que no me perdono todo lo que le está suponiendo estar a mi lado. No puedo dejar de pensar en el daño que le estoy ocasionando día tras día.

Además, los chicos tampoco se merecen toda esa publicidad malsana justo antes del lanzamiento de un disco en el que hemos trabajado tan duro. El asunto me quita el sueño y me hace gruñir cada vez que alguien me envía un nuevo artículo o una nueva noticia difundida por televisión. Todos parecen tener una opinión de nosotros. Todo el continente americano espera expectante ante la gira que se avecina y ante el hecho de que Alessa pueda seguirme allá donde yo vaya y convertirse en una especie de Yoko Ono *millennial*. Están muy equivocados si piensan así; Alessa no me seguirá porque ella sigue su propio camino. Una prueba bastante exacta de ello es que le dije que no sabía si era buena idea que grabara el cortometraje de su amigo a causa de los últimos acontecimientos mediáticos en los que se ha visto envuelta, y su respuesta fue ignorarme y asegurarme que nos veríamos por la noche, si es que quería esperarla en el apartamento. Y yo, como no podía ser de otro modo, accedí. Ella es la que manda en su vida. Y es posible que un poco en la mía también. Y esta tarde no he dejado de pensar en nuestra penosa situación hasta que ha aparecido por la puerta agotada, con el pelo revuelto y su mochila al hombro. Y para colmo, no se le ha ocurrido mejor idea que bromear ante la pregunta burlona de si finalmente su amigo la había desnudado para alguna de las escenas. Juro que mi cara se ha transformado cuando ha emitido un rotundo «sí» como respuesta. Aunque entonces, tras carcajearse durante un minuto, ha soltado: «No me han desnudado, pero sí me han puesto una malla en el pecho para hacer una escena en una bañera». Lejos de tranquilizarme, aquello no me ha hecho ni puta gracia, pero me he callado porque, sin ninguna duda, mis celos enfermizos son algo en lo que tengo que trabajar, sobre todo si quiero que Alessa no huya despavorida de mi lado.

Doy un trago al *whisky* y me concentro en las teclas del piano. Las acaricio antes de empezar a tocar melodías sencillas. Me pierdo entre las notas, sintiendo cómo mi nerviosismo se apacigua. Bajo la música, escondo todas las capas de preocupación. Y la inquietud que sobresale con más fuerza es la de no cometer los mismos errores en esta gira que en la que me llevó a tocar fondo. He empezado a beber de nuevo. Esporádicamente, sí. Pero otra vez recurro al alcohol cuando la bola de hormigón se me coloca al principio de la tráquea. Intento acallar mis pensamientos mientras mis dedos se deslizan por el teclado, ligeros y rebosantes de familiaridad. «Aún estoy en casa» parece que repite, una y otra vez, esta melodía. Entonces una sombra se materializa a mi lado y levanto la cabeza del piano. Ahí está mi gran revelación. Hermosa, vestida con mi camiseta y con su melena recogida en un moño rebelde; los mechones de pelo que le caen por las mejillas la hacen irresistible. Por un momento, me he olvidado que había alguien durmiendo arriba. Que ella estaba en mi cama.

—¿Te he despertado? —pregunto con cierta inquietud—. Perdona, me he dejado llevar.

—No, gracias por despertarme —contesta ella frotándose un ojo—. Una de mis cosas favoritas en el mundo es escucharte crear música.

Su declaración alcanza mi corazón como si fuese un dardo y lo estruja. Esa cara preciosa no se merece todo eso que le dicen. ¡Por el amor de Dios, quiero matar con mis propias manos a esas personas que le desean la muerte por no haber salido de mi vida!

—¿Qué pasa? —Me he perdido en la irritación de mis pensamientos y, como no podía ser de otra forma, ella se ha percatado.

—Estoy harto de esta situación y la cosa solo empeora. No tienen en cuenta nada más que su propio culo y no es justo para ti ni tampoco para mí. —Su expresión se descompone y agacha la mirada. Coloco los codos sobre mis rodillas y me sujeto la frente con las manos—. Tengo demasiadas cosas en la cabeza. Pensaba que todo iba a ir bien... —comienzo a decir, porque de verdad que creía que nuestra relación no desataría esta corriente de masas.

—Nos conocimos en un puto centro de rehabilitación, ¿cómo creías que iba a salir bien? —suelta de repente—. Estábamos condenados al fracaso desde el principio.

Sus palabras me hieren. ¿Lo ha dicho en broma o de verdad piensa así? Con un movimiento certero, alcanzo el vaso de *whisky* y le doy otro trago. Ella repara en mi acción sin desviar la atención de mi boca en ningún momento.

—No sé qué hacer. Hay cosas que no puedo controlar. —Levanto la voz y suelto el vaso con fuerza sobre la tapa del piano—. Blair quiere proponerte algo, pero ni siquiera tienes que escucharla.

Alessa da un par de pasos hacia mí y soy consciente de que haría lo que fuera por protegerla.

—Sí que quiero escucharla —afirma, llevándome la contraria.

—Pero no estás obligada a hacer nada si no es lo que quieres.

—Me gustaría ayudarte a ti y ayudar a los chicos. Quiero cambiar esta situación si está en mi mano.

—Ven aquí. —Estiro los brazos y la invito a que se acerque porque quiero tenerla conmigo; ahora y siempre.

Alessa se coloca frente a mí y la desnudo con la mirada desde mi posición inferior. Al sumergirme en sus ojos, me invade la certeza de que toda ella es mi puta perdición. Y necesito adorarla otra noche más. Agarro el bajo de su camiseta y se la levanto hasta sacársela por la cabeza. A la altura de mis ojos, sus pechos pequeños y firmes me tientan. Los acaricio con el pulgar.

—En mi casa te quiero con el pecho al descubierto —le susurro con sorna.

Veo cómo rueda los ojos y niega con la cabeza, sonriendo. Le pellizco el pezón y su espalda se arquea haciendo que una de sus tetas quede muy cerca de mis labios. La lamo con la lengua, con la serenidad que sé que le hace perder el control, y ella me agarra del pelo y tira de él.

—Podría hacer cualquier cosa que me pida Blair. *Casi* cualquier cosa, porque me temo que ahora ya es tarde para marcharme. —Su jodida manera de declararme su amor me provoca un ansia voraz por poseerla.

Mi lengua abandona su piel y me encuentro con su rostro encendido y anhelante. Me pongo de pie y ella alza la cabeza ante nuestro cambio de papeles. Valiéndome de mi cuerpo, mucho más grande que el suyo, la empujo con suavidad hasta que su espalda choca contra el lateral del piano. Seguramente está esperando que le responda a eso que me ha confesado. Le diría que nunca dejaría que se marchase, pero prefiero evidenciarlo a través del lenguaje de nuestros cuerpos y en forma de placer. Está tan expuesta que junta sus piernas para aliviar el ardor que sé que le provoco en su núcleo.

Sin esperar más, saco un preservativo del bolsillo trasero del pantalón. Desde que ella merodea por mi casa, me impuse una única regla: tener siempre un par de condones en los bolsillos, por si me apetecía hacerle el amor en cualquier momento, en cualquier lugar. Suena enfermizo porque es enfermizo. A veces el amor parece una enfermedad.

—¿Sabes cuál es una de mis cosas favoritas en este mundo? —le pregunto, volviendo a la afirmación que ella me ha hecho al irrumpir en el salón, mientras libero mi dureza para colocarme la protección.

—¿Cuál? —Su curiosidad tampoco es capaz de aplacar el deseo que le palpita en sus mejillas sonrosadas.

—Provocarte gemidos.

Alessa sonríe con cierta altivez y noto cómo de preparada está para mí. Me siento abrasado e inflamado, todo a la vez.

—Ese es otro tipo de música —musita, poniéndole la puntilla a mi comentario.

—Otro tipo de música más salvaje que solo sale de ti cuando toco en el lugar indicado.

Ha llegado el momento de embestirla. Le agarro el interior del muslo y le subo la pierna para terminar afianzando su rodilla en mi cadera. Me introduzco en su interior con una estocada profunda y ella se contorsiona contra la madera del piano con los ojos cerrados y conteniendo un gemido. Vuelvo a introducirme y ahora el sonido escapa de su garganta claro y alto. Me lamo los labios y encajo mi mano en su nuca.

—Abre los ojos —le pido.

Espero que me lleve la contraria, porque toda ella es un mar de inconformidad pegando fuerte sobre los bloques de rocas. Pero, para mi bendita sorpresa, los abre. Y ese verde brillante consigue traer de vuelta la primavera a un corazón afincado en un otoño perenne. Me resbalo dentro de ella con un movimiento lento y circular que le obliga a colocar sus dos manos en la tapa y fijarlas con fuerza.

—Joder... —La música que brota de ella.

Esta vez la embisto con la certeza de que no voy a parar hasta liberarnos. Alessa me desafía con la mirada cargada de una especie de conexión sideral que me alcanza. Y le hago el amor mientras sus gemidos suenan a coro sobre los míos creando así nuestra propia canción.

Blair cruza las piernas en un movimiento elegante que no pasa desapercibido para mi chica, que se tensa a mi lado en el sofá. Mi representante está sentada en un sillón frente a nosotros como resultado de una reunión que hemos improvisado en mi salón.

—Te he llamado porque Alessa quiere escuchar la propuesta que ha pensado el equipo de *marketing* —la informo ante su mueca sorprendida.

—Oh. Claro... ¡Genial! —Blair esboza su más que bien aprendida sonrisa encantadora para dirigirse a la protagonista en cuestión—. Eres muy comprensiva, Alessa. Esto por lo que estáis pasando es un acoso en toda regla, pero desgraciadamente no hay nada que podamos hacer y que sea efectivo para que desaparezcáis de la opinión pública. Todavía menos si en unas semanas vamos a depender de los mismos medios para publicitar el nuevo álbum de Jake. —Alessa asiente en silencio y le da pie para que continúe inclinando su barbilla—. Vale. Allá voy. Creemos que lo mejor para combatir la publicidad tóxica y negativa de las últimas semanas es que acudáis juntos a la próxima gala musical importante... —Blair se para en seco cuando se percata de mi ceja fruncida.

—¿Los Premios Brittan? —Es una gala demasiado pretenciosa hasta para los artistas de mayor caché.

—Eso es.

La confirmación de que a Alessa eso no le parece adecuado me llega cuando giro la cabeza y me encuentro con una expresión anonadada. Si el tema no fuera tan serio, ahora mismo soltaría una carcajada natural y sincera.

—¿Y por qué ese movimiento nos va a beneficiar? Más bien parece todo lo contrario, una exposición a nivel mundial de la hostia. —Formulo la pregunta que Alessa no se atreve a soltar en voz alta.

—Bueno, es sencillo si analizamos los casos de otras parejas mediáticas que han pasado por lo mismo. Cuando las cosas se confirman, cuando se abandona el escapismo y el secretismo, los medios desisten en gran medida —explica—. Ya no hay nada que demostrar. Aún existirá bastante interés por seguir vuestros movimientos de pareja, pero la presión decaerá, sobre todo para alguien que pretende ser anónimo como tú. —Blair mira a Alessa directamente.

—¿Me estás diciendo que oficializar lo nuestro es la única solución? —pregunta ella en un tono dubitativo.

—No es que sea una solución en sí misma, pero viviréis un poco más tranquilos.

—He tenido que cerrar mis redes sociales por las amenazas de muerte que me llegan a diario. Quieren a toda costa que desaparezca de la vida de Jake... No sé si es buena idea echar más leña al fuego.

Me vibra el estómago solo de pensar en todos los comentarios destructivos que ha soportado en las últimas semanas. Sin embargo, tras observarla durante unos instantes, encuentro en ella una actitud receptiva ante la propuesta de mi jefa de prensa.

—Yo tampoco creo que sea buena idea, Blair —me apresuro a añadir antes de que mi chica se empeñe en lo contrario.

—Solo os informo de las posibilidades con las que contamos —expone antes de enfocar su testimonio en Alessa—. También quiero que sepas que, una vez que Jake se embarque en la gira americana y tú te quedes en Inglaterra, estarás más desahogada. Sin material visual nuevo, las cosas se olvidan. Hoy día las imágenes tienen poco tiempo de vida. Cada minuto se generan millones de datos y la maquinaria no se detiene.

—¿Solo tendría que acudir a la gala en su compañía? —pregunta ella con la boca pequeña.

—Sí. Y posar juntos en la alfombra roja del evento. También... prepararte para la ocasión. —Y esa última advertencia me ofende hasta a mí.

—Ni hablar. No voy a dejar que nos arriesguemos de ese modo. —Mi único afán es protegerla. Me da igual lo demás.

—Jake, todo lo que sale a diario está eclipsando vuestro trabajo y no podemos posponer el lanzamiento.

A pesar de que Blair está siendo lo más clara y bienaventurada posible, tendrá que estrujarse más los sesos y pensar en otra solución.

—Está bien —suelta de pronto mi novia provocando que giremos nuestra cabeza hacia ella—. ¿Cuándo son los Premios Brittan?

Blair se peina su melena azabache hacia atrás con los dedos y cruza una mirada conmigo antes de contestar:

—Dentro de una semana. Hay poco margen, pero déjame organizarlo todo.

—Del estilismo me encargo yo, si te parece bien —propone ella.

—Claro. —La conozco lo suficiente para saber que Blair no está muy convencida—. Cualquier cosa que necesites, no dudes en llamarme.

Sé que a la jefa de prensa y comunicación más meticulosa del planeta, o por lo menos de Reino Unido, este asunto le pone nerviosa porque es posible que mi novia acuda a estos premios con unas zapatillas informales. Bien, pues yo seré el primero en apoyarla y calzarme otras a conjunto. Pero también sé que, cuando Alessa se compromete con que algo salga bien, pone todo su empeño en conseguirlo. Me yergo en mi sitio y oriento mi cuerpo hacia ella. A pesar de que tiene un ceño resolutivo y práctico dibujado en el semblante, sé que por dentro está temblando de miedo. La conozco, y doy gracias a Dios todos los días por ello.

—No tienes por qué hacerlo, ¿lo entiendes? —le pregunto deteniéndome en cada palabra.

Hay algo que he aprendido en estos últimos tiempos, y es que no puedo luchar contra los sentimientos. Nunca se puede porque siempre llevan ventaja. En el fondo, a mí me entusiasma la idea de que ella me tome de la mano y pose junto a mí en ese evento de millonadas, falsedades y postureos, para qué me voy a engañar. Eso sí, no quiero, por nada del mundo, que lo haga por pura obligación. Así que me resulta esencial descubrir si está segura de ello.

—Lo quiero intentar —sentencia arrugando la nariz y haciéndome entender que no tengo nada que hacer ante su decisión—. ¿Qué más da perder ya el último atisbo de intimidad?

Paso por alto su ironía porque me quiero centrar en el significado que encierra acudir a este acto público con Alessa. Nada más y nada menos que hacer lo nuestro oficial.

42

Una noche de grandes revelaciones

El día de confirmar lo nuestro ante el mundo ha llegado. ¿Fue una buena idea aceptar la propuesta de Blair de acudir a los Premios Brittan para así mitigar los efectos del acoso mediático? En absoluto. Para nada. Nunca antes me he arrepentido tanto de acceder a algo que, a todas luces, me va a perjudicar. Pero no me voy a echar atrás porque, a pesar del miedo paralizante, de las noches de insomnio y de los nervios incontrolables, tengo fe en que Jake Harris y su música se terminen beneficiando de esta estrategia. He aceptado perder mi total anonimato por él. La manera en la que lo haré es otra cuestión. Blair se encargó de hacerme llegar un documento con las normas de protocolo generales y me advirtió que me limitara a acompañarlo y a asentir a su lado ante las preguntas que le hicieran a Jake. Por otro lado, me tranquiliza que hayan mandado un comunicado a los medios vetando todas las preguntas relacionadas con mi padre y con el accidente que protagonizamos en aquella cafetería.

La seguridad de Blair me esperanza, pero su ansiedad por no controlar mi estilismo me saca de mis casillas. ¡Solo pido un poco de confianza! En menos de una semana, Annie se ha encargado de gestionarlo todo. Hablamos por teléfono para indagar en mis preferencias y en lo que no estaba dispuesta a ponerme. Y después hizo una búsqueda de marcas emergentes nacionales que pudieran casar con mi estilo. Se pasó dos días visitando oficinas y *showrooms* para finalmente aparecer en mi casa una tarde con un vestido largo cubierto por lentejuelas, un vestido mini de terciopelo y el traje chaqueta más bonito que había visto jamás. Era de color magenta y las solapas se cruzaban a la altura del canalillo. Sin embargo, lo que de verdad me enamoró fueron las campanas anchas en las que terminaba el pantalón. Mi decisión estuvo clara desde el primer momento y ella la secundó. Mi madre me observaba emocionada desde la cama y, mientras que mi amiga clavaba alfileres en puntos aleatorios de la tela para ajustármelo, le dio las gracias por su gran trabajo. Ella suspiró y solo dijo:

—No es nada. Me viene estupendamente como práctica para la Escuela de Moda, pero me cobraré el favor dentro de unos días cuando el Gini's abra sus puertas para su exclusiva fiesta de Navidad.

Puse los ojos en blanco ante la risa de mi madre.

El maquillador y peluquero se acaba de marchar y Annie, que tiene las manos apoyadas sobre mis hombros, me observa a través del reflejo en el espejo.

—Fantástica. Han hecho un trabajo increíble —comenta—. Te han pintado los labios del mismo color del traje. —Sus ojos se posan satisfechos en mi boca.

Sin duda, está emocionada por el trabajo que ha llevado a cabo. En cuanto a mí, reconozco que el ahumado de mis ojos ha acentuado mi mirada felina otorgándome la fuerza que necesito. Y aprecio mi melena, que cae en ondas sobre mis hombros, y el color naranja reluciente, que parece brillar más que nunca. De buenas a primeras, el miedo me embarga y me lleva a fruncir el ceño.

—Todo va a ir bien —asegura Annie cuando se percata del rumbo que están tomando mis pensamientos.

—¿Y si no sale bien? —Tengo pavor al qué dirán y a colocarme delante de sus cientos de cámaras y de objetivos.

—Podrás superarlo como has hecho hasta ahora.

Mi amiga se mueve por la habitación y se planta delante del forro que guarda el traje. Acto seguido, abre la cremallera y lo descubre.

—Ese es el problema, no sé si podré con ello. Tengo un límite, ¿sabes? Que esté saliendo con alguien famoso no les da derecho a difamarme y humillarme como lo están haciendo.

—Ya, pero al final tú también terminarás formando parte de la maquinaria. Míralo por el lado bueno, podrás cambiar las cosas desde dentro.

Annie tiene razón, me estoy metiendo en la boca del lobo. Y no sé si estoy preparada. No sé si es lo que quiero, en realidad.

—Al menos la mayoría de revistas de moda no se atreverán a criticar tu aspecto. Estás impresionante. Una auténtica estrella emergente. —Se coloca frente a mí y me tiende la percha de la que cuelga el pantalón.

Me visto intentando distraerme para controlar mi respiración agitada. Una vez ataviada, me planto ante el espejo de cuerpo entero. La prenda de dos piezas es fabulosa y el color rosa hace que todas mis facciones se acentúen. Parezco más alta y estilizada que nunca. Es la primera vez que me veo como una mujer. No por la belleza, ni por la ropa cara, ni siquiera por el maquillaje y el brillo del cabello, sino por la fuerza que desprende todo el conjunto. Si hay algún atributo que siempre he asociado a la definición de mujer, ese es el de la fortaleza. Eso es lo que refleja mi imagen en el espejo. Lástima que mi interior esté debilitándose estrepitosamente a medida que la hora se acerca.

—Más vale que te vayas preparando para estar en boca de todos mañana. Vas a dar mucho de que hablar, chica pelirroja.

Una ansiedad aplastante me raja el pecho cuando cierro la puerta del taxi que me va a conducir al apartamento de Jake. Tampoco ayuda que esta misma noche Tommy celebre una pequeña fiesta en su casa para proyectar su cortometraje con todo el equipo. Juraría que cuando le hice saber que me sería imposible acudir porque tenía que asistir a una cita que era irremplazable, se enfadó. Desde que lo conozco, nunca había tenido la oportunidad de verlo enfadado. Hasta ahora, esa era su característica esencial de personalidad; nada le interesaba lo suficiente como para enfadarse. Pero el otro día lo percibí molesto conmigo. Me dijo que era una pena que me perdiera la reunión y que ya me mandaría la película por correo electrónico.

Ahora, sentada en estos asientos fríos y calzando unos tacones que dentro de unas horas desencadenarán un infierno de dolor, me encantaría estar de camino a esa conocida urbanización y atravesar el porche que me lleva hasta su habitación. No hace mucho tiempo, ese era uno de los refugios en los que me escondía cuando la convivencia con mi madre se hacía insoportable...

La espalda me empieza a sudar del sofoco. Bajo la ventanilla, pero, lejos de aliviarme, las personas que caminan por las calles me señalan la idea de que dentro de muy poco seré presa de un juicio mediático. Me muerdo la lengua hasta abrirme una antigua herida que estaba cicatrizada. Las lágrimas se me saltan del dolor. Annie me había dicho: «Vas a dar mucho de que hablar». Pero ¿es eso lo que quiero? Es lo que ellos necesitan para intentar encauzar la publicidad de Jake Harris. Acepté por él, pero... ¿no es un acto algo desproporcionado teniendo en cuenta el sufrimiento injusto por el que estoy pasando? Entonces una pregunta clara y concisa se abre paso por mi jadeante respiración: «¿Quieres hacerlo?». Y la verdadera respuesta me proporciona el aire que me falta. Me abre las rejas de la jaula del pánico. «No», me repito una y otra vez. «No quiero».

Saco el móvil del *clutch* y me encuentro con un mensaje: «¿Ya vienes de camino?».

Y, sin pensármelo dos veces, con el corazón encogido y las manos temblorosas, le escribo: «No voy a ir, Jake. No puedo. Lo siento».

Luego, apago el móvil para no concederme la oportunidad de que su preciosa voz aleje todas mis dudas. Soy una cobarde. Mi plan de escape consiste en indicarle al conductor una nueva dirección, la de un lugar seguro y alejado del foco. Ese no es otro que la casa de mi amigo.

Jon, que fue el encargado de colocar aparatos de luces por todo el set de rodaje del cortometraje, es el que me abre la puerta, y se queda pasmado cuando me recorre todo el cuerpo con su mirada.

—¡Tommy! —grita girando su cabeza hacia atrás—. ¡La actriz ya está aquí!

—Hola, Jon. Yo también me alegro de verte. —Sorteo su cuerpo y me cuelo en la casa. El murmullo de la gente que charla en el salón llega hasta el pasillo.

—Ahora gira a la derecha —me indica pisándome los talones.

—Esta es como mi casa —le hago saber en un tono de superioridad.

Me adentro en la sala y todos abandonan sus conversaciones para reparar en mí. El silencio que se extiende a continuación resulta bochornoso, pero seguro que menos que mi aparición pública delante de las cámaras.

—Hola a todos —saludo en voz alta levantando una mano.

El equipo está dispersado en pequeños grupos alrededor de la estancia. Todos se vuelven a lo que tenían entre manos cuando enfilo apresurada el camino que me lleva al sofá, donde Taylor me examina con la boca abierta y la arruga señalada en su ceño.

—¿Qué haces aquí? —me pregunta directa y con la voz chillona.

—No quiero hablar de eso, solo quiero beber y olvidarme de que estoy embutida en un traje que vale más que la suma de todos los que visten en esta habitación —le aclaro.

Paseo la mirada por el salón, fijándome en cada rincón, para descubrir dónde se encuentra mi amigo. Debe de estar flipando con mi aparición estelar. Pero no lo vislumbro por ninguna parte. Taylor me pone un enorme vaso de cartón ante mi nariz.

—Toma. Bébete la mía —me ofrece—. ¿Estás bien?

—Fenomenal.

Me trago todo el contenido del vaso de un solo lingotazo y carraspeo cuando el alcohol desciende por mi garganta abrasándome. Es cierto que el plan de escape ha surtido efecto y me ha aliviado la ansiedad, permitiendo a mi cuerpo relajarse y sentirse seguro en un lugar de confort. No obstante, ahora los remordimientos aparecen como si fueran latigazos en forma de pensamientos. Jake no se merece esto, no de esta manera. Ni siquiera Blair se lo merece. Debí haberme negado desde el principio y no trastocarle toda su planificación en el último minuto.

Simplemente, no he podido afrontarlo.

Una música de ritmo frenético suena por los altavoces que acompañan a la televisión y nos sobresaltan. Un segundo después, Tommy aparece por la puerta sin reparar en mí.

—¡Chicos! ¡Ya va siendo hora de bailar! —grita emocionado.

Le da una calada a su porro casi consumido y entonces su mirada choca con la mía. El desconcierto se transforma en una sonrisa aprobatoria y, acto seguido, mueve el dedo, invitándome a llegar hasta su lado. Su cuerpo se empieza a mover al son de la canción electrónica que llena el ambiente y yo tomo de la mano a mi amiga. La arrastro hasta la pista improvisada que se acaba de formar en el centro y le digo al oído:

—Ayúdame a desconectar de todo. Hoy quiero que solo seamos Tommy, tú y yo, como antes.

Ella se coloca el pelo sobre uno de sus hombros y me escruta con sus expresivos ojos.

—¡Vale! ¡Bailemos! ¡Tú solo concéntrate en mí, en nada más! —exclama a la vez que me toma de las manos y alinea su cuerpo con el mío.

El ritmo me retumba en el pecho y los movimientos brotan por mis extremidades como una danza que pretende alejar el miedo. La cobardía. La traición que acabo de cometer contra Jake Harris.

La noche ha llegado y con ella ha traído los efectos del alcohol. La música suena alta en una habitación cargada de humo y de cuerpos en movimiento. Las canciones coreadas dan lugar a risas estridentes y disparatadas, tan características de una borrachera, que son la antesala a un desplome de sueño comatoso. Taylor está fumándose un cigarro sentada en el regazo del operador de cámara y, cada cinco segundos, se susurran cosas al oído que les provocan una sonrisa tonta de la que es difícil no sentir vergüenza ajena al presenciarla.

Enfilo el camino hacia las escaleras y asciendo al piso superior. A pesar de la desorientación que el alcohol ha desatado en mi sangre, mi destino aparece claro ante mi visión. Abro la puerta de Tommy y el olor a maría y a chicle de menta me sumergen en un consuelo que dura solo unos pocos segundos. Las sienes me laten cuando me derrumbo y me siento a la orilla de la cama. Un hondo malestar me recorre todas las terminaciones nerviosas y sollozo al pensar en la trastada que le he hecho a Jake. Lejos de las distracciones de la fiesta, soy consciente de que he actuado mal y de las consecuencias que ha podido tener para mi novio y su grupo. Las dudas que Blair se ha encargado de profesarnos durante toda la semana adquieren sentido después de mi plantón inesperado. Me replanteo la vida sin Jake y no llego a conseguirlo. Se ha convertido en un pilar persistente en mi día a día. En el principal motivo de mi inesperada felicidad. Si hace tan solo unas horas me hubiera detenido a pensar en todo lo que me ha aportado, en todos los sentimientos que ha despertado en alguien como yo, reacio a creer en las cosas buenas, quizá no estaría aquí. Sollozo al comprender que mi relación con Jake es tan importante para mí como la lluvia lo es para las flores salvajes; sin ella, no brotarían en primavera. Tengo que pedirle perdón y disculparme ante todo su equipo que tan bien me trató en la última gira acústica.

Enciendo el móvil y me encuentro con seis llamadas perdidas suyas y con un par de Annie. La culpabilidad que siento es tan grande que se me aguan los ojos. No puedo llamarlo, pero sí ir a su apartamento y aguardar su llegada con la esperanza de que su grado de enfado no sea tan grande para no querer mantener una conversación conmigo.

Los pasos de alguien que se adentran en la habitación me obligan a abortar la misión de llamar a un taxi. Levanto la cabeza y me choco con los ojos rojos y los párpados hinchados de Tommy. Por su aspecto, comprendo que está más colocado que de costumbre.

—Sabía que estabas aquí —suelta mientras camina hacia la cama—. Siempre te ha gustado mi habitación, ¿verdad? —Mi amigo se sienta a mi lado y su familiar olor cubre el aire que nos rodea.

—No está mal. —Encojo los hombros.

Tenerlo a mi lado en este momento en el que me siento como una auténtica mierda me hace cargarme de fuerzas renovadas. Nos miramos como hemos hecho tantas veces.

—¿Sabes? Tengo la impresión de que esto de hacer pelis es lo tuyo.

Él suelta una carcajada y se tira del flequillo con saña.

—Ni siquiera has visto el cortometraje —alega—. Pero mañana te lo mandaré para que puedas deleitarte con tus impresionantes primeros planos.

—No sé si lo necesito —vacilo, esbozando una mueca conmocionada.

Tommy resopla, estira las piernas y las cruza a la altura de los pies. Me gusta que él también se relaje conmigo, que yo también sea su lugar seguro.

—Lo digo en serio. Es evidente que esto te hace feliz. El equipo te quiere y te respeta y estás más contento que de costumbre —sostengo con cierto tono burlón.

—Hay otras razones por las que esta noche estoy así.

¿Qué tipo de razones? ¿Ha vuelto con Taylor y no me han dicho nada ninguno de los dos...? Lo dudo mucho, pero nunca se sabe teniendo en cuenta la sorpresa que me dieron en verano mientras estaba recluida en un centro de recuperación emocional.

—¿Qué razones? —Necesito que me lo aclare ya que no había hablado con mi amiga.

—Tú —responde dejándome atónita.

Una sensación de aturdimiento me invade y me fuerza a fijar la mirada en el suelo. El ambiente se carga de una tensión sólida y paralizante debido al rumbo que ha tomado la conversación.

—Esto no es algo de un día. Para nada. Eres una constante, Alessa. Y no podría vivir en un mundo donde tú no existieras —aclara.

Espero con todas mis fuerzas que se esté refiriendo a los matices de nuestra amistad. Y estoy dispuesta a darle el beneficio de la duda.

—Joder, qué bonito, Tommy. Yo también me siento así. —Subo la mirada y me choco con sus ojos, brillantes, oscuros, a punto de estallar—. Sé que ya no será como antes, que nos mudaremos y viviremos en lugares distintos, pero tengo la intención de seguir siendo tu mejor amiga toda mi vida.

Estoy sincerándome todo lo que puedo; así es como me siento, como siempre me sentiré respecto a él. Para mí, es irremplazable. Observo cómo menea la cabeza negando suavemente y alzando la cabeza hacia el techo.

—No lo estás entendiendo, Alessa —masculla entre dientes.

Me estoy asustando y apuesto a que mi cara es un poema descolorido. Pálido. Blanco. De terror. Mi amigo se rasca la frente con una de sus manos en un intento de aclararse la mente. Me mira y lo miro, con la boca entreabierta y una ceja levantada.

—Vale, allá voy —comienza, captando mi total atención—. Me pones mogollón. Y he descubierto que no voy a encontrar a nadie como tú. He intentado interesarme por otras chicas, pero hay noches en las que me levanto pensando en cómo sería besarte, joder. Me estoy volviendo un poco loco. —Su risa nerviosa me revuelve el estómago.

El estado de embriaguez se me ha pasado de un plumazo. Parpadeo un par de veces ante su atenta y suplicante mirada y finalmente decido cerrar los ojos. Mejor ver el negro del infinito al rostro de un mejor amigo que se acaba de declarar. Pasamos los próximos segundos en silencio y, cuando decido volver a abrirlos, él está cerca. Muy cerca. Se inclina hacia mí con la intención de posar sus finos labios sobre los míos y yo no puedo hacer otra cosa que agarrarle del brazo para apartarlo con suavidad.

—Tommy...

—Dime que no me vas a rechazar... —Reconozco que su mueca temerosa es irresistible.

—Estoy enamorada de Jake —confieso en voz baja.

Y en este instante comprendo que me he equivocado estrepitosamente al no acompañarlo a ese evento, que he metido la pata hasta el fondo de un pantano de arenas movedizas.

—Nunca pensé que alguna vez en mi vida afirmaría algo así, pero aquí estoy, sentada frente a alguien muy importante para mí, confesándome —continúo ante su ceño arrugado.

A pesar de este momento íntimo y revelador con mi amigo, lo único en lo que puedo pensar ahora mismo es en volver con Jake y en suplicarle que me perdone.

—¿Eres tú o te han abducido? —pregunta con cierto sarcasmo—. La persona con la que he pasado toda mi vida tiene alergia al amor. —Su versión era cierta hasta que conocí a Jake—. Joder, Alessa, cada vez que veíamos a una pareja dándose arrumacos y alardeando de su felicidad, te daban arcadas. Literalmente.

Abre los ojos en un gesto desmesurado que resulta un escudo para mi rechazo. Su incomodidad es evidente y de pronto siento que alguien sobra en esta habitación.

—Lo sé. Es paradójico. La peor broma del destino. Pero es la realidad. Y esta noche estoy más segura que nunca de mis sentimientos. —Los dos agachamos la cabeza a la vez y me exijo romper el hielo para liberar la tirantez que se ha impuesto entre nosotros—. Quizá estás muy colocado y por eso este traje rosa te ha nublado la mente —bromeo.

—Ojalá fuera eso. —Él me mira y se muerde el interior del labio.

—Tengo que irme, Tommy.

Necesito llamar un taxi con urgencia. Necesito enmendar mi error. Necesito a Jake. A nadie más que a él.

43

La oscuridad de antes de su fuego

Jake

Ni siquiera he esperado el coche oficial que la gala te administra para volver a tu lugar de origen. En el mismo instante en el que han entregado el último premio británico a un escritor internacionalmente reconocido, he agarrado el móvil para llamar a Stone. Y, solo quince minutos después, entraba en mi apartamento e iba directo al mueble de la bebida.

Me empiezo a torturar por lo que ha pasado esta noche. Sé que tendría que haber ido a recoger a Alessa a su casa, porque habrá sentido pánico y habrá sido demasiado para ella. Pero todo esto también es demasiado para mí y ya no sé cómo afrontarlo. Me siento culpable por lo que le ocurre, y cabreado con ella por haber desaparecido de nuevo y haberme dejado tirado. Muy cabreado, de hecho. Siento que voy a estallar. Así que, media botella de *whisky* después, he tomado una decisión.

Evito pensar en todas las preguntas amarillistas que han sonado en la alfombra roja relacionadas con Alessa, y ante las que solo quería gritar: «¡Ella tiene demasiado caché para estar aquí! ¡Tiene demasiado caché para estar conmigo!». Desde mi asiento en el sofá, oteo mi salón repleto de sombras y rincones oscuros, porque no me he detenido en encender alguna luz. Sin ella, este lugar se vuelve tenue, opaco, como abandonado.

Sé que quizá no es justo para Alessa que me sienta decepcionado por lo que ha ocurrido hoy —yo ya sabía que lo de los Brittan era mala idea—, pero esta chica pelirroja huye de mí cada cierto tiempo y eso es algo que no me siento capaz de revivir. Y no solo se trata de mí. Es evidente que ella no es feliz a mi lado, con la única vida que puedo ofrecerle. Lo peor es que tengo la absoluta convicción de que no hay nada más que pueda hacer; nada que no sea tomar la decisión que llevo meditando desde hace unas horas.

De repente, oigo unos tacones golpeando contra el suelo al otro lado de la puerta. Un segundo después, suenan dos golpes. Sé que es ella. ¿Qué hace aquí? No esperaba tener que enfrentarla todavía. Ahora estoy demasiado bebido. Y demasiado dolido, también.

Decido no contestar. No me levanto ni tengo intención de moverme para abrirle la puerta. Mis sentimientos encontrados se abren paso en mi garganta como si fueran una bebida de gas agitada que se abre por primera vez, concentrada y con un único objetivo: explotar hasta desbordarse. Y siento que no es el momento de hacerlo, no frente a ella.

Sin embargo, como tantas otras veces cuando se trata de Alessa, me llevo una sorpresa al escuchar la cerradura girar. Se ve que ha decidido utilizar la llave que le di. La puerta se abre y ella camina unos pasos hasta pararse en el centro de la estancia. La luz amarilla que se cuela por uno de los ventanales la aborda por completo revelándome su figura. Es una auténtica aparición, maldita sea. Una diosa exótica procedente del Olimpo. Por eso ha tenido las agallas de hacer lo que ha hecho hoy. Me había contado que Annie había hecho un buen trabajo, no que la fuera a convertir en una de las modelos que compiten cada año por ser la más cotizada. Con ese traje chaqueta que le estiliza la figura, esos ojos felinos e infinitos y esos labios prominentes, podría estar en cualquier portada de cualquier publicación. Y de nuevo se mueve por el lugar como si no se percatase de su poder. Llega a la zona del sofá con intención de encender la lámpara de luz cálida que siempre permanece prendida. Entonces repara en mí, que no le he quitado los ojos de encima desde que ha entrado por esa puerta, y se lleva la mano al pecho después de dar un respingo y retroceder un metro.

—¡Joder! ¡Jake! —chilla—. Me has dado un susto de muerte.

Nos miramos sin decirnos nada más y me llevo el vaso que tengo en la mano a la boca. Me bebo todo el *whisky* de un solo trago y lo dejo en la mesa. Me sirvo otra copa con una fingida indiferencia que sé que le afecta e intento no pensar en lo jodidamente atractiva que la hacen esos tacones y esa melena leonina que le enmarca todo el rostro como si estuviera en llamas.

—Jake, sé que estarás muy molesto. Enfadado, más bien, y con ganas de matarme por haberlo chafado todo... —En matarla precisamente no es en lo que estoy pensando en este momento—. Pero necesito decirte algo.

Me mira a los ojos esperando encontrar una réplica en mí que no encuentra. Abre la boca un par de veces antes de atreverse a hablar:

—Esta noche he terminado en la fiesta de Tommy... —comienza. Aunque era de imaginar, no puedo evitar la punzada de dolor y celos que me provoca saberlo—. Al principio fue como una liberación, me olvidé de toda la mierda que estamos soportando y solo pensaba en bailar. Pero eso apenas ha durado un par de horas, hasta que la verdad aplastante se ha revelado ante mí.

Está esperando que le pregunte cuál es esa verdad, pero no lo voy a hacer. Ahora mismo me siento demasiado cansado de sus dudas y de sus huidas. En el fondo ella sigue sin creer que lo nuestro es un hecho, así que se lo voy a poner fácil. Yo también he tenido una revelación esta noche.

—Esa verdad es que el único lugar en el que quería estar esta noche era a tu lado —confiesa y luego suelta todo el aire de sus pulmones como si se hubiera quitado un tremendo peso de encima—. Te necesito. Te quiero. Sin rodeos ni escenas en playas de por medio. Sin la coletilla del verbo «creer» por todas partes.

En otro momento, su confesión me hubiera hecho construirle un puto castillo, pero hoy no. Esta seguridad, esta imposibilidad de estar sin mí llega muy tarde. Demasiado. No puedo confiar en que no vuelva a desaparecer tras el próximo bache, tras un nuevo acoso de la prensa... Ni ella puede vivir con este estrés, ni mi orgullo soportará más abandonos. La decisión está tomada. Ya no hay vuelta atrás.

Su labio inferior empieza a temblar y, aunque no pueda ver dentro de su boca, sé que se está presionando la lengua con sus dientes.

—¿No vas a decir nada? —pregunta con el dolor materializándose en sus mejillas sonrosadas.

Le clavo la mirada y vuelvo a beber ante su aturdimiento. Le recorro todo el cuerpo con los ojos, me paro en su escote, en sus largas piernas, en sus manos apretadas por los nervios. Y la vuelvo a mirar. Sus iris son el reflejo esmeralda de cientos de árboles sobre un lago cristalino. Quiero decirle que ya es tarde para todo, que he tomado una decisión que nos beneficiará a ambos y que voy a cumplirla por difícil que me resulte. Pero mi cuerpo, y quizá también el *whisky*, hablan por mí:

—Quítate la ropa.

Esas tres palabras la abrasan. Reconoce el deseo en mi mirada entornada. Se lleva una mano al botón de su chaqueta y lo abre, descubriendo un sujetador de encaje blanco que se transparenta. Trago con dificultad. La garganta me quema y ahora no es por el alcohol. La respiración se me agita y mi sexo palpita con fuerza detrás de mis calzoncillos. Es una jodida ironía que hoy no aparezcan por ningún lado sus comentarios ácidos antes de caer rendida ante mí. Se desabrocha el pantalón y, antes de que se agache para quitarse los tacones, le digo:

—Déjatelos puestos.

Se muerde el labio inferior en un acto reflejo para aliviar su humedad; puedo notarla desde la distancia. Se quita el pantalón y, una vez en el suelo, lo aparta con una débil patada. Desnuda, con encaje blanco sobre su piel pálida y subida a unos tacones, Alessa resulta un puto hechizo. Lucho por aguantar su mirada sensual y dispuesta.

—Estás muy callado —observa ella—. ¿Quieres que haga algo?

El deseo le brilla en los ojos con intensidad. ¿Que qué es lo que quiero? «Querría que te quedaras así para siempre, que tus piernas se pegaran al suelo de este apartamento, pero me temo que tus alas son demasiado fuertes como para no alcanzar el vuelo». Observo cómo su dedo se cuela por debajo del tirante del sujetador y lo baja por sus hombros. Y ante eso, no puedo esperar más, me levanto de un salto, me abro los dos primeros botones de mi camisa y me planto ante ella. Nuestras respiraciones se entremezclan y el ambiente pasa a estar cargado de algo sólido que pesa. Nuestros labios se encuentran como lo hacen dos imanes. Contundentes, ansiosos e inevitables. No imagino mejor sabor que el de Alessa mezclado con el *whisky*. Me obligo a separarme con brusquedad y a dejar huérfana a su lengua demasiado pronto.

—Quiero que te tumbes sobre la alfombra —murmuro antes de acariciarle el labio superior con el pulgar.

La leona que tiene dentro obedece y sus costillas se marcan cuando su espalda toma contacto con el tapiz.

Sé que esta no es manera de hacer las cosas, no después de la decisión que he tomado, pero estoy embriagado con esta criatura que huele a albaricoque y que espera con anhelo el roce de nuestros cuerpos. No aguanto más. Me pongo de rodillas y me yergo sobre ella, que me taladra con esos ojos con los que voy a soñar el resto de mi vida. Para bien y para mal. Coloca una mano sobre mi piel, en el lugar en el que está mi corazón. Yo se la aparto y la afianzo arriba de su cabeza. Luego, le acaricio todo el cuerpo con la punta de la lengua. Tiembla cuando su piel entra en contacto con mi saliva. Al llegar a su hombro, sujeto el tirante entre mis dientes y lo bajo, descubriéndole por fin sus pechos. Alessa arquea la espalda para facilitarme el acceso a ellos, pero le hago caso omiso y me dirijo hacia su ombligo. Poso mis labios en su monte de Venus, alzo la cabeza y nos fundimos en una sensual mirada. Le bajo las bragas y hundo mi cara entre sus muslos. Sé exactamente dónde la tengo que besar, dónde la tengo que lamer, dónde tengo que succionar, y lo hago ante sus gemidos lastimeros y sus uñas arañando la tela de la alfombra. Percibo lo preparada que está para su liberación y me detengo en seco. Me coloco el flequillo hacia un lado y resoplo. Me obligo a relajarme mientras me abro la bragueta y me coloco el condón sin mirarla. Sé que no está contenta. Y creo que solo lo empeoro todo cuando vuelvo a clavar mi mirada en ella y la descubro con un semblante sofocado y al mismo tiempo armónico. Mi destino sería venerarla durante lo que me quede de vida, pero más vale conformarme con el ahora. Me coloco sobre ella y sus manos viajan hasta mi mentón, atrayéndome hacia sus labios y apresando mi lengua en su boca. Está tan hambrienta como yo, tan sobrepasada, tan impaciente, tan dispuesta para mí que en lo único que me concentro es en introducirme en ella y permanecer ahí una porción eterna de tiempo. Alessa gime alto con los ojos apretados y yo solo puedo alzar la cabeza hacia el techo de mi apartamento. La gente está equivocada. No encontramos el cielo al morir, sino cuando estamos dentro de la persona elegida. Lástima que sea un destino efímero, fugaz, perecedero. Acto seguido, me muevo de un modo pausado que no hace más que torturarla y tengo la sensación de que cada vez que me hundo me acerco más a su corazón, que ahora está alterado, luchando por no escapársele a través de la piel. Al menos, quiero llevarme conmigo haberle hecho el amor con una pausa que se nos va a quedar grabada en el alma a los dos.

—Podrías hacer cualquier cosa conmigo —confiesa entre débiles alaridos.

—Cualquier cosa, no. —Me mira y sabe que me refiero a que nunca aceptará esta vida. Mi vida.

Le rozo los senos excitados e hinchados con los dedos. En cada una de mis caricias hay un amor inabarcable, pero también un dolor hondo y egoísta que no va a desaparecer. Me detengo en seco y respiro agitado ante la visión de su lengua lamiéndose los labios. No quiero acabar, todavía no. ¿No puede durar esto toda una vida?

—Jake, necesito que sigas. Por favor —me suplica con un gesto lastimero.

—A veces necesitamos cosas que no están a nuestro alcance. Es jodido aceptarlo, pero hay que hacerlo... —le digo ante su gesto confuso.

No le doy tiempo a que formule ninguna pregunta porque me muevo un par de veces más marcando el punto que sé que la desborda. Se alza sobre sus brazos y grita con la boca abierta y los ojos clavados en los míos. Tatúo esa jodida imagen celestial en mi mente antes de embestirla por última vez y vaciarme mordiendo su cuello.

Consigo controlar mi respiración antes de lo previsto y me levanto sobre ella, que está desvanecida en el suelo con el sonrojo más bello del mundo adornando sus mejillas. Me pongo de pie y me abrocho el pantalón. Ni siquiera me he quitado la camisa. Agarro el vaso de *whisky* de la mesa para darme fuerzas ante lo que voy a hacer y me lo bebo todo de un tirón. Luego, vuelvo mi atención hacia ella. Quiero verla así por última vez; satisfecha sobre mi alfombra persa después de haber estado en su interior. Su pelo forma una aureola naranja que resalta con su piel pálida cubierta por una fina capa de sudor.

—Quiero que te vayas —le digo sin dejar traslucir ninguna de las emociones que me recorren por dentro en este momento.

—¿Qué?

—Vete, por favor.

—Mírame, Jake —dice con un tono burlón—. Estoy extasiada y no puedo moverme.

No la miro, ni siquiera oriento mi cuerpo hacia el suyo. Lo que hago es alcanzar la botella y tomarme un sorbo a gollete.

—¿Jake? —me llama.

Cuando vuelvo a observarla, ahora con cierta dureza, su expresión muda a una mueca de absoluto pavor.

—Quiero que te marches, Alessa.

—¿Que me marche adónde? —pregunta atolondrada mientras se pone la ropa interior—. ¿Qué coño pasa?

Pasa que se acabó, porque sé que es lo mejor para ambos. Ella podrá volar libre lejos de las cámaras, y yo centrarme en mi música sin sufrir por la posibilidad de que me abandone de nuevo.

No voy a darle la opción de convencerme para que cambie de idea. Así que, cuando Alessa se pone de pie y se acerca a mi cuerpo, yo retrocedo ante su invasión, dejándole ver que ya no creo en lo nuestro. No después de lo que ha ocurrido hoy.

—Lo siento mucho, Jake. Sé que la he cagado. Tendría que haber hablado contigo, tendría que haberte llamado antes de hacer nada... —Intenta arreglarlo y se coloca el pelo detrás de la oreja con inquietud—. Me asusté, pero no es excusa para haberte dejado tirado sin más —balbucea.

Mi boca esboza la sonrisa más triste de la puñetera galaxia entera. Su mensaje se encargó de romper esa parte de mí que creía haber recuperado.

—No encajas en mi vida, Alessa, y no voy a renunciar a mi mundo por ti —suelto.

—Yo nunca te he pedido que lo hagas. —Tiene el rostro desencajado y puedo ver cómo se le aguan los ojos.

—Lo sé, pero no hay ninguna puta manera de tener ambas cosas.

Doy un último trago a la botella, agarro la chaqueta y camino hacia la puerta. Ella me pisa los talones y me agarra del brazo antes de que mi mano alcance el pomo.

—¿No me has escuchado? Te quiero, Jake.

—¿De verdad sabes lo que quieres? ¿Estás segura de que no vas a salir corriendo de nuevo ante cualquier problema? —La ataco con una bajeza que ni siquiera es propia de un cabrón como yo, pero que me parece necesaria en este momento.

—Tienes razón, estoy perdida y todo esto me sobrepasa. Pero sé que quiero aprender a afrontarlo a tu lado. —Su estado de vulnerabilidad y de convencimiento me ablanda hasta tal punto que me replanteo mi decisión unos dos segundos. Sin embargo, esto es lo mejor. Lo mejor para ella. Este es el acto de amor más generoso que puedo hacer por Alessa, a pesar de que la vaya a destrozar, así que agarro el pomo y abro la puerta.

—¿Adónde vas? —pregunta temerosa.

Salgo fuera, pero, antes de cerrar, doy media vuelta y la miro por última vez.

—Mañana, cuando vuelva, espero que ni tú ni tus cosas estéis aquí.

Sus ojos destrozados también se me quedarán grabados.

En algún lugar escuché que algunos pájaros poseen unas alas demasiado bellas para enjaularlas. Alessa es uno de esos pájaros. Y cada vez que se le cae una pluma, le crece una más resistente, más brillante, más celestial, que la diferencia de todo y de todos. Como si fuera el ave fénix renaciendo una y otra vez. Alessa renacerá de este final. Lo sé.

En cuanto a mí, no estoy tan seguro. Para mí siempre estará la oscuridad. La oscuridad de antes de su fuego.

44

Un corazón roto por segunda vez

Voy en un taxi por tercera vez esta noche.

He esperado en el apartamento de Jake hasta comprender que no iba a volver, que todo esto no era una pesadilla y que estaba sucediendo ante mis ojos. Mi capacidad de reacción ha tardado en aparecer, pero ahí está.

¿Cuántas veces me ha repetido que no iba a dejar que me fuera? Le voy a demostrar que no voy a irme a ninguna parte, nunca más. Mi destino es el Gini's, como no puede ser de otra manera. Estoy segura de que Jake está allí y lo voy a traer de vuelta a casa.

Las manos me sudan a pesar de que la temperatura exterior roza los tres grados. Por lo menos he podido cambiarme el traje de firma por unos *jeans* y mi abrigo de pana. El conductor se detiene frente a la puerta de la discoteca y me apresuro a pagarle y a darle una propina por no haberme dado conversación en uno de mis días más complicados. Salgo del vehículo con los nervios reflejándose en la torpeza de mis extremidades. El portero ni siquiera me pregunta cuando me ve aparecer, sino que se aparta con amabilidad para despejarme el paso. La música me retumba en el pecho con fuerza. Pum, pum, pum. Y se mezcla con el desconcierto que mi corazón sufre desde que Jake se ha atrevido a follarme sobre su alfombra y a dejarme un minuto después. Había bebido, sí, pero no se veía ido ni nada por el estilo. Simplemente parecía dolido, aunque totalmente en sus cabales.

Me abro paso entre la gente que abarrota la sala, decidida a llegar hasta su reservado habitual. Al primero que diviso a lo lejos es a Mark dándole un trago a un vaso gigante. Demasiado pronto reparo en todas las piernas desnudas esparcidas por los asientos de los sofás y sillones que conforman el lugar. ¿De dónde han salido todas esas chicas? ¿Dónde está Jake?

Solo tengo que acercarme un poco más para encontrarlo. Y lo que veo me hace pararme en seco y llevarme una mano al cuello, sobrepasada. Una rubia campa a sus anchas sobre el regazo del que era mi novio hace tan solo... ¿un par de horas? Desearía darme la vuelta y encontrar un botón de rebobinar en mi cabeza para no encontrarme nunca con esta estampa, pero una parte de mí —llamémosla «orgullo», quizá— me insta a hacerlo entrar en razón. La tristeza perpetua de sus ojos hoy está transformada en un resentimiento que nunca antes he visto en él. Sin parar a pensármelo, camino hacia el reservado, me pongo delante de ellos y choco con la mirada de Rob, que está metiéndose una raya en un rincón de manera disimulada. Menos mal que la oscuridad lo oculta. Dirijo mis ojos a los del señor que acaba de abandonarme y me encuentro con una mueca de sorpresa en su boca doblada. Tiene la piel de las mejillas de un color rosado intenso, señal inequívoca de que lleva una cogorza descomunal. Entonces pienso en la botella casi vacía de su apartamento y observo la mesa del reservado, inundada de copas rebosantes de alcohol. ¿Se da cuenta de lo que está haciendo? Intento contener mi tono y no montar en cólera, porque quizá todo esto sea una consecuencia de mi plantón.

—Vuelve al apartamento, por favor —le pido por encima de todo el barullo.

Tiemblo cuando me clava su mirada rebosante de lo que me parece un odio desgarrador. Y se me hace muy difícil respirar cuando descifro lo que quiere decirme: «Ya no hay nada más que hacer».

Pero lo vuelvo a intentar, otra vez:

—Por favor, Jake. —El corazón se me acelera y se me sube a la garganta.

—Pero... ¿y esta quién es? —En el momento más inesperado y menos oportuno, por fin encuentro a alguien que no sabe quién coño es Alessa Stewart.

La chica ni siquiera puede abrir los ojos del todo, así que estoy segura de que no llega a enfocarme bien. Ante mi mirada abatida, Jake posa la mano en el hombro de la chica.

—Nadie —contesta él.

Luego, coloca su cabeza en el cuello de la rubia y posa los labios sobre su piel.

La lame.

Y así es como un corazón se rompe por segunda vez.

En los siguientes segundos, sopeso muchas opciones, entre ellas, partirle una botella de tequila en su cabeza de genio musical, pero la ansiedad aparece para limitarme los movimientos y también para bloquear el parpadeo natural de mis ojos. Suelo aguantar mucho sin respirar bajo el agua, aunque, sin duda, rompo el récord cuando enfilo la salida con la garganta sellada y apartando a la gente con débiles empujones. No puedo respirar. Y solo vuelvo a tomar aire cuando salgo al frío de la calle que me abofetea para sacarme del trance.

Camino sin saber muy bien cómo lo hago. Las luces de Navidad colgadas sobre la carretera se convierten en estelas gigantescas que no paran de girar. Todo da vueltas, y la respiración cargada da sus frutos. Me tropiezo, mareada, y logro llegar hasta un callejón en el que hay una puerta de la que sobresalen un par de escalones. Me desplomo sobre ellos y cierro los ojos para recuperarme y poder llegar a un lugar seguro. Sin embargo, mi mente va a tres mil revoluciones por delante de mi cuerpo y eso lo descompensa todo. Aterrorizada, tanteo en el bolsillo de mi abrigo hasta que saco el móvil. Se me cae al suelo y me arrodillo ante él. Tengo que llamar a alguien. Dudo si llamar o no a mi madre, porque claramente esto es una emergencia. Sin embargo, cuando por fin consigo abrir la agenda de contactos, el nombre de «Annie» aparece el primero. Ella me ayudará, estoy segura. Rezo internamente para que me conteste al teléfono a estas horas de la madrugada y, al oír el tercer tono, contesta con la voz adormilada.

—¿Alessa...? —pregunta—. ¿Qué te ha pasa...? —Enmudece en cuanto escucha mi respiración entrecortada al otro lado de la línea.

—Puedes rec-oger-me, por f... —Apenas puedo pronunciar las palabras porque no tengo suficiente aire en mis pulmones.

—Alessa, tranquila, ¿vale? Respira.

—Annie —sollozo compungida.

—Solo escúchame. ¿Dónde estás? —me pregunta ella ya con la voz más despejada.

—En un callejón que no sé... —suelto a duras penas.

—¿Dónde estabas, Alex?

—En el Gini's —¿Realmente he estado allí o ha sido todo una pesadilla?

—Espérame ahí, no te muevas. Voy para allá. —Annie cuelga.

Dejo de escuchar su voz y me arrastro hasta que mi espalda choca contra la pared helada de la fachada. Me recuesto en ella y me pongo las manos sobre el rostro. Las lágrimas salen descontroladas y mi respiración se vuelve aún más agitada. Tengo miedo de perder la consciencia.

Un día, no mucho después de llegar a Camden Hall, Norma me explicó que los ataques de pánico siempre tenían un pico. Y que, una vez que se sobrepasa ese vértice, la intensidad se desploma a la fuerza. Lo cierto es que nunca me había dado un ataque como el de hoy, pero creo que entiendo a qué se refería Norma. No sé el tiempo que llevo aquí sentada, estoy desorientada y quizá en algún momento me haya desmayado, pero noto cómo la intensidad desciende porque respiro de manera más lenta. El cuerpo me pesa y lucho por abrir los ojos. Justo en ese momento, oigo un coche entrar en el callejón y mi cuerpo termina de relajarse cuando escucho la voz de mi amiga:

—¡Alex! Gracias a Dios, estás aquí.

Consigo subir la cabeza y mirarla. Aún estoy mareada, pero consigo enfocarla cuando se arrodilla frente a mí. Me inspecciona de arriba abajo, me toca los hombros y me aprieta la mano.

—¿Qué ha pasado? —pregunta con desesperación—. ¿Estás bien?

Valiéndome de un tremendo esfuerzo, asiento, y reparo en que ella lleva su pijama bajo el abrigo abierto.

—Lo siento, Annie...

—No digas tonterías. Mírate, estoy muy preocupada. Menos mal que me has llamado —me asegura ella.

Le agarro la mano y me seco todas las lágrimas que mojan mi cara.

—¿Qué ha pasado? —Annie quiere descartar algo grave. Quizá me podría haber sucedido algo peor que me rompieran de este modo y que me humillaran delante de toda esa gente. Que me partieran por la mitad, que me arrancaran un pedazo de mí. Comienzo a llorar de nuevo.

—Eh —me llama con cariño—. Venga, estoy aquí, puedes decírmelo.

—Jake me ha dejado hace dos horas y acaba de comerle el cuello a una tía delante de mí. A saber qué estarán haciendo ahora... —suelto por fin.

Annie se lleva su mano a la boca y sus ojos se abren con el terror reflejándose en ellos.

—Me ha dicho que saque todas las cosas de su apartamento —confieso con una vergüenza aún más grande de la que he pasado dentro del puñetero Gini's.

—¿Eso ha dicho? —Pocas veces he visto a mi amiga tan indignada—. ¿Sabes qué vamos a hacer? Te voy a acompañar al apartamento y te ayudaré a recoger tus cosas. Luego te llevaré a casa y me quedaré contigo esta noche —resuelve.

Tengo un milagro por amiga. La he sacado de la cama y lo único que hace es mostrarme su apoyo incondicional. ¿Cómo le digo que tengo el corazón roto?

—No sé si tengo fuerzas, Annie. Me duele todo el cuerpo —me sincero—. Estoy rota.

—Lo sé, cariño. Lo sé. Pero inténtalo, ¿vale?

Me agarra por los antebrazos y tira de mí. La calle se tambalea bajo mis pies, pero pronto consigo reponerme. No estoy sola, estoy aquí con ella. Nos subimos al coche y nos ponemos los cinturones en silencio.

—Jacob Allen Harris ya no existe para mí. —Es de lo único que estoy segura desde que mi vida ha dado un vuelco de ciento ochenta grados.

Annie me mira y las lágrimas vuelven a desfilar por mis mejillas. Me duelen los ojos de la irritación. Me molesta respirar. No siento la sangre circular tras las venas. Y lo peor es que aún no he asimilado del todo esta noche infernal.

—Lo superarás. Y yo estaré a tu lado. —Sus palabras me tranquilizan en este estado de sofoco sensorial permanente.

—Gracias —digo con la voz quebrada por el llanto.

Annie mete la llave en el contacto y emite un fuerte resoplido cargado de incredulidad. Antes de arrancar, mascula:

—Menudo cabrón.

Tan solo una hora después, estoy saliendo del apartamento de Jake Harris acompañada de Annie. En la mano llevo una bolsa con todas las pertenencias que tenía aquí. Dentro, en mi interior, guardo los pedazos de un corazón roto.

La vida empieza de nuevo. Y dolerá.

45

Enero es un mes frío,
tan frío como el océano Antártico

En Nochebuena, mi madre me obligó a salir de la cama y sentarme en la mesa para dos que había preparado. Hacía cuatro días que pasaba el tiempo hibernando en mi habitación, donde apenas salía de debajo del edredón. Cuatro días desde aquella fatídica noche en la que me había desplomado a las afueras del Gini's es lo que había tardado mi madre en subir las escaleras, entrar en mi habitación y quitarme el móvil de las manos.

Yo había esperado día y noche a que Jake me llamase y me explicara ese acto tan vil que yo había presenciado, pero nunca lo hizo. Y yo no había parado de entrar en internet y refrescar las noticias. Hasta que me di de bruces con la verdad: el reencuentro de Jake Harris y Charlotte Rey estaba por todas partes, hasta en los encabezados publicitarios de las páginas web. Menos mal que me había prometido que «su Charlo» jamás iba a volver a pisar aquel *pub* del diablo. En ese momento, grité, golpeé la pared y estrellé el móvil contra la puerta. Mi madre no tardó en llegar, me miró con el pelo revuelto y los ojos muy abiertos —seguro que la había despertado—, se agachó para recoger el aparato y, antes de desaparecer por la puerta de nuevo, proclamó un «¡Se acabó!» en un grito ahogado que me sirvió para poner las cosas en perspectiva.

Jake me había traicionado. Es verdad que yo le había fallado antes al darle plantón, pero aquello no era comparable. Y, puestos a indagar en lo malo, la propia naturaleza de las traiciones a veces nos trae la clarividencia más aplastante. Ese desgraciado seguramente se tiró a una rubia la misma noche que me dejó. Y no había ninguna culpa que valiese por mi parte.

Ocupé los días siguientes leyendo, leyendo y volviendo a leer libros que ya había descubierto tiempo atrás, y también visionando películas absolutamente demoledoras que Tommy me había recomendado después de mi insistencia. Quería evadirme de la mierda de realidad en la que se había convertido mi vida, quería sufrir. Y lo estaba consiguiendo.

Durante esos días, también hablaba con Annie y con Taylor por teléfono, aunque yo siempre estaba en otro universo paralelo: en el del libro que me estaba leyendo o rememorando los últimos momentos que había pasado con Jake. Aquel acto exquisito, lleno de amor, de caricias, de unión y vínculos inexplicables que ahora aborrecía además de no comprender. ¿Por qué Jake había actuado de aquel modo? Se estaba forjando un trauma en mi interior, podía dar fe de ello.

Lo mejor que hice fue olvidarme del móvil y centrarme en el cine y la literatura, en otros mundos que me hacían olvidarme del mío. El olor a libro me permitía descansar un poco de ese aroma a hierba mojada que me salía por los poros. Pero las madrugadas seguían siendo lo peor. Tenía pesadillas con aquella noche, con aquella rubia, con esos ojos grises que no había reconocido en medio de la humareda y el alcohol. Con mi corazón latiendo, perdido, desubicado, intentando recomponer los pedazos... Me levantaba sudando, bajaba al jardín y miraba las estrellas como tantas noches pasadas había hecho, pero esta vez no me tranquilizaban, sino que me hacían acordarme de los lunares sobre su espalda, de las constelaciones oscuras sobre su cielo blanquecino. Lloraba y solo volvía a meterme en la cama cuando las lágrimas se habían agotado y me era imposible mantener abiertos los párpados hinchados.

El mes de enero se convirtió en mi propio infierno personal.

Mi madre estaba preocupada. Sin embargo, me sorprendió concediéndome espacio y conversaciones banales mientras yo me sentía como si hubiera perdido una parte de mí, el pedazo con el cual había logrado recomponerme. Aquella persona que ponía canciones que sanaban heridas, aquel chico que me había lamido las lágrimas, el mismo que me había amado por primera vez y con quien había saboreado el placer más puro. Pero, sobre todo, con quien había descubierto la mayor verdad de mi vida: que tanto él como yo estábamos atrapados en un mismo planeta, a millones de años luz de la Tierra. Y todo eso se había esfumado. Ahora estaba sola en aquel lugar inmenso y gélido. Sumergida en mi propio océano Antártico.

Por suerte para todos los depresivos, existieron los Smiths. Llevo una semana sin hacer la cama y, según las estadísticas de mi iPod, *Asleep* ha sonado unas cuarenta veces en las últimas veinticuatro horas. Creo que no hay una manera más exacta de describir un estado de ánimo. Es como si me hubieran vaciado por completo y, en vez de sentirme más ligera, los huesos me pesaran más que nunca. Y ese peso insoportable me impide levantarme para enfrentar el día. La pongo de nuevo. Morrisey canta en mi oído: «*Sing me to sleep, sing me to sleep*», pero después de los primeros versos me veo obligada a detenerla y quitarme los auriculares por la irrupción de mi madre en la habitación. Sin reparar en mí, vuela hasta la ventana y corre las cortinas de un fuerte tirón. Mis ojos batallan para acostumbrarse a la luz gris de una mañana característica de Londres. Por lo menos, el tiempo me acompaña. Va acorde con mi maltrecho interior.

—¡Levanta! —exclama mi madre cerniéndose sobre la cama y arrancándome el edredón.

—Eh... Para el carro —protesto—. Hace un frío que pela. De lejos, donde mejor se está hoy es en la cama.

Ese comentario irónico habría pasado desapercibido para ella si no llevara tantos días pululando de la cama al escritorio, luego a la ducha y luego de vuelta a la cama. Con un resoplido de fastidio, me clava su severa mirada antes de apretarse la coleta sobre la nuca. Se gira hacia la cómoda y agarra una caja pequeña que no sé de dónde ha salido y la tira a los pies del colchón.

—Te he comprado un móvil y te he cambiado de número. Borrón y cuenta nueva —suelta quedándose tan pancha.

Me cubro la cara con las dos manos. Me gustaría gritarle que hace tiempo que paso del móvil y de todo lo que no tenga que ver con la época de los noventa para atrás. Pero ni siquiera para enfrentar a mi madre —que no hace mucho era mi pasatiempo favorito— tengo fuerzas.

—Y, además, vas a eliminar todas tus redes sociales y abriremos otras en cuanto te busquemos un seudónimo.

Tuerzo tanto la boca que no me hacen falta las palabras para que comprenda mi desacuerdo.

—¿Pretendes que me vuelva a conectar a este mundo de mierda que ha perdido el norte? —pregunto atónita.

—Un mundo de mierda, sí, pero es el único que tenemos —clama ella.

—Según Annie, mi popularidad ha bajado de la noche a la mañana y apenas se acuerdan de mí. Al final lo único que hacía falta era que ese capullo volviera con la loca de su ex —le informo, disimulando el dolor que se ha instaurado en mi pecho.

—A mí Jake Harris me importa una mierda. —Qué bien me sientan sus palabras. Ojalá algún día pudiera afirmarlo yo—. A mí me importas tú.

Mi madre camina decidida hacia la ventana y la abre. El frío se cuela en el interior y me hace abrazarme las rodillas.

—Hija mía, quiero que entiendas muy bien que nunca dejaré que ningún tío te hunda —dice con rotundidad.

Nos miramos en silencio y, al final, asiento. Ya me he lamentado por mis errores. Ya he llorado lo suficiente a Jake Harris para empezar a odiarlo por lo que me ha hecho. Y mi madre, que atraviesa la habitación y se para antes de cruzar la puerta, está de mi lado.

—Métete en la ducha, quítate las legañas y luego baja a mi despacho para que pueda enseñarte las fotos del que será tu apartamento en Kent. —Abro mucho los ojos esperando una explicación—. Nos estábamos quedando sin tiempo y he tenido que hacerlo, Al. No es nada del otro mundo, pero está cerca del campus.

—¡¿Por qué siempre tienes que hacer las cosas sin tenerme en cuenta?! —bramo tirándome hacia atrás y llevándome el edredón conmigo.

—Levántate ahora mismo. —Me clava sus afilados ojos y me acobardo—. Si no, vaciaré toda la despensa y me llevaré el chocolate y las galletas bañadas en chocolate; es decir, tu única dieta desde hace semanas.

—No sabía que en Chicago habías desarrollado tu parte más déspota.

—Es una amenaza, Alessa, y sabes que la cumpliré. —Sin decir nada más, sale por la puerta.

Me quedo en la cama, me cubro la cabeza con el edredón y ahogo un grito desesperado. Por primera vez en mi vida, me temo que acataré las órdenes de mi madre sin rechistar. Ojalá febrero se presente como una nueva oportunidad para romper absolutamente con todo.

46

La independencia

—Como ves, no es nada del otro mundo, pero tuve que pelearme con unos padres que llegaron más tarde y que le ofrecían más dinero al casero —me hace saber mi madre a la vez que suelta una caja de cartón al lado de la puerta.

El *loft* es pequeño y aúna una cama de matrimonio, un escritorio y una minúscula cocina en un solo espacio desprovisto de decoración alguna. Solo hay una puerta frente a la cocina que supongo que será la que conduce al baño. Los muebles son de color blanco y la cama no tiene sábanas, pero el sillón de terciopelo azul marino que está colocado frente a la única y amplia ventana que tiene el apartamento, junto a una estantería de madera que decora esa pared, impregna la estancia de cierta melancolía. Un sentimiento que ahora mismo me viene como anillo al dedo.

—Está bien, mamá —le contesto—. No seas exagerada.

—La vitrocerámica solo tiene una placa. —Baja mucho las cejas—. ¿Seguro que te apañarás bien?

—Alguna vez podrías confiar un poco... —añado.

Yo ya me he hecho a la idea de que sobreviviré las próximas semanas a base de sándwiches fríos y comidas rápidas, aunque comprendo que lo mejor es mantener a mi madre al margen de dicha información.

—De nuestra casa a esta caja de zapatos el cambio es bastante evidente.

—Tira de la maleta hasta colocarla delante del armario que se alza frente a la cama y da un giro sobre sí misma—. Por lo menos está limpio, algo es algo.

Pongo los ojos en blanco y voy hacia el fregadero. Acto seguido, abro el grifo para probar la presión.

—¿Sabes una cosa? Aunque sea paradójico por los metros construidos y todo el lujo, siempre me he asfixiado un poco en casa —confieso ante la mirada apenada de mi progenitora—. Puede que descubra que me gustan más los pisos pequeños.

La sonrisa que se me abre en la comisura de los labios le otorga cierta paz. Camino hasta la ventana y observo la calle residencial de edificios bajos que está situada a menos de diez minutos del campus. Es bastante evidente que la calma es un fuerte de este lugar, apenas nos hemos cruzado con un par de personas cuando hemos callejeado con el coche hasta llegar a nuestro destino.

Las farolas ya están encendidas, aunque el cielo aún esté teñido de las últimas luces violáceas del atardecer.

—Voy a ayudarte a hacer la cama antes de marcharme —ofrece antes de agacharse ante una bolsa gigante en la que ha guardado sábanas, toallas y algunas mantas de lana.

—No hace falta, mamá, de verdad. Estaré bien —la tranquilizo, a pesar de que mi corazón tiemble de incertidumbre ante la soledad que se avecina cuando desaparezca por la puerta.

—Ven aquí y ayúdame —me insta. Luego tira el edredón, que aterriza encima del escritorio.

Vestimos la cama en equipo e inmersas en un silencio incómodo de anticipación. Las sábanas son nuevas y tienen un color gris claro que me recuerda a los preciosos iris de la persona que me ha roto el corazón. Es un detalle que se le ha pasado por completo a mi madre, aunque no puedo culparla. Ella no ha estado a milímetros de distancia de ese par de ojos, no los ha visto temblar de deseo, gruñir de impaciencia o brillar ante la antelación. Mi madre se ha portado mejor que nunca y, gracias a ella y a sus gestiones, mañana empezaré mi primer día de universidad. Si fuera por mí, seguiría sin salir de mi habitación, dentro del edredón, con el miedo en el cuerpo y exenta de todas mis fuerzas y todas mis ganas.

—Listo. —Da unos golpecitos a la almohada con cierto nerviosismo.

Cruzo la habitación en apenas ocho pasos y recojo la caja de cartón del suelo para subirla a una barra que hace de mesa y que cuelga de dos bisagras atornilladas en la pared de la cocina.

—Tienes que irte, no quiero que llegues muy tarde a casa —le digo sin que crucemos nuestras miradas.

Escucho cómo se coloca el bolso y saca las llaves del coche. Doy media vuelta y nos observamos en un mutismo digno de alguien que no encuentra palabras para una despedida. Mi madre tiene los ojos llorosos y está a punto de derrumbarse, así que ni siquiera le doy tiempo de que lo haga. Me acerco a la puerta y la abro.

—Nunca te ha gustado conducir de noche —le recuerdo.

Ahora es a mí a la que se le forma un pesado nudo en la garganta que me dificulta el habla. Al segundo siguiente, tengo los brazos de mi madre sobre la espalda, rodeándola, y apretándome el cuerpo contra el suyo.

—En la caja tienes todos los cacharros necesarios para la cocina. Son pocos, pero con eso servirá de momento —me indica cuando se separa. Se seca la lágrima que le moja la mejilla derecha y cruza la puerta—. No te olvides de ir mañana al súper.

—Sí, mamá. —Le doy un empujoncito para que salga del todo.

Ella se queda frente a mí, con la mano apoyada en el marco de la puerta.

—Esta es una nueva vida, Alessa, una etapa realmente importante. Disfrútala. Si quieres, el año que viene podemos buscar algo mejor —propone, echando una última ojeada al *loft*.

—Mamá, voy a estar bien —aseguro.

¡Pero en el fondo no quiero que se vaya! ¡Tengo que hacer de tripas corazón!

Da media vuelta, pero se gira de nuevo y vuelve a estar frente a mí.

—Y si no estás bien... Sabes que solo tienes que llamarme, ¿verdad? —Noto la preocupación en su voz—. Estaré aquí en menos de dos horas.

—Lo sé —respondo.

Mi madre asiente medio convencida y nos miramos por última vez antes de que cierre la puerta y me atraviese el peso de su ausencia entre estas cuatro paredes.

Ocupo mi mente en deshacer la maleta y colocar todo en los sitios que le asigno a partir de ahora. Guardo la ropa en el armario, las toallas en el baño, me pongo las zapatillas de estar por casa y organizo los utensilios y las cazuelas en la cocina. Casi me pongo a llorar cuando encuentro una bolsa con provisiones de mis palitos de galleta bañados en chocolate dentro de la caja de cartón. Después de colocar los libros en la estantería, cerrar las cortinas ante el cielo oscuro y despejado y volver a abrirlas de nuevo para acudir a las estrellas si las necesito, doy por terminadas las tareas domésticas demasiado pronto.

Me ducho en un baño extraño e intento acostumbrarme a la débil presión del teléfono de la ducha. Aun así, el agua caliente, venga de donde venga, siempre resulta relajante. Me pongo el pijama, agarro el iPod y me tumbo en la cama. De repente, todo se me viene encima. Este silencio aplastante, este vacío, este techo desconocido, este cielo distinto... «La música sigue aquí conmigo», me digo para intentar animarme.

Así que esto era estar sola, no lo que había experimentado en Camden Hall, donde los propios sonidos de mis compañeros en sus habitaciones me hacían compañía. Y esas melodías que me llegaban en pocos tramos de tiempo desde la planta de arriba... Desde la habitación de Jake. Hundo las manos en estas sábanas del color de sus ojos y me cubro con ellas mientras me pierdo en los recuerdos de esa última vez, de esas caricias lentas, de sus labios presionando los míos, de su cuerpo invadiéndome por completo. Y como un hachazo mortal, me asalta la imagen de esa chica y la caricia con su boca en la piel de su cuello. La humillación. La ruptura, no solo de nuestra relación, sino también de una parte de mí que conformaba un todo. Solo me queda recomponerme. Y supongo que todos saben que es en los peores momentos en los que necesitas escuchar la voz de ese alguien que te hizo sentir. Menos mal que mi madre arrancó de cuajo todo contacto con el pasado y con esa vida efímera y cruel que llegué a saborear con intensidad.

Cruzo los dedos para que mañana nadie me reconozca. No quiero que nunca se me vuelva a relacionar con Jake Harris. Es difícil fingir que alguien está muerto cuando aparece por todos lados, cuando su voz suena en cada anuncio y sus ojos me miran desde cada revista o valla publicitaria, pero estoy dispuesta a intentarlo.

Pongo música.

De nuevo, los Smiths, como tantas veces estos últimos días. En momentos tan susceptibles, sus letras siempre me arrancan las lágrimas. Así que lloro, me meto dentro del edredón y cierro los ojos. Me imagino que mamá está al otro lado de la pared, tomándose su pastilla para dormir, y que tira de la cadena después de aplicarse la crema antiarrugas en la cara. Pero no escucho nada, solo el silencio.

La independencia es sentir el vacío de la ausencia cuando te quedas completamente solo por primera vez.

He dormido fatal. Me cuesta un mundo salir de debajo de las sábanas y levantarme, pero mi sentido de la responsabilidad es más poderoso que mi bochornoso estado, así que salgo de la cama y me voy directa al baño.

Media hora después, vestida ya con un pantalón vaquero y un jersey de lana, estoy delante de la encimera manteniendo una ardua batalla contra la cafetera italiana que me ha regalado mi madre. ¿Habrá algo más sencillo que preparar un café en ese cacharro? Probablemente no, pero, por lo visto, mi torpeza es ilimitada. Me llego a replantear calentar agua y decantarme por el típico té inglés. Sin embargo, esta idea se desvanece tan rápido como entra en mi campo de visión mental la imagen de Jake sin camiseta en su barra americana sirviéndonos dos tazas de la receta de su abuelo. No pienso volver a tomar té en mi vida. El té me recuerda a él. Así que me empeño en abrir como sea la cafetera y finalmente lo consigo, no sin evitar que el filtro salga despedido hacia la pila del fregadero.

—¡No salgo de este apartamento del demonio sin tomarme un jodido café! —grito, totalmente vencida por la impaciencia.

Y tan solo diez minutos después, me estoy tomando el café mientras observo por la ventana a una mujer que lleva de la mano a sus dos hijos pequeños con dos enormes mochilas con dibujos infantiles idénticas a la espalda. Ojeo la hora en el móvil y el estómago me da un vuelco: ha llegado la hora de irse. Es muy probable que los nervios me maten antes de que pueda pisar el campus.

La ciudad de Canterbury es pequeña, coqueta y está diseñada para la vida estudiantil, ya que casi el setenta por ciento de la población son universitarios. No es difícil moverse por sus calles y conocer sus puntos fuertes, pero en esta época del año el clima no acompaña. Cuando llegue la primavera el paisaje ajardinado de alrededor del campus y su césped infinito se mostrarán relucientes ante la siempre difusa luz del sol. Sin embargo, hoy el cielo está encapotado y los árboles desnudos se mimetizan con una niebla gris que le concede al lugar un aspecto lúgubre que no le hace justicia. Lo bueno es que, mientras atravieso el camino que conduce al edificio de mi universidad y que está atestado de jóvenes apresurados, nadie repara en mí. Tal vez tenga algo que ver el gorro que me cubre gran parte de la frente y la bufanda que me llega hasta la nariz y que me protege del frío matinal. «Sea como sea, aquí no soy nadie», me digo. Agarro con fuerza el asa de mi mochila e incremento el ritmo. En el fondo, una parte de mí, por pequeña que sea, se siente orgullosa por haber logrado superar el mes de enero. Encajar en la universidad es otro asunto. Al menos, por el momento, no he visto nada comparado con el ambiente elitista de la fiesta a la que me arrastró Taylor.

Subo las escaleras de un edificio alto con cristaleras y me detengo antes de entrar. Saco el móvil y miro el horario. La primera clase se llama Análisis de Textos Literarios y, según tengo apuntado, se imparte en la segunda planta. Me dirijo hacia allí con las manos temblorosas y un creciente sofoco que proviene de la diferencia de temperatura dentro de la estancia. Lo primero que me llama la atención es la cantidad de jóvenes, de todo tipo, que surcan los pasillos. Algunos se apiñan en grupos y charlan entre ellos aprovechando los últimos minutos antes de que las clases comiencen. Otros parecen demasiado cansados para tener abiertos los ojos y pararse a saludar. De lejos, observo una gran marea de cabezas que suben por las escaleras a las que me dirijo. Al llegar al primer piso, muchas de esas cabezas desaparecen por una puerta doble que da un pasillo. Llego a la segunda planta y cruzo una puerta idéntica a la de abajo. Ya en el pasadizo que me corresponde, recorro unos metros hasta detenerme frente al número de aula que indican mis notas. Un par de chicas conversan ante un tablón con un vaso de cartón en las manos. Al acercarme a ellas, me llega el aroma a café. Si Taylor estuviera aquí, me diría que, aunque estuviera segura de estar en el lugar indicado, siempre viene bien comprobarlo y, de camino, sociabilizar. Así que me lanzo:

—Hola —saludo. Las chicas me miran y forman una sonrisa enorme en cada una de sus bocas—. Esto es Análisis de Textos Literarios, ¿verdad? —pregunto con educación.

—Sí, es aquí —contesta la más alta de las dos, que esconde sus cejas detrás de un largo flequillo—. Ya puedes entrar si quieres.

Asiento y me quito el gorro y la bufanda de un solo movimiento. El calor del recinto, añadido al bochorno de las primeras presentaciones, se hace insoportable. La melena me cuelga por la espalda y me coloco detrás de la oreja un par de mechones despeinados. Entonces noto los dos pares de ojos de mis nuevas compañeras clavados sobre mí. Ni siquiera les devuelvo la mirada porque sé que me han reconocido y que se estarán preguntando qué hace aquí la novia despechada a la que Jake Harris le ha dado la patada. La tonta que ha creído en las palabras de un chico engreído y narcisista. Elijo que este es el momento de entrar por la puerta antes de que me lluevan preguntas que no voy a contestar.

El aula de tipo anfiteatro me genera respeto. El color oscuro de las mesas unidas formando un semicírculo le aporta cierta solemnidad a la estancia y no me sorprende ver a algunos de mis compañeros ocupando la última fila. Puesto que no quiero relacionarme con ellos, ni tampoco ocupar los asientos más cercanos a la pizarra y al proyector para no ser presa de cada pregunta incómoda del profesor, me decanto por buscar un sitio solitario en la parte central de las gradas. Tomo asiento y, de pronto, me percato del murmullo que se forma sobre mi cabeza. No quiero obsesionarme, pero me llegan algunos «Alessa» susurrados, que me hacen encorvarme sobre la mesa y sacar la libreta para tomar apuntes de la nada. Parece que mi cabeza va a traspasar el papel y hundirse bajo el suelo.

—Ese pelo no podía ser de otra persona. —No me lo creo. Se han atrevido a encararme en plena clase. Pero... la voz que ha llegado hasta mis oídos me resulta conocida, muy conocida...

Subo la cabeza lentamente y me choco con unos ojos emocionados. Los ojos azul claro de Ryan se esconden detrás de unas gafas redondas que lo hacen parecer aún más intelectual. Tiene las mejillas más rellenas, el pelo igual de oscuro y no hay ninguna sombra púrpura debajo de sus ojos. Un Ian Curtis bohemio.

—¿No me vas a saludar? —me cuestiona ante mi estado perplejo.

No abro la boca, solo me levanto y lo abrazo como puedo estirando el torso por encima de la mesa que nos separa.

—¿Qué haces aquí? —le pregunto antes de despegarme de él.

—Sacarme la carrera de Literatura, espero.

¿Cómo no? Seguro que él sabía que quería estudiar esto desde que estaba dentro de la barriga de su madre. Ryan carga todo su peso en una de sus piernas y se coloca una de sus manos en la cadera, a modo de asa. Luego esboza su sonrisa más complaciente ante mi abridero de boca constante.

—¿Tú también empiezas este semestre? —Nunca antes me había hecho tanta emoción encontrarme una cara conocida.

Ryan asiente y se cambia de mano el cuaderno marrón que sujeta.

—Me temo que vamos muy retrasados y que tendremos que esforzarnos por doblar el número de asignaturas —dice arqueando su ceja oscura y recta.

—Eso creo, sí... —Me estoy quedando sin palabras y aún no me creo que Ryan esté parado dentro de la misma aula que yo.

Coloca el dedo índice en el puente de sus gafas y se la sube. Ahora su mirada me resulta más directa y no me pasa desapercibida su extraña serenidad.

—¿Por qué no pareces sorprendido?

—Porque no lo estoy —contesta él con cierto dominio de la situación—. Hace una semana hablé con Annie y me contó que habías entrado en la Universidad de Kent. —Frunzo el ceño y arrugo la nariz al mismo tiempo—. No sabía que habías optado por Literatura, pero algo dentro de mí me hacía suponer que sí...

—Por lo visto, todos lo sabíais menos yo. Me apena un poco reconocer que soy previsible —bufo manteniéndole la mirada.

—De eso nada. Si hay algo que no eres es previsible —asegura pasándose de nuevo el cuaderno a la otra mano—. ¿Puedo sentarme contigo?

—Si no te importa que todas las miradas cotillas se posen en ti, entonces, adelante —le ofrezco.

Sonrío al descubrir que me he olvidado un poco de mi alrededor, de los susurros que suenan en la parte de arriba y de que estoy más sola que la una. Observo cómo mi antiguo compañero —o nuevo, según se mire— camina hasta salir de la fila de delante para decantarse por la que ocupo yo, que aún permanezco de pie y sorprendida. Justo antes de que tomemos asiento, Ryan me dedica una mirada de dicha verdadera y suelta:

—Yo te conocí antes de que te vieras envuelta en toda esa mierda penosa. No me importa que me relacionen contigo.

Me quedo en silencio y paso una hoja de mi libreta. Desvío la mirada hacia él y lo veo abrir su cuaderno y dirigir su atención al frente. El carraspeo de alguien suena a través de un micrófono y, menos de un segundo después, un silencio sepulcral se instala en la sala. El profesor, un hombre de mediana edad con el pelo cano, los hombros caídos y una chaqueta de pana que le viene varias tallas grandes, está al lado de la mesa. De pronto, agarra un mando y pulsa un botón. En la pantalla reconozco el retrato de Thomas Hardy.

—Soy el profesor Joseph Williams —comienza el hombre, caminando de un lado al otro del estrado—. Me gustaría saber qué es lo que veis en esta foto. Tomaos vuestro tiempo para observarla.

El murmullo se expande por el aire y dos manos se alzan en dos filas bajo nosotros.

—¿Sí, señorita...? —El profesor le da la palabra.

—Brown —contesta la chica—. Es Thomas Hardy.

El señor Williams dibuja una sonrisa burlona y niega con la cabeza a la vez que reanuda su marcha de pasos lentos y precisos.

—Hay algo igual de evidente, pero que resulta un poco menos visible en la foto —remarca.

Observo la instantánea, el retrato en blanco y negro del hombre, su barba salpicada de canas, sus cejas sustentadas en un claro vértice, sus ojos... Y entonces lo veo, el halo de oscuridad que tiene en su mirada. Una tristeza indescifrable pero tan obvia como su aspecto.

—¿Nadie ve nada? —pregunta el profesor.

La sala enmudece y ya no hay manos levantadas.

—Tristeza —resuelve por fin él—. Si estáis aquí es porque amáis la literatura y, por lo tanto, sois seres infelices; aunque algunos ni siquiera habréis reparado en ello. Y lo sois porque anheláis las vidas de otros, porque el peso de la realidad os aplasta. La literatura consiste en transformar la tristeza en palabras, en manifiestos, en historias. En sacarla de dentro.

Joseph Williams levanta la mirada y clava sus ojos en mí, que lo escucho atentamente. Soy un ser tocado por el dolor. Ryan también. Sigo sin saber bien adónde ir ni cuál es mi futuro, pero al menos me complace pensar que, según este profesor, ni mi amigo ni yo nos hemos equivocado de lugar. El hombre pulsa el botón del mando y cambia de diapositiva revelando la imagen de un hombre sentado cruzado de piernas y con la mano en la cara; triste, abatido, sobrepasado.

—El primer análisis lo haremos de *Jude el oscuro* de Thomas Hardy —nos informa—. Empezaremos la semana que viene y para esa fecha ya tendréis que haberos leído el libro.

Fenomenal. No he leído casi nada de Hardy, pero ahora las ganas se han incrementado. Noto los ojos de mi compañero puestos en mí y giro la cabeza. Nos sonreímos y volvemos a atender al señor Williams. Haberme reencontrado con Ryan aquí, en la vida real, en la universidad, lejos de aquella casa de rehabilitación, me ha cargado las pilas. Me ha llenado de fuerza y de vitalidad. Compartir esta experiencia con él es un regalo del cielo.

47

Ojalá hubiera sido Ryan

Taylor pavonea su trasero de un lado a otro del apartamento mientras se quita los guantes y los empareja para volverlos del revés, obteniendo como resultado una bola de lana. Un mes y medio ha hecho falta para que me adaptase del todo a mi vida en la universidad; la cual, por otro lado, no tiene nada que ver con el típico cliché. No he fraternizado mucho; casi nada en realidad. De hecho, he estudiado mucho y la locura que tanta gente relaciona con esa época de esplendor y juventud brilla por su ausencia. Lo más importante es que he encontrado cierta paz en mi rutina y cierto perfil bajo en este lugar que nada tiene que ver con el ruido, el aire contaminado y la masificación que se desprende de una ciudad como Londres.

—Me lo esperaba mucho peor después de que tu madre me lo describiera como un cajón soso y claustrofóbico —resuelve Taylor aparcando su pequeña maleta rosa de ruedas a un lado de la puerta. Resoplo y clavo la mirada en el techo—. Está replanteándose muy seriamente comprarte una casa y reformarla para el año que viene —añade con una sonrisa ladeada y los ojos repletos de burla.

—No se atreverá si quiere que nuestra bandera blanca siga alzada.

—Estáis muy mal de la cabeza las dos si os creéis que Alessa Stewart va a vivir en un futuro en Kent. —Ahora no la sigo—. Tu futuro está a mi lado. —Ensancha su sonrisa arrebatadora y gutural y prefiero guardar silencio ante su certeza.

Ya llegará la hora de poner en conocimiento de los demás que no tengo ni idea de mis deseos para los próximos años, pero de lo que sí estoy segura es de que ese futuro cercano no pasa por pedir un traslado de expediente a Londres. Esa es una batalla en la que hemos luchado en muchas videollamadas, una guerra que se ha enfriado poco a poco, pero que continúa latente. Y mi amiga aprovecha cualquier oportunidad para sacarla a flote, porque su deseo es que yo vuelva desencantada de esta ciudad sin alma y compartamos piso cerca de la Queen Mary. Como este no es momento de desenvainar la espada, el silencio se convierte en la mejor opción mientras observo cómo Taylor se dirige a la cama y se sienta en ella para probar el colchón y palparlo. Sube la cabeza y se queda observando el poster de Pink Floyd que retrata el grito de una mujer, la icónica imagen de *The Wall*, que está clavado con chinchetas encima del cabecero.

—Es tan tú... —expone llevándose un dedo a la perla blanca de su pendiente para tocarla. Una manía que nunca ha abandonado.

—Gracias. Es un retrato bastante certero de cómo me sentía hace tan solo unas semanas —concuerdo con ironía. Lo malo de la ironía es que a veces es graciosa y a veces supone una realidad cruel. En esta ocasión, está claro que aquello es muy cierto.

¿Cuántas veces he ahogado un grito contra la almohada, con la boca muy abierta y los dientes clavados en las sábanas? Demasiadas.

—Lo digo de verdad, tía —dirige su atención hacia la ventana—. Tiene tu esencia, tus obsesiones, tus libros y un descuido minimalista que hace que parezca francés.

Taylor se refiere a los detalles que compré en el supermercado gigante que está a dos calles de mi apartamento. Cada vez que voy a la compra, una vez a la semana, me traigo algo diferente. Una maceta de aloe vera, unas velas de vainilla, unas guirnaldas de lucecitas doradas que me recuerdan a las que Annie colocó encima de mi cama en Camden Hall, un par de cuadros a los que introduje un papel con frases de Kurt Cobain en lugar de las típicas fotografías, una lámpara de mimbre para la mesita de noche o un par de lapiceros para depositar los bolígrafos. El póster es algo que vino conmigo, fue el primer póster que tuve apenas entré en la adolescencia y me lo regaló mi padre después de mi entusiasta respuesta al escuchar *Time* por primera vez. En aquel momento, solo pude decir con las cejas muy levantadas: «Pink Floyd es mi grupo favorito, papá». El caso es que, poco a poco, mi nuevo hogar se ha ido llenando y ahora es un lugar en el que me encuentro cómoda y segura. Y lo más importante: es algo que solo me pertenece a mí.

Reparo en mi amiga, sentada en mi cama después de hacerse kilómetros en su coche para llegar hasta aquí, y me da un arrebato de amor, porque solo yo sé cuánto odia salir a la autopista con su coche. Por esa razón, me tiro encima de ella y le empiezo a dar besos por todo el cuero cabelludo que perfectamente pueden pasar por collejas.

—Pero... ¡¿Qué haces?! ¡Quita! ¡Me vas a despeinar! —brama.

Para Taylor, que un solo pelo de su melena rubia no esté en su sitio es razón más que suficiente para estar de muy mal humor, así que obedezco y caigo a su lado tumbándome bocarriba. Miramos el techo con una sonrisa tonta bailándonos en los labios.

—Es que estoy contenta de que vayas a pasar el fin de semana aquí —confieso.

—Pues que Alessa Stewart esté contenta es una gran novedad —admite—. Espero que no hayas dado por sentado que he venido aquí por ti. —Se apoya en los codos con los ojos llenos de expectación—. A ver, ¿has conocido a algún literato que te moje las bragas? No me ponen nada los que quieren ser abogados y les falta poco para entrar en clase con el típico traje diplomático.

Formo una fina línea con los labios, una señal de que lo que le voy a decir a continuación no le va a gustar.

—No me relaciono mucho con mis compañeros... —expongo—. Estoy muy centrada en los estudios y voy a hacer todo lo posible para sacarme la licenciatura en menos tiempo.

Seguro que mi desgana se puede vislumbrar hasta en la Torre de Pisa.

—Venga ya. —Su arruga del entrecejo acapara toda mi atención. Está monísima con esa cualidad que la hace parecer una niña de siete años—. ¿Por qué no te centras simplemente en vivir? ¡Vive, joder! ¡Emborráchate! ¡Visita todos los *pubs* de la ciudad, aunque serán pocos, con tus compis!

Nunca se sabe dónde puede estar el amor de tu vida —clama—. O el mejor polvo...

—¿Te parece que este año he vivido pocas experiencias? —Mi tono cambia, se hace más apagado por los pensamientos que me invaden acerca del cabrón famoso, y amado por todos, que me engañó.

—Tienes razón. —¿De verdad mi amiga acaba de secundarme?—. Además, no quiero que te líes con nadie. Antes pasabas mucho tiempo con Jake y me tenías abandonada.

Oír el nombre en alto de alguien que hace muy poco formaba parte de mi vida y que fue el perpetrador de la mayor traición que he vivido, me descompone. Y mi amiga lo lee en mi ceño enfurruñado.

—Sabes que tú y yo somos más que suficiente para pasarlo bien.

—Doy fe de ello. —Mi ironía la hace sonreír.

El timbre del interfono que retumba en todo el apartamento con un chirrido molesto la hace saltar. Me río de sus pelos alborotados. El drama puede esperar hasta que no se mire en el espejo.

—Es Ryan. Trae *pizzas* —la informo mientras me levanto y me apresuro a abrir.

—Ah. —Ella no da crédito—. Con él sí que tienes relación, ¿eh?

No me gusta su tonito condescendiente, pero lo voy a pasar por alto porque ha sido ella la que ha dejado todo para visitarme en mi nueva vida.

—Él ahora es mi mejor amigo. —Abro la puerta sin dejar de mirarla y con una sonrisa que me hace enseñar todos los dientes.

—Retira eso ahora mismo. —Incluso enfadada, Taylor es incapaz de perder su aura blanquecina.

—Sabes que siempre serás la primera, pero Ryan es un cielo, y tendrás la oportunidad de llegar a dicha conclusión en unos minutos.

—¿Es el mismo Ryan al que Jake le dio una paliza por llamarte «puta», motivo por el cual terminó expulsado de Camden Hall? —Mi amiga abre mucho los ojos con una expresión fingida de desconcierto.

Vale. Taylor tiene muy buena memoria y lo había olvidado. Le levanto un dedo y le lanzo una mirada asesina antes de prepararme para recibir a mi amigo.

Cuando Ryan tira el último borde de *pizza* dentro del cartón, me preparo para mi ofensiva. Desde aquí hago un llamamiento a todos los pizzeros: vender los bordes por separado. Es muy posible que os hagáis ricos. Alcanzo el trozo de pan alargado y horneado y le pego un mordisco. Mi amigo se queda mirándome ensimismado, atento al movimiento frenético de mi mandíbula al triturar el trigo crujiente.

—Lamentablemente, Alessa siempre fue de esas que prefieren el borde al condimento —refunfuña Taylor limpiándose los labios con una servilleta arrugada manchada de tomate—. No le podemos pedir otra cosa.

Ella siempre expone en alto lo que cree que es una excentricidad, de lo que no tiene ni idea es que somos muchos los raros a los que nos vuelve locos los bordes y el pan en general.

—A mí también me gustan, pero estoy lleno. —Tampoco sabía que Ryan es una de esas personas.

Sonrío con la boca llena y descargo todo mi peso sobre las manos cuando estiro los brazos detrás de mi cuerpo. Sentados en el suelo con los traseros apoyados sobre los cojines parecemos tres *hippies* que se pasan un porro de maría a finales de los sesenta antes de estar lo bastante colocados para empezar con el LSD. Pero nada más allá del *pepperoni* picante que hace tan solo unos minutos adornaba la base.

—O sea, que sois los dos igual de raritos —concluye Taylor frunciendo el ceño.

—A mí que me llames «raro» me sube la autoestima. Más aún si me metes en el mismo saco que a Alex.

Normalmente, un halago como ese me sonrojaría, pero lo cierto es que, desde que volvemos estar en la vida del otro, este tipo de cercanía está a la orden del día. Somos dos raritos de manual y al parecer lo hemos aceptado. Es más, damos las gracias a nuestro dios llamado David y apellidado Bowie por aceptarnos en su excéntrica comunidad. Taylor me lanza una mirada que literalmente me dice: «Este tío te venera más de la cuenta», a lo que respondo con una sonrisa ladeada y llena de vanidad fingida. Mi amiga arruga los labios y hace el gesto de escupir sobre el cartón.

—Todo ese rollo existencial que te traes lo perderás en cuanto empieces a sacar matrícula de honor en cada asignatura. Eres una empollona —me ataca ella tomando el control, porque sabe que no me hace gracia que se me relacione con ese adjetivo.

Ryan se ríe y da un sorbo del gollete de su cerveza.

—Dime, ¿tu vida social también se reduce a echar dos horas extra más de estudio? —le pregunta entonces mi amiga entre burlas.

Él casi se atraganta con la cerveza por la risa y a mí el pan se me hace bola en el estómago. Así de triste es mi vida, sí. Pero es que Taylor es una experta en eso de exponer la realidad más dolorosa de los demás con pocas palabras.

—Si te soy sincero, creo que le echo más horas y ni de coña obtengo los mismos resultados que ella —me defiende Ryan—. Tu amiga es una genia.

—Mi *mejor* amiga. —La cuestión siempre es matizar ese detalle con una amplia sonrisa capaz de seducir a cualquiera.

Para Taylor, la defensa de Ryan puede colar, pero para mí, no. Él se ha adaptado a la perfección a la vida en la universidad y, cuando yo me escaqueo de cualquier plan que implique un grupo de gente de más de tres personas, mi amigo termina por apuntarse no sin antes hacerme prometer que a la próxima los acompañaré. ¡Cuántas promesas he incumplido ya desde que nos encontramos en clase por primera vez! No obstante, nuestros viernes son sagrados y siempre salimos al cine, independientemente de si aquel fin de semana estrenan alguna buena película o el taquillazo vacío y comercial del año. Luego nos pasamos por The Cuban, un *pub* de mesas redondas y altas, para tomarnos una copa antes de pasear hasta mi apartamento y despedirnos en la puerta. Desde la ventana, suelo observarlo marcharse calle arriba con las manos en los bolsillos y la cabeza cabizbaja. Y, aunque jamás he intentado nada que entrañe algo más que una amistad, a veces me pregunto si quizá algún viernes lo invitaré a subir. No es un secreto que Ryan se ha convertido en el mayor apoyo que tengo en mi nueva etapa en Kent y Annie no para de repetírmelo en cada videollamada que hacemos.

Es increíble la mejoría que ha experimentado mi amigo. Sus ojos claros, de un celeste transparente aplastante, resaltan más sin las ojeras oscuras que adornaban la parte baja de sus ojos los días que compartimos en Camden Hall. Es un chico más seguro de sí mismo, una característica adquirida después de la superación de una mala etapa y de la experimentación del dolor. Y sus gafas le dotan de un aire intelectual y de un atractivo que no le es indiferente a nadie. Quizá yo sea la única insensible ante su transformación, porque aún sigo soñando con un lago, dedos blancos y entrelazados bajo un agua repleta de burbujas y unos ojos grises infinitos como un cielo encapotado y sin nubes.

El tintineo de las cervezas chocando entre sí me arranca del lugar adonde han ido a parar mis pensamientos. Ryan sujeta dos botellines en alto y nos pregunta:

—¿Vamos a por la siguiente?

—Por favor, la única manera de hacerme a la idea de que en este lugar la fiesta brilla por su ausencia es emborrachándome, aunque sea con cerveza —clama mi amiga, muy digna, antes de arrancar el botellín de la mano al chico intelectual y levantarlo en alto.

Ryan me tiende otro e imito a Taylor.

—¿Por qué brindamos? —pregunto.

—Por las mejores amigas guapas y sin pelos en la lengua —expone Ryan.

Nos reímos y bebemos un trago largo. Cuando bajamos nuestra bebida, Taylor tiene el rostro encendido y sus ojos brillantes.

—Creo que me caes bien, Ryan —asegura ella—. Nada que ver con el chico cansado y de andares malditos que me encontré cuando visité a Alessa el verano pasado.

—Gracias por el cumplido. —Mi amigo levanta la cerveza encajando el golpe.

Taylor parpadea un par de veces antes de clavarle su mirada e intentar arreglarlo con su siguiente comentario.

—¿Sabes que al principio creía que fuiste tú el que se había liado con la genia de nuestra amiga?

Nos quedamos en silencio, conscientes de que quizá sea un tema peliagudo para hablar, teniendo en cuenta mi animadversión al chico que me ha destrozado por dentro. Levanto el botellín, me lo llevo a los labios y trago hasta que tengo el suficiente alcohol en la sangre para afrontar sus miradas de compasión.

—Ojalá hubiera sido Ryan. —Y sé que mis palabras nacen de un dolor hondo.

Y también de la puñetera imposibilidad de pasar un solo día sin pensar en él. El espectro de Jake Harris me persigue.

—¡¿Un seudónimo?! —Taylor suelta un gritito de sorpresa.

Me llevo un dedo a la oreja y cierro el ojo izquierdo, molesta. Estamos cabeza con cabeza sobre la almohada, tumbadas en la cama, mirando al techo e inmersas en nuestros móviles después de tomarnos seis cervezas. ¿O fueron siete...?

—¿Estás sorda o qué?

Taylor gira el cuello y me traspasa con sus grandes ojos claros que están agrandados por la máscara extra larga sin la que no sale nunca de casa.

—¡Creía que nunca me lo ibas a pedir! —Su emoción provoca que una sonrisa bobalicona se me extienda por el rostro.

La cerveza me ha sumido en un océano de extremidades blandas y mente lenta; algo que agradezco en el fondo de mi corazón, ya que, la mayoría de las veces, mi cerebro es una maquinaria difícil de pausar.

—Ha llegado el momento de volver a la nube, aunque sea detrás de una máscara. Necesito saber del mundo, y no hay manera de estar informado sin entrar en la dinámica de las redes —mascullo—. Además, por aquí tengo la sensación de que todo se ha relajado en torno a mí.

El móvil de mi amiga se le resbala de las manos y le impacta sobre el pecho.

—Tanto como relajado... —Entorno los ojos y le exijo sin palabras que continúe—. Hace un par de días Jake agredió a un periodista que le preguntó por ti...

Abro la boca y la ansiedad hace un amago torpe por apoderarse de mi tráquea, pero el alcohol en la sangre tiene el efecto sedante necesario para aplacar cualquier sobresalto.

—¿En serio? —Solo hace dos meses y medio que no sé nada de él, pero a mí me parece una jodida eternidad.

—La estrella del *rock* va cuesta abajo y sin frenos —advierte mi amiga—. Pero lo mejor es que no sepas nada de ese chico después de que te dejara como lo hizo. ¿Qué se podía esperar de él?

La bandera roja que me alerta de los recuerdos dolorosos de aquella noche aparece ondeando con fuerza sobre mi horizonte mental, así que me preparo para cortar de raíz.

—¿Me vas a buscar un seudónimo para mi nueva cuenta o no? —Mi voz adquiere cierto tono de urgencia.

—Has dado con la persona correcta. Lo sabes, ¿no? —Su sonrisa baña toda la habitación y me da la sensación de que la oscuridad es menos densa—. Hoy vas a dormir con el Instagram instalado en tu nuevo móvil, pelirroja.

Me roba el teléfono de la mano y empieza a desplazar sus dos pulgares por la pantalla creando un sonido mecánico cada vez que sus uñas rosas tocan el cristal.

—Eres la tía más rara que conozco. —Sus ojos echan chispas. Tuerzo los labios y pongo los míos en blanco—. Y también tienes el color de ojos más bonito que he visto hasta el momento. Incluso más bonito que el mío, que ya es decir. Tu seudónimo será «Rareza Verde». ¿Qué te parece? —me informa bastante segura de sí misma.

La asesino con la mirada, le arranco el móvil de sus manos y compruebo que estoy ante una nueva cuenta de Instagram, completamente en blanco a excepción de ese absurdo nombre en la casilla de usuario. Genial.

—Es un seudónimo *raro* de cojones. Te aseguro que nadie te va a encontrar. —Mi amiga tiene razón. ¿Quién me iba a encontrar? Ni aunque lo intentaran—. Ahora solo tienes que buscar la foto de un gato cualquiera, ponerlo de perfil y listo.

Me río a la vez que abro el navegador para seguir con sus instrucciones.

—Me voy a dormir. —Mi amiga se baja el antifaz negro que reposa sobre su cabeza como si fuera una diadema y se cubre los ojos.

—¿Por qué te pones eso? Tiene pinta de ser incómodo de cojones. ¿No te parece que aquí hay suficiente oscuridad?

Lleva un dedo hasta la tela y descubre un ojo.

—Duermo con él desde que tenía once años, ya lo sabes.

—Es hora de cambiar de costumbres —bromeo.

—Busca la foto del gato y déjame en paz.

Sonrío. Cuando estoy con Taylor parece como que el mundo solo puede ir a mejor, que la luz ganará a las sombras y que el sol nunca se apagará. Es una quimera bonita en la que vivir, porque todos sabemos que, aunque sea en cinco mil millones de años, esa estrella que nos ha calentado morirá.

Pongo en el buscador: «gato de ojos saltones», y aparecen un millón de resultados. Finalmente elijo un gato que tiene la boca abierta y parece que está sacando la lengua.

—Alessa —me llama mi amiga a mi lado.

—¿Qué?

—Ryan es un buen chico. Te quiere y te respeta.

Sé que Taylor lo dice para que me plantee darle una oportunidad en un futuro. Lo que nadie sabe es que Jake sigue pululando a su antojo detrás de mi piel. Que a veces lo odio por haberme hecho lo que me hizo, pero otras veces rememoro todo lo que sentí con él y me embarga el cariño. Si antes no me interesaban los chicos, ahora los rehúyo más si es que eso es posible.

Como era de esperar, lo primero que hago con mi nueva identidad es buscar su perfil y me dan la bienvenida las fotografías de su nuevo disco. Unas imágenes en blanco y negro, oscuras, que recogen la esencia de sus nuevas canciones. También hay un cartel en el que están anotadas todas las fechas de su gran gira estadounidense que acaba de empezar, y casi todas tienen el *sold out* marcado en rojo. Pincho en un retrato en el que aparece fumando. Sus ojos continúan igual de tristes. Son los mismos ojos que un día me miraron llenos de esperanza.

Tan solo un rato después, escucho la respiración lenta de Taylor que me indica que se ha quedado dormida, y solo entonces me atrevo a buscar en internet el vídeo de Jake en el que agrede a un paparazi. La pregunta que le hace el reportero es: «A pesar de que te has separado de Alessa, ¿seguís en contacto? Parece que ha desaparecido...». Al chico con gafas de pasta no le da tiempo de continuar con su pregunta porque Jake lo enfrenta y le da un empujón. Lo veo perder el control y el corazón se despierta con fuerza detrás de mi pecho. El primer día de mi vuelta a las redes me augura una madrugada intranquila; aunque, por otro lado, creo que ha llegado el momento de conocer la realidad y afrontarla en vez de vivir al margen para siempre.

48

No quiero ni oír hablar del amor

La llegada de la primavera ha envuelto la ciudad de Canterbury en un ambiente más vívido del que acostumbra a mostrar. Seguro que la subida de temperaturas ha tenido algo que ver, al igual que la alteración que genera la llegada del verano en apenas un par de meses. La rutina que mantengo desde que me mudé, lejos de parecerme tediosa, me gusta y me da la tranquilidad que tanto ansiaba. Voy a clases, como en la cafetería con Ryan y otros compañeros, vuelvo a casa, me enfundo en ropa de deporte, corro hasta que las piernas me fallan y, una hora después, regreso al apartamento. Una vez recuperada del esfuerzo físico, pongo alguna lavadora si tengo ropa sucia o salgo al supermercado si el frigorífico está raquítico. Por la noche, suelo hablar con Taylor y con Annie, y, a veces, me mensajeo con Tommy. En general, me mantengo alejada de las posibilidades que me otorga internet de conocer la nueva vida de Jake. A veces, sin embargo, ni mi férrea fuerza de voluntad impide que me despierte de madrugada y busque nuevas noticias sobre él. Tal vez con el tiempo superaré mis madrugadas junto a ese chico folk. De momento, mi rutina solitaria y alejada de Londres me permite crear un refugio, a kilómetros de distancia de sus ojos grises.

Hoy, como cada viernes desde que vivo aquí, Ryan y yo hemos quedado en la puerta de los cines Odeon y, antes de entrar a la sala, hemos comprado un menú doble con palomitas grandes y bebidas gigantes. Después, nos hemos sentado en nuestras butacas habituales —centradas frente a la pantalla y tres filas por debajo de la última— y hemos atacado las palomitas hasta hacer desaparecer la mitad del cubo antes de que terminaran los anuncios.

Dos horas después, salimos al exterior y las luces coloridas de la noche nos hacen achicar los ojos hasta que nos acostumbramos a ellas.

—Dime que te ha gustado... —me insta Ryan a la vez que se mete los dedos en el flequillo—. He salido impresionado. Hacía mucho que no veía una buena película donde el amor saliera tan bien parado y no fuera una de esas inverosímiles comedias románticas que lo único que hacen es perpetuar el patriarcado. —Mi amigo ha tomado carrerilla.

—Detesto los musicales —él me mira horrorizado—, pero debo decir que este me ha llegado. No había exceso de canciones y se podía seguir la historia a través de los diálogos.

—Venga, confiesa que ha sido genial... Llevas toda la semana echando por tierra que la eligiera. —Ryan me da un golpecito en el antebrazo y decido complacerlo.

—Ha sido genial —comento con la boca pequeña.

Él se ríe y comienza a caminar en la misma dirección que todos los viernes. Lo sigo y me resisto un poco a darle la razón.

—Aunque debo decir que el concepto de «amor» me ha parecido absurdo —escupo—. Vomitivo, podría decir.

—¿Por qué?

—Porque da a entender que el amor lo puede todo y, además, que podemos elegir en menor o en mayor medida de quién nos enamoramos.

No quiero ni oír hablar de la fuerza del amor. Y justo he visto una película romántica redonda. Ryan se mete las manos en los bolsillos y agacha la cabeza, pensativo.

—Creo que, en cierto modo, se puede elegir —opina. Me clava sus ojos celestes, ahora oscurecidos por la noche, y nos quedamos en silencio—. Y ya que ha salido el tema... Me gustaría preguntarte por lo que dijiste el otro día en tu apartamento con Taylor. ¿Lo decías en serio? —Se refiere a mi afirmación nacida del rencor: «Ojalá hubiera sido Ryan»—. No es que otra vez me vaya a crear falsas esperanzas ni nada de eso, pero me gustaría saber si me hubieras elegido a mí si hubieses tenido la oportunidad —dice contundente.

¿Lo habría elegido a él? La verdad, aunque dolorosa, es que no. Elegiría a Jake Harris una y otra vez, a pesar de todo. A pesar de haberme roto por dentro, a pesar de haber vuelto del revés toda mi vida, a pesar de haber conocido la gran mentira del esplendor del amor en el que no creía y haberme dado de bruces con la realidad más cruel.

—No lo sé —miento—. Lo que sí sé es que cada día que pasa odio más a Jake Harris. Y ese es un sentimiento igual de sólido que el amor.

Ryan niega con la cabeza y otea de un lado a otro la carretera antes de agarrarme del brazo para cruzar.

—Nunca tenemos elección en cuanto al amor, Ryan. Si la hubiéramos tenido, te aseguro que ni yo me habría encaprichado de eseególatra engreído ni tú me hubieras mirado a mí con otros ojos en Camden Hall —argumento con cierta aflicción.

—Si hubiera tenido elección, también me habría fijado en ti, Alex —sentencia.

Y, por primera vez en mucho tiempo, me sonrojo. Siento el calor expandiéndose por la piel de mis mejillas y me llevo la mano al cuello. Sin embargo, hay algo que me empuja a poner las cosas en su lugar.

—No quiero que se vuelvan a confundir las cosas entre nosotros.

—Claro que no —me asegura devolviéndome una cálida sonrisa—. Perdona, pero ahora no me importa decir lo que siento sin juzgarme. He aprendido a aceptar mis sentimientos.

Nos miramos a los ojos y nos devolvemos una sonrisa que aleja cualquier incomodidad.

—Creo que aún no te he agradecido toda tu ayuda aquí. —Ryan levanta y baja la mano para quitarle importancia—. Supongo que te pesará que sea una ermitaña a la que siempre tienes que justificar.

Los dos nos reímos.

—Sigues queriendo tomar algo con los chicos en The Cuban... ¿no? —pregunta él con los ojos muy abiertos—. Quieren cruzar contigo más de una frase en el almuerzo y preguntarte por tu diez en el trabajo de *Orgullo y Prejuicio* que mandó el profesor Williams.

—Tranquilo, esta vez no me voy a escaquear.

—¿Cómo lo hiciste? Solo rellenaste tres hojas y todos entregamos más de diez. —El interés de Ryan es más que evidente.

—Tan solo relacioné la obra con la vida privada de Austen. Indagué en los motivos por los que pudo haber creado esa historia y por qué la sociedad la encumbró *a posteriori*.

Mi amigo me observa con atención y me dedica una sonrisa preciosa, ancha y rebosante de orgullo.

—Eres la mejor.

Y, por segunda vez en esta noche, las mejillas se me tiñen de rosa.

49

Remembranza

Parece que fue ayer cuando me despedí de mamá en este apartamento vacío, que hoy vuelve a lucir un aspecto parecido, con las cajas empacadas y colocadas a un lado de la puerta. El semestre ha acabado y, mañana, mi madre viaja de nuevo a Canterbury para recogerme y llevarme de vuelta a casa. Está ilusionada por este verano que pasaremos juntas y no para de repetirme que será diferente al año pasado. Lo sé, porque ahora soy capaz de controlar mis sombras, de combatirlas, de quererlas incluso. En todo este tiempo he aprendido a aceptar las cosas tal como vienen. A transformar la rabia en algo mejor que infundirme el mayor daño posible. Y a vivir con el corazón roto. Esa quizá ha sido la mayor lección de este año: un corazón roto no te impide vivir ni sentir. Hay que empeñarse en rellenar las grietas y un día esos ríos se fundirán con los trozos y se transformarán en una pieza fuerte y compacta que latirá de nuevo con la mayor intensidad.

Todo está empaquetado y guardado en las maletas, menos el pijama, las sábanas y la muda de ropa para mañana. Tampoco el portátil, porque estoy sentada en el escritorio frente a él, refrescando la página de la universidad cada dos segundos. Aún no está la última nota que nos falta por conocer y quiero redondear mi expediente con otra matrícula de honor o sobresaliente. Resoplo y, al observar la hora en la parte superior de la pantalla, doy un salto y vuelo hasta el espejo del baño. He quedado con los chicos y voy a llegar tarde. Nunca me ha gustado llegar tarde, porque es una manera penosa de que todos fijen su atención en ti y tengas que dar explicaciones falsas por doquier. Para la reunión de despedida me he decantado por un vestido corto muy sencillo, negro y con el escote cuadrado. Abro el neceser carcomida por la prisa y elijo la máscara de pestañas como el producto más imprescindible. También un pintalabios de color rojo que Taylor se dejó aquí.

Cinco minutos después, me observo en el espejo, satisfecha con mi celeridad y también con mi aspecto. Finalmente, bajo la cabeza para revolverme el pelo con las manos, de modo que, cuando la alzo y vuelvo a mirar mi reflejo, el volumen me otorga un salvajismo que casa a la perfección con mi *look* simplón. Sin embargo, la verdadera lucha interior llega al alcanzar la puerta y agacharme para calzarme unas sandalias con un tacón bajo. Tengo que admitir que son bonitas y que ya hace varios meses que mi madre me las regaló y aún no las he estrenado, pero es que mis Vans parecen tan abandonadas al lado de la cama que realmente tengo que reunir todas mis fuerzas para no calzármelas y salir corriendo de allí. Estoy segura de que, si no estuvieran tan desgastadas, nada me habría impedido haber optado por ellas para esta noche.

Agarro el bolso y echo un último vistazo a la que ha sido mi casa en estos últimos meses. La voy a echar de menos, y no hay ninguna posibilidad de volver porque el dueño quiere entrar a vivir en ella.

Salgo a la calle y una brisa fresca que huele a primavera y a flores brotando por todas partes me recibe. Camino en dirección a The Cuban al mismo tiempo que desenrollo con torpeza el cable de los cascos liados sobre mi iPod.

Lo mejor de cuando te rompen el corazón es que terminas por encontrar placer en las pequeñas cosas, como por ejemplo reconciliarte con Morrissey mientras escuchas *First of the gang to die* atravesando la ciudad. Una canción que, lejos de despertarme la tristeza, me hace motivarme a medida que repaso sus estrofas interiormente. El cielo se cierne sobre los techos de los locales de un color candela y cuarteado por estelas de humo que han desprendido los aviones que han pasado. Acelero los andares con una sonrisa pura y completa resucitando entre mis labios.

Mis compañeros ya están en nuestra mesa habitual cuando traspaso la puerta del bar. Ryan me saluda con la mano y, al alcanzar la mesa, compruebo que se han adelantado a mi pedido. En mi sitio se alza el *cocktail* que me suelo pedir: un margarita poco cargado de tequila. Y, esta vez, la bebida entra como nunca, refrescándome y ayudándome a rebajar el calor de la carrera.

—A mí me ha parecido buenísimo a pesar de que los detractores digan que eso no es literatura. —Lucy no es de esas personas que alardean de tener gustos refinados, al contrario que Nick, que procede de una rama lejana de aristócratas que tuvieron cierto poder en el siglo XIX—. Además, ha sido un éxito tremendo, ha barrido con las ventas y lo han traducido ya a cuarenta idiomas.

—Eso es una prueba irrefutable de que no es, ni de lejos, alta literatura —la contradice Nick.

—¿Quién ha dicho que sea alta literatura? —lo interroga Lucy exasperada—. Tienes que aprender a respetar las aficiones de los demás. Hay tantos gustos como personas. Y hay personas inteligentes y cultas a quienes no les llena en absoluto leer las novelas de Marcel Proust.

Nick abre los ojos y se pone una mano en el pecho, sintiéndose claramente golpeado. El ataque me ha llegado hasta a mí, que disfruté como una enana leyendo *En busca del tiempo perdido*.

—Yo estoy de acuerdo con Lucy. —Eve puebla su frente de arrugas—. El libro me duró dos días.

Están hablando de la última sensación de la novela negra nacional, una historia que mezcla sangre, mucho misterio y un estilo de literatura directa y desnuda como los guiones cinematográficos. A mí ese libro también me conquistó, sobre todo por la crudeza de los hechos y el esbozo de los personajes. Estuve una noche en vela sin poder dejarlo sobre la mesita. Sin embargo, entrar en esta guerra es absurdo. Nick es un buen tío, pero su cabello rubio y sus ojos oscuros, así como sus abrigos largos de pana, dan a entender lo que realmente es: un chico un tanto clasista que tiene su futuro asegurado y que, de manera inconsciente, se regodea en ello. Así que solo me limito a tomar otro trago de mi segundo margarita y, por lo que puedo observar a mi derecha, Ryan opta por actuar del mismo modo. Veo cómo Lucy y Eve cruzan una mirada y luego ponen los ojos en blanco antes de que la segunda pregunte en alto:

—¿Aún no puedes aceptar que hay ciertas personas eclécticas a quienes les gusta leer de todo dependiendo del momento?

—Si te soy sincero, me cuesta llegar a comprenderlo. —La sonrisa de superioridad de Nick se extiende por todo su rostro. Lo ilumina.

—Pues quizá es que en el fondo eres un poco cortito —lo vuelve a atacar Lucy clavándole una mirada de pocos amigos.

—Eso no es lo que dicen mis notas —escupe él, postulándose como un auténtico maestro de la vanidad.

Ryan y yo apostamos al principio del semestre que estos dos no llegaban a final de curso sin resolver su tensión con un buen polvo. Tal vez este sea un buen momento para darle las cien libras que voy a perder. Parece que mi amigo me está leyendo la mente, porque se acerca a mi oreja y me susurra:

—Quizá follen esta noche, Alex. Si no, mañana quiero mis cien libras o un vale por diez entradas de cine.

Lo miro con una sonrisa que pugna por no salir.

—El vale de entradas —elijo—. Así podré llevarte a todas las que yo decida durante un tiempo. —Asiento con ternura y gesto triunfal mientras él frunce la nariz y se recoloca las gafas sobre el puente de la nariz.

—¿Y vosotros adónde vais de vacaciones este verano? —Eve pincha nuestra burbuja y yo me pregunto cuándo han cambiado de tema de conversación.

Por supuesto, es infinitamente mejor hablar del verano privilegiado que todos vamos a tener. Nada que ver con el del año pasado... Miro a Ryan y sé que está perdiéndose en el recuerdo de Camden Hall, así que me apresuro a responder yo.

—Mi madre me ha invitado a Hidra —contesto antes de llevarme de nuevo la copa a los labios.

—¿Te vas de vacaciones con tu madre? —Eve está alucinando.

—Es la que paga, así que supongo que sí.

Lo bueno es que, a partir de la segunda semana, Taylor se sumará a nuestra aventura.

—Es totalmente de tu estilo —añade Nick—. Allí iban los intelectuales a desintoxicarse de la sociedad capitalista. ¿Sabes que Leonard Cohen escribió dos de sus novelas en esa isla?

—Sí, y también era caldo de cultivo para el LSD; el cual, por cierto, fue fundamental a la hora de vomitar sus letras en esas novelas. ¿Sabías eso, listillo? —refunfuña Lucy.

Vale, la única manera de aligerar esta mala hostia entre los dos es que terminen follando. Me dan igual los cien pavos, pero necesito que no se sigan tirando cuchillos largos en cada quedada del grupo.

—Yo iré a Florencia —interrumpe Ryan para que centremos toda su atención en él.

—¡Oh! ¡La cuna del arte! —exclama Nick.

—Por Dios... —Lucy alza las manos con fastidio.

Es el momento de perder la vista por el local y de poner la mente en blanco por unos segundos antes del quinto asalto de estos dos. Reparo en la gente a nuestro alrededor, en el ritmo tranquilo y diferente a los *pubs* en Londres, y presto atención a la música que flota por el ambiente y que aporta su granito de arena al clima relajado. Suena una canción lenta que no llego a reconocer, que de pronto cambia a otra. Y solo me bastan los primeros acordes para que en esta ocasión sí la reconozca y las carnes se me abran, para que sienta los latidos del corazón golpeándome la piel. La garganta se me cierra y me esfuerzo por conseguir pasar algo de aire. Es *Between the bars* de Elliot Smith, la primera canción que compartí con Jake Harris una madrugada en su habitación. Después de aquello, todo cambió. Los nervios me paralizan por completo al acordarme de cómo terminó todo entre nosotros y la única salida que veo antes de que mis compañeros se percaten de mi estado es levantarme y soltar a media voz:

—Voy al baño.

Camino hasta alejarme de la mesa y, en vez de huir al baño para encerrarme, salgo del local. Porque no puedo continuar escuchando esa melodía.

Sé que tengo que parar, detenerme y respirar, pero mis piernas me lo impiden. Logro llegar sin aliento al Royal Museum, un edificio precioso con tres tejados a dos aguas y que a estas horas de la noche está cerrado. Es un centro que Ryan y yo hemos visitado en varias ocasiones y que aúna una librería antigua y de coleccionista con todas las vertientes del arte. Me desplomo sobre las escaleras de la fachada y me siento con las piernas dobladas y pegadas al pecho.

Solo ha bastado una canción para que el recuerdo de Jake me sacuda por completo. Aún me sigo preguntando cada día dónde estará, qué hará o si nos volveremos a encontrar en algún momento, y quiero tener esperanzas para creer que ese sentimiento de desamparo terminará desapareciendo sin más, que se convertirá tan solo en una imagen lejana de un chico con su guitarra en el banco de madera del porche de Camden Hall.

Inmersa en mis pensamientos como estoy, noto cómo alguien se sienta a mi lado. Las converse negras de Ryan se cuelan en mi campo de visión. Cierro los ojos y lo próximo que siento es la mano de mi amigo posada en mi rodilla.

—Estoy aquí.

Es verdad. Ryan está aquí, no estoy sola. ¿Por qué mi armonía, por la que tanto he luchado, ha dado un vuelco de repente? ¿Por qué todo el dolor reprimido me está invadiendo ahora? ¿Por qué las imágenes de ese día en que mi padre me decepcionó y perdí los estribos y Jake aplacó mi furia aparecen ahora nítidas ante mí como si no hubiese pasado el tiempo? Aquel día él me abrió la puerta de su mundo. Y yo terminé por habitarlo sin poder remediarlo.

Poco a poco, voy estabilizando la respiración y soy más consciente del presente, del aquí y del ahora. De mi amigo sentado a mi lado, de las calles de Canterbury, del aire que huele distinto y en el que no hay rastro de ese olor a hierba mojada que estaba adherido a su ropa. Hace ya mucho que Jake se fue para no volver.

—Me hizo mucho daño —hablo después de un rato sumidos en el silencio.

—Lo sé, Alex. —Ryan resopla y mira al cielo—. Siempre supe que él era así, que te iba a estropear. Tiene que arreglar sus mierdas.

—Por lo menos me alegro de que a ti no te haya engañado. —La ironía es lo último que se pierde.

—Levanta la cabeza —me pide—. Lo estás haciendo bien, Alex.

Alzo la mirada y me refugio en sus ojos azules. Nos observamos con el cariño que nos tenemos, conscientes del apoyo que suponemos el uno para el otro.

—Ahora tienes una vida, la tuya propia, y hay que mirar hacia delante.

—¿La tengo? —Mi ceño se frunce cuando me replanteo el significado de sus palabras.

—Claro que sí. Mira a tu alrededor. Estás aquí, lejos de todo eso.

Me fijo en los jóvenes que caminan por las calles, las puertas de los *pubs* llenos de vida y las tiendas de *souvenirs* con sus escaparates iluminados. Esto es diferente a lo que viví con Jake, y me pertenece solo a mí.

—¿Volvemos? —me pregunta.

—Sí.

Se pone de pie, me tiende la mano y yo me levanto agarrándome a él.

—Aún no las tengo todas conmigo para ganar la apuesta —asegura él refiriéndose a nuestros compañeros de clase. A duras penas consigo formar una sonrisa—. ¿Estás mejor?

Asiento con la cabeza y, en un impulso de los míos, lo abrazo. Él me estrecha con sus manos mientras le susurro en el oído:

—Gracias, Ryan.

Mi amigo tiene razón: estoy siguiendo mi propio camino. Aunque, a veces, tenga que hacer frente a momentos de remembranza como este.

50

Quisiera ser abrasado por su fuego

Jake

No es que sea adicto a la cocaína, es que esnifarla es la única manera de aguantar; así que agacho la cabeza y deslizo la nariz por el cristal de la mesa para absorber la raya de polvo blanco. Cierro los ojos y me recuesto en el sofá del camerino. El jaleo del público retumba a través de las paredes. Y supongo que los chicos empezarán a impacientarse si no aparezco en cinco minutos. De todos modos, cada vez me importa menos defraudarlos.

Estados Unidos está siendo exactamente lo que esperaba: un ritmo desbocado de conciertos agotadores y un amor incondicional de mis fans. Juro que su cariño me revitaliza cada día, hasta que llego a la cama y su imagen me invade. Sus ojos verdes por todas partes, revoloteando por la *suite* de cada hotel en el que hago noche. Su cuerpo temblando debajo del mío. Sus mejillas tiñéndose de rojo por el calor que le provocan mis comentarios desvergonzados. Su sarcasmo poniéndomela dura a cada momento. Sus pies enfundados en sus calcetines atravesando todo mi apartamento... Su puñetera luz más intensa que el fuego. Un fuego por el que quisiera ser abrasado.

Ni siquiera me acuerdo bien de aquella noche fatídica en la que rompí todo lo que teníamos. Sí recuerdo que estaba tan dolido que no me vi capaz de volver a pasar por aquello y quise terminar con lo nuestro a toda costa, hacerla desaparecer de mi vida. También lo hice por ella, sí. Pero sé que mis propios miedos tuvieron mucho que ver. A veces, me embargan las imágenes de Alessa cuando apareció en el Gini's de repente y le lamí el cuello a una rubia que no sé quién coño era. Lo único que quería era que no insistiera más y no volviera. Aparté a la rubia de mi regazo cuando vi a la chica pelirroja atravesar el club apartando con manotazos débiles a todo el que se le ponía por delante. A pesar de todo, tenía claro que debía dejar que volara, que le estaba arrancando sus alas de cuajo, pero que, cuando se las recompusiera, se alzaría más alto que nunca. Recuerdo que me dirigí hacia el baño y vomité hasta que mi estómago se vació por completo. Y luego lloré como un niño. Porque la quería. Porque sabía que nunca encontraría a nadie igual. Porque ella nunca habría sido feliz conmigo. Porque no estábamos predestinados a ocurrir. Porque ella había apaciguado mi oscuridad y yo la suya. Porque nuestra conexión iba más allá de todo y no se podía explicar; tan solo se materializaba en forma de sensaciones por todo el cuerpo, de miradas compartidas, de roces involuntarios que nos estremecían. Porque mi afán protector se había desarrollado al máximo con ella y ahora no tenía con quién utilizarlo. Porque aún guardaba su olor pegado por todo el cuerpo, porque aún sentía sus besos en mis labios, porque la había hecho mía sobre mi alfombra y lo que había sentido no se iba a repetir jamás. Por más tiempo que pasara. Porque nunca había estado enamorado y a partir de ese día tendría que vivir con un corazón estéril.

Han pasado más de seis meses. Ahora estoy en San Francisco, a más de ocho mil kilómetros de ella. ¿Por qué entonces la noto en cada latido? El escenario clama por mi salida, es nuestro concierto número cuarenta y nueve y aún nos queda todo el verano por delante. Agarro el vaso de *whisky*, lo vierto por completo en mi estómago y me levanto. Alessa solía decir que siempre me quedaría la música. Llevaba razón. La música es algo que jamás me va a dejar, ni yo a ella. La única vía de escape entre tanto abismo sin luz.

51

Un lugar en el que olvidar

Hidra es el paraíso de los que quieren olvidarse de todo. Un oasis de lentitud que te desnuda el alma y te aleja de la agitación constante de la ciudad, con el sol como medicina y la sal del mar como bálsamo. En este lugar ni siquiera están permitidos los motores de los coches y las motocicletas, sino que los medios de transporte que se utilizan son los burros, las mulas o los caballos. El único ruido que rompe el silencio de tanto en tanto es el del motor de los barcos que atracan cerca del puerto. Tampoco hay atisbo alguno de parabólicas. Un respiro liberador que te aparta del mundo y que sirvió de punto de encuentro allá por la década de los sesenta para artistas, escritores, pintores o músicos que paraban en la isla con la motivación de encontrar la más pura inspiración. Leonard Cohen fue el caso más conocido. Bajo el cielo ancho de este lugar, se sucedió su tórrida e intensa historia de amor con Marianne Ihlen, la que más tarde fuera la musa de algunas de sus mejores canciones o poemas. Cómo olvidar *So long, Marianne...*

Resulta obvio que para una mujer como mi madre la elección perfecta hubiera sido Santorini o Mykonos, pero me aseguró que este verano nos alejaríamos de Inglaterra y que me dejaba a mí todo el poder de elección. Y este había sido el resultado. Jamás en la vida se me iba a olvidar su cara al bajarse de la barca y ver a un burro cargando con todas sus maletas cuesta arriba. Luego, solo le bastó un día para aclimatarse a la dinámica y rendirse a la gastronomía griega. Tengo que reconocer que la ansiedad que se apellida «poca cobertura» le duró poco, y todo mejoró cuando Taylor llegó a la isla y se hicieron uña y carne. No paraban de hablar de Derecho, de casos importantes y juicios imposibles.

Mi amiga la trata como la mejor mentora y mi madre la aconseja a cada momento. Lo que nunca pudo hacer conmigo, lo hace con ella. Taylor parece encantada y yo, la verdad, es que estoy más encantada que ellas dos juntas. Camino libre y, la mayoría del tiempo, me enfrasco en lecturas espesas, sentada en la terraza de los bares bajo los atardeceres naranjas. Apenas llevamos dos semanas y ya voy por el quinto libro.

La pequeña villa en la que nos alojamos es perfecta para nosotras. Está rodeada de flores y vegetación, y tiene un pequeño porche con una mesa de metal blanco y una piscina ovalada de piedra. Nos encanta empezar el día dándonos un baño en el mar, subir por el puerto y dar una vuelta por las calles empinadas y rocosas para llegar a las mansiones venecianas que son dignas de admirar. Un rato después, solemos volver a la calle principal salpicada de comercios y terrazas donde la gente abarrota las mesas y disfruta del mero acto de vivir. Aquí se respira mejor. Doy fe. Por la tarde, volvemos a la villa, nos duchamos y disfrutamos del clima entre ropas cómodas, copas de vino y conversaciones que la mayoría del tiempo encierran aspectos banales, aunque otras tantas suponen el relato de Taylor de sus experiencias amorosas y sexuales a mi progenitora, que la escucha con atención y dándole la razón a cada disparate que afirma mi amiga. En Hidra, la vida se ha parado y yo no quiero que se retome nunca.

Es domingo por la mañana y estamos las tres sentadas en la terraza de un bar en primera línea de mar, luciendo el mejor bronceado rosado al que podemos aspirar tres chicas de Inglaterra con la piel pálida. Cuando llega el camarero, mi madre se adelanta y pide.

—Tres cafés con crema italiana y canela, por favor.

Me pregunto si será una característica de todas las madres el hablar por sus hijos.

—No quiero café. Hoy me apetece una limonada —la contradigo y el camarero toma nota en su libreta.

Taylor baja la cabeza y asoma sus ojos detrás de las gafas de sol.

—¿Por qué tu hija siempre tiene que tener la última palabra? —le pregunta a mi madre.

—No lo sé. Quizá sea porque la recogí de un contenedor cuando tenía dos meses y decidí adoptarla. Está llena de frustración desde entonces —puntualiza ella antes de sonreír con todos sus dientes.

Taylor suelta una carcajada y yo ruedo los ojos con pesadez.

—¿Te ha dado por desayunar ginebra o qué?

El camarero está impactado; lo noto en cómo intenta apartar la mirada girando la cabeza hacia el horizonte.

—No, cariño. Sabes que eso me lo reservo siempre para el postre —me responde—. Tráigame también un cruasán con mantequilla, por favor.

El camarero asiente y sale pitando de allí.

—Lo que yo te diga. Son las once de la mañana y ya vas piripi. ¿Desde cuándo te metes tantas calorías antes del almuerzo?

La frente se le puebla de arrugas y en esta ocasión soy yo la que se muestra triunfal.

—Deberías retirarle todo el dinero —se entromete Taylor—. Para que aprenda a valorarte.

A mi amiga directamente le lanzo una bola formada con la servilleta en toda la cara.

—¡Para! ¡Que se me va a correr el maquillaje! —brama.

—Pero si acabamos de bañarnos en el mar.

—Es un maquillaje resistente al agua, paleta.

Abro la boca dispuesta a argumentarle que, si aquí hay alguna paleta, precisamente es ella. Que no hay mejor remedio para la piel de la cara que el agua salada del mar. Pero en ese mismo instante mi móvil empieza a vibrar sobre la mesa y lo agarro con ganas cuando leo el nombre que aparece en la pantalla. Es Annie. Me levanto y me alejo de la mesa caminando hasta el paseo marítimo.

—¡Pero bueno! —la saludo—. Ya iba a llamar a una patrulla de la policía para declararte desaparecida. Después no dirás que soy yo la que se olvida de las amigas... —le suelto casi sin respirar, porque quiero que se me note que me apetece mucho hablar con ella.

—Alessa... —Su tono tajante me paraliza y me detengo con la mirada fija en el mar.

—¿Qué ha pasado?

—No sé si... —balbucea—. No sé si contártelo... pero es que... joder...

—Suéltalo de una vez, Annie —le ordeno con la preocupación despertándose y llevándose lejos la tranquilidad en la que estaba sumida hace tan solo un segundo.

—Es Jake. Ha salido en las noticias —suelta por fin mi amiga.

—¿Qué ocurre?

—Está en el hospital. Ha sufrido una sobredosis.

Juro que por un momento el mundo se detiene para mí. Lo sé porque dejo de oír el bullicio a mi alrededor y no me siento el latido del corazón. Las manos se me paralizan y el móvil se me resbala de entre los dedos. Un pitido agudo sustituye al silencio y tengo la necesidad de caer y estampar mis rodillas contra el suelo para aferrarme a la tierra. Sigo viva. Siento las lágrimas desbordándose por mis mejillas y las veo impactar sobre las piedras. Oigo a mi madre al fondo llamándome por mi nombre. Eso es algo a lo que me aferro. Sigo viva. Pero soy incapaz de moverme. Oculto el rostro entre mis manos y pronto unos dedos se agarran a mi hombro. Sigo viva, puedo sentirlo. ¿Sigue vivo él? ¿Sigue vivo él? ¿Sigue vivo él? Tan solo el pensamiento de que Jake Harris vaya a dejar de existir en este mundo provoca que me desplome y que abandone mi cuerpo.

52

No creo en Dios,
pero esta noche voy a rezar

Tiro la ropa dentro de la maleta y vuelvo a hacer el mismo recorrido por la habitación. Del armario hasta la cama, donde Taylor está sentada sin apartar su atención del teléfono móvil. No hay ninguna noticia nueva. He llamado siete veces al móvil de Norma y las siete veces me ha salido apagado o fuera de cobertura. Ahora, el efecto del tranquilizante que me ha dado mi madre se me está pasando y tengo la necesidad de volar hacia donde estuviera Jake. Quiero estar a su lado, es lo único que sé con seguridad. Cada vez que pienso en que esta vez la vida se lo puede llevar por delante, el dolor en el pecho me dobla por la mitad y tengo que agazaparme en la cama. Como ahora.

—No puedo soportarlo —jadeo—. Dime que sabes algo nuevo.

Taylor me acaricia el pelo con sus dedos.

—Aún nada.

Lo único que sabemos es que, después de su concierto en Los Ángeles, el último en la Costa Oeste, Jake salió de fiesta a uno de los locales más famosos de la ciudad y que la ambulancia lo recogió a las cinco de la mañana, después de que su amigo Mark lo auxiliara. La pista se pierde a partir de ahí. Muchos de los medios aseguran que está ingresado y fuera de peligro, pero otros, por el contrario, afirman con cierta contundencia que continúa luchando por su vida.

Me noto los párpados hinchados, pero eso no me impide llorar de nuevo. No sé qué más puedo hacer y la incertidumbre va a acabar conmigo. No paro de recordar sus ojos, sus miradas... Y me pregunto si serán las últimas para nosotros. Mi cuerpo se convulsiona con las arcadas que ascienden hasta la garganta, aunque no logran su cometido porque no tengo nada en el estómago.

—Tranquila, Alessa, estoy mirando los vuelos más rápidos a Los Ángeles —me hace saber mi amiga.

Si Taylor no estuviera aquí, todo habría sido mucho peor. También mi madre está haciendo todo lo posible para ayudarme y ahora mismo está en la cocina tirando de todos los contactos que puedan facilitarnos más información. Justo en este momento, entra por la puerta con las cejas alzadas y sosteniendo su móvil en alto.

—Es Norma —me comunica con nerviosismo.

Doy un salto de la cama y agarro el teléfono. Me limpio las lágrimas y me aclaro la voz.

—Dime que está bien, Norma —le pido con la voz suplicante sin ni siquiera conseguir saludar primero.

—Lo han estabilizado y está fuera de peligro. Acabo de llegar al hospital —responde ella.

Le noto el cansancio en su voz; una pesadumbre aplastante provocada por la inquietud. Debe de estar agotada. Estoy segura de que ha viajado desde Londres en cuanto se ha enterado.

—¿Se pondrá bien?

—Está en las mejores manos, Alessa. Tenemos que confiar —me dice ella con un último atisbo de positivismo.

—Estoy sacando los billetes de avión. Espero llegar mañana...

—No, Alessa —me corta.

—No, ¿qué? —Abro los ojos mientras camino de un lado a otro de la habitación.

Tanto mi madre como Taylor tienen sus ojos puestos en mí y soy consciente de que el volumen del teléfono está muy alto, así que se están enterando de toda la conversación.

—No creo que sea buena idea.

—Tengo que ir, Norma —le aclaro subiendo el tono.

—Si quieres venir, ven, Alessa. No puedo impedírtelo. Pero él tiene que enfrentarse a esto solo. Alejarse de todo y centrarse en su recuperación. —El tono comprensivo de Norma me tranquiliza un poco—. Lo entiendes, ¿verdad?

Claro que lo comprendo, pero las ganas de abrazarlo, de olerlo, de apoyarlo, son inmensas.

—Sí... Lo entiendo, pero él me necesita —suelto con una frustración que hace que me muerda la lengua.

—Saldrá de esta, Alessa —me garantiza Norma—. Creo que no es el momento de que os veáis. No son las mejores circunstancias. —Aunque me duela, aunque me queme vivo el corazón, tiene razón—. A veces en la vida tienes que tomar decisiones dolorosas que ahora te parecen incorrectas, pero en el futuro darás las gracias por haberlas tomado.

—Norma, necesito que me mantengas informada de todo —le ruego, ansiosa.

—Por supuesto. Tengo que colgar, Alessa. —Oigo una voz por detrás que la reclama.

—Adiós. —Cuelgo y las lágrimas comienzan a brotar de nuevo.

Mi madre se acerca a mí y me abraza con delicadeza.

—Está bien, cariño. Está bien —repite ella para que el mensaje cale en mí.

—¿Qué hago, mamá? —le pregunto entre sollozos.

—Creo que lo más inteligente es no ir. Al menos, de momento. Vamos a esperar a ver cómo se desarrolla la cosa y nos mantendremos en contacto con Norma —me aconseja—. Él tiene que ser consciente de su situación.

Asiento aún presa de esta horrible pesadilla y me tiro en la cama bocabajo. Y lloro, sin poder aplacar los temblores. Lloro a consecuencia del dolor. A consecuencia del susto. A consecuencia de no estar a su lado. Taylor me frota la espalda arriba y abajo y susurra cada poco tiempo:

—Ya ha pasado. Ya ha pasado.

Jake me necesita y yo lo necesito a él. Y estamos más lejos que nunca. No creo en Dios, pero esta noche voy a rezar hasta que las fuerzas me fallen.

53

Sin mirar atrás

Mis nervios están fuera de control. Agarro el volante con fuerza y mis ojos se resecan de parpadear tan poco. Mantengo mi total atención en la carretera, porque, por primera vez, conduzco más allá de mi barrio con mi nuevo Mini Cooper negro con el techo blanco.

Cuando regresamos de Hidra, el vehículo estaba esperando en nuestro garaje con un enorme lazo color rosa. Era bastante obvio que aquella idea no podía haber sido de nadie más que de mi madre. Y, a pesar de que yo no tenía ganas de nada desde la noticia de la recaída de Jake, aquel regalo adelantado de mi cumpleaños me llenó de la motivación necesaria para sacarme el carnet antes de marcharme a Kent de nuevo. Algo que logré, ante el orgullo de mi madre y el asombro de mi mejor amiga, que seguía sosteniendo que yo no estaba hecha para arrancar ningún motor.

En este momento en el que prácticamente todo el cuerpo me está sudando antes de salir a la autovía, empiezo a creerme firmemente las palabras de Taylor. Me equivoqué. Independizarse no es quedarse completamente solo por primera vez, sino tener tu propio coche y conducir fuera de tu zona de confort. Sin duda, uno de los mayores grados de madurez a los que aspirar.

Me incorporo a la carretera y cambio de marcha camino a Camden Hall. Lo primero que hice al volver a casa fue llamar a Norma; necesitaba hablar con ella para saber de Jake. Muchas habían sido las veces que tanto mi madre como mi amiga me habían persuadido de la idea de contactar con él, repitiéndome una y otra vez que «era mejor así». ¿Era mejor así? Yo me estaba muriendo presa de una ansiedad enconada. La mayoría de las noches soñaba con nuestra excursión a Seaford, los dos parados ante el límite de los acantilados. Algunas veces yo lo empujaba a él hacia el vacío. Otras veces era él el que me empujaba a mí. Y la mayoría de ellas, Jake se tiraba repentinamente y yo me tiraba detrás de él para seguirlo.

A pesar de mi inestabilidad emocional, tengo muy claro el lugar en el que me encuentro: nosotros dos ya no somos nada. Él me dejó y yo empecé una nueva vida en la que poder respirar de nuevo. Norma ha incidido en ello en cada llamada. Siempre que he alegado que él me necesitaba, ella ha contestado muy rotunda: «Tú también lo necesitaste a él y no estuvo». Tiene razón.

Pasado un tiempo, dejo atrás polígonos industriales, campos de cultivo por doquier y granjas apostadas a un lado y otro de la carretera, hasta que tomo la salida que lleva a la casa en la que me recuperé el verano pasado. Un par de minutos después, me adentro en la calle que resguarda el recinto, con sus árboles florales levantados sobre las aceras y su muro de piedra imponente. Aparco, me seco las manos en los pantalones y salgo del coche. Cierro los ojos y respiro el aire puro del campo, del silencio, de las hojas que se mecen al compás del viento. Cuando los recuerdos amenazan con arrebatarme las riendas de mis emociones, los reprimo en mi mente con la excusa de que no puedo mostrarme débil ante Norma, para mi tranquilidad y para la de ella. Además, es imprescindible sacarle la mayor información sobre Jake, así que tengo que mantenerme lo más serena posible.

Me acerco a la puerta exterior, la que siempre está abierta, y empujo para entrar. El porche trasero se materializa ante mí con el mismo aspecto que entonces: tierra y polvo, arbustos a los lados y el banco de madera en el que vi a Jake por primera vez. Ahora no hay nadie sentado. Tampoco siguen allí ninguno de los compañeros con los que pasé el verano anterior.

Norma no tarda ni diez segundos en abrirme la puerta cuando toco el timbre. Con su pelo perfectamente estirado en un moño alto, me examina con ojos precisos y me atrae hasta ella para terminar fundiéndonos en un abrazo.

—¡Pero qué diferente estás! —me saluda con una sonrisa.

Con «diferente» se refiere a que no está acostumbrada a verme con camisa blanca arremetida dentro de un pantalón negro ajustado y arreglado. Es uno de los *outfit* que mi madre se ha empeñado en comprarme para las reuniones y entrevistas. «¿Pero qué entrevistas?», le pregunté yo. «Las del futuro», se limitó a contestarme como si fuera la mayor vidente en la tierra.

—¿Qué tal? —la saludo con una sonrisa—. ¿No hay por aquí nadie de los míos, verdad? —me apresuro a interrogarla.

—No, no. —La mujer me dedica una mirada llena de ternura y se aparta de la puerta—. Vamos, pasa, vayamos a mi despacho. A no ser que quieras dar una vuelta por el lugar...

—Creo que prefiero el despacho. —Si camino por los mismos sitios en los que compartí tantos momentos con Jake, me voy a derrumbar. Y no quiero que eso pase por nada del mundo.

—Adelante, entonces.

La sigo y, una vez dentro de su lugar de trabajo limpio e impoluto, nos sentamos. Esta vez no estamos una frente a la otra separadas por el escritorio, sino que Norma toma asiento en la silla que está a mi lado y la gira un poco para facilitar la conversación. No puedo evitar que se me escape una sonrisa pequeña cuando pongo la mirada en la ventana y observo el cerezo. Alto, imponente, inmortal. Como siempre.

—Cuéntame, ¿cómo estás? —Su voz tiene el efecto preciso para que me relaje; es algo parecido a lo que me sucede con Peter. Un don.

—Bien... —contesto—. Sabes que sobre todo he venido para saber cómo está él. —Quiero ir al grano. Quiero saber ya.

Norma arruga la cara, adoptando una expresión dolida.

—Lo sé, lo sé. Una tiene derecho a soñar con que es importante para los chicos —bromea.

—Lo eres. Siempre lo serás.

La mujer me observa unos segundos buscando los signos que indiquen la incertidumbre en la que llevo semanas sumida. La inquietud que me ha traído hasta aquí.

—Está bien, Alessa. Recuperándose —me aclara por fin y yo puedo respirar un poco mejor—. Ahora está en Londres y ha suspendido sus últimos conciertos. Pasará una temporada en su casa y dentro de poco empezará un programa de desintoxicación.

Me muerdo la lengua con ahínco y pienso en su madre, que no estaba nada convencida de su gira americana. Camyl es una exdrogadicta que le falló en el pasado, así que dudo mucho que se aventure a decir las cosas claras a su hijo, porque siempre va a estar en deuda con él. O al menos ella lo siente así.

—¿Vendrá aquí? —pregunto de repente.

Norma niega y cruza las piernas.

—Tiene que eliminar el alcohol de su vida por completo y para ello necesita ir a un centro especializado en este tipo de adicción. Tiene que librar su propia batalla. —Norma me mira muy seria, como rogándome que ni se me ocurra ir a verlo. No sé si sabrá que Jake me llevó a su casa, que conozco dónde vive y que podría visitarlo en cualquier momento.

—Lo vas a ayudar, ¿verdad? —Lo único que me importa es que esté en buenas manos. Y Norma es las mejores manos que conozco.

—Claro. Ya lo estoy arreglando todo para su ingreso.

Fijo la mirada en el suelo con cierta turbación.

—Él... Él sabe... —titubeo porque no sé muy bien cómo abordar la cuestión.

Pero Norma adivina a qué me refiero porque contesta con precisión a una pregunta que no ha sido formulada.

—Él sabe que tú querías ir y que yo te lo impedí por su bien. Por vuestro bien, en realidad.

Asiento cabizbaja y ella me agarra la mano y me aprieta.

—¿Preguntó por mí? —susurro.

—Sí —me responde con ojos comprensivos—. Preguntó por ti nada más despertarse.

Esta revelación me atraviesa el pecho como un arpón. Y todo el peso que he soportado estos días parece que se desinfla. La enfrento con la mirada y nos quedamos en silencio.

—No es el momento, Alessa. Confía en mí.

—Puede que nunca más sea el momento —admito con tristeza.

Las dos nos quedamos en silencio, admirando el árbol a través de la ventana. Se me hace raro volver a estar aquí. Un lugar que ya no es el mío y en el que llegué a sentirme como en casa.

—Estoy muy orgullosa de la mujer en la que te estás convirtiendo, Alessa. Eres muy fuerte. Todos vosotros significáis mucho para mí y solo deseo que estéis bien, de verdad. Ahora te toca experimentar lo que la vida puede ofrecerte —razona Norma.

Una lágrima solitaria se derrama por mi mejilla y ella la captura con sus dedos antes de que me llegue a la barbilla. Imagino que solo se trata de la melancolía que supone no volver a sentirse más como aquella vez que Jake y yo nos besamos en el tejado bajo la lluvia mientras escuchábamos a Johnny Cash. Esa emoción efímera de creernos invencibles.

54

El pueblo costero que me ha robado el corazón

Whitstable es un pueblo pesquero conocido por sus casas bajas pintadas de color pastel, sus playas de guijarros, sus puestos marineros, sus comercios *vintage* y sus espectaculares atardeceres donde el sol se funde lentamente con el mar. Aunque lo verdaderamente destacado de la localidad es el negocio autóctono de las ostras que tiene su origen en la época romana. Se dice que solo en el año 1864 se consumieron en Londres setecientos millones de estos moluscos procedentes de este pintoresco pueblo. Camines por donde camines, el aire está impregnado del olor a mar y a marisco, y hay reminiscencias a las ostras en cada esquina.

A pesar del encanto de la zona, que ahora se ha convertido en un lugar turístico en el que los únicos habitantes son la gente que nació aquí y que ya afronta la última etapa de su vida, lo primero que me llamó la atención de este sitio fue una vieja casita que se alquilaba en la calle de Island Wall, al lado del mar, y que apareció en mi búsqueda de apartamentos por la ciudad de Canterbury. Su fachada color crema con sus ventanas de madera pintadas de azul celeste me embaucaron de tal manera que solo un día después estaba visitándola junto a mi madre.

Como era de esperar, a mi progenitora, que me mudara a veinte minutos en coche de la universidad y a una casa —según ella— demasiado pequeña y que necesitaba una reforma urgentemente, no le parecía una buena idea. Por suerte para mí, era yo la que iba a vivir allí y, desde que me adentré en aquella vivienda, un olor a hogar me atravesó la nariz. Tenía dos plantas. La primera constaba de un salón pequeño, pero en el que sorprendentemente entraba un sofá frente a una televisión y una mesa redonda con cuatro sillas alrededor. Que los muebles fueran del año catapum le añadía a la casa cierta atmósfera retro que me encantaba. Aunque, sin duda, lo que me alcanzó el corazón fueron los dos ventanales altos que tenían adheridos a su parte baja un banco largo con un cojín de cuadros y el hecho de que, bajo aquellos dos bancos y también por la parte de pared de aquel frontal de la habitación, se extendían unas estanterías que recogían un montón de libros viejos. Me imaginé allí, leyendo a cualquier hora del día y disfrutando de la tranquilidad y la lejanía de aquel lugar, y también pensé en cómo sería observar la lluvia en esta casa. A un lado del salón, había una puerta que daba a la cocina más coqueta que había visto nunca, con unos azulejos de un verde menta claro, unos muebles de madera bien conservados y una encimera de la que sobresalía una balda pequeña llena de botes de cristal. La parte de arriba de la casa contaba con dos habitaciones —con una cama doble cada una y armarios empotrados—, un baño y un pasillito que lucía un mueble antiguo bajo un espejo. Al fondo, una guitarra abandonada y apoyada en la pared. Aquello hizo que el recuerdo de Jake se me clavara dentro de forma instantánea.

Mi madre no pudo hacer nada para imponer su opinión porque, cuando salí de aquella casa y me aventuré en el porche delantero con su camino de piedrecitas y su muro bajo invadido de plantas enredaderas, ya tenía la decisión tomada. Iba a vivir allí e iba a conducir cada mañana en mi coche hasta la universidad. Algo me decía que estaría bien entre esas cuatro paredes. Mi madre me miró con el semblante preocupado y solo añadió: «Es tu vida...».

Y lo cierto es que desde que me mudé vivo enamorada de mi vida en Whitstable. Aquí he descubierto que estar al lado del mar es terapéutico y liberador. Y hasta Taylor ha asumido que he encontrado un lugar en el que echar raíces y ya no me repite tanto que tengo que volver con ella a Londres.

Después de llegar de la universidad a media tarde, donde mi relación con Ryan y con los chicos no hace más que crecer, suelo dar un largo paseo por la playa, escucho música, camino y a veces me siento en los escalones de las pequeñas casetas de colores que bordean el lugar. Otras veces me introduzco de lleno en el pueblo, hago las compras en comercios pequeños y me maravillo con la dinámica cercana que experimento por sus calles.

Un día descubrí un local precioso situado en una esquina y que presentaba una fachada pintada de color amarillo. La puerta de madera chirrió cuando la abrí y entonces se descubrió ante mí una librería con un alma de otro siglo que me cautivó. Un par de estrechos pasillos con estanterías hasta el techo y una mezcla casi perfecta de novedades literarias y ediciones pasadas. Lo que más me impresionó fue el piso superior, el cual se vislumbraba a través de un balconcito con barrotes de madera y que contaba con una sala en la que descansaban sofás que tendrían más de sesenta años por lo menos. Alrededor de ellos, otras tantas estanterías como las del piso inferior. Ese primer día permanecí dentro tres horas y algo más y, cuando enfilé la salida, la señora Collins —la propietaria— me lanzó una mirada cálida por encima de sus gafas de media luna y me propuso: «Si quieres, puedes venir un par de días a la semana y así me echas una mano con el etiquetado». A mí se me iluminaron los ojos y ella habló de nuevo: «Aunque no te puedo ofrecer nada más que libros...». Le dije que con eso sería más que suficiente. Desde entonces, la librería se ha convertido en mi segundo hogar en Whitstable.

Es sábado por la mañana y el sol nos ha deleitado con su brillo débil por entre las nubes. He salido temprano y me he comprado un café para llevar antes de entrar en la librería. Los tomos de los libros cedidos y de segunda mano que los vecinos nos traen almacenados en cajas se amontonan en el último pasillo, esperando a ser clasificados.

—Este sol engaña —me saluda la señora Collins con su típica anotación sobre el tiempo—. Más vale que te abrigues porque hoy va a hacer frío, aunque ya sabes que no hay quien haga desaparecer la humedad. Se lo come todo, los techos, las piedras, la madera... —clama la mujer—. ¿Cómo no se iba a meter también en los huesos?

—Encenderé la calefacción cuando llegue a casa —mascullo—. Aquí tienes tu ración diaria de pastas. —Le dejo delante un papelón de papel *kraft* y ella me dedica una sonrisa doblada.

—Gracias, hija.

—Voy a ponerme con todas esas columnas de papel viejo. Espero encontrarme con alguna edición que merezca la pena —anuncio a la vez que me dirijo hacia el último pasillo.

Me paso toda la mañana ordenando y catalogando montañas de libros y me impresiona la cantidad de obras de autores desconocidos que pasan por mis manos. Siento curiosidad por cada una de ellas. Y es así como comienzo a pensar en los editores, quienes eligen qué libros publicar siguiendo una línea editorial concreta y quienes deciden apostar por obras que pueden cambiar el mundo o que pasan sin pena ni gloria por las librerías. El gusanillo de la edición me empezó a picar cuando, en la asignatura de Negocio Editorial, nos hablaron del perfil que debe poseer un buen editor. Entonces leí sobre el tema en internet y me interesé un poco por esa rama, pero ahora, entre tantos libros, realmente me pregunto cómo sería tomar este tipo de decisiones. Tiene que ser algo bonito: descubrir libros nuevos, darles vida, hacerlos realidad... El profesor dijo que la primera característica de un editor es ser un buen lector. La segunda: conocer el mercado y las modas. Y algo parecido a la ilusión se despierta en mí cada vez que pienso en la posibilidad de dedicar la mayor parte de mi tiempo a leer obras recién nacidas y seleccionarlas para después sumergirme de lleno en el proceso de editar el texto.

En el camino de vuelta a casa, estoy mirando en el móvil información sobre cursos o másteres que recojan los conocimientos de esta profesión cuando, al enfilar mi calle compuesta por casas adosadas y pegadas las unas a las otras, diviso a lo lejos el coche de Ryan. Qué raro. Él me visita a menudo, pero siempre avisa antes. Al acercarme al vehículo, la respuesta se revela ante mí. La veo porque destaca como una joven cosmopolita con gafas de sol en forma de ojos de gato con estampado de carey. Annie agita un brazo a modo de saludo a la vez que grita:

—¡Ahí está!

—Llevamos media hora esperando. —Mi amigo muestra su pose tranquila de fin de semana.

Son muchos los sábados y los domingos que pasa conmigo en este pueblo. Ya lo conoce a la perfección y, para él, a quien le encantan las ostras, nunca serán suficientes las veces que vayamos a Wheelers Oyster Bar, el restaurante más icónico de todo Whitstable y que parece sacado de una película de Wes Anderson. Allí, mi amigo se pone morado a ostras y yo, la mayoría de las veces, opto por los cangrejos.

—No queríamos llamarte porque queríamos darte la sorpres...

No le doy tiempo a terminar la frase porque la abrazo muy fuerte cuando llego hasta ella. Hacía tiempo que no la veía, desde que conduje hasta su casa después de visitar a Norma en Camden Hall. Ella fue todo lo que necesité para que se me fuera de la cabeza de la idea el volver a llamar a Jake. Me relató de manera muy gráfica todo lo sucedido en la noche fatídica en la que mi novio se tiró al cuello de otra en mi cara.

—Hemos comprado pescado para comer —dice Oliver cuando nos separamos, y yo doy un respingo y me quedo mirándolo, porque hasta ahora no me había percatado de su presencia.

Oliver es el novio de Annie; un encanto de chico, de rizos rubios y modales tradicionales. El día que me lo presentó, solo me bastaron diez minutos para considerarlo un buen partido para mi amiga. Se conocieron en la cafetería de al lado del Centro de Moda donde estudia ella y compartieron un café mientras esperaban que una tormenta amainara. Todo muy romántico. Y empalagoso. El amor, cuando es real, casi siempre lo es.

—¿Queréis ir a comer a la playa? —les pregunto con los ojos muy abiertos—. Está aquí al lado.

—Por supuesto que nos apetece. ¡Aunque hace un frío de mil demonios! —se queja Annie.

—Vamos, entrad y os enseño la casa. —Abro la verja de madera y los chicos me siguen al interior.

—¿Por qué no me habías contado nada? —le pregunto a Ryan cuando lo noto a mi lado.

—Porque Annie me hubiera matado si lo hubiera hecho. Ya la conoces. Y sé que tiene razón.

El mantel está extendido sobre las piedras arenosas que componen la playa. Sopla un poco de aire frío, pero no es nada que no podamos soportar cuatro buenos ingleses. Y cuatro buenos abrigos, también. Los trozos de pescado han volado y Annie se ha pegado un atracón a ostras bastante preocupante. Según ella, son ricas en todo tipo de nutrientes beneficiosos para el organismo. El pecho se me hincha cada vez que observo la felicidad que desprende. Oliver y ella no han parado de dedicarse gestos de cariño y tanto Ryan como yo hemos cruzado un par de miradas que gritaban: «¡Estos dos van muy en serio!».

—Quiero preguntarte algo, Alex —suelta mi amiga dejando su botellín de cerveza encajada sobre las piedras.

—Dispara. —Yo estoy relamiendo una pata de cangrejo.

—¿De verdad que estás bien aquí? —dice mirando alrededor—. No sé... Hay un olor a pescado un tanto intenso y... supongo que tienes más clase que este lugar.

—Annie... —Oliver la reprende con tono severo y cruza una media sonrisa conmigo.

Mi amiga me tiene en muy alta estima, pero este lugar es perfecto para una persona como yo.

—¿No te sientes muy sola y apartada de todo? —¿Cómo le explico que precisamente sentirme así es lo que busco?

—Ryan me visita cada dos por tres y en la universidad tenemos un grupo de compañeros. —Intento desviar la atención como puedo.

—Y seguro que hacemos más planes que vosotros, que no saldréis de la cama de vuestros respectivos pisos compartidos —bromea Ryan antes de dar un trago a su cerveza.

Annie arruga la nariz y le lanza una patata frita que le impacta en toda la cara. Es cierto que Whitstable resulta un lugar atípico para una estudiante de veinte años. Es una ciudad turística, los lugareños tienen una edad considerable y la vida aquí no goza de una actividad frenética como la de Londres, pero empiezo a creer que Alessa Stewart ha nacido para vivir una vida solitaria. Siempre he estado sola; sin embargo, nunca había abrazado esa soledad. Y ahora incluso disfruto de ella. Además, nunca me siento desplazada. Ryan sigue a mi lado como un pilar y nos movemos con una compenetración envidiable, disfrutando de la compañía del otro.

—Cariño, ¿qué tal si se lo decimos ya? —Oliver captura la atención de Annie, que se queda paralizada de pronto.

—¿Decirnos el qué? —le pregunta Ryan.

El silencio se impone entre los cuatro y los enamorados se miran sopesando con gestos mínimos si dar el paso o no. Tanto Ryan como yo no tenemos otra mejor opción que pegarle un trago a nuestras respectivas cervezas a la espera de que Annie suelte lo que sea que quiera soltar. Conociendo su dramatismo, seguro que no es para tanto. Entonces nos clava su mirada oscura primero a Ryan y luego a mí.

—Nos vamos a casar —anuncia con la voz tímida.

Tanto Ryan como yo nos atragantamos y terminamos escupiendo nuestra cerveza a modo de aspersor. Y tanto Annie como Oliver se limpian las gotas que les han alcanzado. Estamos alucinando, con los ojos y la boca muy abiertos y el cuerpo inmóvil.

—¡Sois iguales, joder! —chilla Annie mientras intenta limpiarse los restos de cerveza que brillan en su chaqueta—. ¡¿Podéis alegraros al menos?!

—Es que estamos flipando, Annie —reconoce Ryan hablando por los dos.

Yo me estiro hasta llegar a su cuerpo y la rodeo con los brazos.

—Me alegro mucho por vosotros —le digo al oído.

Al separarme oigo cómo Ryan choca su mano con la de Oliver, que enseña todos sus dientes en una sonrisa ancha y plena.

—Enhorabuena, tío —lo felicita—. Te llevas un diamantito.

—¡Eh! —le riñe Annie.

—Todavía no me creo que un día vaya a verte vestida de blanco y toda emperifollada —digo llamando la atención de mi amiga y recuperando la compostura.

Annie nos vuelve a mirar, ahora muy seria y con la superioridad dibujada en su semblante.

—Pues vas a hacerlo muy pronto, porque nos casamos a finales de verano. Y tú, señorita, vas a ser una de las damas de honor.

En esta ocasión no derramamos la cerveza, sino que nos la tragamos arrastrándola por la garganta. ¿Casarse a los veintiuno no es algo que pertenece a otro siglo? ¿No es un acto remoto e inalcanzable para nuestra generación? Mi mente ya se está adelantando a los nervios de mi amiga en ese día futuro. Me santiguo en un intento de alejar los pensamientos. Y Ryan se parte de risa cuando me ve hacerlo.

55

Jeff, por Jeff Buckley

Es la primera vez que no voy a la universidad por culpa de la lluvia torrencial que llevamos padeciendo desde que ha amanecido. La tromba de agua no tiene intención de amainar; las gotas impactan en los cristales y la casa está envuelta en una atmósfera melancólica que amenaza con sacar a relucir los recuerdos. Cuando llueve, todo me recuerda a Jake. El gris del cielo, el agua impactando sobre el asfalto, el olor a hierba mojada. La tristeza que se forma bajo la tierra en los días como este... Después de dar varias vueltas por la casa sin saber muy bien qué hacer, me tumbo en el sofá, resoplo y cierro los ojos. Parece que es imposible sacármelo de la cabeza, así que me abandono a los pensamientos. Por lo menos, y siempre según me cuenta Norma, Jake está en una clínica luchando contra su adicción y fuera de peligro.

A medida que repaso nuestra breve pero intensa historia, la rabia se va formando como un remolino que amenaza con convertirse en un tornado que arrastre cualquier tiempo bueno que pasé a su lado. Y me digo que solo fui una distracción más, un capricho al que dejó tirado en la alfombra de su apartamento de lujo, literalmente. Un capricho del que se desencantó cuando una rubia cañón se apostó sobre su regazo. Duele encajarlo, pero así fue. No hay otra manera de verlo.

Las horas muertas lejos de la universidad y sin la posibilidad de salir a pasear por el pueblo, me dejan exhausta. Tengo que dejar de pensar en él, así que me centro en prestar atención a los últimos cambios que he hecho a esta casa que ya siento como mía. He ido comprando plantas para los alféizares y para cada esquina. También he habilitado un pequeño escritorio de madera junto a la ventana y, poco a poco, mis pertenencias y el olor de mi champú conforman un todo. Definitivamente, prefiero los pisos pequeños, aunque es algo que no puedo ni mencionar delante de mi madre, porque es un asunto que está lejos de su comprensión. Aquí empiezo a ser quien quiero ser. Empiezo a vivir como quiero vivir. Empiezo a elegir por mí misma. Y empiezo a recomponerme de un pasado difícil. De repente, las últimas imágenes de mi padre en aquella cafetería aparecen por mi mente llevándose la poca tranquilidad que había recuperado, y me siento ansiosa y triste, deprimida. Pero decido que no voy a darle más cancha y corro hacia la cocina para sacar la basura y dirigirme a la calle. Me da igual que llueva a cántaros.

Para cuando abro la verja exterior, el agua ya me ha calado por completo. Cruzo la calle hasta el contenedor y tiro la bolsa. Se oyen truenos a lo lejos y el chirrido de las gotas impactando sobre el techo de los coches aparcados. Y, bajo todos esos sonidos, oigo un débil maullido procedente de unas cajas de cartón que se están desintegrando bajo la tormenta. Dudo si volver a casa o destapar aquellas cajas y me inclino más por lo primero puesto que no he vuelto a oír nada. Hasta que lo escucho de nuevo y, presa de mi impulsividad, descubro la caja. Dos iris verdes y enormes me miran y el maullido se convierte en una canción aporreante. Es un gato pequeño y delgado con el pelaje totalmente negro y los ojos demasiado grandes en proporción con su cuerpecito.

—Chsss —susurro—. En algún momento dejará de llover —intento tranquilizarlo.

Me agacho para quedarme a su nivel y lo acaricio. El cachorro frota su cabeza contra mis dedos mientras continúa llorando. Está totalmente empapado. Y tiembla. Y, al segundo siguiente, me sorprendo agarrándolo y metiéndomelo dentro del abrigo.

—Vamos, te voy a llevar a casa para secarte y, cuando salga el sol, volveré a dejarte en la calle. —Los gatos callejeros merecen mi mayor respeto.

Solitarios, independientes, fuertes y orgullosos, se valen por sí mismos y no necesitan a nadie. Marcan su territorio y lo defienden con uñas y dientes. Pero este es solo un cachorro y no para de llorar. Quizá tenga hambre.

Entro en casa y me quito el abrigo calado; subo al baño con él en brazos y agarro una toalla. Me froto el pelo y después empiezo a secarle el pelaje negro al minino. Poco a poco, se va relajando, aunque no cierra ni un momento sus ojos, que no han dejado de inspeccionarme desde que nos hemos encontrado.

—Te voy a traer un poco de agua. —Lo dejo a un lado del sofá cubierto con la toalla.

Vuelvo con un cuenco lleno de agua que dejo en el suelo. Me tumbo en el sofá y acoplo al animal encima de mi regazo para acariciar su pelo todavía mojado mientras miro la lluvia a través de la ventana.

—Voy a tener que ponerte un nombre, al menos hasta que te sientas mejor y puedas irte —le digo como si pudiera entenderme—. ¿Qué te parece Jeff?

En ese momento, como si fuera algún tipo de contestación, el gatito maúlla. Sonrío y noto cómo se recoloca para tumbarse encima de mi estómago.

—Por lo menos vamos a pasar la tormenta acompañándonos, Jeff.

El móvil vibra sobre la mesita y estiro la mano para agarrarlo. Seguro que es Ryan; le he pedido que me haga un resumen de las clases, a las que él sí ha podido ir porque vive al lado de la universidad. Sin embargo, cuando la pantalla se ilumina, el corazón se detiene para comenzar a latir de manera desbocada al segundo siguiente. Es un correo electrónico. Y en el remitente figura un tal «Jake Harris».

De: Jake Harris
Para: Alessa Stewart
Asunto: (Sin asunto)
¿Te fuiste a estudiar a Kent para estar con Ryan?

Jake

Estoy con la boca abierta y ahora es a mí a quien le tiembla el cuerpo entero, ya que Jeff parece relajado sobre mi estómago. ¡Me cago en la hostia! ¿Este tipo es el mismo que prácticamente se folló a una tía delante de mis putas narices? El enfado que se despierta en mi interior es monumental. ¡¿Cómo se atreve?! ¿A eso se dedica en su clínica de desintoxicación? Me cago en él. Sé de sobra que lo mejor es dejarlo pasar, no contestar al mensaje y bloquearle el *e-mail*. Pero los dedos de mis manos se alían con mi furia y trabajan para dar una respuesta apresurada.

De: Alessa Stewart
Para: Jake Harris
Asunto: Estás muy confundido.
¿Qué te hace pensar que tienes derecho a opinar sobre mi vida?

¿O a mandarme un *e-mail* siquiera, después de lo que me hiciste?

Alessa

Un segundo después, recibo su respuesta:

De: Jake Harris
Para: Alessa Stewart.
Asunto: Re: Estás muy confundido.
Tienes razón. LO SIENTO, Alessa. Norma me ha dicho que pusiera tiempo entre nosotros. Pero ya no puedo más. Te pienso todo el rato; te veo en mis sueños. Solo tengo una vida para intentar que puedas perdonarme por lo que hice y pretendo usarla. No te merezco, eso ya lo sé. Pero te quiero. Y voy a hacer lo que sea para que me vuelvas a hablar otra vez, para que me vuelvas a mirar. Para entrar en tu vida de nuevo. No tengo derecho a enfadarme por que estés feliz en Kent al lado de tu amigo. Pero, joder, ahora mismo me gustaría ser él. Quiero estar para ti, compartir cosas contigo, poder robarte un

beso mientras escuchamos una canción. Todas nuestras canciones... Y, cuando llueve, todo se vuelve peor, porque entonces noto tu sabor en la boca.

Jake

Sus palabras me afectan de un modo tan intenso que me sumerjo en un limbo paralizante. Pasados unos minutos, decido contestar:

De: Alessa Stewart
Para: Jake Harris
Asunto: Estás muy confundido.
Me alegro de que estés mejor, Jake. Pero ya no existimos en la vida del otro.
No me vuelvas a escribir más.

Alessa

Y entonces me quedo varias horas apretando el móvil sobre mi pecho, esperando una respuesta. Y, cuando el aparato vuelve a vibrar, esta vez sí se trata de mi amigo, que me manda un audio contándome el día y todo lo que han hecho en clase. Pero mi mente es incapaz de parar de pensar; mi mundo se ha agitado otra vez y el ruido de la lluvia me resulta desesperante. Jeff se alza sobre sus cuatro patas y camina con torpeza hasta mi cuello antes de mirarme muy fijo y emitir un llanto lastimero. No puedo permitir que su mensaje me afecte. ¿Qué derecho tiene él a volver a mi vida y desbaratárme-la por completo? El gato vuelve a llamarme la atención metiéndome el hoci-co en el cuello. Lo agarro y me levanto para llegar hasta la cocina. Tiene hambre y voy a ver qué puedo buscar para darle de comer. Lo pongo en el suelo y lo miro antes de abrir el frigorífico.

—¿Sabes, Jeff? —le pregunto retóricamente—. Él seguro que adivinaría que te he llamado así por Jeff Buckley.

El felino roza su lomo contra mis piernas y vuelve a llorar. La lluvia lo ha traído hasta mí. Y también a Jake Harris.

56

Desde ahora, odio aún más las bodas. Si es que eso es posible

Admito que la maquilladora ha hecho un trabajo increíble. Los *foxy eyes* —como los ha llamado— me hacen poseer una mirada más intensa y penetrante, y los labios, teñidos con tres tipos diferentes de rojo, hacen juego con el color del vestido. Ese es precisamente el objeto de confrontación: el maldito vestido. De corte lencero, largo, y con un poco de cola, presenta un escote de pico bastante acentuado y una raja que me llega hasta la parte superior del muslo. Desde que me lo he puesto, la incomodidad se refleja en cada poro de mi piel. Sin hablar de la molestia real de unas sandalias doradas de agujas infinitas.

Rachel aparece detrás de mi espalda y encontramos nuestras miradas en el espejo.

—Estás estupenda, Alex, en serio —me dice—. Solo vas a tener que aguantar esos tacones un día, no es para tanto.

—Me parece que todo esto —ojeo la habitación tocador gigante en la que estamos— es para tanto y más.

—Ya la conoces. —Mi antigua compañera le quita importancia alzando una mano—. Voy a ir bajando.

Annie tiene como dama de honor el imponente número de doce chicas jóvenes, entre las que estamos Rachel, Barbara y yo, sus antiguas compañeras en Camden Hall. Según mi amiga, su relación se estrechó cuando yo me marché de allí. Y lo cierto es que me he llevado una grata sorpresa con Rachel, quien, lejos de estar susceptible y ansiosa todo el rato como antaño, ahora muestra un sosiego en el que es fácil sentirse confortable. Durante la última semana, en la que hemos acompañado a la novia a todas partes, ha estado muy atenta y ha conseguido que las tres nos unamos ante las demás desconocidas y formemos una piña. Según ella misma me ha contado estos días, después de salir del centro, comenzó estudios de Diseño Gráfico y los complementa con clases de dibujo por puro *hobby*. Por su parte, Barbara encontró otro representante y ahora es la imagen protagonista de una marca de cosméticos de segunda fila. El primer día que quedamos, se bajó de su descapotable cargando una caja inmensa de productos de maquillaje de todo tipo que repartió entre todas las damas de honor; aunque el reparto, al final, nos terminó beneficiando tanto a Rachel como a mí. Después de esta semana de últimas pruebas de vestidos, visitas a las localizaciones y ensayos prenupciales, lo único que he sacado en claro era que estoy abastecida de maquillaje para toda la vida. Eso y que Rachel es una tía simpática que merece la pena. Y que Barbara, a pesar de que sigue pareciendo una diosa griega, se ha relajado un poco. Por suerte para todos.

La habitación se ha quedado vacía con la huida de las damas de honor hacia el césped de este hotel de cinco estrellas donde se ha dispuesto toda la ceremonia. Ya hace diez minutos que estamos en hora. No me apetece en absoluto caminar hacia ese altar relleno con flores blancas que han creado para la ocasión. Pero sí tengo unas ganas inmensas de reencontrarme con Ryan porque, desde que nos despedimos a principios de verano, aún no hemos tenido oportunidad de vernos. Así que enfilo la salida y me llevo una sorpresa enorme al encontrarme con Annie, que está apoyada en el marco de la puerta, con el velo cubriéndole la cara y el ramo de rosas blancas entre las manos.

—¿Qué haces aquí? —Mi asombro la pone aún más nerviosa de lo que ya estaba. Se pasa el ramo de una mano a otra y me examina como si estuviera debatiendo interiormente algo que era cuestión de vida o muerte—. Me estás asustando.

—Más asustada estoy yo por lo que te tengo que confesar. —Entrecierro los ojos con la expresión desencajada porque ya me la conozco—. Vale, lo voy a soltar ya, que me están esperando para contraer matrimonio —reflexiona en voz alta.

Yo me coloco la melena concienzudamente peinada y ondulada para la ocasión sobre el hombro derecho, esperando sus palabras.

—Puede que Jake Harris asista a la ceremonia porque lo invité hace un par de meses —suelta juntando las palabras entre sí. Pero yo lo he entendido a la perfección y no tiene que repetirlo.

—¿Me estás vacilando? —Sus ojos negros gritan que no, que su sinceridad es una de sus cualidades y ahora lo está demostrando una vez más.

Mi amiga —aunque está por ver si sigue siéndolo— niega con la cabeza y se muerde el labio superior presa de los nervios.

—No te muerdas que te vas a estropear el maquillaje —le riño. Su cuerpo se relaja y me toma de la mano—. No, Annie —la detengo con exasperación—. Estoy muy enfadada y ahora mismo quiero salir corriendo ante la posibilidad de encontrarme con ese capullo. Y también quiero darte un puñetazo, pero es el día de tu boda, así que nada de eso es una opción. ¿Por qué cojones lo has hecho?

—Lo siento, Alex. Lo siento, de verdad. Me echó una mano convenciendo al grupo favorito de Oliver para que tocara en la fiesta y me vi en el compromiso de invitarlo.

Me estoy mordiendo la lengua con ansia y aprieto los tacones sobre la moqueta clara del pasillo del hotel.

—¿Y por qué no me lo has dicho antes? —Cierro los ojos al sentir que la inquietud se apodera de mí.

—Porque bajo ninguna circunstancia iba a permitir que te perdieses mi boda —dice con determinación—. Además, dudo que venga. Acaba de estrenar un *single* y estará bastante solicitado.

—Vamos, tenemos que bajar. Oliver estará a punto de pegarse un cabezazo contra el altar si lo haces esperar más. —La tomo de la mano y la conduzco hasta el ascensor.

Soy la última en desfilar por el pasillito antes de la novia. Me coloco al lado de Rachel, en el estrado que han preparado para nosotras a un extremo del altar. Annie posa sus pies en la alfombra roja y todos la observan con expectación. Está preciosa, con esa sonrisa resplandeciente dedicada solo a su futuro marido. Cuando llega a su lado se abrazan ante el aplauso de todos los invitados, pero los vítores de pronto se detienen para dar paso a un murmullo sordo de sorpresa.

—¿Qué coño hace ese aquí? —se pregunta Rachel en voz bajita para sí misma.

Y sé que se trata de él. Puedo sentir sus ojos puestos en mí. Así que levanto la cabeza y me lo encuentro, de pie, al final de la fila de asientos, con su mirada clavada en la mía. Va vestido con un traje negro, una camisa blanca y sin corbata; para colmo, tiene desabrochados los dos primeros botones de la camisa, por lo que el reguero de lunares negros de su cuello es visible. Luce diferente, tiene el pelo más corto, peinado hacia atrás y un mechón oscuro le atraviesa la frente. Los rasgos infantiles se le han endurecido un poco, al igual que la mandíbula. Pero sus labios y sus ojos son los mismos... El latigazo de deseo me sube por la pierna que llevo descubierta y se posa en mi vientre bajo.

Ese capullo que ahora me devuelve la mirada me partió el corazón hace casi dos años.

Me escribió un *e-mail* meses atrás.

Y ha guardado silencio desde entonces.

Lo odio por lo que me hizo. Pero, sobre todo, lo odio porque, desde que nos hemos reconocido a lo lejos, mi corazón late de una manera diferente. Libre, esperanzado, poderoso, despertando de su letargo.

Llego a la conclusión de que solo existen dos maneras de sobrellevarlo. Y las dos empiezan por *b*.

Una: bebiendo alcohol.

Dos: buscando a Ryan.

57

Si se cree que me voy a rendir
algún día...

Jake

No sé cuántas copas de champán se ha tomado, pero han sido muchas. Ahora lleva dos *gin-tonics* y, cada cierto tiempo, le pasa el vaso a su amigo, amigo con derecho a roce o en lo que sea que se haya convertido el capullo de Ryan. Y, aunque después del año más difícil de mi vida he aprendido a lidiar con mi adicción, a comprenderla, a luchar contra ella e incluso a derrotarla, ninguna de esas lecciones me sirve para tranquilizarme por dentro al ver a esos dos bailar canción tras canción de ABBA. La que era mi chica no para de abrazarlo, de tocarlo, de reír a pleno pulmón a su lado. Y, obviamente, él continúa con los mismos ojos enamorados de siempre. Sé que son celos, pero sobre todo es la frustración repleta de tristeza por no ser yo quien le forma esa sonrisa en la cara a Alessa.

Vaya adonde vaya, me encuentro un órdago de fans por todas partes, y esta boda no ha sido la excepción. La última que me ha dado caza ha sido Barbara, de la que no me he podido despegar hasta hace un momento, cuando me he disculpado para ir al baño después de preguntarle por la pareja literata de moda. Casi me dan convulsiones cuando ha soltado: «No están juntos, pero se gustan mucho. ¿No lo notas tú también?». Empiezo a pensar que venir aquí ha sido la peor idea desde que decidí enfrascarme en una supergira internacional sin estar preparado para ello. Llevo empalmado desde que he visto a Alessa en el altar, y esa raja que se le abre en el muslo no ayuda en absoluto. Tampoco ese cuerpo que se le ha definido con el tiempo y que la hace parecer una mujer de armas tomar, con los pechos más abultados y los labios más apetitosos que antes si es que esto es posible.

He acudido a esta boda con un propósito que la incumbe a ella. Tengo que confesarle algo antes de marcharme y, de paso, intentar recuperarla. Le pediré perdón de nuevo y me arrodillaré si es necesario. Pero, si no dejo de observarla y de comérmela con la mirada, tendré que ir al baño y echarme agua en la cara para tranquilizarme un poco. Y es algo que no me apetece. Del mismo modo que no ayuda en absoluto estar rodeado de alcohol y no tener la intención de probarlo a pesar de que las ganas se me clavan como cuchillos en el pecho.

Tomo asiento de nuevo en mi mesa, frente a la pista de baile donde los invitados lo dan todo coreando estúpidas y pegadizas canciones pop. La que era mi chica lo está pasando realmente bien, a deducir por su sonrisa imborrable y las miradas sarcásticas que no para de dedicarle a su amigo. Me abro otro botón de la camisa, porque el calor que hace es considerable y porque necesito calmar la ansiedad que me produce verlos tan cerca.

Soy consciente de que ya no somos nada y de que Alessa me odia. La cagué. Hasta el fondo. Pero, si de algo me he dado cuenta en estos últimos meses —además de que soy un cabrón egocéntrico y destructor—, es que estoy enamorado de esa pelirroja a la que todos dirigen su atención en la pista de baile.

La conozco y sé que no lo tengo fácil para reconquistarla y para que vuelva a confiar en mí. Es más, diría que lo tengo más bien imposible. No tenerla al alcance de mi mano ni entre mis sábanas me sume en un pozo de tristeza del que no tengo intención de salir. Aunque, por otro lado, lo mejor que le puede suceder a un artista es la infelicidad.

La música cambia y comienza a sonar una lenta. Le doy un trago a mi Coca-Cola y estoy a punto de escupirla cuando observo cómo Alessa coloca su boca en el cuello de Ryan y se ríen de las cosquillas que eso le ha provocado al chico. Se acabó. Puedo no meterle alcohol a mi organismo, pero no puedo soportar ver cómo mi chica se folla a otro tío delante de mí. Cruzo la pista y llego hasta ellos, al tiempo que le lanzo una mirada asesina al mismo tío al que le partí la cara en su día. Hace unos meses le mandé un mensaje en el que le pedía disculpas por mi actitud con él en Camden Hall y ya me estoy arrepintiendo de haberlo hecho.

—¡¿Qué haces aquí, Jake?! —me pregunta Ryan antes de que pueda decirle nada a Alessa.

La respiración se me agita y, cuando pongo mis ojos en ella, tengo la sensación de que estoy dentro de un puto sueño por tenerla tan cerca. Todo mi cuerpo quiere acercarse más, pero su expresión fría e impenetrable alza un muro gigante entre nosotros.

—Baila conmigo —le pido a modo de preámbulo.

—¿Y tú quién eres? —Echaba de menos su sarcasmo, aunque tampoco demasiado—. A ti no te gusta bailar.

—Pues ahora, sí. —La tomo de la mano y la acerco a mí, eliminando la distancia que nos separa y alejándola un poco de su amigo, quien se mantiene alerta.

Ella se pone nerviosa y me suelta. Está borracha, pero es perfectamente consciente de todo. Solo me han faltado unos segundos para comprobar que sí, que estoy en lo cierto, que me odia. Y mucho.

—Baila solo —me rechaza mientras gira la cabeza para buscar a su amigo.

Antes de que se separe de mí, me agacho un poco para susurrarle al oído:

—He venido porque tenemos que hablar —confieso.

Entonces se da la vuelta con la ceja alzada. Dios, está buenísima y no puedo evitar que mi mirada viaje a su escote donde se atisba el nacimiento de sus pechos.

—¿Ah, sí? —chulea—. Yo no tengo na-da que hablar contigo. —Se trastabilla con alguna de las palabras.

—Creo que te has pasado con el champán, Alessa.

Suelta una carcajada que me hiela la sangre y me hace arrugar la nariz.

—Era la única manera de soportar que estuvieras aquí —sentencia.

Su ataque me hiere, aunque soy plenamente consciente de que me lo merezco. Soy un cabrón que le hice un daño tremendo en el pasado. Que la dejó tirada tras repetirle hasta la saciedad que no iba a permitir que se fuera y que nunca iba a soltarla. Intento recomponerme y concentrarme en mi alegato. Quiero dejarle ver que ella tiene el mando y que siempre lo tendrá. Pero... ¿quiere tenerlo o quiere pirarse a la habitación con su amigo Ryan?

Alessa se gira con la intención de irse de nuevo con su amigo, que la espera a una distancia prudente, pero antes me dedica un gesto educado de despedida.

—Y, ahora, si me permites... —Yo me enciendo por dentro y no precisamente por las ganas que tengo de chuparle esos labios rojos.

—Por favor, tenemos que hablar. —Mi voz suena tan firme que hasta ella se gira para enfrentarme.

Durante unos segundos mantenemos un duelo de miradas, todas ellas cargadas de reproche y rencor. Actúo primero al tomarla de la mano y ella, tras lanzar un gesto de conformidad a Ryan, comienza a seguirme a través de la pista hasta que llegamos al ascensor. Luego, suelta el agarre. Una vez dentro del habitáculo, su cercanía y su olor me tientan a tocarla, pero no lo hago. Puedo notar lo nerviosa que está por compartir, después de tanto tiempo, este espacio reducido conmigo.

—Tienes cinco minutos, Harris —me advierte con indignación.

Ni siquiera me molesto en contestar, solo introduzco la tarjeta, pulso el último piso y el ascensor comienza a elevarse. Aprovecho para quitarme la chaqueta porque estoy empezando a sudar y, cuando las puertas se abren en la entrada de mi *suite*, Alessa se queda apoyada en la parte más alejada del ascensor, con una ceja alzada y negando con la cabeza. Está enfadada y el alcohol le va a dar la oportunidad de descargar toda su rabia contenida contra mí. Y eso es lo que quiero, que se vacíe por completo para poder empezar de nuevo.

Al final, no le queda más remedio que internarse en la estancia. Sus pasos se oyen sordos sobre la maqueta clara y la enorme habitación de estilo clásico decorado con tonos claros se vuelve de una belleza contundente por su sola presencia. La falda de su vestido ondea al andar y su cabello le llega hasta la cintura.

—Vaya, no huele a alcohol. Qué decepción. Esperaba ponerme ahora con el *whisky* —suelta el primer perdigón directo hacia mí y lo adorna con una sonrisa de desprecio.

—Estoy sobrio, Alessa. Desde hace un tiempo, de hecho —le contesto intentando mantener la calma.

—¿Desde aquella vez que le metiste la lengua a la rubia hasta el estómago?

Abre mucho los ojos, desafiante e impaciente por conocer mi respuesta. Yo me llevo una mano a la sien, consciente de que soy el culpable de esto y de que la quiero incluso cuando la crueldad se adueña de ella. Estuve a punto de morir y en lo último en lo que pensé fue en ella. Así que, si cree que me voy a rendir por dos comentarios despechados, es menos lista de lo que pensaba. Y tengo entendido que saca matrículas de honor a pares en la universidad.

Alessa debe de ver algo en mi expresión que le hace aflojar su postura, porque camina por la habitación, observando todo y relajándose por fin.

—¿Por qué no duermes en tu apartamento? No está tan lejos de aquí.
—Siempre ha sido muy observadora.

—Solo he vuelto por la boda. Mañana regreso a Los Ángeles para empezar a...

Alessa cierra los ojos y levanta una mano con un gesto cortante que me indica que me calle. Va a volver a la batalla, lo sé. Y me preparo para el golpe.

—En realidad, hace tiempo que me importa una mierda lo que hagas.

—Hay algo que tienes que saber, Alessa. —Meto los dedos entre mi pelo.

—No hay nada que salga de tu boca que pueda tener alguna importancia para mí. Nada —dice señalándome con el dedo.

La observo con la pena invadiéndome al ser testigo de la rabia que le atraviesa el rostro. Y, de un segundo a otro, sus labios se relajan y se lleva una mano al hombro, dudando si seguir hablando o no.

—Aunque, pensándolo bien, sí que tu boca, por separado, puede tener importancia para mí. —¿Qué...?

El rubor le cubre sus mejillas y a mí me cuesta tragar la saliva. Apuesto todo lo que tengo a que mis pupilas acaban de dilatarse por completo.

—Quiero decir que me interesa que utilices tu boca, pero no para hablar.

Alessa baja su mano por el cuello y desciende hasta el escote. Y ese gesto provoca que mi dureza apriete tan fuerte el pantalón que temo por que se rompa y quede como el gilipollas que soy. A pesar de que un par de metros nos separen, está temblando de deseo, al igual que yo. Nuestros ojos encendidos lo gritan en medio del silencio. Cuando estuvimos juntos, algunas veces deseaba que ella fuese como las otras, que me veneran sobre un pedestal dorado. Alessa no lo hizo nunca. Sin embargo, aquí está ahora, clamando por mi boca. Y no me importa actuar al revés: antes el placer que el amor. Lo soportaré. Ya lo creo que sí. «Estoy deseando introducirme dentro de ti desde que te he visto en el altar», es lo que pienso y le transmito a través de una mirada afilada.

58

Ya no importa

Desde que me he adentrado en esta *suite* de lujo, su olor me ha inundado por completo. Se me ha metido dentro como si fuera el humo de un incendio. Con ese traje y esos rasgos marcados, está más atractivo que nunca. Y, por desgracia para mí, ahora no está Ryan ni tampoco hay atisbo de alcohol por ningún sitio, por lo que mando mi contención a la mierda antes de caminar hasta él para calmar de una vez por todas esta sed que me está consumiendo. Necesito sentir sus labios, así de sencillo. Los ojos de Jake parecen negros por el deseo y su boca entreabierta llena de anticipación hace que me decida y que me coloque a tan solo unos centímetros de su cuerpo. Con estos tacones me quedo más cerca de sus labios y los devoro con la mirada antes de capturar su labio inferior entre mis dientes y tirar de él. Su respuesta no se hace esperar e introduce su lengua húmeda en mi boca, reclamando la mía, que se mueve con ansia. Nos besamos reconociendo nuestro sabor, nuestros rincones, la necesidad enloquecedora de unirnos después de tanto tiempo separados. Sus manos se cuelan entre mis cabellos y afianzan mi cabeza a su gusto. Mis dedos se clavan en su espalda, que ahora noto más voluptuosa, más definida. Jake sabe a cola y es probable que ese se vaya a convertir en mi sabor favorito a partir de ahora. Su lengua puja contra la mía por ocupar su lugar en mi boca y el beso se vuelve frenético y termina por mandar latigazos de deseo a todas mis terminaciones. Mis manos aceleradas viajan hasta su cinturón y se lo abro con una agitación que llevaba años desaparecida.

—Alessa, para... —murmura con la respiración entrecortada.

Pero no lo hago y le abro el botón del pantalón no sin antes rozar la dureza que evidencia lo excitado que está.

—Venga, Jake. Como la última vez —le ruego con cierta ironía—. Sin ninguna palabra de por medio. Me follas y te vas.

Él se separa y me observa con una expresión entre dolida e indignada.

—Estás borracha.

—No, no lo estoy —gruño molesta—. Al entrar en esta *suite* del demonio, tu puto olor se me ha metido dentro y ha arrasado con todo lo demás, hasta con el alcohol.

Soy consciente de que, por primera vez en toda la noche, mis defensas se han desplomado. Su rechazo me hace sentir frágil. Necesito sentirlo, necesito sentir que está vivo. Aquí, a mi lado. Jake me devora con su mirada de arriba abajo y vuelve a acercarse. Sin quitarme los ojos de encima, dirige sus manos a los tirantes del vestido. Su deseo va a acabar haciendo estallar los cristales de las ventanas. Deposita un beso húmedo y precoz sobre mis labios y, con una brusquedad sensual y desesperada, me arranca la tela arrastrándola hacia abajo y dejándome en ropa interior. Después, lleva sus dedos hasta el cierre del sujetador y lo arranca. Me lanza una mirada mientras se muerde el labio inferior y luego se acerca a mi oreja. La lame, la besa, la muerde. Y susurra:

—Me encantas. —Estoy a punto de explotar por las expectativas.

Jake se quita la camisa sin perder el contacto conmigo y, cuando la tira al suelo, se abalanza sobre mi cuerpo pegando sus labios a los míos. Me empuja y mi trasero choca contra el aparador de madera que ocupa toda la pared del fondo. Percibo nuestras pieles juntándose y, presa de una locura digna de la muerte, recorro los lunares de su pecho con la lengua.

—Te necesitaba —jadea Jake llevando su mano a uno de mis pechos.

Acto seguido, me alza y me sienta sobre el mueble con un movimiento certero. De repente, se detiene, frunce un poco el ceño y yo no entiendo por qué ni me importa, porque estoy más excitada que nunca y lo único que quiero es que siga tocándome.

—¿Me querías poner celoso con Ryan? ¿Por eso has estado bailando con él toda la noche? —suelta mirándome fijamente.

Diga lo que diga, creo que no le gustaría saber que Ryan se ha convertido en alguien imprescindible para mí. En este momento lo único que quiero es que esto se reduzca a pasión pura y dura. No había echado de menos el sexo hasta que lo he visto de nuevo, pero ahora me he convertido en un animal salvaje que desea saciarse.

—Me gusta tu boca, Jake. Pero no cuando la utilizas para hablar —le respondo clavándole la cadera y acercándome para lamerle la oreja.

—Dios... —gime entrecerrando los ojos—. Y a mí me pone duro cualquier cosa que salga de la tuya.

—Me alegro. —Mi lengua recorre ahora su cuello.

—Tengo que decirte algo. Es importante. —Jake se aleja un poco para captar mi atención.

—¿Tienes alguna enfermedad venérea?

—¿Qué? —masculla—. ¡No!

—Entonces, Jake, limítate a follarme. De lo contrario, voy a bajar y me voy a llevar a Ryan a mi habitación. ¿Es eso lo que quieres? —Eso ha sido un golpe bajo y lo sé.

—Cállate, Alessa —me ordena antes de impactar sus labios contra los míos.

Se separa demasiado pronto y se pone de rodillas delante de mí. Me agarra la pierna y coloca el tacón sobre su hombro. Solo me dedica una sonrisa engreída y ladeada. Y estoy tan expuesta y con tantas ansias de liberación que solo me lame con una destreza insoportable durante diez puñeteros segundos antes de que me corra en su boca y le hinque el tacón en el hombro. Diez puñeteros segundos. Cierro los ojos porque estoy demasiado desbordada y demasiado avergonzada para enfrentarlo. Él se levanta y noto su boca abriéndose en una sonrisa sobre mi cuello. El cabrón está orgulloso y es para estarlo. Entonces me sujeta las piernas y se rodea la cintura con ellas para levantarme y llevarnos hasta la cama. Caigo de espaldas sobre las sábanas y nos miramos. Él desde arriba, yo desde abajo. Quiero más. Mucho más. Ojalá pudiera quedarme en esta habitación para siempre, pero mi odio es una masa negra y omnipresente.

—¿Sabes cuántas noches he soñado con esas pecas encendidas? —Soy consciente de que mis mejillas arden del calor, de la pasión, de la fricción.

Jake se baja el pantalón y me lamo los labios al observarlo desnudo.

—Quiero hacer algo... Como la vez que te expulsaron de Camden Hall. ¿Te acuerdas? —Sueno lasciva, lo sé. Desprovista de cualquier sentimiento.

—Claro que me acuerdo, pero no vas a hacer nada porque voy a follarte tan duro que tus gritos van a llegar hasta la pista de baile. —Se pone el preservativo sin dejar de desafiarme con la mirada.

—La música está muy alta, no me van a oír.

—Eso ya lo veremos... ¿Puedes abrir las piernas? —me pide con el mechón oscuro atravesándole la frente y la sonrisa torcida.

Y las abro para él, que se coloca sobre mí y me cubre con su cuerpo. Me agarra del muslo y me lo levanta. Me penetra en un solo movimiento profundo y yo grito por la sensación desmesurada que me provoca. Por fin... el paraíso, que resulta que está en la tierra y no en el cielo.

—Joder... —Cierra los ojos con fuerza y resopla intentando controlarse—. Te noto más que nunca.

Le muerdo el labio con fuerza para que se mueva. Y lo hace. Y follamos con desesperación. Derrotados ante la pasión y el deseo de estar nuevamente enterrados el uno en el otro.

Un rato después, nos derrumbamos en la cama, exhaustos, y tardamos al menos quince minutos en recobrar el aliento. Es Jake el que rompe el silencio en el que estamos sumidos:

—¿Esto ha sido un polvo de reconciliación? —pregunta arrastrando las palabras por el cansancio.

—Claro que no —contesto soltando una carcajada—. ¿Ahora te has vuelto estúpido o qué?

Mis muros se alzan de nuevo, imponentes e impenetrables. Necesarios. He sufrido mucho y, por más que el mejor lugar en el que he estado sea dentro de él, hay cosas que no pueden ser. Lo nuestro es una de esas cosas. Y si no es así, tampoco voy a arriesgarme a comprobarlo.

—¿Estúpido? —Su rostro adopta una mueca de incomprensión—. Sí, soy un estúpido enamorado.

Miramos al techo adaptándonos a la circunstancia de tenernos al lado. A pesar del rencor, es un alivio verlo recuperado. Oírlo respirar.

—Estoy seguro de que no te corres así con los demás —afirma con una torpe intención de aflojar la tensión.

No voy a entrar en su juego. Lo que voy a hacer es aprovechar al máximo esta noche de placer. Esa es la única debilidad que me voy a conceder. Una despedida digna en la que yo saldré ganando. Me coloco encima de Jake, con las piernas enmarcando sus caderas y le beso el pecho. Mi melena cae sobre su piel mientras subo hasta su cuello y me quedo ahí un rato aspirando su aroma mezclado con nuestro sudor.

—Te quiero, lo sabes, ¿no? —suelta él aturdido.

—Sé que es mentira —contesto mordiéndole un lunar.

—Vuelve conmigo, Alessa. —Y es posible que esté suplicando.

—Me tenías, pero cuando te liaste con esa rubia delante de mis narices, me perdiste para siempre. Así de simple.

—La cagué, sí. Estaba muy dolido —se intenta justificar—. La situación me superó y pensé que...

—Déjalo, Jake —le interrumpo. Levanto la cabeza y lo observo con pesar—. Me hiciste daño. Durante tres putos meses estuve rota, rota de verdad. Por eso nunca voy a volver. —Al menos, estoy siendo muy sincera con él.

Su rostro se tensa ante mi confesión y está tan guapo con los labios hinchados y los ojos brillantes... que podría sucumbir ahora mismo ante sus promesas, pero no voy a permitírmelo. Acaricio con mis labios su torso hasta llegar a su ombligo y desciendo hasta posar un beso rápido en la ingle. Ya está preparado para otra ronda. Levanto la cabeza y me encuentro con la lujuria de su mirada.

—Y sobre lo de antes, no. Nunca me he corrido así con nadie. —Me ahorro decir que nunca ha habido nadie más, al menos de momento.

Después, me meto su miembro en la boca y empiezo a chuparlo ante su atenta mirada. Se retuerce del placer y gime lastimosamente con los dientes apretados. Estira las manos para tocarme, pero se lo impido y coloco su mano en mi cabeza, animándolo a que sea él quien marque el ritmo. Cuando lo hace, pierde el control.

—¡Dios! —jadea. Puedo sentir lo encendido que está y eso me llena de poder.

Nuestras miradas se unen de nuevo y Jake me agarra por las axilas obligándome a separarme de él y colocándome sobre su cintura.

—¿Puedo correrme dentro de ti? —gruñe.

Y yo ya no aguanto más cuando se coloca sobre mi entrada, piel con piel. Entonces empujo hacia abajo con mis caderas introduciéndome hasta el fondo. Me inunda por completo y gemimos al mismo tiempo.

—Me cago en la puta —maldice.

Empiezo a moverme con una lentitud dolorosa y Jake se incorpora para ponernos a la misma altura. Marca un ritmo pausado y me besa en los labios con mimo, como si finalmente entendiera que esta es nuestra última vez. Cuando lo noto rozar ese punto que tan bien conoce, grito. La intensidad se vuelve insoportable y terminamos corriéndonos a la vez con las frentes pegadas y los ojos perdidos en las sensaciones. Respiramos el mismo aire, una y otra vez, aún dentro el uno del otro. Estamos empapados en sudor y, cuando conseguimos enfocar la visión, lo hacemos acariciándonos la espalda.

—Déjame volver a intentarlo... No ha habido nadie después de ti. No podía haberla, Alessa —confiesa a media voz.

—Sí las hubo. Estaban por todas partes. Y me volvía loca. —Después de lo que acabamos de experimentar, no tiene sentido mentir más.

Jake coloca su cabeza en el hueco de mi cuello y me besa con cariño, derrotado.

—Solo eran compañeras de juerga, Ale... Lo siento... —Sus palabras ya no valen nada. Él vuelve a alzar su cabeza y nos quedamos frente a frente, aún unidos por nuestra parte más íntima—. No me he acostado con nadie desde que te hice el amor en el suelo de mi apartamento —admite.

Lo observo confundida y él me devuelve una expresión sincera. Sé que me está diciendo la verdad, lo conozco bien.

—Eso ya no importa, Jake —reconozco—. Tarde o temprano llegará alguien nuevo.

—Tenemos que hablar. Está bien que no quieras ahora, pero...

Le pongo un dedo sobre sus labios para obligarlo a callar y él esboza una mueca de extrañeza con el ceño arrugado. Vencido por el sexo y bañado en sudor es mi Jake favorito, siempre lo ha sido, pero ahora tengo que utilizar toda mi fuerza de convicción para separarme de él, salir de la cama y caminar hasta el baño.

Cuando cae el amanecer y compruebo que Jake está dormido a mi lado, me levanto y me muevo por la habitación haciendo el menor ruido posible. Mi corazón se queja latiendo más vivo que nunca. Me visto con cuidado, recojo mis tacones y me concedo un par de minutos para observarlo por última vez. Tranquilo, relajado, saciado. Hermoso y redentor. Antes de salir, le dejo una nota sobre la mesa: «No te preocupes, tomo la píldora. Que disfrutes de Los Ángeles».

59

Me faltó el gris de sus ojos

La parte buena del desamor es que es inevitable que, una vez aparece, te centres por completo en otros aspectos de tu vida. Al salir de aquella *suite*, la idea de formar un pequeño sello editorial apareció ante mí como un objetivo en el que focalizarme, para así olvidarme de que probablemente aquella madrugada había rechazado para siempre a la única persona con la que me plantearía una vida en común. En el pasillo me crucé con Rachel, que volvía a su habitación después de desfasar en la fiesta. Llevaba los tacones en la mano y la máscara de pestañas corrida. Yo solo le pregunté: «Oye, Rachel, ¿quieres encargarte del departamento de diseño de mi futura editorial?». A ella le costó un poco asimilar la situación, pero unos segundos después respondió que «por supuesto». Sonreí porque seguramente cuando durmiera la mona se arrepentiría, pero me despedí de ella comunicándole que se llamaría Rareza Verde. «Descansa y mañana lo hablamos», le dije antes de verla entrar en su habitación.

Casi dos años después, el sello es una realidad y el título con el que hemos debutado está siendo un pequeño éxito. Los últimos cursos en la universidad los he compaginado con la lectura incansable de cientos de manuscritos. Al principio, Ryan me ayudaba y, cuando viajó a Florencia para hacer un Erasmus, me enfrasqué aún más en ese trabajo meticuloso para suplantar de algún modo su compañía. Y finalmente, a inicios del último semestre, leí una historia que me llegó hondo. En Rareza Verde buscamos relatos que creen una pequeña revolución. Aquel reunía todos los requisitos.

Era especial, alejado de la norma y muy auténtico. Y quisimos dar una oportunidad al escritor novel que lo había escrito.

La novela se llamaba *Marte en el espacio* y relataba la vida de un chico de Manchester que se había levantado un día totalmente convencido de que era David Bowie. El chaval sufría una metamorfosis y los vecinos de su barrio obrero secundaban la realidad ficticia que el chico se había creado para integrarlo en la comunidad. Era una historia genuina que tocaba de lleno los problemas de salud mental en los jóvenes, el estigma que esto suponía y cómo se podía revertir esa situación. Cuando lo recibí, leí el manuscrito dos veces en el mismo día antes de mandárselo a Rachel, que me contestó esa misma noche con un boceto de portada que se convertiría en la imagen con la que se publicó el libro. El planeta Marte representado de naranja, rocoso y sobre un fondo turquesa. Sencillo, minimalista, directo. Se veía a leguas que aquello era una lectura diferente.

Tan solo hace unas semanas que presentamos el libro. Aquel día, John River, el autor, estaba muerto de nervios; aunque yo estaba peor. Ver a los míos allí, apoyando aquella aventura, fue mágico. Mi madre me había ayudado a montar la empresa prestándome un dinero que yo quería devolverle. Taylor, Ryan, Annie, Oliver, Rachel, Barbara y Norma sonreían desde la primera fila cuando tuve que agradecer a todos los implicados y dar paso para que John leyera un fragmento del libro. Mientras tanto, Tommy merodeaba por allí con su cámara de vídeo capturando todo el evento para crear una pieza audiovisual que se pudiera difundir por redes. Precisamente es ahí donde la novela tiene más impacto, sobre todo entre los jóvenes. Una publicidad adecuada al público objetivo es el mayor acierto para una obra que ya de por sí sobresale por su potencial. En muy poco tiempo el libro ha destacado en el mercado y, a través del boca a boca, la gente se ha empezado a interesar. Salimos con pocas copias y ahora ya vamos por la segunda edición. Constantemente los distribuidores nos reclaman más unidades y estamos felizmente desbordados. De eso también tiene la culpa el interés que despierta en portales y asociaciones dedicadas a la salud mental y el eco que de ello se hacen algunos medios de comunicación. Luego están las entrevistas al autor y a mí misma, por haber creado un sello representativo de una generación con un objetivo muy claro: publicar historias alejadas de la norma, historias que escasean y que permiten dar voz a aquellos que están en minoría.

El éxito inesperado de este pequeño proyecto, sumado a los exámenes y trabajos finales de la carrera, ha provocado que últimamente no haya tenido tiempo para nada, ni siquiera para pensar en él. Sin embargo, tengo que confesar que el día de la presentación lo eché de menos. La madrugada anterior había recibido un mensaje suyo en el que me daba la enhorabuena por la hazaña y yo simplemente le había dado las gracias por el detalle. Pero, después, en medio de aquella librería y rodeada por los ejemplares del primer libro de mi sello, lo había buscado entre el público, porque me faltaba el gris de sus ojos, su sonrisa orgullosa. ¿Qué debe de pensar él de todo esto?

Aquel día pasó y ahora hace semanas que ni Rachel ni yo tenemos un solo momento libre. Ella se encarga de diseñar, pero también de toda la gestión en la oficina y del trabajo administrativo. Y yo no paro de tener reuniones con distribuidores, medios y nuevos autores con manuscritos interesantes. Ahora que hemos conseguido este pequeño empujón antes de lo previsto, necesitamos arrancar con varios títulos para la próxima temporada. No nos podemos relajar ni un instante.

Hoy, sin embargo, me he tomado un pequeño descanso porque esta tarde me voy a enfrentar a uno de los momentos más importantes de mi vida. Y es que hace poco me atreví a contactar con la nueva mujer de mi padre, Jackie, para proponerle conocer a mi hermana, Daisy. Tras pasar las horas más largas de mi vida esperando su respuesta, recibí su «Claro que sí, me parece una idea estupenda» con una emoción contenida.

Así que ahora estoy preparándome para el gran momento en el cuarto de baño del apartamento de Rachel. Aquí tengo mi propia habitación porque vengo a menudo a nuestra oficina en Londres, ya que prácticamente todas las gestiones y reuniones se llevan a cabo desde aquí. Y, aunque echo en falta mi vida tranquila en Whitstable, la ocupación agotadora que me ofrece el trabajo y la satisfacción posterior son mi mayor medicina.

Frente al espejo, inquieta y con los nervios a flor de piel por la cita inminente, observo las manchas grises que el cansancio acumulado ha dibujado bajo mis ojos. Me recojo la melena en un moño, me recoloco los mechones sueltos detrás de la oreja y echo un último vistazo al peto de lino negro que he combinado con unas sandalias planas del mismo color. Desde que soy una empresaria novata, he adaptado un poco mi vestuario, aunque cada vez que tengo ocasión acoplo a mi *look* un par de zapatillas. Pero esta vez, más que nunca, quiero dar una buena impresión. Quiero que mi hermana pequeña vea en mí a alguien de confianza, porque quiero que forme parte de mi vida.

Daisy le pega un bocado a su hamburguesa y se mancha el moflete de kétchup. Tiene el pelo de un color rubio pajizo, unos ojos grandes y verdes idénticos a los míos y, por lo que acabo de comprobar, la misma pasión por la comida basura. He elegido un McDonald's porque a todos los niños les encanta, y no me he equivocado.

—Te pareces a mí —canturrea ella con la boca llena—. Eres mi hermana, ¿verdad?

—Sí. —Me hace gracia lo lanzada que es.

—Papá me ha hablado de ti —me hace saber—. ¿Es verdad que duras un minuto debajo del agua en la piscina?

—Es cierto —le confirmo.

—Y... ¿es verdad que eres famosa?

—¿Tengo pinta de ser famosa? —la cuestiono con una ceja levantada.

Ella asiente con ganas y nos reímos a la vez.

—Eres muy guapa.

—Tú también.

Daisy gira la cabeza hacia el cristal que nos muestra la calle. Allí está Jackie, fumándose un cigarro y con el móvil en la oreja. La mujer ha querido dejarnos intimidad desde el principio después de ver cómo la niña se abalanzaba a mis brazos acaparando toda mi atención. Ese gesto me ha derretido por completo.

—¿Dónde vives? —Por lo visto, su curiosidad, mostrada a través de todo tipo de preguntas, es infinita.

—Vivo en Whitstable, en la costa. —Arruga el ceño—. Pero también paso tiempo aquí, en Londres.

—Ah.

—Tengo un gato. ¿Te gustaría conocerlo algún día?

—¡Sí! —chilla emocionadísima—. ¿Cómo se llama?

—Jeff.

—Jeff es un nombre de señor.

—Es que es todo un señorito —secundo—. ¿Te gusta la hamburguesa?

—Mucho. Pero me gusta más el chocolate, creo. —Vaya, ahí otra coincidencia más con esa mini yo de cinco años.

—Luego podemos ir a tomarnos un batido. Conozco un sitio muy bueno cerca de aquí donde hacen unos de chocolate enormes —le cuento abriendo mucho los ojos para crearle expectativas.

Daisy me mira desde su sitio y arruga los labios en una expresión afligida.

—¿Qué pasa?

—Que mamá no me deja comer mucho azúcar y esta mañana he desayunado dos colacaos con más chocolate que leche.

Reprimo una sonrisa y ella me mira muy fijo.

—Podemos no decirle nada —le propongo.

La niña abre mucho los ojos y luego le empiezan a brillar antes de soltar un:

—¡Vale! —exclama—. Me gustas mucho, hermana. Mucho. Mucho.

—¿Te apetece venir a mi cumpleaños? Mi madre hará una fiesta en casa y estaría bien que mis amigos te conocieran. —Me descubro invitándola a la barbacoa que mi madre ha planeado en su jardín.

—¿También habrá chocolate? —me interroga ella muy seria—. ¿Y helado?

—Habrá toneladas de las dos cosas...

Daisy agarra la servilleta arrugada y se levanta de la silla de un salto.

—Voy a decírselo a mamá. Ahora vuelvo. ¡No te vayas! —Y sale disparada hacia el exterior.

Cuando giro la cabeza hacia la calle, me encuentro con los ojos de Jackie, que me inspeccionan con cariño. Tiene una sonrisa enorme formada en sus labios y la niña le abraza las piernas con ganas, porque seguro que ha aceptado mi invitación. Definitivamente, y dejando de lado todo lo profesional, creo que haberla conocido es lo mejor que he hecho desde que salí de la *suite* de Jake aquella noche.

60

Aquella chica pelirroja

—Es igualita que tú. —Tommy da una calada a su cigarrillo sin abandonar su sonrisa—. Tiene las cosas claras y los mismos comentarios agresivos.

La celebración de mi veintitrés cumpleaños acaba de terminar y todos se han marchado de casa. Todos menos Tommy. Ahora estamos tomando dos copas de vino sentados en las tumbonas del jardín de la casa de mi madre, y es bastante evidente que Daisy ha acaparado toda la atención. Taylor no se ha creído mucho lo de que es mi hermana y, según ella, puede ser perfectamente la hija que mi madre me obligó a esconder hasta que tuviera la vida encaminada. Cosas de mi mejor amiga.

—Es una versión mejorada de mí. Tiene el pelo rubio brillante y no tiene pecas —argumento.

—Bueno, tus pecas tienen mucho encanto. ¿Crees que le he caído bien? Porque estaría en problemas si no fuera así... —Tommy tiene una expresión preocupada en el rostro y a la vez burlona.

—Aún no la conozco tanto, pero creo que sí. Si se parece a mí, serás una de sus personas favoritas.

—¡Auch! —se queja como si algo le hubiera herido—. Antes era simplemente tu persona favorita, en singular —bromea él.

—Ahora mi persona favorita es un gato y se llama Jeff. —Formo una sonrisa en la que enseño toda la dentadura.

Tommy se atraganta con el humo de la calada y tose un poco.

—Bebe un poco de vino, anda. —Le señalo con mi copa la suya y aprovecho para dar un trago.

Está fresco y exquisito. Y estoy encantada de compartir esta noche de principios de septiembre con mi amigo, al que no veo tanto como quisiera por sus jornadas de trabajo infinitas.

—Quiero volver a darte las gracias por todo lo que estás haciendo por el libro —le digo.

La ayuda de Tommy ha sido fundamental en la creación del contenido para la publicidad. La grabación de imágenes, el montaje y las fotografías... han recaído en su mano y él ha ofrecido su ayuda sin nada a cambio. Este éxito repentino también es en parte por su talento y por las ideas de promoción e imagen que propuso en su día. Además, estoy contenta de que todo ello haya servido para pasar más tiempo con él y retomar nuestra relación especial.

—No es nada, Alessa. Estoy encantado de haberte ayudado al igual que tú lo hiciste aquella vez poniéndote delante de la cámara. Me alegro de que todo haya salido tan bien, te lo mereces. Has trabajado muy duro para conseguirlo.

—Todos me habéis ayudado.

—Sí, pero tú tienes el talento. Y es bastante evidente —masculla.

Tommy agarra su copa y le da un trago. Desde que se ha quedado el último en el salón después de que yo despidiera a todos los invitados, he sospechado que quería hablarme de algo. Pero no tengo ni idea de qué se puede tratar.

—Ya has conseguido lo que te propusiste hace un par de años y has terminado tus estudios universitarios con honores. Ahora te toca ser feliz —declara.

—Soy feliz. ¿Acaso no es evidente? —Miro a mi alrededor y ladeo la cabeza, con una expresión llena de paz.

—No lo sé... Todavía puedo ver cómo a veces tu mente se va a otro lado.

—¿Así que esto era lo que quería decirme? Ya se me había olvidado lo bien que me conoce—. Es como si tu corazón estuviera sellado.

Sus palabras provocan que se me forme un nudo en la boca del estómago y que el vino ya no me sepa tan bien. ¿Se habrá dado cuenta de que en todo este tiempo he intentado tapar con cemento cualquier sentimiento? Es probable que sea así. Soy feliz, pero aún me duele que la persona de la que me enamoré no supiera corresponderme. O que yo no pudiera corresponderle a él. Qué sé yo. En ocasiones, la desazón me invade, aunque con el tiempo la tristeza se ha disipado poco a poco hasta transformarse en una fina capa translúcida parecida a la seda que me rodea por completo. A veces el dolor puede estar escondido detrás de una carcajada, de una media sonrisa o de un rostro alegre. Y yo pongo mucho empeño en disfrazarlo.

—Mi corazón está bien. Fuerte. Totalmente recuperado de los errores del pasado —le informo.

No es fácil para mí hablar de esto con Tommy, que siempre ha sido la persona con la que me olvido de todo. Él se acerca y me clava la mirada, intentando explicarme sin palabras que puedo contar con él, que podemos hablar de cualquier cosa.

—¿Por qué no lo llamas? —pregunta de pronto.

—¿Estás hablando de quien creo que estás hablando? —Estoy en *shock*.

—Sí, si estamos pensando en el joven psicólogo que un día te recogió en mi casa. —La coña por lo menos ha servido para dejar claro que sí, que se refiere a Jake Harris.

¿Por qué no lo he llamado? Porque quizá tengo más orgullo que él y porque quizá me he acomodado al vacío. Y también porque el tiempo ha pasado y ya no hay manera de volver atrás y recuperar lo que teníamos. Porque, en cierta forma, ya somos dos personas completamente distintas. Sin embargo, en lugar de argumentar algo de todo lo que he pensado, lo que le contesto es:

—Estamos mejor así. Hemos rehecho nuestras vidas por separado.

—¿Tú crees?

—Estoy convencida.

—El chico ha cambiado bastante, no sé. Se le ve más tranquilo y con una confianza irrompible —me informa, como si yo no hubiera seguido en secreto los últimos pasos de su exitosa carrera—. Además, no ha vuelto a salir con nadie.

—Que no se haya dejado ver en público no significa que nadie ocupe su corazón. Y a mí, la verdad, es que no me importa.

La frente de Tommy se llena de arrugas y asiente de una manera lenta porque no le ha convencido mi respuesta, pero le ha quedado claro que no quiero seguir hablando del tema.

Es miércoles. Y me he quedado dormida. Tenía que estar en la oficina a las ocho de la mañana y son las nueve y media. Cuando salto de la cama y corro hasta el cuarto de baño, me asusto por la imagen que el espejo me devuelve. Una resaca en toda regla. Sí, señor. Ojeras, párpados hinchados, labios pálidos. Las imágenes de la noche anterior sobrevuelan mi mente y el color de la vergüenza, un rosa sonrojado, me tiñe las mejillas. Ryan y Annie condujeron hasta el apartamento de Rachel —que ayer no se encontraba en casa— y prácticamente me obligaron a salir por ahí para celebrar la portada que este mes me dedica una célebre revista cultural. En ella aparece mi rostro en primer plano, con el pelo naranja a tope de saturación y los párpados pintados de turquesa, en una referencia a David Bowie más que evidente. Y la verdad es que el reportaje sobre *Marte en el espacio* del interior es para sentirse orgulloso. Me sorprendió que aquella revista, nacida para alejarse de la norma y el *mainstream,* me contactara interesándose en mi futuro prometedor como editora. Confieso que al principio tuve cierta reticencia, pero Tommy me hizo saber que era una oportunidad inmejorable de hacer llegar el libro al público al que iba dirigido. Por lo visto, tenía razón, a la vista de los comentarios que corren por las redes desde ayer. Desde primera hora de la mañana, mis amigos me llenaron el móvil con fotos de todos los quioscos en los que me encontraban. Y tanto Ryan como Annie no dudaron, ni aunque fuera martes, en montar la celebración por su cuenta. Así fue cómo, en un garito de mala muerte, nos juntamos una chica casada y falta de emociones fuertes, un chico que regresaba a Londres desde Florencia (donde había empezado a trabajar para un periódico) y una pelirroja que quería olvidarse de que su careto era perfectamente reconocible en aquella portada.

Los chupitos de tequila fueron los protagonistas de la noche.

Y el dolor de cabeza infernal lo es esta mañana.

Salgo del apartamento de Rachel sin ni siquiera haberme tomado un café y con las gafas de sol protegiéndome de la claridad. Camino tres calles a paso apresurado y termino jadeando con la mano apoyada en una farola. Mi móvil no para de vibrar en el bolso, supongo que serán los rezagados felicitándome por el libro o por la portada. Lo cierto es que la insistencia empieza a ser preocupante; quizá haya pasado algo y mi madre quiera ponerse en contacto conmigo. Al final decido que miraré el móvil una vez llegue a nuestra oficina, que solo está a un par de manzanas de distancia.

Me pongo en marcha de nuevo y algo capta mi interés cuando llego a la altura de una tienda de música que ha sobrevivido al empuje tecnológico. He pasado muchas veces por aquí y he comprado algún que otro vinilo en alguna ocasión. Por eso me llama la atención el color negro que hoy ocupa todo su escaparate. Me acerco con intención de descubrir de qué se trata y la sangre se me hiela cuando la voz de Jake me llega a través del altavoz del interior del comercio. Y casi me da un infarto y me caigo al suelo de culo cuando aquel escaparate se revela ante mí. Detrás del cristal hay un centenar de vinilos dispuestos por todas partes, alineados, sin dejar ningún hueco libre. Un vinilo de color completamente negro con un título de letras sencillas y finas en el centro. Son solo tres palabras: *Aquella chica pelirroja.*

Empiezo a sentir latigazos en la cabeza como señal de que la jaqueca está empeorando. Mi cerebro viaja atrás y recuerda la primera vez que estuve en el apartamento de Jake Harris y bromeó con que algún día me haría una canción con ese nombre.

Quizá no estaba bromeando.

No me ha compuesto una canción.

Le ha puesto aquel título a su nuevo álbum.

Y suena por todas partes.

Solo quiero vomitar. Meterme en la cama. Dormir.

61

En aquella oscuridad absoluta, yo solo veía el naranja

Termino de escuchar todo el álbum completo por segunda vez. Doce canciones; cuarenta y tres minutos y dos segundos. Lo he comprado en iTunes. Y tengo que reconocer que es su mejor álbum. Es incluso mejor que el primero, esa joya que lo catapultó a la fama y a los primeros puestos de las listas británicas. Esta vez ha hecho un trabajo increíble que vuelve a las raíces del folk, del *country* y del *rock and roll* más setentero. Y todo ello acompañado de un ritmo pegadizo más propio del buen pop. No me hace falta escucharlo una tercera vez para saber que llegará lejos. Que llenará conciertos. Que lo reclamarán en los mejores escenarios internacionales. En las mejores galas.

A pesar de apreciar su nueva obra maestra, me siento como un pájaro al que le han estrujado las alas. Tengo la piel de la cara húmeda por las lágrimas. Y el motivo es que en cada una de las canciones reconozco los recovecos más dolorosos de nuestra relación. El hilo conductor es una chica pelirroja de la que se enamora, es decir, yo. Y lo que está claro es que él está enamorado; le ha fallado de mil maneras a esa chica y quiere recuperarla, pero ella ya está lejos, es inalcanzable. Aún no tengo ni idea de cómo reaccionar, pero me duele el pecho cuando respiro y tengo que tumbarme sobre el banco del parque al que corrí desde el escaparate de la tienda de música.

Mi móvil no para de vibrar y creo que es el momento de enfrentarme a la situación, aunque esté sufriendo una ansiedad sofocante. Todos habrán reparado ya en el nuevo disco de Jake y en el disparadero mediático en el que me acaba de colocar. Tengo llamadas perdidas de Ryan, de Annie, de Rachel, de Taylor y de mi madre. Sobre todo de mi madre; sin embargo, no tengo ni ganas ni fuerzas para enfrentarme ahora a ella ni a nadie. Lo que sí hago es mandarle un mensaje a Rachel informándole de que hoy no iré a trabajar y que estoy bien.

Pero no lo estoy, ni de lejos. Estoy peor que nunca. Joder. ¿Cómo cojones se ha atrevido a airear nuestras intimidades? ¿A revelar toda esa información privada? Nuestros momentos... puestos a disposición de los demás. De esa enorme corriente que me destruyó. Es como si hubieran dejado de pertenecernos de un instante a otro. La primera canción está destinada a convertirse en todo un éxito rompedor. Se llama *Soy un chico celoso* y relata, ni más ni menos, cómo lidió con los celos en su relación y cómo la fama terminó con un amor real. Al final, el chico celoso termina echándole un polvo bastante intenso a su novia sobre el piano para olvidarse de todo. Para mí, es obvio que habla de la noche en la que llegué de grabar el cortometraje de Tommy, me levanté de madrugada y lo vi sentado al piano. El resto, lo sabemos él, yo y ahora los millones de personas que escuchen el tema. Al menos la enseñanza que deja la letra es que los celos son como una enfermedad y que no sirven para nada y que él no es un esclavo de la fama porque jamás le interesó.

La rabia empieza a aflorar como la tortuga que sale del huevo para enfrentarse a la vida y comienzo a rememorar algunas de las frases que he oído hace un momento en varias de sus canciones:

«En aquella oscuridad absoluta, yo solo veía el naranja».

«Vi cómo te partía el corazón mientras lamía a aquella rubia que no significaba nada».

«Eres más dulce que los albaricoques. Y yo soy adicto al azúcar, nena».

«Pensabas que te cortaba las alas, pero yo solo te veía volar».

«Todas aquellas canciones que compartimos en el tejado, todos los besos que nos dimos, ¿los has olvidado?».

«De todas mis adicciones, tú eres la única que se me resiste».

«Eras una llama poderosa que me resguardaba del frío. Una brasa sin la que mi corazón no puede latir. Ahora estoy muerto».

«Tengo tu virginidad, pero no tengo tu amor».

«¿Dónde iré cuando llegue la lluvia? El único camino es hacia ti. El único lugar eres tú. Pero sabes que solo somos mi guitarra y yo viendo cómo cae el agua a través de la ventana. Porque ya no estás. Te has ido para no volver».

Todas aquellas indirectas me han destrozado, pero la canción que me revuelve por dentro y me arrastra hacia el fondo de un pozo de melancolía es la última balada, que apenas contiene dos acordes y que habla sobre una oscuridad que compartimos, que nos pertenece de algún modo. Una canción que manifiesta entre estrofas susurradas que «los dos somos seres que han nacido de la lluvia».

No es nada romántico que te escriban una canción, y mucho menos que creen un álbum en el que eres una de las protagonistas. En absoluto. Es algo doloroso que te deja expuesta de un modo inexplicable. ¡¿Por qué cojones lo ha hecho?! ¡¿Acaso quiere hundirme?! En un arrebato que no puedo controlar, agarro el móvil y entro en el correo electrónico. Un segundo después, le envío un ataque directo de pocas palabras. Nada parecido a toda la verborrea que se ha atrevido a dedicarme en las letras de sus canciones.

Después, me pongo en pie, aún con el cuerpo temblándome y la espalda mojada de sudor. Sé lo que tengo que hacer.

Entro en la primera peluquería que se cruza en mi camino. Y, cuando la peluquera es consciente del estado agitado en el que me encuentro, me sienta en la silla más alejada delante de un espejo. Ni siquiera le doy tiempo a que me salude.

—Quiero que me tiñas el pelo del color más opuesto al mío que tengáis —digo de manera atropellada señalando mi melena pelirroja.

—Eh... —titubea la mujer de uñas largas pintadas de rojo—. ¿Negro?

—¡Sí! ¡El que sea! —Subo la voz y la peluquera da un pequeño salto hacia atrás.

—¿Quieres un vaso de agua?

Bajo las revoluciones porque los nervios se están apoderando de mí y las otras clientas me observan desde sus sitios, curiosas.

—Tu color de pelo es muy bonito. ¿Seguro que quieres cambiarlo? —sopesa ella.

No tengo nada en contra de este color. Pero ahora las cámaras me seguirán de nuevo y yo quiero poner una barrera entre mi vida de ahora y mi vida de antes junto a Jake. ¡Tengo mi propia vida, joder!

—Si lo que quieres es cambiar de *look* y optar por algo arriesgado, podrías hacerte un nuevo corte de pelo —sugiere ella metiendo las manos entre los mechones y probando diferentes opciones de peinado sobre mi rostro.

Me observo en el espejo y me embarga la pena por separarme de este naranja después de todo lo que hemos pasado juntos...

—Vale... Acaba con mi melena entonces.

Voy a mantener el naranja, pero quiero tener un aire nuevo, renovado, más maduro. Quiero alejarme lo máximo posible de aquella chica que se enamoró de Jake. Esa que ahora se quedará encerrada para siempre en algunas de sus canciones.

Es así como, una hora después, la nueva Alessa Stewart me devuelve la mirada en el espejo con su nuevo y brillante corte de pelo a lo *long bob*, ondulado con media melena y la raya al lado. Estoy diferente y no me disgusta del todo, pero prefiero mi melena despeinada de siempre. Algo es algo.

62

La he perdido

Jake

Sobre la mesa hay comida de todo tipo. Desde una gran variedad de marisco dispuesta sobre hielo y rodajas de limón hasta tacos mexicanos de carne picada y de pollo especiado. Mark no para de probarlo todo mientras sostiene en su mano una jarra de cerveza. Rob conversa muy acaramelado con una modelo de piel morena y ojos pequeños. Y yo empiezo a notar en el cuerpo el cansancio posterior al lanzamiento de un disco. Nos merecemos esta celebración por todo lo alto, claro que sí.

Desde primera hora de la mañana, cuando se ha publicado por fin el álbum, nos han llovido las felicitaciones, las propuestas y los contratos para futuros conciertos y actuaciones en directo. Blair está pletórica por cómo ha ido la estrategia. La crítica es unánime y, en su mayoría, afirman que es el mejor disco desde que se publicara mi debut. Debo decir que este disco es mejor, los sonidos son más maduros y complejos y tiene un hilo conceptual que lo hace merecedor de ser un trabajo, al menos, más redondo.

Me ha llevado dos años conseguir hacer el álbum que deseaba hacer. Blair sigue diciendo que es un disco muy triste, pero así es como me siento y seguro que muchos ahí fuera se sienten igual que yo. He recogido nuestra historia de amor, la de Alessa y mía, en doce canciones y me siento orgulloso de ello. Pero, en el fondo, este álbum tiene un único propósito:

recuperarla a ella. Y me empieza a pesar que su respuesta aún no me haya llegado. Quizá esté ocupada con todo el éxito editorial que está cosechando... Quizá ni siquiera tenga en mente escuchar mi nuevo trabajo...

Ya he asumido que jamás la voy a olvidar. Quizá algún día vendrá alguien nuevo e ilusionante como ella me aseguró en nuestro último encuentro, pero sé que no será igual. Ahora mismo, hay media docena de chicas sentadas a la mesa a las que la discográfica se ha encargado de invitar a la celebración para que iniciemos la campaña publicitaria de la mejor manera posible. Pero ninguna de esas chicas es Alessa. Incluso hay una pelirroja de pelo largo sentada en el extremo. Es muy guapa; tiene los pómulos pronunciados y los labios finos. Y, de vez en cuando, me lanza miradas sutiles que no me provocan absolutamente nada. Ella no es mi pelirroja, ni de lejos. Pensar en ella me lleva a levantarme de la mesa, disculparme con esta gente que está allí por mí y por mi nuevo disco, y abandonar el restaurante del hotel para subir a la habitación.

Una vez allí, solo y resguardado de toda la atención abrumadora de estos días, me siento en la cama y apoyo la espalda sobre el cabecero. Agarro mi guitarra, pienso en ella y las notas empiezan a surgir. «Somos seres nacidos de la lluvia», canto bajito, para mí. No hay canción en mi nuevo álbum que no hable de ella. De nosotros. De nuestra historia. Y es triste, porque hace tiempo que no está a mi lado. Porque cada día la echo de menos como la vez que se marchó para no volver y dejó su olor sobre mis sábanas, sobre el sofá y sobre la alfombra. Pero la añoranza se lleva mejor con una guitarra entre los brazos. Y a sus cuerdas me aferro, porque hace tiempo que ya no me refugio en el alcohol para olvidarme de todo. De mis errores. De todas mis responsabilidades... De ella.

El móvil suena dentro de mi bolsillo y me apresuro a sacarlo cuando reconozco que es el pitido de un *e-mail*.

De: Alessa Stewart
Para: Jake Harris
Asunto: NO QUIERO SABER NADA DE TI.
Eres un auténtico capullo. No tenías derecho a contar todo esto y, además, has hecho un álbum de mierda. Claro que me

fui para no volver. En realidad, me echaste tú. Por supuesto, luego no quise volver. No lo haría nunca.

Alessa

El calor se me encaja en la nuca. Se puede decir más alto, pero no más claro. Me ha hundido con apenas un par de frases. Y lo que menos me importa es que haya asegurado que he hecho un álbum de mierda, porque sé que entiende demasiado de música como para no haberlo apreciado. Lo que pasa es que su orgullo es de mayor calidad que la que tiene toda mi discografía junta como para reconocerlo. Está muy cabreada y lo entiendo. Se reconoce en todas mis letras y algunas son demasiado personales. Nunca pensé que se lo tomaría así. Yo escribí este álbum para bajar al barro, para dejarle claro que sigo enamorado de ella, que me equivoqué y que estoy dispuesto a esperarla.

Sé que fui yo quien la aparté. Y, cuando me di cuenta, ya era demasiado tarde. Joder. Creé este disco para traerla de vuelta, y la he vuelto a cagar. He vuelto a exponerla, y eso es lo peor que podría haberle hecho.

¿He perdido definitivamente a la mejor chica del mundo?

Sí, lo he hecho.

Soy un auténtico idiota.

63

Ni de coña

Casi un año después

Rachel aparta su atención de la pantalla del ordenador cuando me ve entrar en la oficina. Me desplomo sobre mi silla ante ella; nuestros escritorios están enfrentados para así facilitar la comunicación.

—Vengo de la imprenta. Finalmente pueden tener el pedido de todos los ejemplares a tiempo —la informo con la respiración acelerada—. Pero me ha tenido que elevar un poco el precio por la urgencia.

Nuestra quinta novela ya es toda una realidad y sale en menos de un mes. En esta ocasión hemos apostado por una historia de suspense donde el narrador en primera persona es un asesino, que se presenta a través de monólogos internos que nos hacen replantearnos la posibilidad de ponernos en su pellejo. Sin duda, se trata de un proyecto arriesgado.

En los últimos meses, hemos trabajado mucho y, aunque estamos creciendo poco a poco, vamos cosechando éxitos y ya tenemos varias publicaciones programadas para el próximo año.

—Buen trabajo, jefa —contesta Rachel desde su lugar—. Yo estoy terminando las imágenes para la publicidad y luego enviaré la nota de prensa a los medios.

—Bien —le contesto antes de agarrar mi botella de agua y pegarle un buen trago. Esta mañana he conducido desde Whitstable y estoy especialmente cansada.

—¿Al final vas a venir o no? —me interroga con interés la que ya se ha convertido en mi amiga.

No, por favor. Otra vez no. Ya me lo ha preguntado cinco veces en lo que va de día. Y también Annie. Y Ryan. Y hasta Norma. La mujer que fuera mi tutora me llamó hace una semana para invitarme a la cena que va a celebrar en Camden Hall para que nos rencontráramos los que estuvimos en el centro aquel verano. Se ve que le gusta celebrar este tipo de aniversarios, pero ya le dije que no contara conmigo porque no quería ver a Jake. ¿No pedía constantemente que descubriéramos nuestros sentimientos? ¿Sinceridad emocional? Pues ahí la tenía. Y aunque no pudo reprocharme nada, teniendo en cuenta que ella en el pasado había defendido hasta la saciedad que no era el momento de que nos viésemos, creo que no se tomó demasiado bien no tenerme merodeando por allí esa noche.

El día del reencuentro ha llegado y, hoy, Rachel no para de insistir. La miro, con el pecho aún agitado por el ajetreo de mi visita a la imprenta y simplemente hundo mi cabeza en la agenda.

—Ni de coña —clamo.

—¿Por qué no? Si se puede saber. —Esta vez no va a aceptar mi negativa sin más.

—¿Por qué eres tú precisamente la que ahora quiere que me encuentre con él? —Mi tono de molestia la toma por sorpresa, pero no se achanta—. Siempre te ha caído mal.

—Y aún no me cae del todo bien, pero hace poco nos invitó a todos a cenar y se portó bien con nosotros. No sé. Es como si hubiera dejado de ser un idiota y no caminara por ahí creyéndose superior.

A ver, no quiero arrancarle su ilusión, pero —aunque parezca narcisista por mi parte— lo que el chico está haciendo es evidente: cerrar el cerco con todos mis amigos y conocidos para acercarse a mí.

—Tendrá otros intereses —digo sarcástica—. Quizá le guste Barbara.

Rachel da un golpe en la mesa para remediar su ofuscamiento.

—No le gusta Barbara. Está loco por ti. Te escribió un disco entero, por Dios.

—¿Ves? Ya te vas acercando a la cuestión —gruño.

—¡Es algo metafórico! —La fulmino con la mirada.

—¿Estás segura? Muchas de esas cosas pasaron de verdad, sobre todo la de comerse a esa rubia delante de mis narices. —Rachel abre la boca y parpadea un par de veces, sin poder creerlo—. Cambiando de tema, ¿esta noche puedo quedarme en tu casa? Me quedaré hasta tarde, porque aún me faltan un par de asuntos por cerrar.

Enciendo mi portátil y comienzo a gestionar algunos correos pendientes.

—Claro —me contesta.

Después, trabajamos en silencio hasta que Rachel va al baño y sale con los labios pintados, el cabello recogido y una camisa azul. Se despide antes de marcharse para reencontrarse con los demás. Los mismos con los que un día compartí mis peores momentos.

No sé cómo ha pasado. No tengo ni idea de cómo he llegado hasta la puerta de Camden Hall, pero estoy aquí y voy a llamar al timbre. Hace menos de una hora que se hizo de noche en la oficina y, al salir, vi aparcado mi Mini Cooper. Y, en un irracional impulso, corrí hacia el vehículo, me monté y arranqué antes de pararme a pensar en lo que estaba haciendo.

Ni siquiera vengo preparada, tan solo con unos *jeans*, una camiseta, mi chaqueta de cuero y mis zapatillas Vans. Me atuso mi media melena ondulada antes de tocar el timbre con el dedo y se me hacen eternos los segundos que preceden la aparición de Norma, quien me abraza sin detenerse a decir nada.

—¡Al final has venido! —exclama cuando se separa—. Vamos, entra. Tus chicos están en el césped y mis chicos están en sus habitaciones después del toque de queda.

Madre mía, si supiera que nos saltábamos el toque de queda cuando nos daba la gana... Sobre todo, Jake y yo. La boca se me seca al pensar en él y dudo si preguntarle a Norma si ha venido mientras caminamos hasta la cocina. Al final, no lo hago. Pero cuando doy un paso hacia el exterior siguiendo a mi antigua tutora, el peso de sus ojos se posa en mis hombros, que se llenan de rigidez. Mierda. Mierda. Mierda. Ha sido una mala idea. Me obligo a subir la cabeza cuando el murmullo llega hasta nosotras.

—¡Pelirroja! ¡Ahí está la empresaria de éxito! —escucho la que me parece la antigua voz de Daniel, que ahora suena mucho más grave.

Mis ojos vuelan hacia su figura. Está aún más alto de lo que lo recuerdo y su torso se ha ensanchado. A su lado, Annie sonríe con la boca abierta ante mi llegada.

—Prefiero que me llames «editora novel» —objeto rodeándolo en un abrazo.

Cuando nos separamos, me agarra las dos manos y me examina detenidamente.

—Y solo tienes veintitrés años, joder —clama él.

—Y tú sigues aparentando seis.

Todos se ríen de mi comentario y recorro con la mirada el lugar. Hay una mesa con platos llenos de carne y vasos por todos sitios. A un lado, la barbacoa humea apagada. Y en la periferia de la mesa, mis compañeros. Como si de un mecanismo de defensa que he perfeccionado con el tiempo se tratara, mis ojos evitan recaer en Jake, que está charlando con Rachel. Y supongo que mi amiga y socia editorial no se va a mosquear si no la saludo esta noche. ¡He pasado con ella todo el día! Mi atención vuela de inmediato hacia un lateral y unos ojos enormes y negros me inspeccionan con cierta vergüenza. Es Jim. ¡Joder, es Jim! Y está tan diferente... Se ha hecho un *piercing* en el lateral derecho del labio inferior que le da un aspecto tremendamente llamativo.

—¡Hola! —le saludo con un entusiasmo sincero.

—Hola, Alessa.

—¿Cómo estás? ¡Cuánto tiempo!

Él asiente y la comisura de sus labios se curvan en una tímida sonrisa.

—De eso estábamos hablando. De eso y de ti. —Vaya. Aprovechan la ausencia de un eslabón para hablar de él y romper el hielo...

Ryan, a su lado, da un par de pasos en mi dirección y me rodea los hombros con su brazo.

—¿Y a mí no me saludas?

—¿Por qué te tendría que saludar? Ilumíname —le fulmino con la mirada.

Llevo unos días medio mosca con mi amigo porque no se dignó a decirme que estaba saliendo con una italiana hasta que cumplieron el mes de relación, lo que es una traición en toda regla según mi código de la amistad.

—Porque somos muy buenos amigos y ya te he pedido perdón un millón de veces.

—Han sido solo siete. Pero...

—Ya veo que sobro aquí —dice Jim dándole un trago a su cerveza con incomodidad.

—Claro que no. El que sobra es él —digo.

Ryan pone los ojos en blanco y niega, consternado, sin dejar de abrazarme; en el fondo sabe que estoy encantada por él.

—¿Qué tal va todo? Me encantaría saber que ha sido de ti —pregunto a Jim.

—Estoy genial, feliz con mi vida —afirma—. Antes de que llegaras estábamos hablando sobre tu libro —me cuenta.

—En realidad, no es mi libro. Es el libro de John River.

—Bueno, sí. —Él le quita importancia a la aclaración con un levantamiento de mano—. Me ha parecido increíble. Muy bueno. Creo que todos los que estamos aquí nos podemos sentir identificados con el protagonista de algún u otro modo.

—Cuando leí el manuscrito por primera vez, pensaba en vosotros, en el verano que compartimos aquí... —confieso ante su interés.

—Hacen falta más historias así, Alessa.

—Supongo que sí.

—Basta ya de hablar de trabajo —nos interrumpe Rachel apareciendo por nuestra espalda—. Come algo, anda —me dice regañándome—. Jake y yo vamos a buscar un par de barajas de cartas. ¿Os hace un mentiroso?

—Eso siempre —responde Ryan con una amplia sonrisa, y se separa de mí para ir hacia la mesa.

—Yo mejor voy a comerme un perrito y después me uno.

Cuanto más tarde me enfrente a esos ojos grises, mejor para mí. Y si salgo por la puerta sin haberme cruzado con ellos, todavía mejor.

Un par de horas después, todos estamos tumbados bocarriba sobre el césped infinito mirando al cielo. Llevamos varios botellines de cerveza entre pecho y espalda, y Jake casi dos litros de Coca-Cola. Entre tanto, Daniel abre la boca para bromear y para que nos enzarcemos en conversaciones banales que no tienen mucho sentido. El aire fresco de la noche me provoca un escalofrío en la espalda. Ahora mismo tengo la sensación de estar en el sitio en el que debo estar, en el lugar correcto. Y eso es algo que me despeja el pecho.

—Jake —lo llama Daniel por encima del silencio.

Aquí viene de nuevo otra de sus tonterías.

—¿Qué?

—¿Quién es la chica pelirroja de tu disco? —lo interroga él.

En el silencio se atisba la tensión propia que se crea con los temas tabú. Menos mal que estoy tumbada, porque me quedo paralizada sobre la hierba mojada y con la mirada más fija que nunca en las estrellas. Brillan con fuerza e intento focalizarme en eso. Pero me es imposible cuando la voz de Annie rompe la armonía a mi lado:

—¿De verdad estás preguntándole eso? ¿Es que no lo sabes? —Mi amiga está indignada. No obstante, podría hacer un poco más para zanjar el tema en vez de avivar más su curiosidad.

—Tengo mi teoría, pero quiero que él me lo confirme. ¿Te parece bien? —la ataca.

—No es tan difícil adivinarlo.

Este toma y daca que están manteniendo me pone de los nervios, aunque es un alivio no escuchar la voz ronca de Jake, que se encuentra lo más alejado posible de mi cuerpo.

—Bueno, es que no todos somos tan listos como tú —masculla Daniel.

Ya era hora de que la cerveza hiciera su acto de presencia en la velada.

—¿Y bien? ¿Quién es? —¿De verdad este pijo idiota no se va a callar nunca?

—Es la única pelirroja que está tumbada entre nosotros. —Su voz ronca y clara se posa sobre nosotros.

El silencio ahora se condensa, espeso. Tan espeso como el nudo que se ha colocado en mi garganta. Tan denso como el calor que ha poseído mi cuerpo. Mi mente no me rige ni siquiera para pensar en qué cojones hace confesándolo ante ellos.

—Y... ¿todo lo que dices en las canciones es...? —Juro que antes de asesinar a Jake, voy a decapitar a Daniel y a clavar su cabeza en una puta estaca.

—Sí. Todo es verdad. De la primera a la última palabra. En resumen, ella era lo mejor de mi vida, fui un gilipollas y la perdí. Ese es todo el concepto del disco. ¿Alguna duda más? —lo interrumpe Jake con tranquilidad.

Ya es suficiente. Me levanto y camino sin una pizca de prisa hacia el interior de la casa. Estoy muy tranquila. ¿Por qué? Pues porque nada de esto es mi responsabilidad. Nada de esto me incumbe. Jake está lejos de mi vida y sería un error volver a caer en sus redes. Lo que ha pasado hace un momento ha sido una llamada de atención disparatada por su parte, pero no va a conseguir vencer mis muros de nuevo porque mi decisión es firme. Y, para desgracia de él, confío en mí más que nunca.

64

Out of the blue and into the black

En el tejado, la brisa fresca del verano es más intensa. Me enfría las mejillas y hace que me abrace las rodillas con los brazos para infundirme un poco de calor. Desde aquí arriba, las estrellas parecen más cercanas, más brillantes y más estáticas también. No ha sido difícil subir, teniendo en cuenta que la puerta de la antigua habitación de Jake estaba abierta y el interior vacío, la cama desnuda y ningún libro en las estanterías. Tampoco había vinilos en el rincón que un día nos perteneció.

El ruido de unos pasos subiendo por las escaleras me obliga a fijar la vista en el horizonte, en los pinos que se alzan apuntando hacia el cielo negro. Sé que es él porque su olor me embarga mucho antes de que se siente a mi lado con las piernas dobladas tocando su pecho, como yo.

—Algo me decía que estarías aquí o que habías saltado el muro de piedra —habla él en tono prudente.

—Ya no salto muros, Jake.

—Me alegra oír eso. Y me hace feliz saber que has derrumbado los que has necesitado derrumbar para llegar a convertirte en la persona que eres. —Su piropo es sincero—. Nunca dudé de que lo conseguirías.

—Para algo tiene que servir que te rompan el corazón, ¿no crees?

Nos miramos a los ojos por primera vez en esta noche. Por primera vez en mucho tiempo. Y ahí me están esperando esos diamantes grises que tanto se han aparecido en mis sueños. Rasgados, penetrantes, tristes. Finalmente, es él quien dirige su mirada hacia el horizonte.

—No hay un solo día en el que no me arrepienta de lo que hice. ¿Me crees si te digo que el tiempo que estuviste en mi vida fue perfecto para mí? —pregunta él.

—No te creo. Lo que sí creo es que te has ganado a pulso el que no confíe en tus palabras —bufo.

—Nunca te mentí.

Emito un resoplido de indignación que lo obliga a guardar silencio.

—Alguien que quiere a otra persona no le hace lo que tú me hiciste a mí. —Quiero que sepa que actuó como un idiota y que no hay nada que lo justifique. Nada.

—Mis emociones estuvieron dormidas durante mucho tiempo. Y cuando apareció el milagro, cuando apareciste tú, exploté. Mis sentimientos se desbordaron y no pude hacer nada para controlarlos... Pensé que la mejor manera de amar a alguien es alejarlo cuando sabes que, por más que lo intentes, nunca será feliz a tu lado. Y eso fue lo que hice. Convertirme en el villano que quizá era para que te fueras, para que no quisieras saber nada de mí. Un villano que, sin embargo, no dudaría en morir por ti. Un villano que se quedó vacío por dentro cuando te apartó de su vida. A veces, la soledad, más que estar sin gente a tu alrededor, significa no poder llenar los huecos. Estar vacío —confiesa.

Enmudezco. Quiero gritarle tantas cosas... Lo cierto es que me superó toda la atención mediática que generó nuestra relación, pero me hubiera quedado a su lado sin dudarlo.

—Esa decisión no te pertenecía solo a ti, Jake —digo finalmente.

—Ahora lo sé.

—Eras mi lugar al que volver —murmuro—. Mi hogar. Nunca había encontrado un hogar hasta que nos sentamos en la habitación de abajo rodeados de polvo y vinilos. Pero todo eso ha desaparecido. Sé que lo entiendes. Yo también me alegro de que te hayas convertido en la persona que eres. Tu vuelta a los escenarios ha sido increíble y te has mantenido fuerte durante este tiempo. Y... tu último disco..., bueno, ya sabrás que es el mejor —escupo.

—Dijiste que era una mierda —masculla.

—Estaba muy enfadada. *Sigo* muy enfadada —matizo.

—Debí contarte lo del álbum.

—Lo intentaste en la boda, ¿verdad? —Su leve asentimiento de cabeza me hace confirmar lo que ya me temía. Que era por ese tema precisamente por el que había acudido a la ceremonia. Y yo me había negado a escucharlo. Y no me arrepentía por ello.

—Me pasaba el día componiendo, a todas horas. Incluso me olvidaba de comer. Hasta que solté todo lo que tenía dentro, no paré. Debí enviarte el material... —se lamenta.

—No pasa nada, Jake. ¿Sabes por qué?

Volvemos a girar nuestras cabezas para enfrentar nuestras miradas. Está muy cerca y tengo el cerebro embotado de este olor a hojas bañadas por el rocío. Él niega con la cabeza para que continúe con mi respuesta.

—Porque no soy la misma chica que a la que le cantas en tus canciones.

Jake frunce el entrecejo y sus ojos se convierten en una fina línea gris punzante.

—A mí me parece que eres la misma, solo que renacida y más resplandeciente aún.

Sus palabras me encienden por dentro y me hacen torcer el gesto.

—¿Acaso dabas por hecho que no podría seguir adelante con el corazón partido en dos? —lo enfrento.

—No, Alessa. Di por hecho que podrías hacerlo, por eso te abandoné.

Su afirmación me cala tan hondo que los pies me empiezan a temblar dentro de las zapatillas. Jake Harris eligió quedarse con su mundo pretencioso y superficial. Y ahora yo tengo el mío propio en el que no hay lugar para un nosotros. Desde luego que no.

—Sé que no lo quieres escuchar, pero te sigo queriendo —declara con cierta dureza en su voz—. Y no creo que eso vaya a desaparecer algún día.

Nunca me perdonaría a mí misma si le diera otra oportunidad para joderme de nuevo. Así que adopto una mueca de hielo alejada de cualquier emoción, aunque por dentro me estoy desintegrando con toda esta intensidad.

—Dale un poco de margen al tiempo, Jake. —Me observa con los labios fruncidos—. Conmigo lo ha conseguido.

Mi comentario lo destroza. Lo noto en sus hombros caídos, en sus ojos cerrados y en la respiración entrecortada que resuena en su pecho. A mí me duele verlo derrotado, así que hago el amago de ponerme de pie y él me sujeta del brazo sin fuerza. Permanezco sentada.

—Vamos a escuchar una última canción —propone.

Nos miramos con ojos suplicantes, las estrellas brillando encima de nuestras cabezas, el aire alborotándonos el pelo. Y asiento, sin más. La eternidad puede durar lo que dura una canción. Jake saca sus cascos del bolsillo y los conecta al móvil. Me coloco uno en la oreja y las primeras notas empiezan a brotar.

Conozco la melodía de inmediato. Y es curioso que la haya elegido para este momento porque siempre que escucho *My My, Hey Hey (Out of The Blue)* de Neil Young suena como una verdadera despedida. Nuestros brazos se rozan y vuelvo a sentirme cerca de él. Nuestros cuerpos desprenden un calor necesitado. Nuestras pieles suplican por tocarse. Pero ahora nuestras cabezas son impenetrables, se han fortalecido con el tiempo y nada puede impedir que nos convirtamos en dos extraños. Ese verso desgarrador que Kurt Kobain escribió en su nota de suicidio suena: «Es mejor arder que apagarse lentamente»; unas palabras que podrían simbolizar la fugacidad y la intensidad de nuestra relación.

Habíamos ardido.

Nos habíamos consumido.

Y hubo un día en el que lo apostamos todo por nosotros.

Pero ahora ya no.

La canción termina. Jake se quita el casco y reclama mi atención.

—¿Recuerdas el *pub* del que te hablé la primera madrugada que compartimos? —me pregunta.

Asiento. Claro que lo recuerdo: el *pub* inglés que apestaba a *whisky* del malo, donde el Jake artista había encontrado la plenitud antes de que le llegara la fama.

—En un par de semanas, tocamos allí. Las entradas son muy limitadas, apenas caben unas ciento cincuenta personas, pero estoy emocionado. Será algo muy íntimo parecido a esos conciertos que dimos en el sur de Inglaterra.

—Su sonrisa sincera me alcanza de lleno y no puedo evitar esbozar la mía propia—. He invitado a los chicos —dice señalando con su cabeza hacia atrás—. Tú también podrías venir.

—No creo que vaya, Jake. Pero disfrútalo. Para ti, siempre será la música. —Mi afirmación suena como lo que es, la última frase que le voy a dirigir.

Su presencia aún me hace vibrar, me mantiene alerta y tira de mí con una fuerza colosal. Pero si hay algo que he trabajado en los últimos tiempos es la resistencia. Así que me resisto, me resisto y me resisto cuando desciendo por las escaleras, reprimiendo lo que realmente quiero hacer, que no es más que volver a subir, abrazarlo y hundir mi nariz en su cuello. Y seguir escuchando canciones en esta mágica madrugada de verano.

65

El petricor

Mi madre se lleva a la boca una cucharita con un trozo de *brownie* de chocolate. Yo ni siquiera he pedido postre, y ese detalle, en mí, resulta insólito. Preocupante, más bien.

—Creo que deberías ir —comenta mi madre como quien no quiere la cosa.

Intenta retomar un tema que no quiero volver a tocar por nada del mundo, y el estómago se me cierra aún más mientras echo una ojeada a mi alrededor, a los comensales que disfrutan de esta noche de sábado.

—¿Me puedes explicar por qué siempre tienes que saber lo que acontece en mi vida aunque yo no quiera mantenerte al tanto? —Sé que estoy sonando dura, pero es que, desde que me he levantado por la mañana, algo en mi interior está agitado.

—Tengo a Taylor en el despacho de enfrente —masculla con tranquilidad—. ¿Te parece una buena explicación?

Entrecierro los ojos y la fulmino con la mirada. A veces se me olvida que Taylor, por fin, ha conseguido el trabajo de sus sueños dentro del bufete de mi madre, por lo que ahora su conexión se ha hecho más sólida por todas las horas que comparten. Mi amiga se ha convertido en su mano derecha y, a veces, reconozco que siento celos. Aunque solo cuando mi soledad se me hace un pelín cuesta arriba, lo que raras veces ocurre en realidad.

—Lo único que estoy diciendo es que deberías ir. No te digo que vuelvas a su vida —argumenta—, sino que aproveches la oportunidad de presenciar un concierto en directo tan especial. Va a ser un privilegio poder estar allí y lo sabes.

—Mamá, déjalo —le pido llevándome a la boca el último trago de vino blanco que queda en la copa.

—¿Que lo deje? Eres mi hija y sé cuánto te apasiona ese estilo de música. Fue tu padre el que te lo inculcó desde muy pequeña. Además, Jake ni siquiera se va a enterar de que vas a ir si no quieres. Te pones en la última fila y listo. Pero no renuncies a algo con lo que disfrutas. Los que van al concierto, vivirán algo único. Hazlo por el amor que le tienes a la música.

Mi madre me mira como si estuviera diciendo algo tan obvio como que el agua es transparente. Y, una vez que ha sembrado la duda en mí, continúa atacando su *brownie*. A veces se me olvida que es la mejor abogada de la ciudad...

Yo, que lo tenía tan decidido... Ahora me asaltan pensamientos melómanos de que quizá debería asistir a este concierto en el que Jake Harris tocará un especial de su mejor disco. Ver en acción a una estrella del folk nacida en una época equivocada, donde ya las estrellas del folk no existen ni encuentran su sitio. Reconozco que una de las mejores cosas que te ofrece la vida es escuchar música triste cuando te sientes triste. Cuando las canciones llenan un vacío que nadie ni nada más puede llenar.

—Mamá, te agradecería que te metieras en tu vida a partir de ahora. O en la de tu pupila. Y que me dejéis en paz —la ataco, agarrando el bolso y enganchándomelo al hombro.

Mi madre asiente sonriente, porque sabe que ha conseguido calar con su mensaje.

—No olvides que te di una buena educación y que allí estarán también todos tus compañeros de Camden Hall. ¿Vas a ser la única que no va a ir?

—Si continúo frente a ella un segundo más voy a hundirle la cabeza en la nata que adorna su plato alrededor del bizcocho con nueces.

—Ryan no va —la contradigo con una sonrisa reluciente.

—Ryan está en Florencia con su novia.

Mi madre sigue siendo insoportable, pero le tengo cariño. Lo cierto es que la quiero y estoy muy agradecida por todo lo que ha hecho por mí. Pero en estos momentos necesito espacio, así que me levanto y doy media vuelta.

—Nos vemos la semana que viene, mamá —me despido sin mirar atrás y enfilo la salida.

—¡No te olvides de disfrutar! —grita ella en medio del restaurante, provocando que me sonroje antes de lograr salir de allí.

Ya en la calle, pienso que también mis amigos me han presionado estos días para que acuda al concierto de Jake, al que están todos invitados. Según Annie, no se trata de nosotros dos, sino de todos. Y para ella es una manera perfecta de terminar el verano, de cerrar un círculo. Sin embargo, para mí, Jake siempre será Jake. El chico con el que mi respiración se detiene con solo tenerlo delante. El mismo que me dejó un vacío inexplicable en el pecho. Un hueco que es inmenso después de que, el último día que nos vimos en aquel tejado y terminamos por compartir una canción, me enviase un *e-mail* bien entrada la madrugada, cuando yo todavía estaba despierta porque su olor se me había quedado dentro y era imposible no rememorar nuestras miradas una y otra vez.

De: Jake Harris
Para: Alessa Stewart
Asunto: Te haré caso y confiaré en el tiempo.
Solo te escribo por última vez para decirte que tal vez saqué el álbum porque en el fondo era consciente de que te había perdido para siempre. Quise que estas canciones fueran nuestras canciones; un recordatorio de aquello que fue y que nunca volverá. Éramos distintos para los demás, pero iguales entre nosotros. Esa oscuridad que compartíamos y que murió cuando creamos nuestra propia luz. Supongo que siempre estuvimos más cómodos entre las sombras. Allí brillan más las estrellas. Pero tú eres una estrella, Alessa. No oscuridad. Tú brillas. Y siempre lo harás.

Jake

Desde hace dos semanas, aprovecho cualquier rato libre para entrar en el correo y volver a leer sus palabras, como hago ahora en plena calle. Son una despedida. Jake se ha rendido. Yo lo hice mucho tiempo atrás, pero no estaba preparada para que él lo asumiera por fin. Algo se partió dentro de mí cuando leí su mensaje aquella madrugada. Dolió. Sigue doliendo.

Camino en dirección al apartamento de Rachel, que está a varias calles de distancia del restaurante. Guardo el móvil en el bolsillo de la chaqueta y, de repente, el olor me llega como un golpe de efecto. Me atraviesa la piel y se cuela dentro del cuerpo, en las mismas entrañas que tiemblan cuando miro al cielo. Las gotas de lluvia impactan con fuerza sobre mi cabeza y sonrío. El petricor lo inunda todo. El olor a tierra mojada, las gotas que impactan sobre el asfalto de Londres... En medio de una tormenta de verano, me revelo rememorando nuestros momentos. El rostro de Jake en aquel acantilado en Seaford. Sus ojos brillantes cuando le dije «Te quiero» por primera vez. Su oscuridad desapareciendo por fin ante nuestras caricias. Su felicidad. La lluvia que cayó sobre nosotros. Al fin y al cabo, solo somos «seres nacidos de la lluvia».

El corazón me empieza a latir fuerte. Lo tengo todo. Lo he conseguido todo. Vivo una vida que me gusta y hasta la relación con mi madre se ha vuelto inquebrantable. ¿Por qué siento entonces que existe una parte dentro de mí que no logro rellenar con nada? Por fin comprendo que ese es el vacío que dejó su gris. Me retiro como puedo el agua del pelo, me acerco a la carretera y, en un impulso de los de antes, de los que ya no tienen cabida en mi rutina, levanto el brazo y paro un taxi. Y la adrenalina se adueña de todo acelerándose por mis venas.

Veinte minutos más tarde atravieso la puerta del *pub*. El concierto ha empezado y todo se encuentra inundado por la oscuridad; todo menos el halo cálido que desciende de un foco afincado en el techo y que ilumina a un ángel caído llamado Jake Harris. Él tenía razón, este lugar huele a *whisky* del malo, y no necesito más de dos minutos para impregnarme de su encanto. El techo bajo de madera, la barra rodeada por taburetes altos y antiguos, el reducido tamaño de la pista que está formada en forma de cuesta para que los que ocupen la última fila puedan vislumbrar sin problemas el estrecho escenario donde solo cabe un piano y los artistas. En este caso, solo es Jake el que está subido a este particular altar estrechando entre sus brazos a su inseparable guitarra. Y, de pronto, tengo celos del instrumento porque él puede acomodarse a la altura de su pecho, al lado de su corazón, sin que haya represalias por ello, sin temor a que nadie ajeno reviente su felicidad.

El público consagrado aquí dentro apenas supera el centenar y es silencioso de un modo respetuoso. Casi tengo la sensación de que Jake canta en soledad frente a una sala vacía si no fuese por la ovación de varios minutos que los espectadores le dedican tras el término de cada canción. He seguido el consejo que me ha dado mi madre y me he colocado al final del *pub*, con la espalda apoyada en la pared trasera. Desde mi posición puedo observarlo a lo lejos, con tranquilidad, y me detengo en sus poses, en sus ojos cerrados, en el sentimiento verdadero que le pone a la actuación. Va vestido totalmente de negro, con una camiseta de cuello alto y unas botas oscuras. Su belleza resulta abrumadora, y su magnetismo casi doloroso. Desde que he escuchado su voz rota, el vello se me ha erizado y no ha vuelto aún a su estado natural.

Disfruto del espectáculo como una fan más, por lo que le doy gracias a mi madre internamente por decir las palabras adecuadas en el momento correcto. Jake es música. Y yo no puedo vivir sin la música. Lo que estoy presenciando es una auténtica obra de arte a la que solo van a tener acceso algunos afortunados. Lo único que me mantiene alerta es la barra de luz que se encuentra justo por encima de mi cabeza, en el techo. Está aquí colocada con el objetivo de que la gente no se caiga al suelo al salir de este antro ante tal penumbra, y no tengo todas de mi parte de que Jake no me pueda ver si levanta la cabeza y mira al frente, a lo lejos, a la salida. Pero lo cierto es que rara vez ha levantado la mirada de las cuerdas o el micrófono. Nada del exterior lo puede distraer, está dando un concierto emocionante que procede únicamente de su interior, y sus sentimientos nos llegan sin que apenas los fuerce.

El tiempo pasa e interpreta la última canción, *Seres nacidos de la lluvia*. La gente guarda un silencio más sepulcral aún que los anteriores. Parece magia, una clase de embrujo musical. Por eso ha llegado adonde ha llegado. La ovación posterior se hace tan larga que Jake agarra el micro cinco minutos después y levanta la cabeza para dirigirse al público. ¿Con qué canción va a terminar? Ya las ha cantado todas...

Los siseos que piden silencio se extienden por la sala y el artista toma la palabra, por fin.

—Gracias a todos lo que me habéis acompañado en esta noche tan especial —empieza con su voz gruesa a través del micrófono—. Para terminar, voy a tocar una canción muy importante para mí. La única vez que me he enamorado fue al observar a una chica pelirroja muy impulsiva escuchar *Between the Bars* por primera vez. Ahora esa chica lleva una vida mejor que la que yo le pude dar.

Aquello me detiene el corazón y me parte en dos. Recuerdo esa madrugada, la mano que me tendió y el apoyo que encontré en su habitación. La música que nos apaciguaba y nos reconfortaba por dentro. La soledad que compartimos, nuestras miradas, el sentimiento abrasador de descubrir canciones mágicas a su lado... Parece que Jake va a seguir hablando, pero finalmente recula, cierra los ojos y empieza a tocar de memoria los primeros acordes. Me siento los latidos del corazón por toda la piel y las lágrimas se me agolpan en los párpados. *«Drink up, baby, stay up all night. With the things you could do. You won't but you might».* Escucho su voz rota, que me atraviesa, y entonces las lágrimas ceden y me mojan las mejillas. El hechizo se eleva sobre el público y llega hasta mi lugar, y me obligo a apretar la espalda sobre la pared para no deslizarme hasta el suelo. Entonces, como si de una especie de conexión sagrada se tratara, levanta la cabeza y encontramos nuestras miradas a lo lejos. Yo abro la boca de la impresión y él se equivoca en un par de acordes hasta que sus manos hábiles logran retomarlos. El mundo se detiene en este instante, en sus ojos grises que me penetran desde el escenario. Las últimas notas de su guitarra se detienen y el público estalla en aplausos. Jake aún me está mirando cuando camino hasta la salida con la respiración entrecortada.

66

Formemos nuestro propio mundo

Jake

Ha sucedido un milagro: Alessa ha venido al concierto. Lo único que espero es que no sea demasiado tarde cuando, al terminar los aplausos, atravieso corriendo la sala y me despido de mis fans precipitadamente para salir al exterior. Me cuelgo la guitarra cubierta con la funda a la espalda y empiezo a mirar alrededor con desesperación. El asfalto está mojado por la lluvia y los pies me tiemblan al cruzar la calle. El alivio me inunda cuando la observo en la acera de enfrente, caminando de un punto a otro del pavimento con nerviosismo. Tiene el pelo mojado y se agarra con desesperación al asa del bolso que lleva sobre el hombro. Acelero el paso hasta quedarme a una distancia prudencial de ella. No quiero asustarla.

—Hola. —Su cabeza se alza y me encuentro con sus preciosos ojos más grandes y más verdes que nunca.

—Hola —saluda ella volviendo a mirar al suelo y cortando el contacto visual.

—¿Qué haces aquí? —la interrogo porque me está empezando a afectar verla así de nerviosa.

Un grupo de fans grita desde la puerta del *pub* y los saludo con la mano.

—¿Cómo me iba a perder algo así? —suelta con resignación. Tiene una sonrisa irónica formada en sus labios—. Eso de ahí dentro ha sido increíble, Jake. Estoy sin palabras.

Sus ojos se encuentran con los míos y me observan sinceros. Está impresionada y yo soy el culpable. El pecho se me hincha de orgullo como nunca antes me ha pasado debido a su halago. Hemos evolucionado desde la primera vez que le dedicó un simple «Me gusta» a la canción que toqué para ella en Camden Hall. La verdad es que me siento igual de liberado que aquel día que toqué en este lugar antes de ser famoso.

Recorto un par de pasos de distancia y nos quedamos el uno frente al otro.

—¿Por qué has venido, Alessa?

Su mirada me atraviesa de tal manera que no sabría qué hacer con un nuevo rechazo. La necesito, tan sencillo y complicado como eso.

—No tengo ni puta idea. Solo sé que estoy vacía. Tengo un hueco dentro y es bastante probable que ese hueco esté lo más lejos posible del sentido común... —confiesa con los ojos brillantes.

«Y a mí me faltas tú», me digo internamente.

—Me dijiste que el tiempo...

Alessa suelta un resoplido y me interrumpe.

—Te mentí, ¿vale? —me dice—. Quería hacerte daño, como tú me habías hecho.

Me mintió y solo soy capaz de sentir un desahogo enorme dentro de mí. Ella tampoco me ha olvidado. La mujer que tengo delante terminará por volverme loco. Más loco de lo que ya estoy.

—Y... —Ni siquiera puedo contestarle porque me vuelve a interrumpir.

—La cuestión es que tú tienes tu mundo y yo tengo el mío, en el que no hay sitio para ti.

¿Que no hay sitio para mí? Claro que hay sitio para mí en su vida. Pero no me atrevo a decirle algo tan directo porque la conozco y sé que esto es un impulso de los suyos y hay que andar con pies de plomo porque es la reina de las huidas.

—Mi mundo eres tú, Alessa. Y quiero que formemos el nuestro propio. Que nada más importe.

Mierda. Al final no me he podido contener y he terminado diciendo algo todavía más profundo. Sin embargo, esta vez, en lugar de huir, mi chica pelirroja se acerca para quedarse a pocos centímetros de mi cuerpo, que clama por tocarla desde que la he descubierto apoyada en la pared al fondo del *pub*.

—No sé si va a salir bien, Jake... —murmura.

En su rostro hay dibujada una expresión de derrota que pienso borrar a besos. Y no tengo por qué demorarme más en empezar. La quiero, joder. Y ella me quiere a mí. Si no, ¿por qué está aquí con esa cara de diosa exótica? Deposito un dedo en su barbilla para levantarla. Sus ojos me incendian por dentro e inclino la cabeza para pegar mis labios a los suyos. Ella no me rechaza, sino que me presiona para que nuestras lenguas se encuentren. Lo hacen y se saborean con lentitud, con miedo a que se acabe este momento. La lluvia ha empezado a caer de nuevo y, a lo lejos, escuchamos los vítores de algunos de mis admiradores. Joder. No quiero que se asuste y volvamos al punto de salida, así que me obligo a interrumpir el beso. Alessa encaja su mano alrededor de mi brazo y me pregunta con la mirada qué es lo que ocurre. La tomo de la mano y le doy un beso rápido.

—Quiero que vengas conmigo —le pido.

Ella asiente y entrelaza sus dedos con los míos. Sonrío como un puto crío y le tiro del brazo para que me siga. Comienzo a correr hacia la avenida principal para pedir un taxi, y oigo su risa detrás de mí mientras nos mojamos bajo la lluvia. Juro que es mi sonido favorito en el mundo y no quiero renunciar a él. Nunca. Cuando paro el taxi y nos metemos en el interior, Alessa tiene el pelo empapado y pegado a la cara. Se lo aparto con cuidado y ahora es ella quien se lanza a por mi boca. Y yo le correspondo.

67

Cuando las cosas llegan
a los centros

Entramos en su apartamento jadeando y sin despegar nuestras bocas. Nos arrastramos al interior besándonos y riéndonos, todo a la vez. Jake se descuelga la guitarra y la tira sobre el sofá. En la rápida ojeada que echo a mi alrededor, advierto que no hay rastro de la alfombra persa sobre la que nos dijimos adiós a nuestra manera. Ahora el suelo está cubierto por una gran alfombra de pelo largo de color beige. Me preparo para decir algo, pero sus labios me reclaman de nuevo. Me abraza por la cintura y me obliga a caminar hasta las escaleras, tirando de mí con cierta agitación. Comenzamos a desnudarnos mientras ascendemos y las caricias no tardan en llegar, desesperadas por dejar huella. ¿El vacío del que he hablado? Ha desaparecido desde que he puesto mis labios sobre los suyos. Jake encaja su mano grande entre el mentón y mi cuello y me pega a la pared para profundizar el beso antes de que lleguemos a la planta de arriba. Le araño los hombros como respuesta y él emite un jadeo que lo lleva a restregarse contra todo mi cuerpo. Estoy ardiendo y, cada vez que sus manos me tocan, me enciendo aún más. Esta sensación es incontrolable y, como siga observándolo con el pelo mojado, los ojos excitados y la piel sudorosa, voy a terminar antes de que empecemos a querernos con nuestro cuerpo.

Me baja los pantalones de un tirón llevándose las zapatillas con ellos, y yo me atrevo a hundir mi boca en su cuello para chupar y succionar la piel con un deseo desbordante. Entonces mete un dedo en el elástico de mis bragas y tira hacia abajo. Me voy a desplomar por las escaleras de un momento a otro, estoy bastante segura de ello. Y de pronto, su cuello desaparece de debajo de mi boca y nos miramos a los ojos con cierta distancia. Estoy embriagada y me pesan los párpados del placer que se condensa en mi interior.

—No voy a seguir hasta que me perdones —dice Jake con seguridad. Una seguridad que a mí me ha abandonado para irse muy lejos.

—¿Qué? —Estoy mareada y las sienes me palpitan.

—¿Vas a poder perdonarme? No pienso hacer esto si te vas a volver a ir. —Su rotundidad me deja pasmada.

Observo sus ojos dilatados y sé que está tan necesitado como yo. O quizá no. Porque con la mirada de pocos amigos que le dedico estoy sopesando la idea de agarrarle la mano y obligarlo a introducir sus perfectos dedos dentro de mí. Lo necesito. Necesito esto. Para volverme aún más loca, Jake posa su pulgar en mi boca y me acaricia el labio inferior.

—¿Y bien? —Está esperando una respuesta y yo ya no puedo más.

—Por Dios, te perdono, te perdono. —Mi voz suena desesperada, anhelante. Y él me besa con una lentitud que duele y que hace que mis piernas se ablanden.

—¿De verdad? —Asiento como puedo—. Yo te deseo tanto o más que tú a mí, Alessa. Pero la última vez que estuve dentro de ti, me desperté sintiéndome más solo que nunca —susurra.

—Por favor, Jake.

—Me gusta que me supliques, porque me gusta complacerte.

Sus manos abandonan mi cuerpo para dirigirlas hasta su pantalón. Abre el botón sin dejar de mirarme y libera su erección. Me tira del sujetador para descubrir mis pechos, se lleva un pezón a la boca y me tortura durante unos segundos interminables. Después, conduce su mano hasta mi clítoris para acariciarlo con maestría y gimo tan alto que durante un momento creo que ya he llegado a la cima. Le agarro del pelo para arrancar su boca de mi pecho y la visión de sus labios húmedos me hace temblar sobre su mano, que aún no se ha detenido. Nos miramos entre jadeos.

—Me quiero correr contigo dentro —digo sin aliento.

Él resopla y se muerde el labio con fuerza, vencido ante nuestro poder de conexión. Se baja el pantalón y se peina el pelo mojado hacia atrás, despejándose la frente.

—Sigo tomando la píldora, por si te interesa —le informo con media sonrisa.

Jake me mira muy serio, hundido por completo en un pozo de placer.

—Créeme, eso es en lo último que estoy pensando ahora mismo.

Entonces se desliza dentro de mí y lo que quedaba del vacío estalla en mil pedazos. Me llena de un modo celestial, sensorial y metafórico.

—Voy a durar muy poco, Ale... —se lamenta mientras afianza un ritmo lento y profundo entre nosotros.

—Yo voy a durar menos... —No lo digo por tranquilizarlo, sino porque es la pura verdad.

Al final, no tengo ni idea de cuánto duramos, pero no despegamos nuestros ojos hasta que alcanzamos un clímax cargado de intensidad con el que nos derrumbamos sobre las escaleras. Mis brazos lo rodean con fuerza para hacerle entender cuánto lo he echado de menos. Cuánto lo he necesitado. Y lo único que sé en este momento es que, cuando perdonas a alguien, te liberas y lo liberas. Mis alas se extienden de nuevo, dispuestas a alzar el vuelo.

Llevamos más de una hora enrollándonos tumbados en la cama. Y, llegados a este punto, me veo en la obligación de separarme un poco cuando me noto los labios irritados.

—Ahora tengo un gato. Se llama Jeff —le cuento poniéndome bizca por nuestra cercanía.

Jake sonríe de lado y vuelve a capturar mi labio entre sus dientes.

—¿Por qué no te sorprendes? —consigo preguntarle en medio del beso.

—Porque siempre supe que terminarías con un gato —contesta él—. Eres igual que ellos. Tienes los mismos ojos y la misma necesidad de independencia.

—Lanza una carcajada ante mi mirada estupefacta—. Bueno, también porque Annie ya me contó todo sobre tu mascota.

Abro mucho los ojos con indignación.

—Voy a tener que enfadarme con Annie por mantenerte al tanto de mi vida —gruño.

—No se lo tengas en cuenta. He sido muy pesado y no le he dejado mucha opción. Las cosas se le escapaban sin querer. —Vuelve a juntar nuestras bocas y ahora soy yo la que profundiza el beso. Y, cuando quiero más, él se separa de improvisto—. ¿Crees que a Jeff le gustará el apartamento?

La sorpresa pinta mi rostro y arrugo la nariz. ¿Por qué ha preguntado eso...? ¿Es por lo que creo que es...? Decido que voy a seguirle la corriente.

—Es posible que las escaleras le diviertan —le digo.

—Puedes traerlo mañana y lo comprobamos. —Ahora está muy serio.

Vale. Acabábamos de reconciliarnos y Jake ya me está proponiendo que me mude aquí. O por lo menos eso es lo que está dejando entrever entre líneas. Coloco mi mano sobre su pecho y lo acaricio con ternura para que lo que voy a decir a continuación no se cargue este momento.

—¿Qué tal si esperamos un poco? —le propongo.

—No. —Su negativa me hace entrecerrar los ojos.

—Sí —me reafirmo.

Su mirada gris e infantil se vuelve complaciente. Estoy convencida de que, esta vez, Jake me dejará marcar el ritmo de nuestra relación. Lleva su mano hasta mi nuca y me acerca a él para volverme a besar.

Por lo visto, el ritmo de relación que propuso Jake no distaba mucho del que yo tenía en mente, porque, diez días después de nuestra reconciliación, Mark y él me han ayudado a traer a su apartamento todas mis cosas de la casa de Whitstable. El motivo principal es que, desde que hemos retomado nuestra relación, no nos hemos separado. Tan solo nos dejamos de ver las horas de trabajo. A veces, él viene a la oficina de la editorial a recogerme, y otras veces yo me paso por el estudio o por los ensayos. A Jeff lo hemos traído un par de días antes para que se acostumbre a su nuevo hogar. Y, tal como había augurado, le chiflan las escaleras. Además, no se lleva nada mal con Jake. Aunque esto tiene un motivo científico y no es otro que la cantidad de comida que mi novio le suministra al gato desde que se despierta. Cada vez que pisa la cocina, el gato mete un *sprint* hasta colocarse entre sus piernas y empieza a maullarle como un loco.

A pesar de que Jake me ha asegurado, una y otra vez, que ocupe todo el sitio que necesite, me siento rara cuando, cargada con una caja de libros entre los brazos, entro en la habitación de los armarios a la que se accede atravesando el pequeño estudio que tiene montado en la habitación de la segunda planta. Siempre tuve curiosidad por la puerta de madera que sobresale en una esquina, pero imaginé que se trataría de un baño, no de una habitación amplia y luminosa con todas las paredes repletas de armarios empotrados. Abro las dos primeras puertas y me encuentro con abrigos y chaquetas de Jake, cajas de zapatos y varios estantes repletos de mantas perfectamente dobladas y colocadas. Por fin, en el cuarto intento, encuentro el suficiente espacio para colocar mi caja de plástico donde he guardado los libros más académicos sobre literatura y lingüística. Los demás están apilados en la estantería de madera maciza que Jake se ha empeñado en comprar y que ha colocado en la pared donde está el piano, que antes estaba vacía. Lo cierto es que me encanta cómo ha quedado y, durante toda la tarde, él no ha parado de dirigirme miradas orgullosas en cuanto ha comprobado que mis pertenencias más importantes son mis libros. Todas las demás maletas y bultos han quedado olvidados a un lado de la puerta y los he ignorado hasta que no he buscado un sitio a todos los tomos.

Cuando subo la cabeza para ver dónde puedo colocar mis pertenencias dentro del armario, una caja de cartón con el matasellos de una conocida librería me llama la atención. Está en la parte alta y veo que tiene una solapa levantada, como si estuviera abierta. Al lado de ella hay otras seis cajas iguales cerradas. La curiosidad me puede. Pero es imposible que pueda bajarla al suelo si está llena de libros, por lo que me elevo por encima de una estantería para ver si puedo cotillear sin moverla del sitio. Entonces el pie se me resbala y me agarro al cartón con la mala suelte de rasgarlo entero con el movimiento. Me caigo de culo al suelo y observo cómo desciende sobre mi cuerpo y sobre mi alrededor una treintena de libros nuevos. Cuando me fijo bien en el destrozo, descubro que son todos iguales y que se trata de ejemplares de *Marte en el espacio*. Me tumbo en el suelo intentando asimilar el golpe. ¿En esas cajas de ahí arriba solo hay ejemplares de mi primer libro? El descubrimiento me revuelve el estómago y el enfado se empieza a fraguar en mis entrañas. Jake está mal de la puta cabeza. Y yo me he venido a vivir aquí con él. Y, para más inri, he arrastrado a mi gato conmigo.

Bajo los escalones de dos en dos y lo encuentro en la isla de la cocina cortando tomate para una ensalada. No esperaba verlo sin camiseta y con el pelo húmedo después de la ducha y ese pequeño detalle me acalora aún más. Pero no es el momento de prendarme de él. Jeff está tumbado sobre su lomo a un lado de la encimera y mueve el rabo lentamente mientras olfatea un trozo de tomate que Jake le ha colocado delante del hocico. Desde luego la imagen es para enmarcar. ¡Quiero gritarle!

—¡¿Cómo coño se te ocurre?! —chillo fuera de mí.

El gato se asusta y abre mucho los ojos. Jake guarda la compostura y suelta el cuchillo sobre la tabla.

—¿Qué te pasa? —pregunta él con tranquilidad.

—¡¿Que qué me pasa?! —grito otra vez—. ¡¿Que qué me pasa?! ¡Que he abierto un puto armario y se me han caído en la cabeza docenas de ejemplares del primer libro de mi editorial! ¡Eso me pasa! —He perdido el control y estoy a punto de pegarle una patada al suelo.

Jake coloca sus brazos firmes sobre la encimera y tiene el descaro de curvar la comisura de su labio para formar una sonrisa socarrona.

—¿Por qué hurgas en mis cosas?

—No he hurgado en tus cosas; me dijiste que podía utilizar cualquier parte del apartamento que estuviera libre... —Vale, estoy intentando justificar mi curiosidad y no está sirviendo de mucho.

—Puedes utilizar cualquier parte del apartamento, aunque no esté libre. Solo tienes que decírmelo y lo quitaré de en medio —¿Cómo me puedo resistir a este chico? Necesito un manual.

—Joder, Jake. ¿Por qué hiciste eso? —pregunto, ahora controlando mi genio.

Nos miramos durante unos segundos y él continúa cortando una zanahoria. No hace falta que hable, porque en el fondo sé muy bien la respuesta.

—Vamos, Alessa. No es para tanto...

—¿Cómo que no es para tanto? ¡Ahí arriba hay cajas enteras!

El gato salta de la encimera porque me conoce suficientemente bien para saber que Jake está en problemas.

—Sí, cajas con unos sesenta ejemplares. Algunos menos, creo. Y tú has vendido cerca de doscientas mil copias en un año. Así que es un porcentaje mínimo —añade él.

—Pero eso...

—Eso es que quería formar parte del proyecto de algún modo, ayudarte, estar cerca de ti aunque no lo supieras. No te lo tomes como una falta de confianza en la editorial, por favor. No compré cien mil libros, solo unos cientos de ellos...

Verlo delante de mí tan relajado, tan sincero, con sus ojos libres de oscuridad puede conmigo y con mi enfado. No quiero seguir regañándole. No obstante, necesito que sea consciente de que está mal de la olla.

—No sé si tomarme esto como el inicio de un brote psicótico o como la mayor muestra de amor que me han hecho nunca.

—Si te sirve de consuelo, del resto de títulos que habéis publicado solo he comprado algunos ejemplares...

—¿En serio, Jake? ¿No puedes comprar solo uno como todo el mundo?

—Yo no soy todo el mundo; yo soy un chico enamorado. De ti, chica pelirroja.

Me sonrojo de inmediato y él sonríe de manera egocéntrica porque sabe que no soporto cuando pregona ese tipo de cosas a los cuatro vientos.

Va a ser realmente interesante compartir una nueva vida con Jake Harris.

Sentada sobre la alfombra de su estudio casero, aporreo con torpeza las cuerdas de una de las guitarras de Jake. Hace un par de días, mi chico me enseñó —de manera muy paciente, debo señalar— los acordes de *Green Eyes* de Coldplay. Y he descubierto que equivocarme una y otra vez con la guitarra me produce cierta calma.

Él aparece por la puerta y se apoya en el marco, observándome con ojos cariñosos. Yo suelto una carcajada cuando cambio una nota por otra y se une a mi risa. Camina hasta mí y se sienta colocándose detrás de mi espalda. Posa sus manos sobre las mías y comienza a guiarme marcándome los siguientes acordes. De manera instantánea, la melodía empieza a sonar mejor y nuestra voz susurrada se suma a ella. Pero cuando pasa un rato, sus labios depositando pequeños mordiscos en mi hombro me distraen y me hacen cosquillas. Me siento la chica más especial de la tierra encajada entre su cuerpo y una de sus guitarras. Jake detiene sus dedos sobre las cuerdas y el silencio se expande por la habitación. Giro un poco la cabeza para encontrarme con el gris de sus ojos.

—¿Quieres que te cuente un secreto? —me pregunta.

—Solo si tú quieres contármelo —le contesto con media sonrisa.

—Tengo miedo de que te vayas de nuevo —confiesa.

—No me voy a ir, Jake. No sin motivo.

Sé que Jake me ha dicho eso porque en la cena he estado un poco ausente. El motivo es que le tengo cierto respeto a la felicidad. Muy pocas veces en la vida me he sentido tan plena como ahora. Y no quiero que desaparezca. Él mete su nariz entre mi pelo y me acaricia el cuello.

—Voy a conseguir que esto funcione. —Escucharlo tan optimista suena raro en él, pero me alegro por sus ganas, porque son idénticas a las mías.

—¿Puedo confesarte yo un secreto? —Él asiente—. Puedo vivir sin ti, Jake. —Me mira con un deje de decepción que lo hace parecer afligido—. La cuestión es que prefiero vivir contigo. Te quiero, y yo tampoco creo que eso vaya a desaparecer algún día.

Su sonrisa genuina y liberada es la prueba de que he tomado la decisión correcta. Su mano se introduce bajo la camiseta para posarse sobre mi estómago. Lo acaricia trazando pequeños círculos. Y empiezo a vibrar. Ninguno de los dos estamos solos. Ahora somos él, yo y su guitarra.

68

El mundo se transforma
bajo nuestros pies

Un año después. Jake

Las cosas nos han ido bien este último año. Nos han ido realmente bien.
Soy feliz de la hostia. Tengo a mi chica a mi lado y acaba de acompañarme
a la gala de los premios Brittan de este año. Y, ahora, subidos en el taxi de
vuelta, no puedo dejar de mirarle las tetas apretadas en su vestido largo palabra de honor. Parecen más grandes que nunca y no me puedo concentrar
en nada más que en imaginarme desnudándola cuando lleguemos a casa.

Permanece en silencio cuando subimos por el ascensor hasta la puerta
del apartamento. En estos meses en los que he compartido absolutamente
todo con ella, he aprendido algo muy valioso, y es que, en ocasiones, Alessa
necesita abstraerse. Estar en silencio. Poco a poco, la ansiedad motivada por
esos silencios ha ido desapareciendo en mí; sin embargo, esta vez, una tensión extraña y diferente pulula por el ambiente.

Abro la puerta y la veo taparse la boca con la mano presionando con
fuerza. Después, sale disparada hasta el cuarto de baño.

—¡¿Qué pasa?! —le pregunto antes incluso de que pueda cerrar.

Entonces escucho la tapa del váter y la oigo vomitar hasta el último ca-
napé que ha engullido durante la gala. De repente, todo parece aclararse en

mi mente a medida que camino hasta el cuarto de baño. Alessa sigue pasándolo mal con este tipo de eventos, con toda la atención mediática. Pero mi chica ha aprendido a fingir bien, porque su sonrisa en la alfombra roja me ha parecido de lo más sincera. Me quedo apoyado en el marco de la puerta y la encuentro sentada contra la pared de la bañera y con la vista perdida en el suelo.

—Si llego a saber que la gala te iba a provocar esto no te habría pedido que me acompañaras. —Lo digo totalmente en serio—. Lo último que quiero es que ocurra como la última vez.

El recuerdo de aquella noche nos hace cambiar el gesto a los dos. Y ella suelta una risa nerviosa.

—Encima te ríes...

—Jake, para —me ordena desde el suelo—. No es por la gala, hay un motivo.

—Sí. Un motivo bastante claro, que odias toda la atención mediática y que no soportas este tipo de eventos. —Como si no la conociera mejor que a mí mismo—. Soy un idiota por obligarte a ir.

Desde su posición de inferioridad me lanza una mirada asesina antes de subir la voz:

—¡No me has obligado! ¡Yo quería ir!

—¡Deja de mentir para justificarme! —exclamo elevando también el tono.

—¡Estoy embarazada! —grita ella.

Se hace el silencio y nos quedamos mirándonos hasta que Alessa cierra los ojos con aprensión, como si no pudiera aguantar más. Está más pálida que de costumbre y tiene la expresión totalmente desencajada. La impresión de la noticia es tan grande que debo de estar sufriendo un infarto. Se me ha instalado en el pecho una punzada que me presiona las costillas y un sudor frío empieza a deslizarse por mis sienes.

—¿Perdona? —Ella es bromista de la hostia, pero algo me dice que, en ese estado, no tiene pinta de estar bromeando.

—Que estoy embarazada, joder —repite ahora en un tono más pausado.

—Pero... ¿Cómo...? ¿No te tomas la píldora? —Estoy aturdido y no sé qué cojones decir.

Ella levanta la cabeza y abre mucho sus ojos.

—¿Te acuerdas de esa semana en la que tuve amigdalitis y tomé antibió-ticos? —Asiento. Claro que me acuerdo—. Algunos fármacos anulan el efecto de los anticonceptivos... —afirma antes de derrumbarse ocultando la cara entre sus manos.

Creo que se va a echar a llorar en cualquier momento y yo estoy tan paralizado que lo único que puedo hacer es aflojarme la corbata para que el aire entre mejor. Me estoy empezando a marear.

—¿Desde cuándo coño lo sabes? —Es obvio que no se ha enterado en estos instantes, como yo.

—Desde hace una semana. El día antes de que me fuera a Whitstable a pasar un par de días de desconexión.

¡¿Qué?! ¿Lo supo y huyó? ¿Otra vez? Esto es demasiado para mí. Ser padre es demasiado. Y mi chica me lo ha ocultado una semana entera.

—Alessa, yo... —Observo cómo sus lágrimas empiezan a derramarse y dejo de pensar en mí—. ¿Estás bien?

—Sí. Solo... creo que necesito estar sola.

Solloza con la barbilla apoyada en sus rodillas. Y sencillamente no pue-do soportarlo. Un cóctel de sentimientos se desata en mi interior y necesito tomar aire. Respirar. Me dirijo hacia la entrada, abro la puerta y salgo.

69

Una vida creciendo dentro de mí

Ya han pasado un par de horas desde que Jake ha salido del apartamento. Lo único que he podido hacer desde entonces ha sido desvestirme y ponerme una de sus sudaderas viejas. Por algún motivo, su olor mantiene a raya la ansiedad y me da algo de esperanza de que aparezca por la puerta en cualquier momento. Sé que le he pedido que se fuera, pero creo que en el fondo no pensaba que lo hiciera. O por lo menos no tanto rato.

Llevo demasiado tiempo tumbada en el sofá, con la mirada fija en el techo y sumida en un aplastante silencio. Jeff se ha recostado al lado de mis piernas, con la cabeza apoyada en mi pie derecho. Cierro los ojos y hundo la cabeza en el cojín. De manera instintiva, deslizo la mano hacia mi barriga, aún plana, sin ninguna señal aparente de que ahí dentro está creciendo una vida. Cuando el médico me dio la noticia casi me desmayé, por lo que tuve que esperar un buen rato en la consulta para recuperarme.

El último año ha sido perfecto para mí. Mi editorial crece cada día y hasta hemos contratado a más personal para seguir prosperando. Por otro lado, la relación con Jake es envidiable. Los dos nos hemos acomodado al otro como si tuviéramos los pies atados a las mismas raíces bajo tierra. Cada vez nos entendemos mejor y compartir nuestra vida nos ha sumido en una relajación deliciosa. Pero un embarazo, un hijo, una vida creciendo dentro de mí... Es algo que sacudirá nuestra rutina como si se tratara de un tsunami.

El pomo de la puerta se gira y me incorporo de un salto en el sofá. Jake aparece tras la puerta con una expresión seria y arrastrando unas cinco bolsas en cada mano. ¿De dónde cojones viene? Es medianoche. Se encuentra con mi mirada cuando inclina la cabeza para enfilar el salón y noto cómo duda si entrar.

—¿Puedo pasar? —pregunta.

—Estás en tu casa, Jake. —Creo que se ha tomado demasiado en serio lo de que quería estar sola.

—¿Qué haces despierta todavía?

A veces su inteligencia brilla por su ausencia. ¿Cómo quiere que me duerma con el embrollo que tenemos encima?

Él atraviesa la estancia y se sitúa al otro lado de la mesa baja. Apoya todos los paquetes sobre ella y empieza a hurgar dentro de las bolsas. El tablero de madera se va llenando de tabletas de chocolate, *snacks*, chocolatinas, bombones y varias tarrinas de helado de chocolate con todo tipo de combinaciones. Naranja, menta, almendra, *cookies*, vainilla... La perplejidad me lleva a posar una mano en mi nuca y rascarla con nerviosismo.

—¿Has bebido? —Toda la calma que he conseguido horas antes se esfuma de un plumazo.

Él continúa sacando más cosas de las bolsas y tira un taco de revistas contra la mesa. ¿Qué coño está pasando? Me empieza a temblar el labio inferior y recurro a presionar la lengua contra mis dientes.

—No. He estado en el piso de Mark —responde él al cabo de unos segundos.

—Me estás asustando. ¿Me puedes explicar qué estás haciendo?

Jake se yergue sobre su sitio, se echa el flequillo para atrás y coloca una mano en su cadera. Me recorre todo el cuerpo con su mirada y yo me encojo y me hundo más en el sofá.

—Vayamos por partes —señala decidido—. Te he traído todos los tipos de chocolate que he encontrado en el supermercado 24h. Llevas unos días de muy mal humor abriendo cajones y armarios para buscar provisiones de dulces que ya te habías zampado el día anterior. Creía que era por el estrés del trabajo, pero resulta que estás preñada.

Ladea la cabeza de un lado a otro y una sonrisa le ilumina todo el rostro. Yo abro la boca, y me quedo sin palabras. ¿Acaso este hombre está teniendo una crisis nerviosa o algo parecido?

—Jake... Yo... Tenemos que hablar sobre el tema —comienzo a argumentar dubitativa—. No saber qué piensas al respecto me va a terminar matando. No puedo soportarlo más. Di algo.

Rodea la mesa y se sienta a mi lado. Me pone una mano sobre la rodilla y me da un apretón cariñoso. Me sostiene la mirada y se muerde el labio antes de hablar.

—Sé que a ti no te emociona ser madre y entiendo que no quisieras decírmelo cuando lo supiste. Me ha dolido, pero lo comprendo. Yo quiero ser padre y la verdad es que estoy ilusionado e impaciente por que comience a crecerte la barriga. —El corazón se me encoge y la presión se desinfla—. Soy consciente de que ha sido un accidente, pero ese accidente me ha hecho el hombre más feliz del mundo.

—Jake... —Me falta muy poco para que se me salten las lágrimas. Me percato de la emoción que hay en su rostro.

—La cuestión es qué quieres hacer tú, Alessa. Porque vamos a hacer lo que tú quieras hacer. —Sus ojos me escrutan y me estremezco cuando agarra mi mano.

—Creo que después de saberlo me he empezado a emocionar un poco —confieso—. Pero tengo miedo. Muchísimo. Somos muy jóvenes.

—Y unas almas viejas, nena. —Jake enseña todos los dientes en una sonrisa descomunal.

—¿Dónde has estado toda la noche? —me intereso. Aún no tengo todas de mi parte de que, en este instante, no esté sufriendo un tipo de trance postraumático.

—He ido a contárselo a Mark y lo hemos celebrado. —¿Está hablando en serio?—. Luego he quedado con el tío de la inmobiliaria que me vendió este apartamento.

—¿Con el de la inmobiliaria? ¡Es medianoche, Jake! —exclamo. Él simplemente se encoge de hombros—. ¿Para qué has ido si se puede saber?

—Para comprar una casa más grande. —Estira el brazo y alcanza una de las revistas—. Aquí hay algunas opciones.

Me llevo una mano al pecho, consternada. Son casas de lujo, mansiones rodeadas de vegetación o resguardadas tras un muro.

—Jake... Espera... —le pido mientras paso las hojas.

—¿Qué pasa?

—Me gusta este apartamento. No quiero una casa gigante como la de mi madre.

Guarda silencio durante unos minutos y luego asiente lentamente.

—Vale. Tendremos la casa que quieras tener. Lo único que deseo es que estemos bien.

—Lo estaremos —aseguro, aunque sé que no sueno convencida.

Tengo un miedo de cojones. Llevo una vida dentro de mí y eso se sale completamente fuera de mi control. Le tomo de la otra mano y me acerco a él. Quiero que me dedique su total atención, lejos de la exaltación que está experimentando en estos momentos. Me mira muy fijo.

—¿Eres consciente de que será algo muy difícil? —le interrogo deteniéndome en cada palabra—. Vamos a compartir muchas madrugadas, Jake. Y serán intensas... Por no decir agotadoras, arduas, impredecibles...

Sin entrar de lleno en la enorme responsabilidad que conlleva ser padres.

—Creo que ya estamos acostumbrados a ese tipo de madrugadas, ¿no?

Sus ojos le brillan de una manera pura y acerca su boca a la mía para depositar un beso suave en mis labios. Después, se alza sobre sus piernas para alcanzar otra bolsa de la que saca un pequeño paquete cuadrado. Cuando lo abre y lo extiende delante de mis narices, alucino en colores. Él se limita a reírse, y mucho, de mi expresión. Debo de parecer un puñetero cuadro, con la boca doblada, la nariz arrugada y los párpados hinchados. Se trata, ni más ni menos, de una camiseta enana del que es su equipo, el Tottenham. Es posible que esta noche no tenga fuerzas para seguir hablando de lo que haremos a partir de mañana. Pero sí que tengo bastante correa para echar por tierra al rival directo del Arsenal.

—No le vamos a poner al niño una camiseta del Tottenham. Lo sabes, ¿no?

Jake, que aún mantiene la expresión ilusionada en su rostro, alarga la mano y la coloca sobre mi vientre. Lo acaricia y cierro los ojos para centrarme en la sensación de paz que me embarga. De pronto, me descubro imaginándome a un niño correteando por este salón con sus mismos ojos y su mismo pelo despeinado.

—O a la niña —objeta él—. Y sí, claro que se la vamos a poner.

Le doy un débil manotazo en la pierna y él aprovecha para apresarme bajo sus brazos y darme un abrazo interminable. Sumergida en su cuerpo tengo la sensación de que el miedo y las dudas se esfuman. Que desaparecen.

70

Epílogo. Los placeres simples

Cuatro años después.
Invierno

La leña crepita dentro de la chimenea y su sonido se extiende por el enorme salón. Todo está en silencio y me pongo de rodillas para buscar debajo del sofá los últimos juguetes de Grace. Así es como se llama nuestra hija. Una niña pelirroja y de ojos verdes ante la que no se puede negar que ha sido creada por su madre, porque es mi vivo retrato en miniatura, a pesar de que su cabello es más oscuro que el mío y que sus iris están rodeados por una aureola gris que oscurece el verde. De Jake tan solo ha heredado su lunar redondeado del cuello a la altura de la oreja. El pequeño duende que habita nuestras vidas desde hace cuatro años es un ser de luz. Sus padres se conocieron en la oscuridad, pero ella irradia un esplendor nato que me recuerda al de Taylor. Le encantan los animales y la naturaleza; el campo, la hierba, los bosques y los días de sol. Por ese motivo, cada vez pasamos más tiempo en esta casa de estilo granja que compramos para cuando necesitáramos descansar de Londres. Tan solo tiene una planta, pero es muy grande, y toda ella está rodeada por un porche que hace de antesala a un jardín que linda con un paraje natural. La costa tampoco está muy lejos, pero normalmente a Grace le entusiasma bañarse en el río que bordea toda la zona. En invierno, las temperaturas bajan demasiado, pero merece la pena alejarse del bullicio de vez en cuando. Más aún si añoras el olor a leña, a fuego y a tierra mojada. En verano, esta casa se convierte en nuestro refugio. Y, muy de seguido, se transforma también en un lugar de peregrinación para nuestros familiares y amigos.

Tiro la última pelota que encuentro al lado de un sillón al baúl gigante de los juguetes y me dirijo a la isla de la cocina, donde tengo preparada una copa de vino. Jake ha llegado hace tan solo un par de horas desde Londres después de una semana intensiva de ensayos para su gira de primavera. Este año quiere adelantar todos sus conciertos para tener una parte del verano libre y así disfrutar de más tiempo a nuestro lado. La idea nos ha entusiasmado, sobre todo a Grace, que, como era de esperar, es una niña de papá. Cuando él está en casa, todo lo demás desaparece. Aunque cada vez que tiene un problema de fuerza mayor —véase dolerle la tripa por comer demasiado chocolate—, acude a mí para hundir la cabeza en mi cuello. Con Grace, la vida se ha extendido y ha adquirido una magnitud insospechada. Es parte de nosotros. Nacida de una unión fuerte y especial. Su primer año fue difícil hasta que logramos acostumbrarnos a ella, a su ritmo. Y, para mi sorpresa, Jake fue el que mejor lo llevó, el que desarrolló una paciencia digna de un santo. Él, nada más verla al nacer, se enamoró de nuestro retoño, quien se convirtió en su mayor tesoro. Y, evidentemente, desde entonces quiere darle el mundo, el cielo y las estrellas. Yo no puedo hacer nada en contra de eso y lo cierto es que ese regalo del universo se merece todo nuestro amor y más.

Agarro la copa, bebo un trago y sonrío al observar los apuntes de Jake encima del piano pintorreteados con cera de colores. Al llegar y descubrir de esa guisa sus papeles, se le ha desencajado la expresión, pero cuando su hija le ha pedido perdón con ojos de cachorro triste, no ha podido más que darle un abrazo y decirle cuánto la ha echado de menos estos días.

Oigo la puerta de la habitación de Grace cerrarse y, tres segundos después, Jake atraviesa el salón con su pantalón largo de algodón y su camiseta blanca de pijama. Se aparta de la frente un mechón rebelde antes de abrir la boca.

—He tenido que leerle cuatro veces el libro de la pantera blanca que se siente desplazada por la manada —refunfuña—. Me lo sé de memoria, te lo juro. Menos mal que se ha dormido...

—Mañana te espera otra ronda de cuentos —le informo.

Él se detiene frente a mí, que estoy apoyada sobre la isla, y entrecierra los ojos sin comprender.

—Recuerdas que te dije que mañana tenía la reunión con Evan Ross, ¿verdad? —Su semblante se oscurece.

—Se me había olvidado. ¿Finalmente va a salir el libro?

—No. Todavía no. Estamos esperando el momento perfecto para que funcione como el primero. Esta vez se ha superado, de verdad. —No suelo ser muy eufórica con mi trabajo, pero esta historia se merece toda la ilusión del mundo.

Bebo otro sorbo de vino y observo cómo Jake gruñe por lo bajini.

—¿Qué pasa?

—Nada, pero no paras de echarle flores a ese tal Ross. Y pensar que a mí me comparaste con Justin Bieber cuando nos conocimos...

No puedo evitar una carcajada. A este señor se le ha quedado grabado eso de Justin Bieber, porque me lo ha recordado algunas veces en los últimos años. Es cierto que en las últimas semanas he estado enfrascada en la publicación de Evan. Pero también es cierto que estamos mejor que nunca, ¿o no?

—Vamos, Jake. —Le doy un golpecito en el brazo, juguetona—. Tú tienes a todas esas *groupies* alrededor de tu culo. Déjame divertirme un poco —bromeo.

Jake enarca una ceja con los hombros contraídos y, después de un segundo, lo tengo frente a mí, muy cerca. Pega su cuerpo al mío y entrelaza nuestras manos. Me observa desde arriba por la diferencia de altura.

—Quiero que me acompañéis a la gira —me dice refiriéndose a Grace y a mí, su *pack* favorito.

—No podemos. —Arrugo la frente porque ya hemos hablado de este tema.

—Sí podéis. Por favor. Deja que lo organice todo.

—No creo que sea el mejor momento. Aún es muy pequeña y no quiero que sufra toda esa presión mediática tan pronto.

—Está bien —acepta mientras me pone una mano en el hombro y me masajea con cariño—. Es que cada vez se me hace más difícil estar lejos de esto.

Me derrito ante sus palabras y recorto la distancia entre nuestras bocas para depositar un beso rápido y húmedo sobre sus labios. Quiero que se relaje y se olvide de la gira y de todo, así que deslizo una mano por debajo de su camiseta, le acaricio el pecho y percibo cómo se le eriza el vello. Jake aprovecha esta atención para reclamar mi boca en un beso profundo y necesitado que nos hace jadear y recorrernos la piel con las manos por debajo de las ropas.

—Me parece que no voy a llegar a la habitación —insinúa acelerado.

Presiona su dureza contra mi vientre y percibo lo excitado que está. Hace días que no nos vemos y este es uno de los resultados.

—¿Y si nos descubre? —susurro sobre sus labios.

—No se va a despertar —me asegura.

Después, dirige su boca hacia mi cuello y comienza a lamerme con un apetito voraz. Y yo pierdo el hilo de todos mis pensamientos y olvido también que nuestra hija puede despertarse en cualquier momento y encontrarnos entrelazados en la cocina.

—¿Sigues tomando la píldora? —pregunta cuando aleja su boca de mi mandíbula.

—Sí, claro. ¿Por qué?

—Me gustaría tener otro hijo. —No es la primera vez que lo dice.

—Vamos, Jake. No es el momento —sostengo.

Y, para que deje de pensar en ello, le bajo el pantalón de un tirón y lo vuelvo a besar con ganas mientras acaricio su dureza.

—Tenemos a Grace —añado cuando me separo—. Hemos formado nuestro hogar y... ¿Sabes qué, Jake?

—¿Qué?

—Que, a veces, cuando estoy en la oficina, pienso en ti. En cómo me tocas. En que me gustaría que me follaras encima del escritorio de mi despacho.

Mi confesión le nubla la mirada de un deseo incontrolable. Traga saliva y se humedece los labios antes de levantarme una pierna, afincarla sobre su cintura e introducirse en mí de un solo empujón. Me trago mis gemidos. Él es el único que conoce el camino.

—Pues siento decirte que hoy va a ser sobre la encimera. —Dibuja una sonrisa narcisista con sus labios.

—También tengo que confesarte que a menudo se me pasa el calentón cuando recuerdo que tú estás viajando por medio mundo, en fiestas y conciertos, conociendo a todo tipo de gente y a todo tipo de *mujeres* —le reto.

Jake establece un ritmo brutal y se acerca a mis labios, pero sin llegar a tocarlos.

—Cariño, a ellas no las quiero embarazar —repite.

Pero yo estoy tan perdida en las sensaciones que me despierta la unión de nuestros cuerpos que cierro los ojos para abandonarme al placer.

—Te doy permiso para que dejes embarazada a una de esas tías —bromeo con la respiración entrecortada.

—Sabes que eso no es posible. No quiero entrar en nadie más después de haber estado dentro de ti, pelirroja.

Estoy muy cerca de correrme por su puta palabrería. Maldito compositor de los cojones. Acelera el ritmo, capturando una de mis manos y apresándola contra la encimera. Un gemido lastimero e incontrolable se me escapa sin querer.

—No gimas; te va a escuchar. —Pero yo sé que está tan perdido como yo.

Me concentro en sus ojos, en el gris, y ahí lo encuentro todo. El camino, el destino, la plenitud.

—Jake... —A pesar de mi exaltación, mi voz suena firme.

—¿Qué?

—Sabes que te quiero, ¿no? —Quizá no se lo diga lo suficiente.

—Sí, nena, lo sé. Pero ahora lo dices porque estás a punto de correrte; si no, no lo admitirías.

—No estoy a punto de correrme —digo, altanera.

Alza la comisura de su labio y hace un movimiento contundente con su cadera pulsando de lleno en ese punto que me hace temblar. Una embestida después, llego al orgasmo clavándole los dedos en la espalda. Jake me sigue a los pocos segundos, pegando su boca a la mía para así acallar nuestros jadeos.

—¿Qué te parece si nos casamos?

—Oh, no, Jake. Creía que ya habíamos dejado ese tema atrás.

El peso del día se me viene encima después de la liberación.

—Bueno, tenía que intentarlo —dice sonriendo como un niño.

Primero lo de tener otro hijo y ahora lo de la boda... De repente, la duda me consume cuando pienso que quizá Jake no se encuentre del todo complacido con la vida que lleva.

—¿Es que no te basta con todo lo que hemos construido? —Mi voz suena temblorosa.

—Me basta y me sobra. La cuestión es que contigo siempre quiero más.

Luego me besa de nuevo haciéndome sentir la mujer más querida del mundo. Y sé que dice la verdad. Quizá las personas complejas como Jake Harris tan solo necesiten de los placeres más simples para ser felices.

Verano

Desde mi posición en el jardín, delante del cordel que hemos improvisado entre dos árboles, observo a Jake. Está sentado sobre el escalón de entrada del porche y se encuentra sumergido en su portátil mientras bebe una taza de té. Su expresión concentrada me hace sonreír al imaginarme con quién se estará intercambiando *e-mails*. Quizá con Blair para futuros negocios o tal vez le esté mandando el nuevo material que ha grabado de manera casera a los chicos para que le den su opinión. Quién sabe. Al contemplarlo me acuerdo de un día, hace ya unos años, en que le aseguré que podía vivir sin él. Ya no estoy tan segura de que sea así. Si lo tuviera que hacer en algún momento, creo que sería como si me faltara una parte de mí misma.

Me agacho para recoger una de las mantas que hemos lavado junto con otras colchas y ropas de invierno para aprovechar el clima soleado con el que hemos amanecido. Grace sale por la puerta y pongo en ella toda mi atención. Lleva puesto un peto amarillo y el pelo recogido en el moño despeinado con el que seguramente su padre la ha peinado esta mañana. Va sorbiendo de la pajita de un *tetrabrik* de zumo de melocotón, su sabor favorito, y no tarda ni dos segundos en saltar el escalón y empezar a llamar a Mindy, una gatita pequeña que se encontró ayer en el campo y que decidió traerse a casa. La gata es callejera como ella sola y habrá aprovechado la primera oportunidad para escaparse. Me río al verla correr y ponerse la mano a modo de visera para agudizar su visión a lo lejos. El único resultado que obtiene es que Jeff, que está pululando por los alrededores, tensione las orejas. Entonces Grace decide acercarse a Jake, que la mira embobado y la agarra del brazo para atraerla hacia su regazo. Se ensalzan en una guerra de cosquillas que termina con mi hija en el suelo, el zumo desparramado y Jake disfrutando como un crío.

—¡Mamá! ¡Ayuda! —grita mirándome desde lejos.

Jake levanta la cabeza y encontramos nuestras miradas a través de los huecos que forma la ropa mientras se mece con el viento.

—¡Grace! —la llamo—. ¡Ven un momento! ¡Necesito tu ayuda!

La niña se levanta del suelo y corretea hasta pararse al lado de la cesta. Jake vuelve a centrar su energía en su portátil, después de tomar otro sorbo de su té de canela. Ya a mi lado, mi hija me mira con los ojos achicados por el sol y me fijo en el reguero de pecas marrones que le decora la nariz y parte de las mejillas. No puede ser más comestible.

—¿Me haces un favor, cariño? —Grace asiente con ganas como un angelito encantador—. ¿Puedes decirle a papá algo de mi parte?

—¡¡¡Sí!!! —chilla contagiándome con su entusiasmo.

—¿Quieres preguntarle si se quiere casar con mamá hoy?

Es evidente que no sabe lo que implica lo que le acabo de soltar, por lo que me contesta sin inmutarse.

—Vale.

—¿Seguro que te acordarás? —le interrogo para motivarla.

—Papá, dice mamá que si quieres casarte con ella —repite mordiéndose el labio muy concentrada.

Suelto una carcajada y asiento embelesada.

—¡No te olvides del «hoy»! —le recuerdo.

—¡Sí!

La niña corre hasta su padre y se tira de nuevo sobre su regazo. Los observo desde mi posición, escondida detrás de un edredón.

—¿Qué acabas de decir? —Oigo que le pregunta Jake levantando un poco la voz con la nariz pegada a la de nuestra hija.

—Mamá dice que si quieres casarte con ella. —Grace habla en un tono más alto y más chillón—. ¡Hoy! —añade al final.

Y rompo a reír tragándome el sonido. Lo veo levantarse y caminar hasta mi lugar. Me escondo de manera más concienzuda detrás de las ropas, pero no sirve para nada cuando Jake las aparta de un manotazo y se planta frente a mí.

—¿Qué? —Jake tiene el rostro ceniciento.

Escucho que Grace ha vuelto a llamar a la gata. Una y otra vez, incansable.

—Lo que te ha dicho Grace —le digo mientras coloco una pinza en una sábana.

—Estás muy graciosa hoy. Tienes la belleza subida y la ocurrencia también —masculla entre dientes.

—¿Quieres casarte conmigo o no? —le pregunto mirándole directamente a los ojos.

Tengo que hacer un enorme esfuerzo para no reírme de su ceño más fruncido que nunca.

—¿Tú no decías que nunca te ibas a casar? —me ataca él—. ¿Cuántas veces me has rechazado?

Permanezco en silencio y me llevo una mano a la cadera como señal de agotamiento.

—Muchas —respondo con la boca pequeña.

—Lo intenté todo y ni siquiera...

—¿Ya te has echado atrás? —lo reto yo.

Jake entrecierra sus ojos siendo consciente por primera vez de que mi proposición es real y no una coña.

—Te casas conmigo hoy. ¿Lo tomas o lo dejas? —le repito muy seria.

—¡¿Hoy?! ¿Estás loca?

—Sí, estoy loca. Pero no más que tú.

Nos contemplamos en silencio durante unos segundos que se vuelven muy densos y cargados de una tensión a punto de dinamitar. El único ruido a nuestro alrededor es el de las cigarras y la voz de nuestra hija como *leitmotiv* de fondo.

—¿Qué dices? —le vuelvo a preguntar. Pero no dice nada y la verdad es que algo parecido a la decepción empieza a despertarse de su letargo dentro de mí—. Me estoy impacientando...

No me deja terminar la frase porque me toma en brazos y me veo obligada a rodearle el torso con las piernas.

—No necesitas la respuesta a eso, ¿verdad? —manifiesta con la felicidad latiéndole en cada poro.

Lo beso, primero con cierta lentitud y después profundizando el beso. Clava sus dedos en mis nalgas y de pronto nos empezamos a acalorar bajo el sol. Salimos de nuestra pequeña burbuja cuando la voz de Grace suena muy cerca. La miramos a nuestro lado, correteando arriba y abajo, buscando en cada rincón a la gatita perdida.

—Esto lo podemos dejar para nuestra noche de bodas. Es decir, para esta misma noche. —Deposito un beso en su mejilla y salto al suelo sin darle la opción de replicar—. ¿Quedamos esta tarde en el altar?

—Por Dios, Alessa... Solo tenemos unas horas.

Jake está empezando a comprender todo lo que supone lo que le acabo de plantear. Una boda improvisada. En unas horas, en nuestra casa de campo.

—Ese es el límite para que no me arrepienta.

Se ríe con ganas y nos miramos con más intensidad que nunca. Lo vamos a hacer, es obvio que sí. En la intensidad, él y yo nos movemos como pez en el agua. Sin más dilación, agarro la cesta de la ropa, doy media vuelta y llamo a mi hija.

—¡Vamos adentro, Grace! ¡Hay una boda que organizar! ¡Y tenemos que llamar a las abuelas!

—¡Bien! —grita la niña dando vueltas sobre sí misma.

Enfilo el camino hacia la entrada y, antes de meterme en casa, observo al hombre con el que me voy a casar por encima del hombro. Está hablando por teléfono mientras se pasa la mano por el pelo una y otra vez, emocionado.

Siete horas después, rodeo el brazo de mi madre con la mano y lo aprieto con un nerviosismo que no hace más que incrementarse. Ella es la madrina. Después de recuperarse del ataque de nervios que ha sufrido cuando la he llamado para informarla de la noticia, ha aparecido en mi casa con su vestido de bodas y su costurera de cabecera.

—Al, cariño, no daba ni una libra por esta idea, pero estás preciosa —admite toda llena de calma por los efectos del Orfidal.

—Gracias por prestarme el vestido. —La miro a los ojos, estamos paradas en el umbral de la puerta de nuestra casa.

He heredado su vestido de novia. Una pieza única y sencilla que combina un corpiño de encaje y espalda al descubierto con una falda lisa de una caída preciosa que se arrastra por el suelo. Mi madre se ha empeñado en ajustarme los bajos, pero el largo de la falda me ha gustado tanto que he logrado convencerla de mantenerlo así.

—Y el peinado también ha sido un acierto —me asegura.

Al principio, también se ha opuesto a que llevara la melena pelirroja suelta y al natural, pero cuando hemos colocado un par de margaritas —a juego con el ramo— en un extremo a modo de recogido, le ha parecido una buena idea.

—Quizá esta sea la mayor locura que he hecho nunca. Pero... la vida sería muy aburrida sin este tipo de cosas, ¿no?

El tono que utilizo está impregnado del terror de la anticipación. Mis músculos contraídos son incapaces de ponerse en funcionamiento para arrancar a andar.

—Estás haciéndolo bien, Alessa —aprueba ella. Y eso me tranquiliza es cierta medida—. Estoy orgullosa de ti y de tu pequeña familia, pero tenemos que salir ya. Llevan más de media hora esperándote al otro lado del jardín.

—Me da tanta vergüenza... —Lo que más me apetece en este momento es correr hacia el interior de la casa y zamparme la gigantesca tarta de chocolate que Tommy nos ha regalado.

—Agárrate a mí.

Y eso es lo que hago. Mi madre me guía hasta que enfilamos la parcela de bosque que hemos elegido para la pequeña ceremonia. Todo está dispuesto de manera minimalista, pero con mucho gusto y detalle, con dos hileras de sillas de madera adornadas con flores silvestres. En medio, un camino formado por una alfombra de las mismas flores. A lo lejos, observo a los invitados, expectantes y con sus miradas clavadas en el tramo que atravesamos mi madre y yo. Hay pocos, los imprescindibles. Nuestra gente. Los mismos que han movido cielo y tierra para acudir a una ceremonia con solo horas de antelación. La primera sonrisa se puebla en mis labios al observar a Taylor ataviada con su vestido verde menta, de un lado para otro, ultimando los detalles y controlando que todo esté bien. Lo ha hecho fenomenal. Ella y mi madre han sido las encargadas de la decoración, del *catering* y de organizar la fiesta posterior que celebraremos. Pero precisamente lo que hace especial este enlace es que tiene lugar en nuestro hogar. En nuestro mundo. Al menos, pensar en ello me tranquiliza. «Estoy en casa», repito como un mantra mientras camino hacia mi destino. Entonces mis ojos lo buscan y lo encuentran de pie frente al altar improvisado entre dos árboles con Grace tomada de la mano. ¿Cómo me voy a arrepentir presenciando una escena así? Está impresionante, con un traje marrón oscuro y un par de margaritas asomando por el bolsillo superior de la chaqueta. Su dentadura perfecta de aire infantil se vislumbra a través de su amplia sonrisa. Y yo me sonrojo. Dirijo mi atención a los invitados y el bochorno se acrecienta cuando cruzo miradas con ellos. Saludo a la madre de Jake, que tiene lágrimas en los ojos y parte del rímel corrido. Y reparo en Daisy, más alta que nunca, en la misma fila que mis compañeros de Camden Hall. Annie, Ryan, Rachel, Barbara y Daniel, que tienen dibujada una sonrisa radiante en sus rostros.

Un minuto después, me encuentro sosteniendo la mano de mi futuro marido y con Grace rodeándome las piernas en un abrazo. Mi madre la toma en brazos y se dirigen a sus asientos en primera fila. Por primera vez, me encuentro con su mirada desde que lo he visto de lejos, y nos quedamos muy cerca, el uno frente al otro.

—¿Por qué te sonrojas? —canturrea.

Lo fulmino con la mirada, poniéndome aún más roja.

—Porque no soporto las bodas y toda esta atención... —susurro para que solo se entere él.

—Es que estás impresionante. Y, nena, lamento decirte que te vas a casar con Jake Harris —alardea agarrándome con decisión de la mano y colocándome frente al oficiante de ceremonias.

—Aún puedo decir que no —le aclaro.

Ahora es él el que me dedica una mirada de sorpresa. El oficiante abre un libro y da la bienvenida a nuestra boda. Un rato después, comienza a leer lo único que Jake ha querido aportar a esta ceremonia que se ha hecho en torno a todos mis deseos. Nada más que el poema *Tu chica* de Leonard Cohen. Recuerdo que, cuando encontré en su casa esas líneas subrayadas sobre el libro, pensé en quién podría ser *esa chica*... Pues parece que esa chica soy yo.

Ponla en cualquier parte,
apoyada contra una pared,
desnuda sobre tu lecho,
vestida de gala para el baile.
Métele algunos pensamientos en la cabeza.
Ponle algo de dinero en las manos.
Asegúrate de que puedes hacerla correrse
al menos una segunda vez.
Hermano, esa es tu chica.
Tu chica.
Y hablad juntos de la era que se avecina,
en la que vestirás carne de mujer
y dejarás que tu belleza adopte una vez más
el valor de un corazón para empezar de nuevo.
Informa mi soledad con momentos
de la inminente unidad, confiesa
tu cuerpo a mi absoluta ignorancia
y haz descansar al soñador de su falta de sueños.

Cuando las últimas palabras se silencian, los aplausos nos instan a colocarnos frente a frente. Jake está emocionado.

—¿Podemos darnos los regalos ya? —le pregunto con impaciencia.

Él me mira extrañado, pero con el deje de felicidad que lo acompaña intacto. Estoy muy nerviosa y necesito darle mi regalo para soltar toda la presión y disfrutar de este día como Dios manda.

—Improvisando hasta el final, ¿no? Nos los damos cuando quieras —me hace saber sacando una pequeña caja del bolsillo del pantalón.

—¿Es un anillo? —El terror se apodera de mí.

Hace unas horas, cuando ha empezado toda esta locura, hemos dejado claro que no nos íbamos a dar anillos, sino que nos obsequiaríamos con un pequeño detalle que tuviese un significado especial para nosotros. Y a mí no me ha dado tiempo de comprar nada, la verdad... Aunque estoy convencida de que mi regalo va a ser una sorpresa, de las grandes.

—¿Quieres abrirlo antes de hacer suposiciones? —Él enarca una ceja, divertido.

Abro la caja de terciopelo azul y me encuentro con una llave plateada. Lo miro confundida y arrugo el ceño.

—¿Qué abre esta llave? —quiero saber.

—La casa de Whitstable —contesta—. *Tu* casa de Whitstable —corrige.

—Pero... Era una casa familiar... —Estoy completamente en *shock*—. No pude hacer nada en su momento para quedarme con ella...

—Sé lo mucho que te costó decir adiós a esa casa, así que hice a la familia una oferta que no pudieron rechazar —me explica.

—Pero... ¿Cómo...? ¿Cuándo...? —Tengo tantas preguntas que ahora mismo no me sale ninguna.

—La compré hace un par de meses y estaba esperando el momento perfecto para decírtelo —reconoce—. La verdad es que me ha venido muy bien que hoy te levantaras con un brote psicótico... —Sonríe.

No lo dejo continuar porque lo abrazo con tanta fuerza que nos desplazamos un poco hacia atrás. Entonces llamo la atención de mi madre y ella me acerca una cajita pequeña y alargada. No puedo aguantar más.

—No sé si el mío es tan buen regalo, Jake... —Él no me hace ni caso y rasga la caja de un tirón.

Sus ojos se abren, su boca se aprieta y busca mi confirmación con la mirada mientras sostiene en alto el Predictor señalado con dos rayas rojas. Asiento con timidez y se oye de fondo un murmullo de sorpresa que proviene de los invitados.

—Pero... —Aún no se lo cree.

—Hace un tiempo que dejé de tomar la píldora.

—¿Así que lo de hoy, todo esto... es simplemente un viaje hormonal?

—Algo así.

Su sonrisa ladeada me acalora. Está feliz, lleno de luz, lejos de su oscuridad.

—Es el mejor regalo que me podías hacer, Alessa.

Después, coloca sus dos manos en mis mejillas, me atrae hacia él y me besa. Me contagia de su emoción, que también es la mía, y profundizamos el beso para sellar la unión.

—¡Pero si aún no os habéis dado el sí quiero! —Oímos exclamar al oficiante, que está perplejo.

Lo estamos haciendo todo al revés, y me encanta. Y parece que nuestra gente también se está divirtiendo al haber asistido a una boda que se sale del molde. Es una conclusión que saco por todas las risitas que nos llegan desde los asientos.

—Ni falta que hace —le responde Jake. Y yo me hundo en el gris de sus ojos, radiante—. Sí, quiero —declara—. ¿Tú quieres? —me pregunta ante el asombro de todos.

—Sí. Sí, quiero —le respondo con todas las sensaciones a flor de piel.

El aplauso y los vítores nos alcanzan antes de que su sonrisa satisfecha acapare toda mi atención y esos mismos labios se vuelvan a posar sobre los míos. Claro que quiero seguir compartiendo mi vida a su lado.

Al lado de *aquel chico folk*.

Agradecimientos

Desde que me embarqué en la aventura de escribir este libro, muchas han sido las personas que me han acompañado. Algunas de ellas se merecen un agradecimiento especial en estas páginas.

Esther, gracias una y mil veces por esa llamada, por esa gran oportunidad, y por ese mensaje tan especial después de leer la segunda parte. Desempeñas una de las profesiones más bonitas y especiales que existen.

A todo el equipo de Titania, sois maravillosos. Me habéis acogido desde el primer momento y me habéis acompañado en todo el proceso.

Irene, eres la mejor ilustradora que me ha podido acompañar en este viaje. Gracias por tu talento y por tu trabajo.

Zipi, qué bien haberte encontrado en Málaga. Quiero agradecerte todo el apoyo que me has dado.

Álvaro y Marjorie, sois mi pareja favorita. Gracias por la enorme ilusión que le habéis puesto a este proyecto.

Sol, gracias por todos esos corazones y por el aprendizaje que hay detrás de cada conversación que comparto contigo.

Teresa, gracias por haber estado ahí desde el principio.

A mi familia. Gracias por todo, siempre. Por sostenerme cada vez que me caigo. Papá, pienso en ti cada día. Ojalá estuvieras aquí.

A los lectores, porque sin ellos esta historia no se sentiría tan real. Gracias infinitas por todos vuestros mensajes y el amor que le habéis dado a *Aquella chica pelirroja*.

Jacobo, siempre dices que tengo una pésima memoria. Pero, a veces, me vienen a la mente todas esas canciones de Kings of Leon que escuchábamos sin parar en aquel coche rojo. Y te aseguro que nunca se me va a olvidar todo lo que has hecho por mí. Todo lo que aún sigues haciendo.

Por último, toca despedirme de ellos. De mis chicos: Alessa y Jake. Durante un tiempo, ponerme en vuestra piel ha sido mi lugar feliz y un bálsamo para avivar los sueños. Siento que os voy a echar mucho de menos.

¿TE GUSTÓ ESTE LIBRO?

escríbenos y
cuéntanos tu opinión en

/Sellotitania   /@Titania_ed

/titania.ed

#SíSoyRomántica